Contemporánea

Marguerite Yourcenar (Bruselas, 1903 - Maine, EE. UU., 1987) fue una de las escritoras francófonas más relevantes del siglo XX. Su nombre real era Marguerite de Crayencour (Yourcenar es un anagrama de su apellido) y empezó a publicar a finales de los años veinte. De esta época inicial son sus novelas *Alexis o el tratado del inútil combate* (1928) y *El denario del sueño* (1934). Trabajó como profesora de Literatura y tradujo al francés textos de Virginia Woolf, Henry James y Yukio Mishima. En 1951 publicó *Memorias de Adriano,* una autobiografía novelada del emperador romano que se ha convertido en un clásico de la literatura mundial. La novela histórica *Opus nigrum,* galardonada con el Premio Femina 1968, constituyó otro de sus grandes éxitos literarios. Fue la primera mujer miembro de la Academia francesa en 1984, aunque desde 1970 ya pertenecía a la Academia belga. Además de obras narrativas publicó ensayos, poesías y varios volúmenes de memorias bajo el título *El laberinto del mundo* (*Recordatorios, Archivos del Norte* y *¿Qué? La eternidad*).

Marguerite Yourcenar

Alexis o el tratado del inútil combate

El denario del sueño

El tiro de gracia

Traducción de
Emma Calatayud

DEBOLS!LLO

Alexis o el tratado del inútil combate / El denario del sueño / El tiro de gracia

Títulos originales: *Alexis ou le Traité du vain combat, Denier du rêve, Le coup de grâce*

Primera edición España: octubre, 2017
Primera edición en México: marzo, 2018

D. R. © 1939, 1971, Éditions Gallimard

D. R. © 2017, Penguin Random House Grupo Editorial, S. A. U.
Travessera de Gràcia, 47-49. 08021 Barcelona

D. R. © 2018, derechos de edición mundiales en lengua castellana:
Penguin Random House Grupo Editorial, S. A. de C. V.
Blvd. Miguel de Cervantes Saavedra núm. 301, 1er piso,
colonia Granada, delegación Miguel Hidalgo, C. P. 11520,
Ciudad de México

www.megustaleer.com.mx

D. R© 1977, 1985, Emma Calatayud, por la traducción

ISBN: 978-607-316-443-6

Impreso en México – *Printed in Mexico*

El papel utilizado para la impresión de este libro ha sido fabricado a partir de madera procedente
de bosques y plantaciones gestionadas con los más altos estándares ambientales, garantizando
una explotación de los recursos sostenible con el medio ambiente y beneficiosa para las personas.

Penguin
Random House
Grupo Editorial

Índice

Alexis o el tratado del inútil combate

Para él

Esta carta, amiga mía, será muy larga. He leído con frecuencia que las palabras traicionan al pensamiento, pero me parece que las palabras escritas lo traicionan todavía más. Ya sabes lo que queda de un texto después de dos traducciones sucesivas. Y además, no sé cómo arreglármelas. Escribir es una elección perpetua entre mil expresiones de las que ninguna me satisface y, sobre todo, no me satisface sin las demás. Yo debería saber, sin embargo, que sólo la música permite la coordinación de acordes. Una carta, incluso la más larga, nos obliga a simplificar lo que no debiera simplificarse: ¡nos expresamos siempre con tan poca claridad cuando tratamos de hacerlo de una forma completa! Yo quisiera hacer aquí un esfuerzo, no sólo de sinceridad, sino también de exactitud; estas páginas contendrán muchas tachaduras: ya las contienen. Lo que yo te pido (lo único que puedo aún pedirte) es que no te saltes ninguna de estas líneas que me habrán costado tanto. Si es difícil vivir, es aún mucho más penoso explicar nuestra vida.

Quizá hubiera hecho mejor en no marcharme sin decir nada, como si me diera vergüenza o como si tú hubieras comprendido. Debería habértelo explicado en voz baja, muy lentamente, en la intimidad de una habitación, en esa hora sin luz en que se ve tan poco que casi nos atrevemos a confesarlo todo. Pero te conozco, amiga mía. Eres muy buena. En un relato como éste hay algo lastimero que te hubiera podido inducir a enternecerte; por haberte compadecido de mí, creerías haberme comprendido. Te conozco. Hubieras querido ahorrarme lo que tiene de humillante una explicación tan larga; me habrías interrumpido demasiado pronto y, a cada frase, yo hubiera tenido la debilidad de esperar que me interrumpieras. También tienes otra cualidad (un defecto, quizá) de la que hablaré más adelante y de la que no quiero abusar más. Soy demasiado culpable para contigo y tengo que obligarme a establecer una distancia entre tu compasión y yo.

No se trata de mi arte. No acostumbras a leer los periódicos, pero amigos comunes han debido informarte de lo que llaman «mis éxitos», lo que viene a decir que mucha gente me alaba sin haberme oído y otros sin comprenderme. No se trata de eso. Se trata de algo no en verdad más íntimo (¿puede haber algo más íntimo que mi obra?), pero que me parece más íntimo porque lo he mantenido escondido. Sobre todo, se trata de algo más miserable. Pero ya lo ves: vacilo. Cada palabra que escribo me aleja un poco más de lo que yo quisiera expresar; esto prueba únicamente que me falta valor. También me falta sencillez. Siempre me ha faltado. Pero la vida tampoco es sencilla y no es mía la culpa. Lo único que me decide a continuar es la certeza de que no eres feliz. Nos hemos mentido tanto y hemos sufrido tanto con nuestras mentiras que no arriesgamos gran cosa tratando de encontrar la curación en la sinceridad.

Mi juventud, mi adolescencia más bien, fue absolutamente pura o lo que la gente conviene en llamar así. Sé que una afirmación semejante siempre se presta a sonrisas, porque prueba generalmente falta de clarividencia o falta de franqueza. Pero creo no equivocarme y estoy seguro de no mentir. Estoy seguro, Mónica. Yo era, a los dieciséis años, como tú deseas sin duda que sea Daniel a esa edad y déjame decirte que estás equivocada al desear una cosa así. Estoy persuadido de que es malo exponerse tan joven a tener que relegar toda la perfección de la que uno fue capaz entre los recuerdos de su más lejano pasado. El niño que yo fui, el niño de Woroïno, ya no existe, y toda nuestra existencia tiene por condición la infidelidad para con nosotros mismos. Es peligroso que nuestros mismos fantasmas sean precisamente los mejores, los más queridos, aquellos que más añoramos. Mi infancia está tan lejos de mí como la ansiedad de las vísperas de fiesta o como el entumecimiento de esas tardes demasiado largas en las que permanecemos sin hacer nada, pero deseando que ocurra algo. ¿Cómo puedo esperar recuperar aquella paz, si ni siquiera sabía darle un nombre? La he apartado de mí al darme cuenta de que no era todo mi «yo». Tengo que confesar enseguida que apenas estoy seguro de añorar esa ignorancia que llamamos paz.

¡Qué difícil es no ser injusto con uno mismo! Te decía antes que mi adolescencia había transcurrido sin turbaciones. Así lo creo. Me he inclinado con frecuencia sobre aquel pasado un poco pueril y tan triste. He tratado de recordar mis pensamientos, mis sensaciones, más íntimas que mis pensamientos y hasta mis sueños. Los he analizado para ver si descubría en ellos algún significado inquietante que se me hubiera escapado entonces y para estar seguro de no haber confundido la ignorancia del espíritu con la inocencia del corazón. Ya conoces los estanques de Woroïno: dices que parecen grandes pedazos de cielo gris caídos sobre la tierra que se esforzaran por regresar en forma de niebla. De niño me daban miedo. Comprendía ya que todas las cosas tienen su secreto, los estanques como todo lo demás; que la paz, como el silencio, es sólo una superficie y que el peor de los engaños es el de la tranquilidad. Mi infancia, cuando la recuerdo, se me aparece como una idea de quietud al borde de una gran inquietud que sería después toda mi vida. Estoy pensando en algunas circunstancias, demasiado poco importantes para contarlas, en las que entonces no me fijé, pero en las que distingo ahora los primeros toques de alarma (estremecimientos de la carne y estremecimientos del corazón), como ese soplo de Dios del que hablan las Escrituras. Hay ciertos momentos de nuestra existencia en que somos, de manera inexplicable y casi aterradora, lo que llegaremos a ser más tarde. ¡Me parece, amiga mía, haber cambiado tan poco! El olor de la lluvia entrando por una ventana abierta, un bosque de álamos bajo la bruma, una música de Cimarosa que las viejas señoras me hacían tocar porque, imagino, les recordaba su juventud, incluso una clase particular de silencio que no he encontrado más que en Woroïno bastan para borrar tantos pensamientos, tantos acontecimientos y penas que me separan de la infancia. Casi podría admitir que el intervalo no ha durado ni una hora, que sólo se trata de uno de esos períodos de semisueño en los que yo caía con frecuencia en aquella época, durante los cuales la vida y yo no teníamos tiempo para modificarnos mucho. Sólo tengo que cerrar los ojos: todo está exactamente igual que entonces. Me encuentro, como si nunca me hubiera dejado, con aquel muchacho tímido, muy dulce, que no creía tener que ser compadecido y que se me parece tanto que sospecho, injustamente quizá, que pudo parecérseme en todo.

Me contradigo, ya lo veo. Sin duda ocurre como con los presentimientos, uno se figura haberlos tenido porque hubiera debido tenerlos. La consecuencia más cruel de lo que me esforzaré en llamar nuestras culpas (aunque sólo sea para amoldarme al uso) es que contaminan hasta el recuerdo del tiempo en que no las habíamos cometido. Esto es, precisamente, lo que me inquieta; porque, en fin, si me equivoco, no puedo saber en qué, y nunca decidiré si mi inocencia de entonces era menor de lo que yo antes aseguraba o bien si soy ahora menos culpable de lo que pienso.

No necesito decirte que éramos muy pobres. Hay algo patético en los apuros económicos de las viejas familias nobles, que parecen continuar viviendo sólo por fidelidad. Sin duda me preguntarás a qué: a la casa, supongo, a los antepasados o simplemente a lo que en otros tiempos han sido. La pobreza, Dios mío, no tiene mucha importancia para un niño; tampoco la tenía para mi madre ni para mis hermanas, porque todo el mundo nos conocía y nadie nos creía más ricos de lo que éramos. Aquellos ambientes tan cerrados de entonces tenían esas ventajas: consideraban menos lo que eras que lo que habías sido. El pasado, por poco que uno piense, es algo infinitamente más estable que el presente, por lo que parece de una consecuencia mucho mayor. No nos prestaban más atención de la que nos hacía falta; lo que estimaban en nosotros era a un cierto capitán general, que vivió en época muy remota, de la que nadie, siglo más o menos, recordaba la fecha. Me doy cuenta también de que la fortuna de mi abuelo y las distinciones obtenidas por mi bisabuelo eran a nuestros ojos unos hechos mucho más importantes, incluso mucho más reales que nuestra propia existencia. Esta forma anticuada de ver las cosas te hará probablemente sonreír. Reconozco que se pueden ver de otra forma completamente opuesta y también razonable, pero, en fin, aquélla nos ayudaba a vivir. Como nada podía impedir que fuéramos los descendientes de aquellos personajes casi legendarios, nada podía impedir tampoco que continuaran honrándolos en nosotros; eran la única parte de nuestro patrimonio verdaderamente inalienable.

Nadie nos reprochaba tener menos dinero ni menos crédito del que ellos habían tenido. Era natural. Querer igualarnos a aquellas gentes célebres hubiera tenido no sé qué de inoportuno, como una ambición fuera de lugar.

El coche que nos llevaba a la iglesia hubiera parecido anticuado en cualquier otro sitio que no fuera Woroïno, pero pienso que allí, un coche nuevo habría chocado mucho más, y si los vestidos de mi madre duraban demasiado tiempo, nadie se daba cuenta. Nosotros, los Géra, no éramos, por así decirlo, más que el final de un linaje en aquel viejísimo país de Bohemia del Norte. Hubiera podido creerse que nosotros no existíamos, que unos personajes invisibles, pero mucho más imponentes, continuaban llenando con su imagen los espejos de nuestra casa. No pienses que trato de ser efectista, sobre todo al final de una frase, pero podría decirse que en las viejas familias nobles son los vivos los que parecen la sombra de los muertos.

Tienes que perdonarme por entretenerme tanto hablando de ese Woroïno de antaño, porque lo he querido mucho. Es una debilidad, no lo dudo, y no deberíamos encariñarnos con nada, por lo menos de una forma especial. Y no es que allí fuéramos muy felices; al menos, la alegría no habitaba en nuestra casa. No creo recordar ninguna risa, ni siquiera una risa de jovencita que no fuera una risa apagada. No se acostumbra a reír mucho en las viejas familias. Terminamos incluso por habituarnos a hablar sólo en voz baja, como si temiéramos despertar recuerdos que deben dormir en paz. Pero tampoco éramos desgraciados, y debo decir también que nunca oí llorar; sólo que éramos un poco tristes. Dependía de nuestro carácter más que de las circunstancias y todo el mundo a mi alrededor admitía que se puede ser feliz sin dejar de estar triste.

La casa era entonces igual que ahora: blanca, toda columnas y ventanas, de un gusto francés que prevaleció en la época de Catalina, pero entonces estaba mucho más desvencijada que hoy, puesto que fue reparada gracias a ti, cuando nos casamos. No te será difícil imaginar cómo estaba entonces: recuerda el estado en que se encontraba cuando viniste por primera vez. Seguramente no fue construida para vivir en ella una vida monótona, supongo que la mandó construir alguno de mis abuelos con ansias de lujo, para organizar en ella fiestas (en los tiempos en que se organizaban fiestas). Todas las casas del siglo dieciocho son así: parecen haber sido construidas para recibir a los invitados y nosotros somos como visitantes que se encuentran incómodos. Por más que hiciéramos, aquella casa era demasiado grande y siempre hacía demasiado frío. Creo también que no era muy sólida y es cierto que la blancura de las casas como la nuestra, tan desolada bajo la nieve, nos hace pensar en la fragilidad. Se comprende que fueron concebidas para países de clima mucho más cálido y por gentes que se tomaban la vida con más tranquilidad. Pero ahora sé que esta casa de apariencia frágil, que parece haber sido hecha para resistir sólo un verano, durará infinitamente más que nosotros, y quizá más que toda nuestra familia. Puede que algún día vaya a parar a manos extrañas; le será indiferente, porque las casas tienen su vida particular que nosotros no entendemos y la nuestra les importa muy poco.

Vuelven a mi memoria unos rostros serios, un poco cansados, rostros pensativos de mujeres en unos salones demasiado claros. Aquel antepasado del que antes te hablaba había querido que las habitaciones fueran espaciosas para que la música sonara en ellas mejor. Le gustaba la música. En mi familia no se hablaba de él con frecuencia; preferían no decir nada; se sabía que había dilapidado una gran fortuna y quizá le guardaban rencor por ello o bien había algo más. Después venía mi abuelo; se había arruinado en la época de la reforma agraria; era liberal; tenía ideas que podían haber sido muy buenas pero que lo habían empobrecido y la gestión de mi padre también fue deplorable. Mi padre murió joven. Lo recuerdo muy poco; sé que era severo con nosotros, como lo son a veces las personas que se reprochan no haberlo sido con ellas mismas. Naturalmente, esto es sólo una suposición y yo no sé nada, en realidad, acerca de mi padre.

Me he dado cuenta de una cosa, Mónica: dicen que en las casas viejas siempre hay algún fantasma; yo nunca vi ninguno y, sin embargo, era un niño miedoso. Quizá comprendiese ya que los fantasmas son invisibles porque los llevamos dentro. Pero lo que hace que las casas viejas nos resulten inquietantes no es que haya fantasmas, sino que podría haberlos.

Creo que aquellos años de infancia han determinado mi vida. Aunque tengo otros recuerdos más cercanos, más diversos, quizá mucho más definidos, parece como si esas impresiones nuevas, al ser menos monótonas, hubieran tenido menos tiempo para dejar huella en mí. Todos somos distraídos porque tenemos nuestros sueños; sólo la continua repetición de las cosas termina por impregnarnos de ellas. Mi infancia fue solitaria y silenciosa; me hizo tímido y por consiguiente taciturno.

¡Cuando pienso que hace casi tres años que te conozco y que me atrevo a hablarte por primera vez! Y eso porque lo hago por carta y porque es necesario.

Es terrible que el silencio pueda llegar a ser culpable. Es la más grave de todas mis culpas pero, en fin, la he cometido. Pequé de silencio ante ti y ante mí. Cuando el silencio se instala dentro de una casa, es muy difícil hacerlo salir; cuanto más importante es una cosa, más parece que queramos callarla. Parece como si se tratara de una materia congelada, cada vez más dura y *masiva*: la vida continúa por debajo, sólo que no se la oye. Woroïno estaba lleno de un silencio que parecía cada vez mayor y todo silencio está hecho de palabras que no se han dicho. Quizá por eso me hice músico. Era necesario que alguien expresara aquel silencio, que le arrebatara toda la tristeza que contenía para hacerlo cantar. Era preciso servirse para ello no de las palabras, siempre demasiado precisas para no ser crueles, sino simplemente de la música, porque la música no es indiscreta y cuando se lamenta no dice por qué. Se necesitaba una música especial, lenta, llena de largas reticencias y sin embargo verídica, adherida al silencio para acabar por meterse dentro de él. Esa música ha sido la mía. Ya ves que no soy más que un intérprete, me limito a traducir. Pero sólo traducimos nuestras emociones: siempre hablamos de nosotros mismos.

En el pasillo que conducía a mi habitación, había un grabado moderno que a nadie interesaba. Era, pues, sólo mío. No sé quién lo habría puesto allí; lo he visto después en casa de tanta gente que se dice artista que he terminado por aborrecerlo, pero entonces lo contemplaba con frecuencia. Representaba a unos personajes que miraban a un músico y yo sentía casi terror ante las caras de aquellos seres a quienes la música parecía revelar algo. Tendría unos trece años: puedo asegurarte que ni la música ni la vida me habían revelado nada todavía. Por lo menos, yo lo creía así. Pero el arte expresa las pasiones con un lenguaje tan hermoso que hace falta más experiencia de la que yo tenía entonces para comprender lo que quieren decir. He vuelto a leer las pequeñas composiciones que yo escribía en aquellos tiempos: son razonables y mucho más infantiles de lo que eran mis pensamientos. Siempre ocurre así: nuestras obras representan un período de nuestra existencia que hemos pasado ya, en la época en que las escribimos.

La música me ponía en un estado de entumecimiento muy agradable, un poco singular. Parecía como si todo se inmovilizara, salvo el latir de las arterias; como si la vida hubiera huido de mi cuerpo y fuera muy bueno estar tan cansado. Era un placer, era casi un sufrimiento. Durante toda mi vida he pensado que el placer y el sufrimiento son dos sensaciones muy parecidas; supongo que cualquier persona de naturaleza reflexiva pensará igual. También recuerdo mi sensibilidad particular al tacto: hablo de una sensibilidad inocente como, por ejemplo, tocar un tejido suave, el cosquilleo de las pieles que parecen algo vivo o la epidermis de un fruto. No hay en ello nada reprobable. Estas sensaciones eran demasiado corrientes para extrañarme mucho; no nos interesa lo que nos parece sencillo. Yo les prestaba emociones más profundas a los personajes de mi grabado, puesto que no eran niños. Los suponía participantes de un drama. Somos todos iguales: le tenemos miedo al drama, pero a veces somos lo bastante románticos para desear que ocurra y no nos damos cuenta de que ha empezado ya.

También había un cuadro que representaba a un hombre tocando el clavecín; paraba de tocar para escuchar su vida. Era una copia muy antigua de una pintura italiana. Creo que el original es célebre, pero no sé su nombre; ya sabes que soy muy ignorante. No me gustan mucho las pinturas italianas, pero aquélla me gustaba. Claro que no estoy aquí para hablarte de pintura.

Quizá no valiera gran cosa. La vendieron cuando empezó a escasear el dinero, junto con algunos muebles viejos y unas antiguas cajas de música esmaltadas, que no sabían tocar más que una sola melodía y que se saltaban siempre la misma nota. Algunas contenían una marioneta. Al darles cuerda, la muñequita daba unas cuantas vueltas a la derecha y otras a la izquierda, después se paraba. Era delicioso. Pero no estoy aquí para hablarte de marionetas.

Lo confieso, Mónica, creo que hay demasiada complacencia hacia mí en estas páginas, pero tengo tan pocos recuerdos que no sean amargos, que debes perdonarme por entretenerme tanto hablando de los que sólo son tristes. No me guardes rencor por referirte con detenimiento los pensamientos de un niño que sólo yo conozco. Te gustan los niños. Confieso que, quizá sin darme cuenta, espero disponerte así a la indulgencia desde el principio, en este relato que va a requerir mucho de tu parte. Trato de ganar tiempo: es natural. No obstante, hay algo ridículo en rodear de frases una confesión que debiera ser sencilla: sonreiría, si pudiera sonreír. Es humillante pensar que tantas aspiraciones confusas, tantas emociones (sin contar los sufrimientos) tienen una explicación fisiológica. Al principio, esta idea me avergonzaba, pero luego terminó por tranquilizarme. También la vida no es más que un secreto fisiológico. No veo por qué el placer tiene que ser despreciable por ser sólo una sensación, cuando el dolor también lo es. Respetamos el dolor porque no es voluntario, pero ¿acaso no es una incógnita saber si el placer lo es o si no lo sufrimos también? Y aunque no fuera así, el placer escogido libremente no me parecería por ello más culpable. Pero no es éste el momento de hacerse todas estas preguntas.

Presiento que lo que estoy escribiendo se hace cada vez más confuso. Seguramente me bastaría, para hacerme comprender, con emplear unos términos precisos, que ni siquiera son indecentes porque son científicos. Pero no los emplearé. No creas que les tengo miedo: no se debe tener miedo a las palabras, cuando se ha consentido en los hechos. Sencillamente, no puedo. No puedo, no sólo por delicadeza y porque me dirijo a ti, sino porque tampoco puedo ante mí mismo. Sé que hay nombres para todas las enfermedades y aquello de lo que quiero hablarte pasa por ser una enfermedad. Yo mismo lo creí así durante mucho tiempo. Pero no soy médico y ni siquiera estoy seguro de ser un enfermo. La vida, Mónica, es más compleja que todas las definiciones posibles; toda imagen simplificada corre el riesgo de ser grosera. No creas tampoco que apruebo a los poetas por evitar los términos exactos, ya que sólo saben hablar de sus sueños. Hay mucha verdad en los sueños de los poetas, pero no toda la vida está contenida en ellos. La vida es algo más que la poesía, algo más que la fisiología e incluso que la moral en la que he creído tanto tiempo. Es todo eso y es mucho más: es la vida. Es nuestro único bien y nuestra única maldición. Vivimos, Mónica. Cada uno de nosotros tiene su vida particular, única, marcada por todo el pasado sobre el que no tenemos ningún poder y que a su vez nos marca, por poco que sea, todo el porvenir. Nuestra vida. Una vida que sólo a nosotros pertenece, que no viviremos más que una vez y que no estamos seguros de comprender del todo. Y lo que digo aquí sobre una vida «entera» podría decirse en cada momento de ella. Los demás ven nuestra presencia, nuestros ademanes, nuestra manera de formar las palabras con los labios: sólo nosotros podemos ver nuestra vida. Es extraño: la vemos, nos sorprende que sea como es y no podemos hacer nada para cambiarla. Incluso cuando la estamos juzgando estamos perteneciéndole; nuestra aprobación o nuestra censura forman parte de ella; siempre es ella la que se refleja en ella misma. Porque no hay nada más: el mundo sólo existe, para cada uno de nosotros, en la medida en que confine a nuestra vida. Y los elementos que la componen son inseparables: sé muy bien que los instintos que nos enorgullecen y aquellos que no queremos confesar tienen, en el fondo, un origen común. No podríamos suprimir ni uno de ellos sin modificar todos los demás. Las palabras sirven a tanta gente, Mónica, que ya no le convienen a nadie; ¿cómo podría un término científico explicar una vida? Ni siquiera explica lo que es un acto; lo nombra y lo hace siempre igual; sin embargo, no hay dos hechos idénticos en vidas diferentes, ni quizá a lo largo de una misma vida. Después de todo, los hechos son sencillos; es fácil contarlos; puede que ya los sospeches. Pero aunque lo supieras todo, aún me quedaría explicarme a mí mismo.

Esta carta es una explicación, no quisiera que fuera una apología. No estoy tan loco como para desear que me apruebes, ni siquiera que me admitas: sería demasiado exigir. Sólo deseo ser comprendido. Ya me doy cuenta de que viene a ser lo mismo y que es mucho lo que te pido. Pero me has dado tanto en las cosas pequeñas que casi tengo derecho a esperar tu comprensión en las grandes.

No quiero que me imagines más solitario de lo que era. A veces tenía amigos, chicos de mi edad, quiero decir. Generalmente, en épocas de fiesta, cuando venía mucha gente, también llegaban algunos niños que yo no conocía. O bien, en

25

los aniversarios, cuando íbamos a casa de algunos parientes lejanos que parecían existir sólo un día al año, puesto que sólo pensábamos en ellos ese día. Casi todos aquellos niños eran tímidos, como yo, o sea que no nos divertíamos. Había algunos descarados, tan revoltosos que todos estábamos esperando que se fueran, y otros que no lo eran menos, pero que, aunque nos atormentaran, no protestábamos porque eran hermosos y su voz sonaba bien. Ya te dije que yo era un niño muy sensible a la belleza. Presentía ya que la belleza y los placeres que nos procura merecen toda clase de sacrificios e incluso de humillaciones. Yo era humilde por naturaleza. Creo que me sometía a toda suerte de tiranías con delicia. Me resultaba muy dulce ser menos hermoso que mis amigos; me sentía feliz viéndolos; no imaginaba nada más. Era feliz queriéndolos y no pensaba siquiera en desear su cariño. El amor (perdóname) es un sentimiento que no he vuelto a experimentar desde entonces; se necesitan demasiadas virtudes para ser capaz de amar; me extraña que en mi infancia haya podido creer en una pasión tan vana, casi siempre engañosa y que no es necesaria, ni siquiera para la voluptuosidad. Pero el amor en los niños forma parte de su candor: se figuran que aman porque no sospechan que desean. Aquellas amistades no eran frecuentes, quizá por eso fueron siempre inocentes. Mis amigos se marchaban o bien éramos nosotros los que regresábamos a casa: la vida solitaria volvía a formarse a mi alrededor. Pensaba escribirles alguna carta, pero me sentía tan poco capaz de evitar las faltas de ortografía que no las enviaba. Además, no sabía qué decir. Los celos son un sentimiento censurable, pero hay que perdonar a los niños que los sienten puesto que tantas personas razonables han sido víctimas suyas. He sufrido mucho con los celos, aunque no lo confesara: empezaba ya a tener miedo de ser culpable. En fin, lo que te estoy contando es muy pueril: todos los niños han conocido pasiones semejantes y no hay razón, ¿verdad?, para ver en ello un peligro muy grave.

He sido educado por mujeres. Yo era el hijo más pequeño de una familia numerosa; era de naturaleza enfermiza; mi madre y mis hermanas no eran muy felices: varias razones para que me quisieran mucho. Hay tanta bondad en el cariño de las mujeres que, durante largo tiempo, he creído tener que darle gracias a Dios. Nuestra vida, tan austera, era fría en apariencia: teníamos miedo de mi padre, más tarde de mis hermanos mayores. Nada nos acerca tanto a otros seres como el tener miedo juntos. Ni mi madre ni mis hermanas eran muy expansivas. Su presencia era como esas lámparas bajas, muy suaves, que alumbran apenas pero cuya luz difuminada impide la oscuridad y que nos sintamos solos. Nadie se figura lo tranquilizador que es, para un niño inquieto como yo era entonces, el cariño apacible de las mujeres. Su silencio, sus palabras sin importancia llenas de paz interior, sus ademanes familiares que parecen amansar las cosas; sus caras sin relieve, pero tranquilas y que, sin embargo, se parecían tanto a la mía, me han enseñado la veneración. Mi madre murió muy pronto. Tú no la has conocido; la vida y la muerte me arrebataron también a mis hermanas, pero entonces eran tan jóvenes que podían parecer hermosas. Creo que todas ellas llevaban ya su amor dentro, igual que más tarde, una vez casadas, llevarían a su hijo o la enfermedad que las haría morir. No hay nada más conmovedor que los sueños de las jovencitas en los que tantos instintos dormidos se expresan vagamente; tienen una belleza patética, porque se gastan en vano y la vida no permitirá su realización. Debo decir que muchos de aquellos amores eran muy imprecisos: se trataba de algunos jóvenes de la vecindad y ellos no lo sabían. Mis hermanas eran muy reservadas, rara vez se hacían confidencias unas a otras. Incluso llegaban a ignorar lo que sentían. Naturalmente, yo era demasiado pequeño para que confiasen en mí, pero las adivinaba, me asociaba a sus penas. Cuando el que ellas amaban entraba de improviso, mi corazón latía quizá más fuerte que los suyos. Pienso que es peligroso, para un adolescente muy sensible como yo era entonces, aprender a ver el amor a través de los sueños de las jovencitas, incluso cuando son puras y él cree serlo también.

Por segunda vez, estoy al borde de la confesión: vale más que me decida enseguida y con toda sencillez. Mis hermanas, lo sé, tenían amigas que convivían familiarmente con nosotros y de las que me sentía casi hermano. Por lo tanto, nada parecía impedir que yo me enamorase de alguna de aquellas jóvenes y quizá tú misma encuentres singular que no fuera así. Justamente, era imposible. Una intimidad tan familiar, tan reposada, apartaba de mí la curiosidad y la inquietud del deseo, suponiendo que yo hubiera sido capaz de sentirlo. No creo que la palabra veneración sea excesiva cuando me refiero a una mujer buena. Lo creo cada vez menos; sospechaba ya entonces (incluso exagerándolo) lo que tienen de brutal los gestos físicos del amor y me hubiera repugnado unir aquellas imágenes de vida doméstica, razonable, perfectamente austera y pura a otras ideas más apasionadas. No se siente pasión por lo que se respeta ni quizá por lo que se ama. Sobre todo, no se enamora uno de quien se le parece y yo no difería mucho de las mujeres. Tu mérito, amiga mía, no está sólo en poder comprenderlo todo, sino en comprenderlo antes de habértelo dicho. Mónica, ¿me entiendes?

No sé cuándo lo comprendí yo mismo. Algunos detalles que no puedo darte me confirman que haría falta remontarme muy atrás, hasta los primeros recuerdos que conservo, y que los sueños son a veces precursores del deseo. Pero un instinto no es todavía una tentación: la hace posible solamente. Antes, te habré dado la sensación de querer explicar mis inclinaciones en razón de influencias exteriores: seguramente contribuyeron a fijarlas, pero me doy cuenta de que las verdaderas razones son siempre más íntimas, mucho más oscuras, y las entendemos mal porque se esconden dentro de nosotros. No basta con tener ciertos instintos para que esto nos aclare su causa y, después de todo, nadie podrá explicarla totalmente. Así que no insistiré. Únicamente quisiera demostrar que mis instintos, justamente porque eran naturales en mí, podían desarrollarse durante largo tiempo sin que yo me diera cuenta. La gente que habla de oídas se equivoca casi siempre, porque sólo ven lo de fuera y lo ven de una forma grosera. No se figuran que los actos que juzgan represensibles puedan ser al mismo tiempo fáciles y espontáneos, como lo son la mayoría de los actos humanos. Echan la culpa a los malos ejemplos, al contagio moral y sólo retroceden ante la dificultad de explicarlos. No saben que la naturaleza es más diversa de lo que suponemos: no quieren saberlo porque les es más fácil indignarse que pensar. Elogian la pureza, pero no saben cuánta turbiedad puede contener la pureza. Ignoran, sobre todo, el candor de la culpa. Entre los catorce y quince años, yo tenía menos amigos que antes porque me había vuelto más huraño. No obstante (ahora me doy cuenta), estuve a punto de ser feliz una o dos veces de una forma inocente. No explicaré las circunstancias que me lo impidieron: es demasiado delicado y tengo tantas cosas que decir que no me quiero entretener hablando de circunstancias.

Los libros hubieran podido aclararme muchas cosas. He oído recriminar su influencia muchas veces. Sería muy fácil para mí hacerme la víctima, quizá mi caso pareciera así más interesante, pero la verdad es que los libros no han tenido ninguna influencia sobre mí. Nunca me han gustado los libros. Cuando los abres, estás esperando alguna revelación trascendental, y cuando los cierras, te sientes desilusionado. Además, habría que leerlo todo y no bastaría con una vida entera. Los libros no contienen la vida, sólo contienen sus cenizas. Supongo que a eso lo llaman la experiencia humana. En casa había una gran cantidad de volúmenes antiguos, en una habitación donde no entraba nadie. La mayoría eran libros piadosos, impresos en Alemania, llenos de aquel misticismo moravo que tanto gustaba a mis abuelas. A mí también me gustaba aquella clase de libros; los amores que nos pintan tienen los mismos transportes y arrebatos que cualquier otro amor, pero sin el remordimiento: puede uno abandonarse a ellos sin temor. También había algunas otras obras muy diferentes, la mayoría escritas en francés, en el siglo dieciocho, y que no se suelen dejar en manos de los niños. Pero no me gustaban. Sospechaba ya entonces que la voluptuosidad es un tema muy serio: se debe hablar con seriedad de aquello que nos puede hacer sufrir. Recuerdo algunas de las páginas que hubieran podido despertar mis instintos, pero que yo saltaba con indiferencia porque las imágenes que me ofrecían eran demasiado precisas; es una mentira pintarlas desnudas, ya que las vemos siempre envueltas en una nube de deseo. No es verdad que los libros nos tienten, ni tampoco los acontecimientos, puesto que sólo lo hacen cuando nos llega la hora o el tiempo en que cualquier cosa hubiera sido para nosotros una tentación. Tampoco es verdad que algunas precisiones brutales nos informen sobre el amor; no es fácil reconocer, en la simple descripción de un gesto o de un movimiento, la emoción que más tarde producirá en nosotros.

El sufrimiento es uno. Se habla del sufrimiento como se habla del placer, pero se habla de ellos cuando ya nos dominan. Cada vez que entran en nosotros nos sorprenden como una sensación nueva y tenemos que reconocer que los habíamos olvidado. Son diferentes porque nosotros también lo somos: les entregamos cada vez un alma y un cuerpo modificados por la vida. Y, sin embargo, el sufrimiento no es más que uno. No conoceremos de él, como no conoceremos del placer, más que algunas formas, siempre las mismas, de las que estamos presos. Habría que explicar esto: nuestra alma, supongo, no tiene más que un teclado restringido y aunque la vida se empeñe en hacerlo sonar, sólo podrá obtener dos o tres pobres notas. Recuerdo la atroz insipidez de algunas tardes en que me apoyaba sobre las cosas como para abandonarme, mis excesos musicales, mi necesidad enfermiza de perfección moral; quizá no fueran más que la transposición del deseo. También recuerdo algunas lágrimas derramadas cuando no había por qué llorar; reconozco que todas mis experiencias sobre el dolor estaban ya contenidas en la primera. He podido sufrir más, pero no he sufrido de manera diferente, y por otra parte, cada vez que sufrimos, creemos que nuestro sufrimiento es mayor que la primera vez. Pero el dolor no nos enseña nada sobre sus causas. Si yo hubiera creído algo, habría creído estar enamorado de una mujer. Sólo que no imaginaba de quién.

Me enviaron a Bratislava. Mi salud no era muy buena; se habían manifestado molestias nerviosas y todo ello había retrasado mi partida. Pero la instrucción que yo había recibido en casa ya no era suficiente y pensaban que mi afición a la música hacía que se retrasaran mis estudios. La verdad es que mis resultados no eran muy brillantes. No fueron mejores en el colegio: fui un alumno muy mediocre. Por otra parte, mi estancia en aquella academia fue extremadamente breve. Pasé en Bratislava poco menos de dos años. Pronto te diré por qué. Pero no vayas a imaginarte aventuras extrañas: no pasó nada, o por lo menos, no me ocurrió nada a mí.

Tenía dieciséis años. Siempre había vivido metido dentro de mí mismo. Los largos meses que pasé en Bratislava me enseñaron a ver la vida, es decir, la vida de los demás. Fue, por lo tanto, una época penosa. Cuando vuelvo mi memoria hacia ella veo un muro grande y grisáceo, la tristeza de las camas puestas en fila, el despertar matinal lleno de frío de la madrugada, cuando la carne se siente miserable y la existencia es regular, insípida y desalentadora como un alimento ingerido a la fuerza. La mayoría de mis condiscípulos pertenecían a la misma clase social que yo, y ya conocía a algunos de ellos. Pero la vida en común desarrolla la brutalidad. Me sentía herido por sus juegos, sus costumbres y su lenguaje. No hay nada más cínico que la conversación de los adolescentes, sobre todo cuando son castos. Muchos de mis compañeros vivían con una especie de obsesión por la mujer, quizá menos censurable de lo que yo imaginaba, pero que ellos expresaban de una manera baja y soez. Durante los paseos colectivos, habíamos apercibido algunas criaturas que podrían inducir a lástima, pero que preocupaban mucho a los mayores de mis compañeros; a mí me causaban una repugnancia extraordinaria. Me había acostumbrado a pensar en las mujeres rodeándolas de todos los prejuicios del respeto y las odiaba cuando ya no eran dignas de él. Mi educación severa lo explicaba en parte, pero me temo que hubiera algo más en esa repulsión: no era sólo una simple prueba de inocencia. Tenía ilusión de pureza. Sonrío pensando que nos ocurre así muy a menudo: nos creemos puros cuando en realidad no deseamos lo que estamos despreciando.

No le echo ninguna culpa a los libros; tampoco acuso a los malos ejemplos, aún menos. Sólo creo en las tentaciones interiores. No niego que algunos ejemplos me trastornaron, pero no de la forma que te imaginas. Me sentí aterrorizado. No digo que me indignase, es un sentimiento demasiado sencillo. Creí estar indignado. Yo era escrupuloso y estaba lleno de eso que llaman buenos sentimientos. Le concedía una importancia casi enfermiza a la pureza física probablemente porque, sin yo saberlo, también se la concedía a la carne. La indignación me parecía, por lo tanto, natural y además necesitaba un nombre para designar lo que sentía. Ahora sé que era miedo. Siempre había tenido miedo, un miedo indeterminado, incesante, miedo de algo que debía ser monstruoso y paralizarme de antemano. Desde entonces, el objeto de ese miedo se precisó. Era como si acabara de descubrir una enfermedad contagiosa que se fuera extendiendo a mi alrededor y que, aunque yo me afirmase lo contrario, sentía que podía alcanzarme. Antes sabía confusamente que existían aquellas cosas, pero no me las figuraba así o bien (puesto que tengo que decirlo todo) el instinto, en la época de mis lecturas, estaba menos agudizado. Me imaginaba todo aquello a la manera de hechos un poco vagos, que habían ocurrido en otros tiempos o en sitios lejanos, pero que no tenían para mí ninguna realidad. Ahora los estaba viendo por todas partes. Por la noche, en mi cama, me sofocaba pensándolo y creía sinceramente que me sofocaba de asco. Ignoraba que el asco es una de las formas de la obsesión y que, si deseamos algo, es más fácil pensar en ello con horror que no pensar. Pensaba en ello continuamente. La mayoría de los chicos de quienes yo sospechaba quizá no fueran culpables, pero yo terminaba por sospechar de todo el mundo. Tenía por costumbre hacer examen de conciencia: hubiera debido sospechar de mí mismo. Naturalmente, no lo hice. Me era imposible creer, sin prueba material alguna, que yo estaba al mismo nivel. Todavía pienso que difería de los demás.

Un moralista no vería ninguna diferencia. Sin embargo, me parece que yo no era como ellos e incluso que valía un poco más. Primero, porque sentía escrúpulos y ellos no, con toda seguridad; luego, porque yo amaba la belleza, la amaba con exclusividad y eso hubiera limitado mi elección, lo que no era su caso. En fin, porque yo era más difícil de satisfacer o, si se quiere, más refinado. Fueron incluso estos razonamientos los que me engañaron. Tomé por virtud lo que no era más que delicadeza y las escenas que presencié por casualidad me habrían chocado menos si los protagonistas hubieran sido más hermosos.

A medida que la existencia en común se me hacía más penosa, más sufría por encontrarme sentimentalmente solo. Por lo menos, atribuía mi sufrimiento a una causa sentimental. Todo me irritaba; creía que sospechaban de mí como si ya fuera culpable; el pensamiento, que no me dejaba en paz, me envenenó toda clase de contactos. Me puse enfermo. En fin, más vale decir que me puse peor, porque enfermo lo estaba siempre un poco.

No fue una enfermedad muy grave. Fue mi enfermedad, la de siempre, la que continuaría padeciendo, porque cada uno de nosotros tiene su enfermedad particular al igual que su higiene o su salud y es difícil precisarla del todo. Fue una enfermedad bastante larga: duró varias semanas. Como pasa siempre, me devolvió un poco de calma. Las imágenes que me habían obsesionado durante la fiebre desaparecieron con ella. Sólo me quedó una vergüenza confusa, parecida al mal gusto que deja el ataque y el recuerdo se borró de mi memoria oscurecida. Entonces, como las ideas fijas sólo desaparecen cuando son reemplazadas por otras, vi crecer lentamente mi segunda obsesión: la tentación de la muerte. Siempre me ha parecido muy fácil morir. Mi forma de concebir la muerte apenas difería de lo que yo imaginaba sobre el amor: la veía como un desfallecimiento, una derrota que sería muy dulce. Desde aquel día, toda mi existencia oscila entre esas dos obsesiones: una me cura de la otra, pero no hay ningún razonamiento capaz de curarme de las dos a la vez. Estaba acostado en una cama de la enfermería: miraba, a través de los cristales, el muro gris del patio de enfrente y las voces roncas de los niños subían hasta mí. Yo me decía que la vida sería siempre como aquel muro gris, aquellas voces roncas y aquel malestar producido por mi turbación oculta. Me decía que nada valía la pena y que sería muy cómodo no vivir. Y lentamente, como una especie de respuesta que yo me daba a mí mismo, una música se elevaba dentro de mí. Al principio era una música fúnebre, pero pronto ya no se la podía llamar así porque la muerte no tiene sentido allí donde la vida no alcanza y aquella música planeaba muy por encima de ellas. Era una música apacible y sosegada porque era poderosa. Llenaba la enfermería, me envolvía como el balanceo de un lento oleaje voluptuoso al que no podía resistirme, y por unos instantes me sentía tranquilo. Dejaba de ser el joven enfermizo y asustado de sí mismo y me convertía en lo que yo era de verdad, porque todos nos transformaríamos si nos atreviéramos a ser lo que somos. A mí, demasiado tímido para buscar aplausos e incluso para soportarlos, me parecía fácil ser un gran músico, revelar a las gentes aquella música nueva que latía dentro de mí como un corazón. La tos de algún enfermo, en el rincón opuesto de la habitación, me interrumpía de repente y me daba cuenta de que mis arterias latían demasiado deprisa, simplemente.

Me curé. Conocí las emociones de la convalecencia y sus lágrimas a flor de párpado. Mi sensibilidad, agudizada por el sufrimiento, sentía cada vez más repugnancia por el ambiente del colegio. Sufría por falta de soledad y de música. Durante toda la vida, la música y la soledad han representado para mí el papel de calmantes. Los combates interiores que se habían librado dentro de mí, sin que me diera cuenta, seguidos de mi enfermedad, habían agotado mis fuerzas. Estaba tan débil que me volví muy piadoso, con esa espiritualidad fácil que nos da una gran debilidad: me permitía despreciar sinceramente aquello de lo que antes te hablaba y en lo que pensaba a veces, todavía. Ya no podía vivir en un ambiente que yo creía manchado. Le escribía a mi madre unas cartas absurdas, exageradas pero que sin embargo eran sinceras, suplicándole que me sacara del colegio. Le decía que allí me sentía muy desgraciado, que quería llegar a ser un gran músico, que no tendrían que gastar más dinero y que pronto llegaría a bastarme por mí mismo. Y sin embargo, el colegio me era menos odioso que antes. Varios de mis condiscípulos, que al principio habían sido brutales conmigo, se mostraban ahora un poco mejores; yo era tan fácil de contentar que sentía un gran agradecimiento; pensaba que me había equivocado y que no eran tan malos. Siempre recordaré que un chico a quien nunca había hablado, dándose cuenta de que yo era muy pobre y de que mi familia no me enviaba nunca nada, quiso repartir conmigo no sé qué golosina. Yo me había vuelto de una sensibilidad ridícula que me humillaba; tenía tanta necesidad de afecto que me puse a llorar y recuerdo que me avergoncé de mis lágrimas como si fueran un pecado. Desde aquel día, fuimos amigos. En otras circunstancias, aquel comienzo de amistad me hubiera hecho demorar mi partida: entonces me confirmó en el deseo de marcharme lo antes posible. Escribí a mi madre cartas aún más apremiantes. Le rogaba que viniera a por mí sin demora.

Mi madre fue muy buena. Siempre ha sido muy buena conmigo. Vino a buscarme ella misma. Hay que decir también que mi pensión costaba cara y cada semestre constituía una preocupación para los míos. Si el resultado de mis estudios hubiera sido mejor, es probable que no me hubieran retirado del colegio, pero yo no hacía nada y mis hermanos pensaban que aquello era tirar el dinero. Creo que tenían algo de razón. Mi hermano mayor acababa de casarse, lo que había representado un suplemento de gastos. Cuando regresé a Woroïno, vi que me habían relegado a un ala del edificio bastante alejada pero, naturalmente, no me quejé. Mi madre insistía para que tratase de comer, quiso servirme ella misma; me sonreía con aquella débil sonrisa que parecía excusarse por no poder hacer más. Su rostro y sus manos me parecieron gastados, como su vestido, y me di cuenta de que sus dedos, que yo tanto admiraba por su finura, empezaban a estropearse debido al trabajo, como los de las mujeres pobres. Sentí que la había decepcionado un poco, que había esperado para mí un porvenir mejor que el de músico, probablemente mediocre. No obstante, estaba contenta de volver a verme. No le conté mis tristezas del colegio; ahora me parecían imaginarias comparándolas con las penas y esfuerzos que suponía la simple existencia para mi familia; además, era muy difícil contárselo. Hasta por mis hermanos sentía yo una especie de respeto: administraban lo que todavía llamaban «la hacienda»; era más de lo que yo hacía, más de lo que podría hacer nunca y empezaba a comprender vagamente que aquello tenía su importancia.

Pensarás que mi regreso fue triste; al contrario, estaba feliz. Me sentía salvado. Probablemente adivinarás que era de mí mismo de quien me sentía salvado. Era un sentimiento ridículo, puesto que lo he experimentado varias veces después, lo que demuestra que nunca fue definitivo. Mis años de colegio no habían sido más que un interludio: ya no me acordaba de ellos. Aún no me había desengañado de mi pretendida perfección; me satisfacía vivir según el ideal de moralidad un poco triste que oía ponderar a mi alrededor. Creía que aquella existencia duraría siempre. Me puse a trabajar en serio: conseguí llenar de tal forma mis días de música que los momentos de silencio me parecían simples pausas. La música no nos facilita pensar, sino soñar, y con los sueños más imprecisos. Yo parecía temer todo lo que pudiera distraerme de éstos o quizá precisarlos. No había reanudado ninguna de mis amistades de infancia y cuando los míos iban de visita, les rogaba que me dejaran en casa. Era una reacción contra la vida en común impuesta por el colegio; también era una precaución, pero yo la tomaba sin confesármela a mí mismo. Por nuestra región pasaban muchos vagabundos zíngaros: algunos son buenos músicos y ya sabes que esa raza es a veces muy bella. Antes, cuando era más pequeño, hablaba con los niños a través de las rejas del jardín y, no sabiendo qué decirles, les daba flores. No sé si mis flores los contentaban mucho. Pero después de mi regreso, me había vuelto razonable y sólo salía durante el día, cuando el campo estaba claro.

Yo no tenía ninguna segunda intención. Pensaba lo menos posible. Recuerdo con un poco de ironía que me felicitaba por dedicarme por completo al estudio. Era como un enfermo con fiebre, que no encuentra desagradable su entumecimiento, pero que tiene miedo de moverse porque el menor gesto podría darle escalofríos. Aquello era lo que yo llamaba serenidad. Más adelante aprendí que hay que tenerle miedo a esa calma, en la que uno duerme cuando están cerca los acontecimientos. Nos suponemos tranquilos quizá porque ya hayamos decidido algo, sin nosotros darnos cuenta.

Y fue entonces cuando ocurrió, en una mañana igual a las demás en que nada, ni mi espíritu ni mi cuerpo me avisaban de forma más clara que de costumbre. No digo que las circunstancias me sorprendieran: se me habían presentado en otras ocasiones sin que yo las acogiera, pero las circunstancias son así; son tímidas e infatigables; van y vienen delante de nuestra puerta, siempre iguales a ellas mismas y de nosotros depende el tenderles la mano para detenerlas al paso. Era una mañana como todas las mañanas posibles, ni más ni menos luminosa. Yo paseaba por el campo, por un camino bordeado de árboles. Todo estaba silencioso como si todo se escuchara vivir; mis pensamientos, te lo aseguro, no eran menos inocentes que aquel día que comenzaba. Por lo menos, no puedo recordar ningún pensamiento que no fuera inocente porque, cuando dejaron de serlo, ya no podía controlarlos. En este momento en que parezco alejarme de la naturaleza, tengo que alabarla por estar presente en todo en forma de necesidad. La fruta sólo cae a su hora, aunque su peso la arrastrara desde hacía tiempo hacia el suelo: la fatalidad sólo es esa maduración íntima. Me atrevo a contarte esto de una manera vaga: yo paseaba sin ningún propósito; no fue culpa mía si aquella mañana me encontré con la belleza...

Volví a casa. No quiero dramatizar las cosas: te darías cuenta de que me alejo de la verdad. Lo que yo sentía no era vergüenza, menos aún remordimiento: era más bien estupor. No había imaginado tanta sencillez en lo que me horrorizaba de antemano: la facilidad de la culpa desconcertaba al arrepentimiento. Esta sencillez que el placer me enseñaba la he vuelto a encontrar más tarde en la pobreza, el dolor, la enfermedad y la muerte, quiero decir en la muerte de los demás y espero algún día encontrarla en mi propia muerte. Es nuestra imaginación la que se esfuerza en vestir las cosas, pero las cosas son divinamente desnudas. Regresé a casa. La cabeza me daba vueltas. Nunca he podido recordar cómo pasé aquel día; el temblor de mis nervios fue lento en morir dentro de mí. Sólo puedo recordar que entré en mi habitación, por la noche, y las lágrimas absurdas, pero no amargas, que fueron para mí como un desahogo. Durante toda mi vida había confundido el deseo y el temor; ya no sentía ni lo uno ni lo otro. No digo que fuera feliz: no estaba acostumbrado a la felicidad; sólo estaba estupefacto de sentirme tan poco perturbado.

Toda felicidad es inocencia. Aunque te escandalice, tengo que repetir esa palabra que parece siempre miserable porque nada prueba mejor nuestra miseria que la importancia de la felicidad. Durante algunas semanas, viví con los ojos cerrados. No había abandonado la música; al contrario, sentía una gran facilidad para moverme en ella, como con esa ligereza que se siente en el fondo de los sueños. Parecía como si los minutos matinales me liberaran de mi cuerpo para todo el día. Mis impresiones de entonces, por muy diversas que fueran, sólo son una en mi memoria: se hubiera dicho que mi sensibilidad, al no estar limitada a mí solo, se había dilatado en las cosas. La emoción de la mañana se prolongaba en las frases musicales de la tarde; ciertos matices, ciertos olores, alguna antigua melodía de la que me prendé entonces siguen siendo para mí eternas tentaciones porque me traen el recuerdo de otro. Y luego, una mañana, ya no vino. Mi fiebre acabó: fue como un despertar. Sólo puedo comparar esto al asombro producido por el silencio cuando cesa la música.

Tuve que reflexionar. Naturalmente, sólo podía juzgarme según las ideas admitidas a mi alrededor: me hubiera parecido más abominable aún no horrorizarme de mi culpa que haberla cometido, por lo tanto, me condené severamente. Lo que me asustaba, sobre todo, era el haber podido vivir así y ser feliz durante varias semanas antes de darme cuenta de mi pecado. Trataba de recordar las circunstancias de aquel acto: no lo conseguía. El recuerdo de mi culpa me trastornaba mucho más que la misma culpa en el instante en que la vivía, porque en aquellos momentos yo no me miraba vivir. Me imaginaba haber cedido a una locura pasajera; no me daba cuenta de que mis exámenes de conciencia me hubieran conducido rápidamente a una locura mucho peor. Era demasiado escrupuloso para no esforzarme por ser lo más desgraciado posible.

Tenía en mi habitación uno de esos espejitos que están un poco turbios, como si algún aliento hubiera empañado el cristal. Puesto que me había ocurrido algo tan grave, creía ingenuamente que yo tenía que haber cambiado, pero el espejo sólo me devolvía la imagen de siempre: un rostro indeciso, asustado y pensativo. Lo frotaba con la mano, menos para borrar la marca de un contacto que para asegurarme de que era de mí de quien se trataba. Quizá lo que haga la voluptuosidad tan terrible sea que nos enseña que tenemos un cuerpo. Antes, sólo nos servía para vivir. Después, sentimos que aquel cuerpo tiene su existencia particular, sus sueños, su voluntad y que, hasta la muerte, tendremos que contar con él, cederle, transigir o luchar. Sentimos (creemos sentir) que nuestra alma sólo es su mejor sueño. Solo, ante un espejo que descomponía mi angustia, he llegado a preguntarme qué tenía yo en común con mi cuerpo, con sus placeres o sus sufrimientos, como si no le perteneciera. Pero le pertenezco, amiga mía. Este cuerpo que parece tan frágil es sin embargo más duradero que mis virtuosas resoluciones, quizá más que mi alma, porque a veces el alma muere antes que él. Esta frase, Mónica, quizá te escandalice más que toda mi confesión: tú crees en la inmortalidad del alma. Perdóname por estar menos seguro que tú, o por tener menos orgullo; con frecuencia, el alma no me parece más que una simple respiración del cuerpo.

Creía en Dios. Tenía de Él una concepción muy humana, lo que quiere decir muy inhumana, y me juzgaba abominable ante Él. La vida, la única que puede explicarnos cómo es la vida, nos explica los libros por añadidura: algunos pasajes de la Biblia, que había leído negligentemente, adquirieron para mí una nueva intensidad; me horrorizaron. A veces me decía que las cosas habían sucedido y que nada podría impedirlo, que tenía por lo tanto que resignarme. Pensar esto, igual que pensar en la condenación eterna, me calmaba. En el fondo de toda gran impotencia encontramos un sentimiento de tranquilidad. Me prometí solamente que no volvería a ocurrir nunca más; se lo prometí a Dios, como si Dios aceptara nuestras promesas. Mi culpa sólo había tenido a un cómplice por testigo y éste ya no estaba. Es la opinión de los demás la que confiere a nuestros actos una especie de realidad. Puesto que nadie sabía nada de los míos, no tenían más realidad que la de los gestos que hacemos en sueños. Mi espíritu fatigado se refugiaba tanto en la mentira, que hubiera podido afirmar que no había pasado nada: no es más absurdo negar el pasado que comprometer el porvenir.

Lo que yo había sentido no era amor: ni siquiera pasión. Por muy ignorante que yo fuera, me daba cuenta de ello. Era como una fuerza exterior que me hubiera arrastrado. Echaba toda la responsabilidad sobre él, que solamente la había compartido. Me persuadía de que el haberme separado de él había sido voluntario y meritorio. Sabía muy bien que no era verdad, pero en fin, hubiera podido serlo: también conseguimos engañar a nuestra memoria. A fuerza de repetirnos lo que hubiéramos debido hacer, termina por parecernos imposible no haberlo hecho. El vicio consistía para mí en la costumbre del pecado; no sabía que es más difícil ceder una sola vez que no ceder jamás. Al explicar mi culpa como un efecto de las circunstancias, a las que yo me proponía no exponerme nunca más, las separaba de mí para no ver en ellas más que un accidente. Amiga mía, tengo que confesarlo: desde que me había jurado no cometer nunca más mi pecado, sentía un poco menos el haberlo probado una vez.

Quiero ahorrarte la relación de nuevas transgresiones que me quitaron la ilusión de creerme sólo a medias culpable. Me reprocharías el complacerme en ello; quizá tengas razón. Ahora estoy tan lejos del adolescente que yo era, de sus ideas, de sus sufrimientos, que me inclino sobre él con una especie de amor; tengo ganas de compadecerlo y casi de consolarlo. Este sentimiento, Mónica, me lleva a reflexionar: me pregunto si no es el recuerdo de nuestra juventud lo que nos turba ante la de los demás. Estaba asustado de la facilidad con que yo, tan tímido, tan lento de espíritu, llegaba a prever las posibles complicidades; me reprochaba no tanto mis faltas como la vulgaridad de las circunstancias, como si hubiera dependido de mí el escogerlas menos vulgares. No tenía la tranquilidad de creerme irresponsable: me daba cuenta de que mis actos eran voluntarios, pero yo sólo los quería cuando los estaba cometiendo. Se hubiera dicho que el instinto, para tomar posesión de mí, esperaba a que la conciencia se fuera o a que cerrase los ojos. Yo obedecía, alternándolas, a dos voluntades contrarias que no chocaban entre sí, puesto que se sucedían una a la otra. Algunas veces, sin embargo, se me ofrecía una ocasión que yo no aprovechaba porque era tímido. Así que mis victorias sobre mí no eran más que otras derrotas; nuestros defectos son a veces los mejores adversarios de nuestros vicios.

No tenía a nadie a quien pedir un consejo. La primera consecuencia de las inclinaciones prohibidas es la de encerrarnos dentro de nosotros mismos: hay que callar o bien no hablar más que con nuestros cómplices. He sufrido mucho, en mis esfuerzos por vencerme, por no poder encontrar ni estímulo ni piedad, ni siquiera ese poco de estima que merece toda buena intención. Nunca tuve intimidad con mis hermanos; mi madre, que era piadosa y triste, se hacía sobre mí ilusiones enternecedoras; me habría sentido culpable si le hubiera quitado la idea muy pura, muy dulce y un poco insulsa que se hacía de su hijo. Si me hubiera atrevido a confesarme a los míos, lo que menos me habrían perdonado hubiera sido precisamente esa confesión. Habría puesto a aquella gente en una situación difícil que la ignorancia les evitaba; me hubiesen vigilado, pero no me habrían ayudado. Nuestro papel, dentro de la vida familiar, está ya fijado con relación al resto de la familia. Somos el hijo, el hermano, el marido, ¿qué sé yo? Ese papel nos es particular como nuestro nombre, el estado de salud que se nos supone y la consideración que deben o no mostrarnos. El resto no tiene importancia, el resto es cosa nuestra. Sentado a la mesa o en un salón tranquilo, había momentos de agonía en que me sentía morir. Me extrañaba que no lo viesen. Parece entonces como si el espacio entre nosotros y los nuestros se agrandase hasta volverse infranqueable; nos debatimos en la soledad como en el centro de un cristal. Llegaba incluso a pensar que aquella gente podía ser lo bastante prudente como para comprender, no intervenir y no extrañarse de nada. Esta hipótesis, pensándolo bien, pudiera quizá explicarnos a Dios. Pero cuando se trata de gente corriente es inútil prestarles esa clase de sabiduría: les basta con la ceguera.

Si piensas en la vida familiar que te he descrito, comprenderás que una existencia menos triste hubiera sido también más pura. Y además pienso, por otra parte, creo que con justeza, que nada nos empuja tanto a las extravagancias del instinto como la regularidad de una vida demasiado razonable. Pasamos el invierno en Bratislava. El estado de salud de una de mis hermanas hacía necesaria la estancia en la ciudad, cerca de los médicos. Mi madre, que hacía todo lo que podía por mi porvenir, insistió en que tomase lecciones de armonía; decían a mi alrededor que había progresado mucho. Es cierto que trabajaba como trabajan los que buscan refugio en una ocupación. El músico que me enseñaba (era un hombre bastante mediocre, pero lleno de buena voluntad) aconsejaba a mi madre que me enviara al extranjero para completar mi educación musical. Yo sabía que la existencia allí sería difícil, y sin embargo deseaba marcharme. Estamos atados por tantas ligaduras al lugar en que hemos vivido que nos parece que al alejarnos será también más fácil alejarnos de nosotros mismos.

Mi salud, que había mejorado mucho, ya no era un obstáculo, sólo que mi madre me encontraba demasiado joven. Quizá temiera las tentaciones a las que me expondría una vida más libre; se figuraba, supongo, que la vida en familia me había preservado de ellas. Muchos padres son así. Comprendía que me era necesario ganar algo de dinero, pero pensaba sin duda que podía esperar. No adiviné, entonces, lo patético de su negativa. Ignoraba que le quedase tan poco tiempo de vida.

Una noche, en Bratislava, poco después de la muerte de mi hermana, volví a casa más desesperado que de costumbre. Había querido mucho a mi hermana. No pretendo que su muerte me afligiera exageradamente; estaba demasiado atormentado para conmoverme en demasía. El sufrimiento nos hace egoístas porque nos absorbe por entero: sólo más tarde, en forma de recuerdo, nos enseña la compasión. Regresé a casa algo más tarde de lo que me había propuesto, pero no le había fijado hora a mi madre. La encontré, al abrir la puerta, sentada en la oscuridad. En los últimos años de su vida, a mi madre le gustaba permanecer sin hacer nada cuando se acercaba la noche. Parecía como si quisiera habituarse a la inacción y a las tinieblas. Su rostro, supongo, tomaba entonces esa expresión más serena, más sincera también, que tenemos cuando estamos completamente solos y todo está oscuro. Entré. A mi madre no le gustaba que la sorprendieran así. Me dijo, como para excusarse, que la lámpara acababa de apagarse, pero puse las manos encima y ni siquiera estaba tibia. Se dio cuenta de que me pasaba algo: somos más clarividentes cuando está oscuro, porque nuestros ojos no nos engañan. A tientas, me senté a su lado. Me encontraba en ese estado de languidez un poco especial que conocía demasiado bien: me parecía que una confesión iba a surgir de mí, involuntariamente, como lo hacen las lágrimas. Iba quizá a contárselo todo cuando entró la criada con otra lámpara.

Entonces, sentí que ya no podría decir nada, que no soportaría la expresión de mi madre cuando me hubiera comprendido. Aquel poco de luz me ahorró cometer una falta irreparable e inútil. Las confidencias, amiga mía, siempre son perniciosas cuando no tienen por objeto simplificar la vida de otro.

Había ido demasiado lejos para guardar silencio; tuve que hablar. Describí la tristeza de mi existencia, mis probabilidades de porvenir indefinidamente retrasadas, la sujeción en que mis hermanos me mantenían dentro de la familia. Pensaba en una sujeción mucho peor, de la que esperaba librarme al partir. Puse en aquellas pobres quejas todo el desamparo que hubiera puesto en la otra confesión que no podía hacer y que era la única que me importaba. Mi madre callaba. Comprendí que la había convencido. Se levantó para ir hacia la puerta. Estaba débil y cansada. Sentí lo penoso que le resultaba decirme que no. Quizá fuera como si hubiera perdido a su segundo hijo. Yo sufría por no poder decirle la verdadera causa de mi insistencia; seguramente, me creía egoísta: hubiera querido poder decirle que no me iba a marchar.

Al día siguiente me mandó llamar; hablamos de mi partida como si siempre lo hubiéramos decidido así entre nosotros. Mi familia no era lo bastante rica para darme una pensión, tendría que trabajar para vivir. Con el fin de facilitarme los comienzos, mi madre me entregó, con gran secreto, una cantidad que tomó de su dinero personal. No era una suma importante, pero nos lo pareció a los dos. Se la devolví en parte, en cuanto me fue posible, pero mi madre murió demasiado pronto y no pude pagarle mi deuda del todo. Mi madre creía en mi porvenir. Si alguna vez he deseado la gloria es porque sabía que eso le iba a hacer feliz. Así es como, a medida que van desapareciendo los que hemos amado, disminuyen las razones de conquistar una felicidad que ya no podemos gozar juntos.

Yo iba a cumplir diecinueve años. Mi madre tenía interés en que no me fuera hasta después de mi aniversario; regresé por lo tanto a Woroïno. Durante las semanas que allí pasé, no tuve que reprocharme ningún acto ni casi ningún deseo. Estaba ingenuamente ocupado preparando mi partida; deseaba marcharme antes de que llegara la Pascua, que trae al país demasiados extranjeros. La última noche le dije adiós a mi madre. Nos separamos sencillamente. Hay algo reprobable en mostrarse demasiado cariñoso cuando uno se va, como para que lo echen de menos. Y además, los besos voluptuosos nos hacen olvidar los otros; ya no sabemos o no nos atrevemos a besar. Quería marcharme al día siguiente, muy temprano, sin molestar a nadie. Pasé la noche en mi habitación, delante de la ventana abierta, imaginando el porvenir. Era una noche inmensa y clara. El parque estaba separado del gran camino sólo por una reja; gentes que se habían retrasado pasaban por la carretera en silencio; yo oía sus pasos pesados en la lejanía; de repente, se escuchó un canto triste. Puede que aquellas pobres gentes sufrieran de una manera oscura, como las cosas, pero su canto contenía toda su alma. Cantaban sólo para aligerar la marcha; no sabían lo que estaban expresando así. Recuerdo una voz de mujer, tan límpida que hubiera podido volar sin esfuerzo, indefinidamente, hasta llegar a Dios. Yo no creía imposible que la vida entera fuera una ascensión igual; me lo prometí solemnemente. No es difícil albergar pensamientos admirables cuando están presentes las estrellas. Es más difícil guardarlos intactos durante la pequeñez de los días; es más difícil ser ante los demás lo que somos ante Dios.

Llegué a Viena. Mi madre me había inculcado contra Austria todas las prevenciones de los moravos; pasé una primera semana tan cruel que prefiero no hablar de ella. Alquilé una habitación en una casa bastante pobre. Estaba lleno de buenas intenciones; recuerdo que creía poder ordenar metódicamente mis deseos y mis penas igual que se ordenan los objetos en el cajón de un mueble. Hay, en los renunciamientos de los veinte años, como una borrachera amarga. Había leído, ignoro en qué libro, que ciertos trastornos no son raros en una época determinada de la adolescencia; alejaba la fecha de mis recuerdos en el tiempo para probarme que se trataba de incidentes muy banales, limitados a un período de mi vida que ya había pasado. Ni siquiera pensaba en otras formas de felicidad; tenía, pues, que escoger entre mis inclinaciones, que juzgaba criminales, y una renuncia completa, que quizás no sea humana. Escogí. Me condené, a los veinte años, a una absoluta soledad de los sentidos y del corazón. Así empezaron varios años de luchas, de obsesiones, de severidad. No me pertenece decir que mis esfuerzos fueron admirables; podría decirse que fueron insensatos. En todo caso, ya es algo haberlos hecho; me permiten, hoy en día, aceptarme más honorablemente a mí mismo. Justamente porque hubiera podido encontrar, en aquella ciudad desconocida, ocasiones más fáciles, me creí obligado a rechazarlas todas; no quería faltar a la confianza que me habían demostrado al dejarme partir. Sin embargo, es extraño con qué rapidez nos habituamos a nosotros mismos: encontraba meritorio renunciar a aquello que unos meses antes me horrorizaba.

Ya te he contado que me alojaba en una casa bastante miserable. Dios mío, no pretendía más. Pero lo que hace la pobreza tan dura no son las privaciones, es la promiscuidad. Nuestra situación, en Bratislava, me había evitado los contactos sórdidos que soportamos en las ciudades. A pesar de las recomendaciones que me había entregado mi familia, me fue difícil, durante mucho tiempo, encontrar trabajo con mi edad. No me gustaba hacerme valer; no sabía cómo arreglármelas. Me pareció penoso servir de acompañante en un teatro en donde los que me rodeaban creyeron hacerme sentir más cómodo a fuerza de familiaridad. No fue allí donde mejoró mi opinión sobre las mujeres que se supone podemos amar. Yo era desgraciadamente muy sensible al aspecto exterior de las cosas; sufría por la casa en que habitaba; sufría por las personas que a veces encontraba allí. Ya te imaginarás que eran vulgares. Pero en mis relaciones con la gente siempre me ha ayudado la idea de que no son felices. Las cosas tampoco son felices; esto es lo que nos hace sentir amistad por ellas. Mi habitación me había repugnado al principio; era triste, con una especie de falsa elegancia que encogía el corazón, porque se notaba que no habían podido hacer más. Tampoco estaba muy limpia: se veía que otras personas habían pasado por allí antes que yo y esto me repugnaba un poco. Después, terminé interesándome por lo que habían podido ser aquellas gentes e imaginando su vida. Eran como amigos con quienes no podía enfadarme porque no los conocía. Me decía que se habrían sentado a aquella mesa para hacer penosamente las cuentas del día, que habrían echado en aquella cama su sueño o su insomnio. Pensaba que habrían tenido sus aspiraciones, sus virtudes, sus vicios y sus miserias, igual que yo tenía los míos. No sé, amiga mía, de qué nos servirían nuestras tareas si no nos enseñaran la compasión.

Me acostumbré. Se acostumbra uno fácilmente. Hay como un goce en saber que somos pobres, que estamos solos y que nadie piensa en nosotros. Nos simplifica la vida, pero es también una gran tentación. Volvía tarde, de noche, por los barrios casi desiertos a esas horas, tan cansado que ya no sentía el cansancio. La gente que encontramos en las calles durante el día nos da la impresión de tener una meta precisa, que se supone razonable, pero por la noche parece caminar en sueños. Los transeúntes me parecían, como yo, tener el aspecto vago de las figuras que a veces vemos en sueños y no estaba seguro de que la vida no fuera una pesadilla inepta, agotadora, interminable. No hace falta que te diga lo aburridas que eran aquellas noches vienesas. A veces me encontraba con parejas de amantes instalados en el umbral de las puertas, prolongando a su gusto las conversaciones o los besos, quizá; la oscuridad, a su alrededor, hacía más excusable la ilusión recíproca del amor, y yo envidiaba aquel contento plácido que sin embargo no deseaba. Amiga mía, somos muy raros. Por primera vez sentía un placer perverso en ser diferente de los demás. Es difícil no creerse superior cuando uno sufre, y el ver gente feliz nos da náuseas.

Tenía miedo de volver a mi habitación, de tenderme en la cama en donde estaba seguro de no poder dormir. Sin embargo, había que terminar por hacerlo. Incluso cuando no regresaba hasta el alba, después de haber faltado a las promesas que me había hecho (te aseguro, Mónica, que ocurría muy pocas veces), tenía que subir a la habitación, quitarme de nuevo la ropa como hubiera deseado quitarme el cuerpo, y meterme dentro de las sábanas en donde, entonces, encontraba el sueño. El placer es demasiado efímero, la música nos eleva un momento para dejarnos más tristes que antes, pero el sueño es una compensación. Incluso cuando ya nos ha dejado, nos hacen falta algunos segundos para volver a sufrir y cada vez que nos dormimos tenemos la sensación de entregarnos a un amigo. Sé muy bien que es un amigo infiel, como todos; cuando somos demasiado desgraciados, nos abandona también. Pero sabemos que volverá, tarde o temprano, quizás con otro nombre, y que terminaremos por reposar en él. Es perfecto cuando no soñamos nada, se podría decir que, cada noche, nos despierta de la vida.

Estaba absolutamente solo. Hasta ahora no he dicho nada de los rostros en los que se encarnó mi deseo; no he interpuesto, entre tú y yo, más que fantasmas anónimos. No creas que me obligan a ello el pudor o los celos que uno siente de sus recuerdos. No presumo de haber amado. He sentido demasiado lo poco durables que son las emociones más vivas para querer, al acercarme a seres perecederos, encaminados hacia la muerte, extraer un sentimiento que se pretende inmortal. Después de todo, lo que en el otro nos conmueve sólo es un préstamo que le ha hecho la vida. Creo que el alma envejece, como la carne, y sólo expresa, en los mejores, el esplendor de una época, un milagro efímero como la misma juventud. ¿Para qué, amiga mía, apoyarnos en lo que no perdura?

He huido de las ataduras de la costumbre, hechas de ternura ficticia, de engaño sensual y de hábito perezoso. Creo que sólo podría amar a un ser perfecto y soy demasiado mediocre para merecer que me aceptara, aunque lo encuentre algún día. Y esto no es todo, amiga mía: nuestra alma, nuestro espíritu y nuestro cuerpo tienen exigencias generalmente contradictorias; creo difícil unir satisfacciones tan diversas sin envilecer a unas y sin desanimar a otras, así que he disociado el amor. No quiero justificar mis actos con palabras metafísicas, cuando ya mi timidez es una causa suficiente. Me he limitado casi siempre a complicidades banales, por un terror oscuro a enamorarme y sufrir. Basta con ser prisionero de un instinto, no quiero serlo también de una pasión, y creo sinceramente que no he amado nunca.

Ahora me vuelven algunos recuerdos. No te asustes: no voy a describirte nada; no te diré los nombres; incluso he olvidado los nombres o no los he sabido nunca. Recuerdo la curva especial de una nuca, de unos labios o de unos párpados, algunas caras a las que amé por su tristeza, por el pliegue de cansancio que cercaba su boca o por ese no sé qué de ingenuo que tiene la perversidad de un ser joven, ignorante y reidor. Todo lo que aflora del alma a la superficie del cuerpo. Estoy hablando de desconocidos a los que no volveré a ver, a los que no me interesa volver a ver y por eso mismo puedo hablar o callar con sinceridad. Yo no los quería; no deseaba encerrar en mis manos el poco de felicidad que me aportaban, no les pedía comprensión, ni siquiera ternura: sencillamente, escuchaba su vida. La vida es el misterio de todo ser humano: es tan admirable que siempre se la puede amar. La pasión necesita gritos, el amor mismo se complace con las palabras, pero la simpatía puede ser silenciosa. La he sentido no sólo en minutos de gratitud y de paz, sino hacia seres a los que no asociaba con ninguna idea de placer. La he conocido en silencio, porque los que me la inspiraban no me hubieran entendido. No es necesario que nadie me comprenda. He amado así a las figuras de mis sueños, a pobres gentes mediocres y también a algunas mujeres. Pero las mujeres, aunque digan lo contrario, no ven en la ternura más que un camino hacia el amor.

Mi vecina de habitación era bastante joven; se llamaba María. No te imagines que María era hermosa. Tenía una fisonomía corriente, que pasaba desapercibida. María era algo más que una criada. Trabajaba, y sin embargo no creo que su trabajo le bastara para vivir. En todo caso, cuando yo iba a verla, la encontraba siempre sola. Se las arreglaba, supongo, para estar sola a esas horas.

María no era inteligente, ni quizá muy buena, pero era servicial como lo es la gente pobre que sabe lo necesaria que es una ayuda recíproca. Parecen gastar la solidaridad como la calderilla. Debemos estar agradecidos al más pequeño buen proceder: por eso hablo de María. No tenía autoridad sobre nadie y pienso que le gustaba tenerla sobre mí; me aconsejaba sobre la manera de vestirme para no pasar frío o de encender el fuego y se ocupaba en mi lugar de un montón de pequeñas cosas útiles. No me atrevo a decir que María me recordaba a mis hermanas pero, no obstante, yo encontraba en ella esos dulces gestos de mujer que tanto había amado de niño. Se veía que hacía un esfuerzo para tener buenos modales, lo que ya es meritorio. María creía que le gustaba la música: le gustaba de verdad, pero, por desgracia, tenía muy mal gusto. Era un mal gusto casi conmovedor a fuerza de ser ingenuo; los sentimientos más convencionales le parecían los más hermosos: se hubiera dicho que su alma, igual que su persona, se contentaba con adornos falsos. María podía mentir con toda la sinceridad del mundo. Supongo que vivía, como la mayoría de las mujeres, una existencia imaginaria en la que era mejor y más feliz que en la vida real. Por ejemplo, si la hubiera interrogado, me habría respondido que nunca había tenido amantes y habría llorado si no la hubiera creído. Conservaba dentro de ella el recuerdo de una infancia vivida en el campo, en un ambiente muy honorable, y el recuerdo vago de un novio. Tenía también otros recuerdos de los que no hablaba nunca. La memoria de las mujeres se parece a esas mesas antiguas que utilizan para coser: están llenas de cajones secretos. Algunos están cerrados desde hace mucho tiempo y no se pueden abrir, otros contienen flores secas que han quedado reducidas a polvo de rosas; otros, madejas enredadas, a veces alfileres. La memoria de María era muy complaciente, le servía para borrar su pasado.

Yo iba a verla por la noche, cuando empezaba a hacer frío y sentía miedo de estar solo. Nuestra conversación debía de ser bastante sosa, pero hay no sé qué de tranquilizador en oír hablar a una mujer de cosas insignificantes. María era perezosa: no le extrañaba ver que yo trabajaba muy poco. No tengo nada de príncipe de leyenda. Ignoraba que las mujeres, sobre todo cuando son pobres, creen frecuentemente haber encontrado al personaje de sus sueños, incluso cuando el parecido es extremadamente lejano. Mi situación y quizá mi nombre tenían para María un prestigio novelesco que yo comprendía mal. Por supuesto, siempre le había mostrado una gran reserva; esto la hacía sentirse halagada al principio, como una delicadeza a la que no estaba acostumbrada. Yo no adivinaba sus pensamientos cuando cosía en silencio. Creía simplemente que me tenía afecto y ciertas ideas ni se me ocurrían siquiera.

Poco a poco me di cuenta de que María se mostraba mucho más fría. Había, en sus menores palabras, una especie de deferencia agresiva, como si de repente se hubiera dado cuenta de que yo salía de un ambiente que la gente juzga muy superior al suyo. Sentía que estaba enfadada. No me extrañaba de que el afecto de María hubiera pasado ya: todo pasa. Veía solamente que estaba triste, y era tan ingenuo que no adivinaba el porqué. Creía imposible que sospechara cierta parte de mi existencia; no me daba cuenta de que a lo mejor se hubiera escandalizado menos que yo mismo. En fin, surgieron otras circunstancias: tuve que alojarme en una casa más pobre, ya que mi habitación era demasiado cara para mí. Nunca volví a ver a María. Qué difícil es, aunque se tomen muchas precauciones, no hacer sufrir...

Continuaba luchando. Si la virtud consiste en una serie de esfuerzos por conseguirla, yo fui irreprochable. Aprendí el peligro de las renuncias demasiado rápidas; dejé de creer que la perfección se encuentra al otro lado de una promesa. Me pareció que tanto la sabiduría como la vida están hechas de progresos continuos, de nuevos comienzos, de paciencia. Una curación más lenta se me antojó menos precaria: me contenté, como los pobres, con pequeños triunfos miserables. Traté de espaciar las crisis; caí en un recuento maniático de los meses, las semanas y los días. Sin confesármelo, durante aquellos períodos de excesiva disciplina, vivía esperando el momento en que me permitiría caer. Terminaba por ceder a la primera tentación que se me presentaba, únicamente porque me estaba prohibiendo hacerlo desde hacía demasiado tiempo. Me fijaba de antemano, aproximadamente, la época de mi próxima caída; me abandonaba casi siempre demasiado pronto, menos por impaciencia de conseguir aquel lamentable placer que por evitarme el horror de esperar el ataque y soportarlo. Quiero ahorrarte la relación de las precauciones que tomaba contra mí mismo. Ahora me parecen más viles que mis culpas. Al principio creí que se trataba de evitar las ocasiones de pecado; pronto me di cuenta de que nuestras acciones sólo tienen un valor de síntomas: es nuestra naturaleza lo que habría que cambiar. Había tenido miedo de los acontecimientos; tuve miedo de mi cuerpo; terminé por reconocer que nuestros instintos se comunican con nuestra alma y nos penetran por entero. Entonces, ya no tuve ni un refugio. Encontraba en los más inocentes pensamientos el punto de partida de una tentación; no descubrí ni un solo pensamiento que permaneciera sano; parecían pudrirse dentro de mí y mi alma, cuando la conocí mejor, me dio tanto asco como mi cuerpo.

Algunos momentos eran particularmente peligrosos: los fines de semana, los principios de mes, quizá porque tenía algo de dinero y había tomado la costumbre de buscar complicidades remuneradas (existen, amiga mía, razones así de despreciables). También eran peligrosas las vísperas de fiesta, tan llenas de desocupación y de tristeza para los que viven solos. Aquellos días me encerraba. No tenía nada que hacer: iba y venía, cansado de ver mi imagen reflejada en el espejo; odiaba aquel espejo que me infligía mi propia presencia. Un crepúsculo confuso comenzaba a llenar la habitación. La sombra se posaba sobre las cosas como una mancha más. Dejaba la ventana abierta porque me faltaba el aire; los ruidos de fuera me cansaban hasta el punto de impedirme pensar. Estaba sentado, me esforzaba por fijar mis ideas, pero una idea conduce siempre a otra y no se sabe hasta dónde puede llevarnos. Era mejor moverse, andar. No hay nada censurable en salir a la hora del crepúsculo; sin embargo, ya era una derrota que presagiaba otra. Me gustaba aquella hora en que late la fiebre de las ciudades. No describiré la búsqueda alucinante del placer, los desengaños posibles, la amargura de la humillación moral, mucho peor que después de la falta, cuando ni siquiera es compensada por la paz del cuerpo. Y paso por el sonambulismo del deseo, la resolución brusca que barre todas las demás, la alacridad de la carne que termina por no obedecer más que a sí misma. Describimos a menudo la felicidad de un alma que pudiera deshacerse de su cuerpo: hay momentos, en la vida, en que el cuerpo se deshace del alma.

¿Dios, cuándo moriré? Mónica, te acuerdas de esas palabras... Están al principio de una vieja oración alemana. Estoy cansado de este ser mediocre, sin porvenir y sin confianza en el porvenir, de este ser al que tengo forzosamente que llamar «yo», puesto que no puedo separarme de él. Me obsesiona con sus tristezas y sus penas; lo veo sufrir y ni siquiera soy capaz de consolarlo. Ciertamente soy mejor que él, puedo hablar de él como si se tratara de un extraño, pero no comprendo las razones que me hacen su prisionero. Y lo más terrible, quizá, es que los demás no conocerán de mí más que a ese personaje en lucha con la vida. Ni siquiera puedo desear su muerte, ya que cuando muera, moriré yo con él. En Viena, durante aquellos años de combates interiores, muchas veces deseé morir.

No son nuestros vicios los que nos hacen sufrir, sólo sufrimos por no poder resignarnos a ellos. Conocí todos los sofismas de la pasión y también todos los sofismas de la conciencia. La gente se figura que reprueban ciertos actos porque la moral se opone; en realidad, obedecen (tienen la suerte de obedecer) a repugnancias instintivas. Estaba impresionado, a mi pesar, por la extrema insignificancia de nuestras faltas más graves, por el poco lugar que ocuparían en nuestra vida si los remordimientos no prolongaran su duración. Nuestro cuerpo olvida, igual que nuestra alma; quizás sea esto lo que explique, en algunos de nosotros, la renovación de nuestra inocencia. Me esforzaba por olvidar; casi lo conseguía. Luego, aquella amnesia me horrorizaba. Mis recuerdos me parecían siempre incompletos, y me sometían a un suplicio cada vez mayor. Me arrojaba sobre ellos para revivirlos. Me desesperaba al notar que empalidecían. Sólo los tenía a ellos para compensarme del presente y del porvenir al que renunciaba. No me quedaba ya, después de haberme prohibido tantas cosas, el valor de prohibirme mi pasado.

Vencí. A fuerza de recaídas miserables y de victorias aún más miserables, logré vivir durante todo un año como hubiera deseado vivir toda mi vida. Amiga mía, no tienes que sonreír. No quiero exagerar mi mérito: tener mérito al abstenerse de cometer una falta es ya, de alguna manera, sentirse culpable. Algunas veces, conseguimos dirigir nuestros actos, menos nuestros pensamientos, pero en nuestros sueños no podemos influir nunca. Soñé. Conocí el peligro de las aguas estancadas. Parece como si actuar nos absolviera. Hay algo puro en un acto, aunque sea culpable, comparándolo con los pensamientos que de él nos formamos. Digamos, si lo prefieres, que es menos impuro debido a ese no sé qué de mediocre que siempre tiene la realidad. Aquel año en que no cometí, te lo aseguro, ningún acto reprochable, estuvo enturbiado por más obsesiones que ningún otro y por obsesiones más bajas. Se hubiera dicho que aquella llaga, al cerrarse demasiado pronto, se me había abierto en el alma terminando por envenenarla. Me sería fácil hacer un relato dramático, pero ni a ti ni a mí nos interesan los dramas y hay muchas cosas que se pueden dar a entender muy bien sin contarlas. Así que yo había amado la vida. En nombre de la vida, es decir, de mi porvenir, me había esforzado por reconquistarme a mí mismo. Pero se odia la vida cuando se sufre. Soporté la obsesión del suicidio y otras peores todavía. En los objetos más humildes, ya no veía más que el instrumento de una destrucción posible. Me daban miedo las telas, porque se pueden anudar, la punta de las tijeras y sobre todo los objetos cortantes. Aquellas formas brutales de liberación eran una tentación para mí y tenía que poner un candado entre mi demencia y yo.

Me endurecí. Hasta entonces me había abstenido de juzgar a los demás. Si hubiera podido, habría terminado por ser tan implacable con ellos como conmigo. No perdonaba al prójimo ni la más pequeña transgresión; tenía miedo de que mi indulgencia para con los demás obligara a mi conciencia a excusar mis propias faltas. Temía el reblandecimiento que nos producen las sensaciones dulces: llegué hasta a aborrecer la naturaleza a causa de la ternura que nos inspira la primavera. Evitaba cuanto podía la emoción que me producía la música: mis manos, posadas sobre las teclas, me intranquilizaban por recordarme las caricias. Tuve miedo de los encuentros mundanos imprevistos, del peligro de las caras humanas. Me quedé solo. Luego, la soledad también me dio miedo. Nunca estamos completamente solos, por desgracia; siempre estamos con nosotros mismos.

La música, alegría de los fuertes, es el consuelo de los débiles. La música era para mí un oficio del que vivía. Enseñarla a los niños es una dura prueba, porque la técnica termina desviándolos del sentimiento. Pienso que primero haría falta enseñarles a ver el sentimiento. Pero, en todo caso, las costumbres se oponen y ni mis alumnos ni sus familias tenían ningún interés por cambiar las costumbres. Y aún prefería a los niños que a las personas mayores que me vinieron después y que se creían forzadas a expresar algo. Además, los niños me intimidaban menos. Si hubiera querido, habría podido impartir más lecciones, pero con las que daba me bastaba para vivir. Ya trabajaba demasiado. No rindo culto al trabajo, cuando el resultado sólo nos importa a nosotros mismos. Sin duda, cansarse es una manera de domar el cuerpo, pero el agotamiento del cuerpo termina por entumecer el alma. Queda por saber, Mónica, si un alma inquieta no vale más que un alma dormida.

Me quedaban las noches. Me concedía, cada noche, unos minutos de música para mí solo. Es cierto que el placer solitario es un placer estéril, pero ningún placer es estéril cuando nos reconcilia con la vida. La música me transporta a un mundo en donde el dolor sigue existiendo, pero se ensancha, se serena, se hace a la vez más quieto y más profundo, como un torrente que se transformara en lago. Volvía tarde y no podía ponerme a tocar una música demasiado ruidosa; además, nunca me ha gustado. Me daba cuenta de que, en la casa, sólo toleraban la mía y, sin duda, el sueño de la gente cansada vale más que todas las melodías posibles. Así fue, amiga mía, que me acostumbré a tocar siempre con sordina, como si temiera despertar a alguien. El silencio no sólo compensa la impotencia del lenguaje, sino también, para los músicos mediocres, la pobreza de los acordes. Siempre me ha parecido que la música debería ser silencio, el misterio de un gran silencio que buscara su expresión. Véase, por ejemplo, una fuente: el agua muda llena los conductos, se acumula, desborda y la perla que cae es sonora. Creo que la música debería ser el desbordamiento de un gran silencio.

De niño, deseaba la gloria. A esa edad deseamos la gloria igual que deseamos el amor: necesitamos a los demás para revelarnos a nosotros mismos. Yo no digo que la ambición sea un vicio inútil; puede servir para azotarnos el alma, sólo que la agota. No sé de ningún éxito que no se compre con una semimentira; no sé de ningún auditorio que no nos obligue a omitir o a exagerar alguna cosa. A menudo he pensado con tristeza que un alma verdaderamente hermosa no alcanzaría la gloria, porque no la desearía. Esta idea me desengaña de la gloria y del genio. Creo que el genio no es más que una elocuencia particular, un don ruidoso de expresarse. Incluso aunque yo fuera Chopin, Mozart o Pergolesi, sólo conseguiría expresar, imperfectamente quizá, lo que siente cada día un músico de pueblo cuando trata de expresarse lo mejor que puede con toda humildad. Yo hacía todo lo que podía. Mi primer concierto fue algo peor que un fracaso: fue un éxito a medias. Fueron necesarias, para que me decidiera a darlo, toda clase de razones materiales y esa autoridad que ejerce sobre nosotros la gente de mundo cuando nos quiere ayudar. Mi familia tenía en Viena numerosos parientes lejanos; fueron para mí casi unos protectores, pero yo los consideraba unos extraños. Mi pobreza les humillaba un poco; hubieran deseado verme célebre, para no sentirse molestos al hablar de mí. Los veía raras veces; quizá me guardasen rencor por no darles la ocasión de rehusarme una ayuda. Y, sin embargo, me ayudaron. Lo hicieron, ya lo sé, de la manera que pudiera resultarles menos costosa, pero no veo, amiga mía, con qué derecho exigiríamos bondad.

Recuerdo mi entrada en escena, en mi primer concierto. La asistencia era muy poco numerosa, pero aún era demasiado para mí. Me ahogaba. No me gustaba aquel público para el que el arte no es más que una vanidad necesaria; aquellas caras compuestas disimulando las almas, la ausencia de alma. Concebía mal que se pudiera tocar delante de desconocidos, a una hora fija y por un salario entregado de antemano. Adivinaba las opiniones que se creerían obligados a formular al salir; odiaba su gusto por un énfasis inútil e incluso el interés que sentían por mí al pertenecer yo a su mundo. Odiaba el esplendor ficticio con el que se adornaban las mujeres. Prefería incluso a los auditorios de conciertos populares que di alguna vez en salas miserables, por la noche, en donde a veces aceptaba tocar gratuitamente. La gente iba allí con la esperanza de instruirse. No es que fueran más inteligentes que los otros, pero tenían mejor voluntad. Habían tenido que vestirse lo mejor posible, después de cenar; habían tenido que consentir en pasar frío durante dos largas horas, en una sala mal iluminada. La gente que va al teatro busca olvidarse de ella misma; los que van a un concierto tratan más bien de encontrarse. Entre la dispersión del día y la disolución del sueño, vuelven a sumergirse en lo que son. Caras fatigadas de los auditores de por la noche, caras que descansan en sus sueños y parecen bañarse en ellos... Mi cara... ¿Y no soy yo también muy pobre, yo que no tengo ni amor, ni fe, ni deseo confesable, yo que no puedo contar más que conmigo mismo y que casi siempre me soy infiel?

El invierno siguiente fue un invierno lluvioso. Cogí frío. Estaba demasiado acostumbrado a estar siempre algo enfermo para inquietarme cuando lo estaba de verdad. Durante el año del que te estoy hablando volvieron a aparecer los trastornos nerviosos sufridos en mi infancia. Aquel enfriamiento, del que no me preocupé, me debilitó más todavía: caí enfermo, y esta vez muy grave.

Comprendí entonces la felicidad de estar solo. Si hubiera sucumbido, en aquella época, no habría tenido que echar de menos a nadie. Era el desapego absoluto. Precisamente, una carta de mis hermanos me comunicó que mi madre había muerto hacía ya un mes. Me entristecí, sobre todo por no haberlo sabido antes. Parecía como si me hubieran robado algunas semanas de dolor. Estaba solo. El médico del barrio, al que habían llamado mis vecinos, pronto dejó de venir y mis vecinos se cansaron de cuidarme. Me sentía contento así. Estaba tan sereno que ni siquiera sentía la necesidad de resignarme. Miraba cómo mi cuerpo se debatía, se ahogaba, sufría. Mi cuerpo quería vivir. Había en él una fe en la vida que yo mismo admiraba: casi me arrepentí de haberlo despreciado, desanimado y castigado cruelmente. Cuando me puse mejor, cuando pude incorporarme en la cama, mi espíritu seguía incapaz de largas reflexiones. Fue mi cuerpo el que me proporcionó las primeras alegrías. Recuerdo la belleza casi sagrada del pan, el humilde rayo de sol que me calentaba la cara y el vértigo que me causó la vida. Llegó el día en que me pude asomar a la ventana abierta. La calle en que yo vivía, en un barrio de Viena, era una calle gris, pero hay momentos en que basta con ver sobresalir un árbol por detrás de una muralla para saber que existen bosques. Aquel día, gracias a mi cuerpo, tuve mi segunda revelación de la belleza del mundo. Ya sabes cuál fue la primera. También lloré, como la primera vez, no tanto de felicidad ni de agradecimiento; lloré de que la vida fuera tan sencilla y sería tan fácil si nosotros lo fuéramos lo bastante para aceptarla tal como es.

Lo que le reprocho a la enfermedad es que nos permite renunciar demasiado fácilmente. Nos creemos curados del deseo, pero en la convalecencia nos llega la recaída y nos damos cuenta, siempre con el mismo estupor, de que la alegría puede aún hacernos sufrir. Durante los meses que siguieron, creí poder continuar viendo la vida con los ojos indiferentes de los enfermos. Persistía en pensar que quizá no me quedaba mucho tiempo, me perdoné mis culpas, como Dios, sin duda, nos perdonará después de la muerte. Ya no me reprochaba el sentirme conmovido con exceso por la belleza humana; veía una debilidad de convaleciente en aquellos ligeros estremecimientos del corazón, la turbación excusable de un cuerpo nuevo ante la vida. Volví a mis lecciones y a mis conciertos. Era necesario, porque mi enfermedad me había costado muy cara. Casi nadie había pensado en preguntar por mí. Las personas en cuyas casas daba clase no se dieron cuenta de que aún estaba muy débil. No hay que guardarles rencor. Yo no era para ellos más que un joven dulce, aparentemente razonable y cuyas lecciones no eran caras. Me consideraban únicamente desde ese punto de vista, y mi ausencia no significaba para ellos más que un contratiempo. En cuanto fui capaz de dar un paseo largo, me dirigí a casa de la princesa Catalina.

El príncipe y la princesa de Mainau pasaban en Viena, por aquel entonces, unos cuantos meses del invierno. Me temo, amiga mía, que sus pequeños defectos mundanos nos hayan impedido apreciar lo que había de extraordinario en aquella gente de antes. Eran los supervivientes de un mundo más razonable que el nuestro, por ser precisamente más frívolo, menos preocupado. El príncipe y la princesa tenían esa afabilidad fácil, suficiente, en las pequeñas casas, para reemplazar la verdadera bondad. Compartíamos un parentesco lejano por parte de las mujeres; la princesa recordaba haberse educado con mi abuela materna en un colegio de monjas alemanas. Le gustaba recordar aquella intimidad tan lejana, ya que era de esas mujeres que sólo ven en la edad una nobleza más: quizá su única coquetería consistiera en rejuvenecer su alma. La belleza de Catalina de Mainau no era más que un recuerdo; en vez de espejos, en su habitación tenía los retratos de otros tiempos. Pero se sabía que había sido hermosa. Decían que había inspirado vivas pasiones y también las había sentido; tuvo penas que no le duraron mucho tiempo. Supongo que le ocurría con sus pesares igual que con los trajes de noche: sólo se los ponía una vez, pero los guardaba todos, así que tenía armarios de recuerdos. Tú decías, amiga mía, que la princesa Catalina tenía el alma de encajes.

Yo iba raras veces a sus fiestas, pero siempre me recibía bien. No sentía por mí (yo me daba cuenta) verdadero cariño, sino sólo un afecto distraído de vieja señora indulgente. Y, sin embargo, yo casi la quería. Me gustaban sus manos, un poco hinchadas, apretadas por el anillo de las sortijas, sus ojos cansados y su acento límpido. La princesa, como mi madre, empleaba ese francés dulce y fluido del siglo de Versalles que da a las menores palabras la gracia anticuada de una lengua muerta. Encontraba en ella, como después lo encontré en ti, un poco de mi habla natal. Hacía todo lo que podía para formarme en la vida mundana; me prestaba libros de poetas; escogía los que eran tiernos, superficiales y difíciles. La princesa de Mainau me creía razonable: era el único defecto que ella no perdonaba. Me interrogaba, riendo, sobre las jóvenes con quienes me encontraba en su casa; le extrañaba que no me enamorase de ninguna. Aquellas simples preguntas eran para mí un suplicio. Naturalmente, ella se daba cuenta: me encontraba tímido y más joven de lo que era. Yo le agradecía que me juzgara así. Cuando somos desgraciados y nos creemos muy culpables, hay algo tranquilizador en ser tratados como niños sin importancia.

Sabía que yo era muy pobre. La pobreza, como la enfermedad, eran cosas feas de las que se apartaba. Por nada del mundo hubiera consentido en subir cinco pisos. No la censures: era de una delicadeza infinita. Quizá fuera para no herirme por lo que me hacía regalos inútiles, y los más inútiles son a veces los más necesarios. Cuando se enteró de que estaba enfermo, me envió flores. Ante las flores, no tenemos que sentirnos avergonzados por vivir en una habitación sórdida. Era más de lo que yo esperaba de nadie; no creía que hubiese en la tierra alguien tan bueno que me enviara flores. Por entonces, ella sentía pasión por las lilas color malva; gracias a ella tuve una convalecencia perfumada. Ya te he dicho lo triste que era mi habitación; quizá, sin las lilas de la princesa Catalina, nunca hubiera tenido el valor de curarme.

Cuando fui a darle las gracias, todavía me encontraba muy débil. La vi, como de costumbre, sentada ante uno de esos trabajos de aguja que raras veces tenía la paciencia de acabar. Mi agradecimiento le extrañó; ya no se acordaba de haberme enviado flores. Amiga mía, esto me indignó: parece como si la belleza de un regalo disminuyera cuando el que lo hace no le da importancia. Las persianas, en casa de la princesa Catalina, estaban siempre cerradas; vivía, por gusto, en un perpetuo crepúsculo y, sin embargo, el olor polvoriento de la calle invadía la habitación; se daba uno cuenta de que empezaba el verano. Yo pensaba, con una abrumadora fatiga, que tendría que soportar aquellos cuatro meses de verano. Pensaba en las lecciones que se harían cada vez más escasas, en los inútiles paseos nocturnos en busca de un poco de frescor, en el nerviosismo, en el insomnio y en otros peligros más. Tenía miedo de volver a caer enfermo, más que enfermo; terminé por quejarme, en voz alta, de que el verano llegara tan pronto. La princesa de Mainau lo pasaba en Wand, en una antigua propiedad que le venía de los suyos. Wand sólo era para mí un nombre indefinido, como todos los de los lugares en que creemos que no viviremos; tardé algún tiempo en comprender que la princesa me invitaba. Me invitaba por piedad. Me invitaba alegremente, ocupándose ya de escogerme una habitación, tomando, por decirlo así, posesión de mi vida hasta el próximo otoño. Entonces sentí vergüenza por parecer, al quejarme, que esperaba algo. Acepté. No tuve el valor de castigarme rechazando su oferta, y además ya sabes lo difícil que es llevarle la contraria a la princesa Catalina.

Fui a Wand pensando que pasaría allí tres semanas: permanecí varios meses. Fueron unos largos meses inmóviles. Transcurrieron lentamente, de manera maquinal y verdaderamente insensible; se hubiera dicho que yo esperaba algo sin saberlo. La existencia allí era ceremoniosa aun siendo muy sencilla; probé la calma de aquella vida más fácil. No puedo decir que Wand me recordara a Woroïno; sin embargo, sentía la misma impresión de vejez y de eternidad tranquila. La riqueza parecía haberse instalado en aquella casa de la misma manera que la pobreza lo había hecho en la nuestra. Los príncipes de Mainau siempre habían sido ricos; por tanto, no podía uno extrañarse de que lo fueran y ni siquiera los pobres se irritaban por ello. El príncipe y la princesa daban muchas recepciones: vivíamos entre libros recién llegados de Francia, partituras abiertas y cascabeles de coches de caballos. En ese ambiente culto y, sin embargo, frívolo, parece como si la inteligencia fuera un lujo más. Sin duda, el príncipe y la princesa no eran amigos míos: eran mis protectores. La princesa me llamaba, riendo, su músico extraordinario; me exigían, por las noches, que me sentara a tocar el piano. Yo sentía cómo, ante aquella gente de mundo, sólo podía tocar una música banal, superficial como todas aquellas palabras que se decían, pero también había belleza en aquellas arias olvidadas.

Aquellos meses pasados en Wand me parecen una larga siesta durante la que yo me esforzaba por no pensar en nada. La princesa no quiso que interrumpiera mis conciertos; me ausenté para dar varios de ellos en algunas grandes ciudades alemanas. A veces me encontraba allí con tentaciones bien conocidas, pero no eran más que un incidente. Al regresar a Wand, se me borraba hasta el recuerdo: hacía uso, una vez más, de mi aterradora facultad de olvido. La vida de la gente de mundo se limita, en superficie, a algunas ideas agradables o, por lo menos, decentes. Se sabe que existen realidades humillantes, pero se vive como si no hubiera que soportarlas. Es como si acabaran por confundir el traje con el cuerpo. Claro que yo no era capaz de un error tan grosero: hasta he llegado a mirarme desnudo. Sólo que cerraba los ojos. Yo no era feliz, en Wand, antes de tu llegada; sólo estaba adormecido. Después, llegaste tú. Tampoco fui feliz a tu lado, pero imaginé la existencia de la felicidad. Fue como el sueño de una tarde de verano.

Sabía de ti, de antemano, todo lo que se puede saber de una chica joven, es decir, poca cosa o muy pequeñas cosas. Me habían dicho que eras muy hermosa, rica y perfecta. No me habían dicho lo buena que eras; la princesa lo ignoraba o puede ser que la bondad para ella sólo fuera una cualidad superflua: pensaba que la simpatía es suficiente. Muchas chicas jóvenes son hermosas; también las hay ricas y perfectas, pero yo no encontraba ninguna razón para interesarme por todo eso. Que no te extrañe, amiga mía, que tantas descripciones fueran inútiles: hay, en el fondo de todo ser perfecto, algo único que desconcierta al elogio. La princesa quería que te admirase antes de conocerte, así que te imaginé menos sencilla de lo que eres. Hasta entonces no me había sido desagradable representar en Wand el papel de un invitado muy modesto, pero me parecía que querían forzarme a brillar ante ti. Yo me sentía incapaz y las caras nuevas siempre me intimidan. Si hubiera dependido de mí, me habría marchado antes de tu llegada, pero me fue imposible. Ahora comprendo con qué intención me retuvieron el príncipe y la princesa; por desgracia, eran dos viejos empeñados en proporcionarme la felicidad.

Tienes que perdonar a la princesa Catalina. Me conocía lo bastante poco para creerme digno de ti. La princesa sabía que eras muy piadosa; yo también lo era, antes de conocerte, de una piedad timorata e infantil. Claro que yo era católico y tú protestante; pero eso importaba tan poco... La princesa se figuraba que un nombre de rancio abolengo sería suficiente para compensar mi pobreza, y los tuyos también razonaron de la misma manera. Catalina de Mainau se compadecía, puede que exageradamente, de mi vida solitaria y a menudo difícil; temía para ti un marido vulgar; se creyó obligada, de alguna manera, a reemplazar a tu madre y a la mía. Y, además, yo era pariente suyo; también quiso complacer a mi familia. La princesa de Mainau era sentimental: le gustaba vivir en una atmósfera un poco sosa de noviazgos alemanes; el matrimonio era para ella una comedia de salón sembrada de ternuras y sonrisas en la que aparece la felicidad al llegar el quinto acto. La felicidad no llegó, Mónica; pero quizá seamos incapaces de alcanzarla y no es culpa de la princesa de Mainau.

Creo haberte dicho que el príncipe me había contado tu historia. Creo que más bien la historia de tus padres, porque la de las jovencitas es siempre una historia interior; su vida es un poema antes de llegar a ser un drama. Escuché aquella historia con indiferencia, como uno de aquellos interminables relatos de caza y viaje en los que el príncipe se perdía, por la noche, después de las largas cenas. Y era en verdad un relato de viajes, puesto que el príncipe había conocido a tu padre en el curso de una expedición, ya lejana, a las Antillas francesas. El doctor Thiébaut fue un célebre explorador; se había casado bastante mayor; tú habías nacido allí. Luego, tu padre, al quedarse viudo, dejó las islas, y os fuisteis a vivir a una provincia francesa, en casa de unos parientes de tu padre. Habías crecido en un ambiente severo, pero muy cariñoso. Tu infancia fue la de una niña feliz. Cierto es, amiga mía, que no necesitas que te cuente tu historia: la sabes mejor que yo. Tu vida transcurrió, día tras día, versículo por versículo, a la manera de un salmo. No es necesario siquiera que la recuerdes: te ha hecho como eres, y tus gestos, tu voz, toda tú, dan testimonio de ese pasado tranquilo.

Llegaste a Wand un día, a finales del mes de agosto, a la hora del crepúsculo. No recuerdo exactamente los detalles de esa aparición; no sabía que entrabas, no sólo en aquella casa alemana, sino también en mi vida. Recuerdo solamente que ya había oscurecido y que las lámparas del vestíbulo aún no estaban encendidas. No era la primera vez que ibas a Wand, así que las cosas tenían para ti algo familiar; también ellas te conocían. Estaba demasiado oscuro para que yo pudiera distinguir tus facciones; sólo me di cuenta de que estabas muy tranquila. Amiga mía, las mujeres son raras veces tranquilas: son plácidas o bien febriles. Tú eras serena a la manera de una lámpara. Conversabas con los huéspedes, decías sólo las palabras que había que decir y hacías sólo los gestos que había que hacer; todo era perfecto. Aquella tarde estuve más tímido aún que de costumbre; hubiera descorazonado hasta tu bondad. Sin embargo, no sentía antipatía hacia ti. Tampoco te admiraba: estabas demasiado lejos. Tu llegada me pareció simplemente un poco menos desagradable de lo que yo había temido al principio. Ya ves que te digo toda la verdad.

Trato de revivir, lo más exactamente posible, las semanas que nos llevaron al noviazgo. Mónica, no es fácil. Tengo que evitar las palabras de felicidad o amor, porque, en fin, yo no te he amado. Sólo que llegaste a ser para mí algo querido. Ya te he contado lo sensible que yo era a la dulzura de las mujeres: sentía, a tu lado, un sentimiento nuevo de confianza y de paz. Te gustaban, igual que a mí, los largos paseos por el campo que no conducen a ninguna parte. Yo no necesitaba que condujeran a ninguna parte; me bastaba con sentirme tranquilo a tu lado. Tu natural pensativo congeniaba con mi timidez: nos callábamos juntos. Luego, tu hermosa voz grave, un poco velada, tu voz bañada de silencio, me interrogaba suavemente sobre mi arte y sobre mí; yo comprendía que sentías hacia mí una especie de tierna compasión. Eras buena. Sabías lo que era el sufrimiento por haberlo curado y consolado muchas veces: adivinabas en mí al joven enfermo o al joven pobre. Tan pobre era que no te amaba. Sólo que te encontraba dulce. A veces se me ocurría pensar que hubiera sido feliz siendo tu hermano. No iba más lejos. No era lo bastante presuntuoso para imaginar otra cosa o, quizá, mi naturaleza se callaba. Cuando lo pienso, era ya mucho que se callara.

Eras muy piadosa. En aquella época, tú y yo creíamos todavía en Dios, en ese Dios que tantas gentes nos describen como si lo conocieran. Sin embargo, nunca hablabas de Él porque lo sentías presente. Se habla sobre todo de los que se ama cuando están ausentes. Tú vivías en Dios. Te gustaban, como a mí, los viejos libros de los místicos que parecen haber mirado la vida y la muerte a través de un cristal. Nos prestábamos libros. Los leíamos juntos, pero no en voz alta, sabíamos demasiado bien que las palabras siempre rompen algo. Eran dos silencios acordes. Nos esperábamos al llegar al final de la página; tu dedo seguía los renglones de las oraciones empezadas como si se tratase de seguir un camino. Un día en que me sentí más valiente y tú más dulce que de costumbre, te confesé que tenía miedo de condenarme. Sonreíste gravemente para darme confianza. Entonces, bruscamente, aquella idea me pareció pequeña, miserable y muy lejos; comprendí, aquel día, la indulgencia de Dios.

Así que mis recuerdos son recuerdos de amor. Sin duda, no era una verdadera pasión, pero no estoy seguro de que una pasión me hubiera hecho mejor o más dichoso. Sin embargo, me doy cuenta demasiado bien de todo el egoísmo contenido en aquel sentimiento: me apegaba a ti. Apego: desgraciadamente, es la única palabra que conviene. Transcurrían las semanas: la princesa encontraba todos los días alguna razón para retenerte; creo que empezabas a habituarte a mí. Habíamos llegado a intercambiar nuestros recuerdos de infancia; conocí algunos dichosos gracias a ti; por mí, tú los conociste tristes: fue como si hubiéramos desdoblado nuestro pasado. Cada hora que pasaba añadía algo a aquella intimidad tímidamente fraternal. Me di cuenta, con temor, de que habían terminado por creernos novios.

Le abrí mi corazón a la princesa Catalina. No podía decírselo todo: insistí sobre la extremada indigencia en que se debatía mi familia; tú eras, por desgracia, demasiado rica para mí. Tu nombre, ya célebre en el mundo de la ciencia desde hacía dos generaciones, valía seguramente más que un pobre título de nobleza austríaca. En fin, me atreví a hacer alusión a faltas anteriores, de naturaleza muy grave, que me prohibían pretender tu amor, pero que, naturalmente, no pude precisar. Esta semiconfesión, que fue para mí muy penosa, no consiguió más que hacerla sonreír. Mónica, ni siquiera me creyeron. Tropecé con la testarudez de gentes frívolas. La princesa se había propuesto unirnos de una vez por todas: tenía de mí una idea favorable que no volvió a modificar. El mundo, a veces demasiado severo, compensa su dureza con su falta de atención. No sospechan de nosotros, simplemente. La princesa de Mainau decía que la experiencia la había vuelto frívola: ni ella ni su marido me tomaron en serio. Les pareció que mis escrúpulos eran el testimonio de un amor verdadero; porque estaba inquieto, me creyeron desinteresado.

La virtud tiene sus tentaciones, como todo; mucho más peligrosas porque no desconfiamos de ellas. Antes de conocerte, yo soñaba con el matrimonio. Los que llevan una existencia irreprochable sueñan quizás con otras cosas; nos compensamos así de no tener más que una naturaleza y de no vivir más que uno de los aspectos de la felicidad. Jamás, ni en los momentos de completo abandono, había creído yo que mi estado fuera definitivo o simplemente duradero. Había tenido, en mi familia, admirables ejemplos de ternura femenina; mis ideas religiosas me llevaban a ver, en el matrimonio, el único ideal inocente y permitido. Imaginaba que una joven muy dulce, muy afectuosa y muy grave terminaría algún día por enseñarme a amarla. No había conocido, fuera de mi casa, a ninguna que se le pareciera: pensaba en las jovencitas de sonrisa pálida que vemos en las páginas de los viejos libros, Julie von Charpentier o Thérèse de Brunswick. Eran imaginaciones un poco vagas y desgraciadamente muy puras. Además, un sueño no es una esperanza; nos basta con él; incluso nos parece más dulce cuando lo creemos imposible, porque no sentimos la inquietud de tener que vivirlo algún día.

¿Qué debía hacer? No me atrevía a decírselo todo a una jovencita, aunque su alma fuera ya un alma de mujer. Me hubieran faltado los términos precisos; hubiera dado de mis actos una imagen debilitada o quizás excesiva. Decírtelo todo era perderte. Si consentías en casarte conmigo, a pesar de todo, era como echar una sombra sobre la confianza que tenías en mí. Yo necesitaba esa confianza para obligarme, de alguna manera, a no traicionarla. Me creía con derecho (deber, más bien) a no rechazar la única tabla de salvación que la vida me ofrecía. Sentía que había llegado al límite de mi valentía: comprendía que solo no me iba a curar nunca. En aquella época quería curarme. Termina uno por cansarse de vivir solamente formas furtivas y despreciadas de felicidad humana. Hubiera podido, con una sola palabra, romper aquel noviazgo silencioso; hubiera encontrado excusas; me habría bastado con decir que no te quería. Me abstuve de ello, no porque la princesa, mi única protectora, no me hubiera perdonado jamás, sino porque confiaba en ti. Me dejé deslizar, no digo hacia la dicha (amiga mía, no somos felices), sino más bien hacia este crimen. El deseo de obrar bien me condujo más bajo que los cálculos más inicuos: te robé tu porvenir. No te aporté nada: ni siquiera ese gran amor con el que contabas; lo poco que tenía de virtud fue cómplice de aquella mentira, y mi egoísmo fue todavía más odioso por creerse legítimo.

Tú me querías. No soy tan presuntuoso como para creer que estabas enamorada de mí; aún hoy me pregunto cómo pudiste adoptarme así. Cada uno de nosotros sabe poca cosa sobre el amor tal como lo entienden los demás. O bien, te gusté. Te gusté gracias a esas cualidades que crecen a la sombra de nuestros defectos más graves: la debilidad, la indecisión, la sutileza. Sobre todo, creo que me comprendiste. Había sido lo bastante imprudente para inspirarte piedad; ya que habías sido buena durante algunas semanas, encontraste natural serlo durante toda la vida: creíste que bastaba con ser perfecta para ser dichosa; yo creí que para ser dichoso, bastaba con no ser culpable.

Nos casamos en Wand, un día de octubre bastante lluvioso. Yo habría preferido, Mónica, que nuestro noviazgo hubiera sido más largo; me gusta que el tiempo nos lleve, y que nos arrastre. No estaba exento de inquietud ante aquella existencia que se abría ante mí; piensa que tenía veintidós años y que tú eras la primera mujer que ocupaba mi vida. Pero a tu lado todo parecía sencillo y yo te agradecía que me asustaras tan poco. Los huéspedes del castillo se habían marchado, uno tras otro. Nosotros también pensábamos marcharnos, irnos juntos. Nos casamos en la iglesia del pueblo, y como tu padre se había ido a una de sus lejanas expediciones, sólo asistieron a nuestra boda algunos amigos y mi hermano. Vino mi hermano, a pesar de que aquel desplazamiento le costara caro; me dio las gracias con una especie de efusión por haber, me dijo, salvado a nuestra familia. Comprendí que hacía alusión a tu fortuna y me dio vergüenza. No respondí nada. No obstante, amiga mía, ¿acaso hubiera sido yo más culpable sacrificándote a mi familia que sacrificándote a mí mismo? Era, recuerdo, uno de esos días mezcla de sol y de lluvia, que cambian fácilmente de expresión, igual que un rostro humano. Parecía como si quisiera hacer bueno y yo quisiera ser feliz. Dios mío, era feliz. Era feliz con timidez.

Y ahora, Mónica, tendría que haber un silencio. Aquí debe acabar el diálogo conmigo mismo para comenzar el de dos almas y dos cuerpos unidos. Unidos o simplemente juntos. Para decirlo todo, amiga mía, haría falta una audacia que no quiero tener: haría falta sobre todo ser también una mujer. Quisiera tan sólo comparar mis recuerdos con los tuyos, vivir despacio aquellos momentos de tristeza o de penosa felicidad que quizá hemos vivido demasiado deprisa. Me vuelven a la memoria pensamientos casi desvanecidos, confidencias tímidas murmuradas en voz baja, música muy discreta que hay que escuchar atentamente para oírla. Pero voy a tratar, si es posible, de escribir también en voz baja.

Mi salud, que seguía siendo precaria, te inquietaba, tanto más que yo no me quejaba nunca. Te empeñaste en que pasáramos los primeros meses juntos en países de clima menos rudo: el mismo día de nuestra boda salimos para Merano. Luego, el invierno nos echó hacia otros lugares aún más cálidos; pude ver el mar por primera vez y el mar con sol. Pero esto no tiene importancia. Al contrario, hubiera preferido otras regiones más tristes, más austeras, en armonía con la existencia que yo me esforzaba en desear vivir. Aquellas comarcas llenas de despreocupación y felicidad carnal me inspiraban al mismo tiempo desconfianza y turbación; siempre sospechaba que en la alegría estuviera contenido el pecado. Cuanto más reprensible me había parecido mi conducta, más me había agarrado a las ideas morales rigurosas que condenaban mis actos. Nuestras teorías, Mónica, cuando no son formadas por nuestros instintos, son las defensas que oponemos a éstos. Me molestaba que me llamaras la atención sobre el corazón demasiado rojo de una rosa, sobre una estatua o la belleza morena de un niño que pasaba; sentía una especie de terror ascético hacia aquellas cosas inocentes. Y por la misma razón, hubiera preferido que fueras menos hermosa.

Habíamos ido retrasando, por una especie de tácito acuerdo, el instante en que nos perteneceríamos del todo uno al otro. Pensaba en ello con un poco de inquietud, y de repugnancia también; me parecía como si aquella intimidad demasiado grande fuera a estropear o a envilecer algo. Y además, no podemos saber lo que harán surgir entre dos seres las simpatías o antipatías de los cuerpos. Quizá no fueran ideas muy sanas pero, en fin, eran las mías. Cada noche me preguntaba si me atrevería a ir a tu cuarto; no me atrevía. Por fin, tuve que hacerlo; sin duda, ya no hubieras comprendido. Pienso, con un poco de tristeza, que cualquier otro que no fuera yo hubiera apreciado mucho más la belleza (la bondad) de ese don, tan sencillo, de ti misma. No quisiera decir nada que pudiera herirte, ni aún menos hacerte sonreír, pero casi me pareció un don maternal. Más tarde, he visto a tu hijo acurrucarse junto a ti y he pensado que el hombre, sin saberlo, busca sobre todo en la mujer el recuerdo del tiempo en que su madre lo abrazaba. Por lo menos, esto es verdad tratándose de mí. Recuerdo, con infinita piedad, tus esfuerzos un poco inquietos para tranquilizarme, consolarme, alegrarme, quizá; y casi creo haber sido yo tu primer hijo.

Yo no era feliz. Es cierto que sentía alguna decepción por esa falta de felicidad; pero, en fin, me resignaba. Había renunciado a la felicidad o por lo menos a la alegría. Además, me decía que los primeros meses de una unión son raras veces los más dulces y que dos seres, bruscamente unidos por la vida, no pueden fundirse tan rápidamente uno en el otro para no formar más que uno solo. Hacen falta mucha paciencia y mucha buena voluntad. Las teníamos de sobra los dos. Me decía también, con más justeza todavía, que la alegría no nos es debida y que no tenemos razón al quejarnos. Todo vendría a ser lo mismo, si fuéramos razonables y quizá la dicha no fuese más que una desgracia mejor soportada. Me decía todo esto porque el valor consiste en dar razón a los acontecimientos, cuando no podemos cambiarlos. Por lo tanto, que la insuficiencia esté en la vida o sólo en nosotros es igual y sufrimos lo mismo. Y tú tampoco, amiga mía, eras feliz.

Tenías veinticuatro años. Era, poco más o menos, la edad de mis hermanas mayores. Pero tú no eras, como ellas, apagada y tímida: había en ti una vitalidad admirable. No habías nacido para una existencia de pequeñas penas o pequeñas alegrías; había demasiada vida dentro de ti. De soltera, te habías hecho del matrimonio una idea muy severa y grave, un ideal más lleno de ternura que de amor. Y, sin embargo, sin saberlo tú misma, en el encadenamiento estrecho de aquellos deberes aburridos y a menudo difíciles, que debían según tú componer el porvenir, metías algo más. Las costumbres no permiten en las mujeres la pasión; sólo se les consiente el amor; quizá por eso amen tan totalmente. No me atrevo a decir que habías nacido para una existencia de placer; hay algo culpable o por lo menos prohibido en esa palabra; prefiero decir, amiga mía, que habías nacido para conocer y para dar alegría. Tendríamos que tratar de volvernos lo bastante puros para comprender toda la inocencia de la alegría, esa forma llena del sol de la felicidad. Habías creído que era suficiente ofrecerla para obtenerla a cambio; no afirmo que hubieras sufrido una decepción: hace falta mucho tiempo para que un sentimiento, en una mujer, se transforme en pensamiento, pero estabas triste.

Así que no te amaba. Habías renunciado a pedirme ese gran amor, que sin duda ninguna mujer me inspirará jamás, puesto que no lo he sentido por ti. Pero eso tú lo ignorabas. Eras demasiado razonable para no resignarte a aquella vida sin salida, pero demasiado sana para no sufrir por ello. Siempre somos los últimos en darnos cuenta del sufrimiento que causamos, y, además, tú lo escondías. En los primeros tiempos te creí casi feliz. Te esforzabas por apagarte para gustarme, llevabas trajes oscuros, de tela gruesa, que disimulaban tu belleza, porque el menor esfuerzo por arreglarte me asustaba (ya entonces lo comprendías), como una ofrenda de amor. Sin estar enamorado, sentía por ti un cariño inquieto: la ausencia de un momento me entristecía todo el día y no hubiera podido saber si sufría por estar lejos de ti, o bien si, simplemente, tenía miedo de estar solo. Yo mismo no lo sabía. Luego, en cambio, tenía miedo de estar contigo, de estar solos y juntos. Te rodeaba de una atmósfera de ternura enervante: te preguntaba veinte veces seguidas si me querías, aunque sabía demasiado bien que era imposible.

Nos esforzábamos por practicar una devoción exaltada que ya no correspondía a nuestras verdaderas creencias: aquellos a quienes todo falta se apoyan en Dios y es precisamente en ese momento cuando Dios les falta también. Con frecuencia permanecíamos hasta muy tarde dentro de esas viejas iglesias acogedoras y sombrías que visitábamos en los viajes; incluso habíamos cogido la costumbre de rezar en ellas. Volvíamos por la noche, apretados uno contra otro, unidos al menos por un fervor común. Encontrábamos pretextos para quedarnos en la calle mirando vivir a los demás; la vida de los otros nos parece siempre fácil porque no la vivimos. Sabíamos muy bien que nuestra habitación nos esperaba en alguna parte, una habitación de paso, fría, desnuda, abierta en vano sobre la tibieza de las noches italianas, sin soledad pero sin intimidad. Porque compartíamos la misma habitación, era yo quien lo quería. Dudábamos todas las noches antes de encender la lámpara; su luz nos molestaba, pero no nos atrevíamos a apagarla. Me encontrabas pálido; tú no lo estabas menos; tenía miedo de que hubieras cogido frío y tú me reprochabas dulcemente haberme cansado con oraciones demasiado largas. Éramos el uno para el otro de una desesperante bondad. En aquella época sufrías mucho de insomnio y a mí también me costaba dormirme; simulábamos la presencia del sueño para no tener que compadecernos uno a otro. O bien, llorabas. Llorabas lo más silenciosamente posible para que yo no me diese cuenta, y yo fingía entonces no oírte. Quizá sea mejor no darse cuenta de las lágrimas cuando no podemos consolarlas.

Mi carácter cambiaba; me volvía caprichoso, difícil, irritable, como si una de las virtudes me dispensara de todas las demás. Me molestaba que no consiguieras darme esa serenidad con la que yo había contado y que tanto me hubiera gustado, Dios mío, conseguir. Había tomado la costumbre de las semiconfidencias: te torturaba con confesiones, siempre inquietantes por no ser completas. Encontrábamos en las lágrimas una especie de satisfacción miserable: nuestro doble desamparo terminaba uniéndonos tanto como la felicidad. Tú también te transformabas. Parecía como si yo te hubiera robado tu serenidad de otros tiempos, sin haber conseguido apropiármela. Tenías, como yo, impaciencias y tristezas repentinas, imposibles de comprender; no éramos más que dos enfermos apoyándose uno en el otro.

Había abandonado completamente la música. La música formaba parte de un mundo en el que me había resignado a no vivir nunca más. Se dice que la música es el universo del alma; puede ser, amiga mía; pero esto prueba simplemente que el alma y el cuerpo son inseparables y que una contiene al otro como el teclado contiene a los sonidos. El silencio que sucede a los acordes no tiene nada que ver con un silencio corriente: es un silencio atento, es un silencio vivo. Un montón de cosas insospechadas bullen dentro de nosotros al amparo de ese silencio y nunca podemos saber lo que va a decirnos una música que acaba. Un cuadro, una estatua, incluso un poema nos presentan ideas precisas que, de ordinario, no nos llevan más lejos; pero la música nos habla de posibilidades sin límite. Es peligroso exponerse a las emociones que proporciona el arte cuando uno ha resuelto abstenerse de vivir. No soy de aquellos que le piden al arte la compensación del placer: me gustan uno y otro, y no uno por el otro, estas dos formas un poco tristes de todo deseo humano. Ya no componía. Mi inapetencia de la vida se extendía lentamente a aquellos sueños de vida ideal, porque una obra de arte, Mónica, es la vida soñada. Hasta la simple alegría que causa a todo artista el acabado de una obra se había desecado o, por decirlo mejor, congelado en mí. Quizá consistiera en que tú no entrabas en el mundo de la música: mi renuncia, mi fidelidad no habrían sido completas si yo me hubiera introducido cada noche en un mundo de armonía en el que tú no entrabas. Ya no trabajaba. Era pobre y hasta mi matrimonio había podido vivir a duras penas. Ahora encontraba una especie de voluptuosidad en depender de ti, incluso de tu fortuna: esta situación, un poco humillante, era una garantía contra mi antiguo pecado. Mónica, creo que todos tenemos ciertos prejuicios muy extraños: es cruel traicionar a una mujer que nos ama, pero sería odioso traicionar a aquella cuyo dinero nos permite vivir.

Y tú, tan activa, no te atrevías a censurar en voz alta mi completa inactividad: temías que yo viera en tus palabras un reproche a mi pobreza.

El invierno y luego la primavera pasaron. Nuestros excesos de tristeza nos habían agotado tanto como un libertinaje. Experimentábamos esa sequedad de corazón que sigue al abuso de las lágrimas, y mi descorazonamiento se podía parecer a la calma. Estaba casi asustado de sentirme tan tranquilo; creí haberme conquistado. ¡Ay, se asquea uno tan pronto de sus conquistas! Acusábamos de nuestro agotamiento al cansancio producido por los viajes: fijamos nuestra residencia en Viena. Yo sentía algo de repugnancia al volver a la ciudad en donde había vivido solo, pero tú tenías mucho interés, por delicadeza, en no llevarme lejos de mi país natal. Yo me esforzaba por creer que sería, en Viena, menos desgraciado que antes; era, sobre todo, menos libre. Te dejé escoger los muebles y las cortinas de las habitaciones; te miraba, con un poco de amargura, ir y venir por aquellas habitaciones aún desnudas en donde íbamos a encarcelar nuestra existencia. La sociedad vienesa se había prendado de tu belleza morena y pensativa: la vida mundana, de la que no teníamos costumbre, nos permitió olvidar durante algún tiempo lo solos que estábamos. Luego, terminó por cansarnos. Poníamos una especie de empeño en soportar el aburrimiento de aquella casa demasiado nueva, en donde los objetos no nos traían ningún recuerdo y donde los espejos no nos conocían. Mi esfuerzo por la virtud y tu tentativa de amor ni siquiera conseguían distraernos.

Todo, hasta una tara, puede tener sus ventajas para un espíritu lúcido; nos procura una vista menos convencional del mundo. La vida menos solitaria y la lectura de algunos libros me enseñaron la diferencia que existe entre las conveniencias externas y la moral íntima. Los hombres no lo dicen todo, pero cuando, como yo, se han tomado por costumbre ciertas reticencias, se da uno cuenta rápidamente de que son universales. Yo había adquirido una capacidad singular para adivinar los vicios y las debilidades escondidas; mi conciencia al desnudo me revelaba la de los demás. Sin duda, aquellos a quienes yo me comparaba se hubieran indignado de semejante comparación; se creían normales, quizás porque sus vicios eran corrientes, pero ¿podía yo juzgarlos muy superiores a mí? Buscaban un placer sólo para ellos mismos, y la mayoría de las veces no deseaban la llegada de ningún hijo. Terminaba por decirme que mi único error (mi única desgracia, más bien) era ser, no el peor de todos, sino únicamente diferente. E incluso mucha gente se adapta a instintos parecidos a los míos; no es tan raro ni tan extraordinario. Me reprochaba el haber tomado por lo trágico unos preceptos desmentidos por tantos ejemplos —y la moral humana no es más que un gran compromiso—. Dios mío, no censuro a nadie: cada uno incuba en silencio sus secretos y sus sueños; sin confesarlo nunca, sin confesárselo siquiera a sí mismo, y todo se explicaría si no mintiéramos. Así que yo me había estado torturando por poca cosa, quizá. Puesto que ahora me conformaba con las reglas morales más estrictas, me otorgaba el derecho a juzgarlas y se hubiera dicho que mi pensamiento se atrevía a ser más libre desde que renunciaba a toda libertad en la vida.

No he dicho todavía cuánto deseabas tener un hijo. Yo también lo deseaba apasionadamente. Sin embargo, cuando supe de su llegada, no sentí mucha alegría. Sin duda, el matrimonio sin hijos no es más que sensualidad permitida; si el amor a la mujer es más digno de respeto que el otro, es únicamente porque contiene el porvenir. Pero cuando la vida nos parece absurda y desprovista de objeto, no es precisamente el momento en que podemos sentir alegría de perpetuarla. Aquel niño, con el que los dos soñábamos, iba a venir al mundo entre dos extraños: no era ni la prueba ni el complemento de la felicidad, sino una compensación. Esperábamos vagamente que todo se arreglaría cuando estuviera aquí, y yo lo había querido porque tú estabas triste. Incluso, al principio, sentías timidez al hablarme de él; esto, más que cualquier otra cosa, demuestra lo distantes que estaban nuestras vidas. Y, sin embargo, aquel pequeño ser empezaba a ayudarnos. Pensaba en él un poco como si fuera el hijo de otro. Me gustaba la dulzura de aquella intimidad, otra vez fraternal, en donde la pasión no intervenía. Casi me parecía que eras mi hermana, o alguna pariente próxima que me habían confiado y a la que tenía que cuidar, tranquilizar y quizás consolar de una ausencia. Habías terminado por querer mucho a aquella pequeña criatura que, por lo menos, vivía ya dentro de ti. Mi satisfacción, tan confesable, tampoco estaba desprovista de egoísmo: puesto que no había sabido hacerte dichosa, encontraba natural descargarme en el niño.

Daniel nació en junio, en Woroïno, en aquel triste país de la Montaña Blanca en donde yo también nací. Quisiste que viniera al mundo en aquel paisaje de otro tiempo; era, para ti, como si me dieras más completamente a mi hijo. La casa, aunque restaurada y repintada, seguía siendo la misma: sólo que parecía mucho mayor, al ser nosotros menos. Mi hermano (ya no me quedaba más que un hermano) vivía allí con su mujer; era gente muy provinciana a quien la soledad había hecho salvaje, y la pobreza, temerosa. Te acogieron con una amabilidad un poco torpe y, como venías algo cansada del viaje, te ofrecieron, como un honor, la habitación grande en donde había muerto mi madre y en donde nacimos todos nosotros. Tus manos, reposando sobre la blancura de las sábanas, casi se parecían a las suyas. Cada mañana, como en el tiempo en que yo entraba a ver a mi madre, esperaba que esos largos dedos frágiles se posaran sobre mi cabeza para bendecirme. Pero no me atrevía a pedirte semejante cosa: me contentaba con besarlos, simplemente. Y, sin embargo, me hubiera hecho mucha falta aquella bendición. La habitación era un poco sombría, con una cama presuntuosa entre unas cortinas muy gruesas. Supongo que muchas mujeres de mi familia se habían acostado en aquella cama para esperar al hijo o a la muerte, y que la muerte quizá no es más que el alumbramiento de un alma.

Las últimas semanas de tu embarazo fueron penosas: una noche, mi cuñada vino a decirme que rezara. No recé: me repetía solamente que sin duda ibas a morir. Tenía miedo de no sentir una desesperación suficientemente sincera y sentía de antemano como un remordimiento. Además, tú estabas resignada. Resignada como los que no tienen mucho interés en vivir: yo veía un reproche en aquella tranquilidad. Quizá te dieras cuenta de que nuestra unión no estaba destinada a durar toda la vida y que terminarías por amar a otro. Tener miedo del porvenir nos facilita la muerte. Yo cogía entre mis manos las tuyas, siempre un poco febriles; nos callábamos los dos con un pensamiento común: tu posible desaparición. Tu cansancio era tal que ni siquiera te preguntabas qué sería del niño. Yo me decía, con rebeldía, que la naturaleza es injusta con los que obedecen sus leyes más claras, puesto que cada nacimiento pone en peligro dos vidas. Todos hacemos sufrir cuando nacemos y sufrimos cuando morimos. Pero que la vida sea atroz no es nada; lo peor es que sea vana y sin belleza. La solemnidad de un nacimiento como la solemnidad de la muerte se pierden, para los que a ellos asisten, en detalles repugnantes o simplemente vulgares. No me dejaban entrar en tu habitación: te debatías entre los cuidados y las oraciones de las mujeres, y como las lámparas permanecían encendidas toda la noche, se notaba que esperaban a alguien. Tus gritos, que me llegaban a través de las puertas cerradas, tenían algo de inhumano que me causaba horror. No había pensado imaginarte, de antemano, en lucha con aquella forma animal del dolor y sentía rencor hacia mí por aquel niño que te hacía gritar. Así es, Mónica, como todo se enlaza, no sólo en la vida, sino también dentro del alma: el recuerdo de aquellas horas en que te creí perdida contribuyó quizá a volverme de nuevo del lado al que se inclinaban mis instintos.

Me hicieron entrar en tu habitación para enseñarme al niño. Todo, ahora, volvía a ser apacible; eras feliz, pero con una felicidad física hecha de cansancio y de liberación. Sólo el niño lloraba en brazos de las mujeres. Supongo que sufría por el frío, por el ruido de las palabras, las manos que lo manejaban y el contacto de los pañales. La vida acababa de arrancarlo de las cálidas tinieblas maternales: tenía miedo, supongo, y nada, ni siquiera la muerte, reemplazaría para él aquel asilo primordial, porque la muerte y la noche son tinieblas frías, no animadas por el latido de un corazón. Me sentía tímido ante aquel niño al que tenía que besar. Me inspiraba, no ternura, ni siquiera afecto, sino una gran compasión porque no sabemos nunca, ante un recién nacido, qué razones para llorar le proporcionará el futuro.

Yo me decía que tu hijo sería tuyo, Mónica, mucho más que mío. Heredaría de ti no sólo la fortuna que desde hacía tanto tiempo faltaba en Woroïno (y la fortuna, amiga mía, no hace la felicidad, pero a menudo la permite), heredaría también tus hermosos ademanes tranquilos, tu inteligencia y esa clara sonrisa que a veces vemos en los cuadros franceses. Por lo menos, es lo que yo deseo. Por un ciego sentimiento del deber, me había hecho responsable de su vida, con el riesgo de que no fuera muy feliz por ser hijo mío y mi única disculpa era haberle dado una madre admirable. Y no obstante, también me decía que era un Géra, que pertenecía a esta familia cuyos miembros se transmiten preciosamente pensamientos tan antiguos que hoy están ya fuera de uso, igual que los trineos dorados o los coches de caballos. Descendía, como yo, de antepasados de Polonia, de Podolia y de Bohemia; tendría sus mismas pasiones, sus desalientos súbitos, su amor a la tristeza y a los placeres extravagantes, todas sus fatalidades a las que habría que añadir las mías. Porque nosotros somos de una raza muy extraña en la que la locura y la melancolía se alternan de siglo en siglo como los ojos negros y los ojos azules. Daniel y yo tenemos los ojos azules. El niño dormía ya en la cuna que habían colocado cerca de la cama; las lámparas que había encima de la mesa alumbraban confusamente las cosas, y los retratos de familia, que ya ni siquiera mirábamos a fuerza de haberlos visto, dejaban de ser una presencia para convertirse en una aparición. Así que la voluntad que expresaban las caras de mis antepasados había terminado por realizarse; nuestro matrimonio había tenido una finalidad:

nuestro hijo. Gracias a él, aquella vieja raza se prolongaría en el porvenir. Ya importaba poco que mi existencia continuara. Ya no les interesaba a los muertos y podía desaparecer, morir o bien empezar a vivir otra vez.

El nacimiento de Daniel no consiguió acercarnos: nos había decepcionado tanto como el amor. No habíamos reanudado nuestra existencia en común y yo ya no me apretaba contra ti por las noches, como un niño que tiene miedo de las tinieblas. Volví a la habitación en la que dormía cuando tenía dieciséis años. En aquella cama, en donde volvería a encontrar, junto con mis sueños de antaño, el hueco en otro tiempo formado por mi cuerpo, tenía la sensación de unirme conmigo mismo. Amiga mía, creemos sin razón que la vida nos transforma: lo que hace es desgastarnos y lo que desgasta en nosotros son las cosas aprendidas. Yo no había cambiado, sólo que los acontecimientos se habían interpuesto entre mí mismo y mi propia naturaleza. Era el mismo que había sido, quizá de una forma aún más profunda ya que, a medida que van cayendo una tras otra nuestras ilusiones y nuestras creencias, conocemos mejor nuestro «yo» verdadero. Después de tanta buena voluntad y de tantos esfuerzos, terminaba por encontrarme igual que antes: con el alma un poco turbia, a la que dos años de virtud habían desengañado. Mónica, esto produce un desaliento... También parecía como si aquel largo trabajo maternal que se había cumplido en ti te hubiera devuelto a tu sencillez primera: eras, igual que antes de casarte, un ser joven y ansioso de felicidad, pero más firme, más sereno y con menos estorbos en el alma. Tu belleza había adquirido una especie de apacible abundancia; ahora era yo quien me sabía enfermo y me felicitaba por ello. El pudor me impedirá decirte siempre la de veces que he deseado la muerte durante aquellos meses de verano y no quiero saber si, al compararte con otras mujeres más felices, has sentido rencor hacia mí por haberte estropeado el porvenir. Nos queríamos, sin embargo, tanto como se puede querer cuando no se siente pasión uno por el otro; el verano (era el segundo desde nuestro matrimonio) finalizaba algo apresuradamente, como ocurre en los países del norte; terminábamos de disfrutar en silencio el final de un verano y el de una ternura, que habían dado sus frutos y a los que no quedaba más que morir. Fue con esa tristeza como la música volvió a mí.

Una noche, en el mes de septiembre, la noche que precedió a nuestro regreso a Viena, cedí a la atracción del piano que había permanecido cerrado hasta entonces. Estaba solo, en el salón casi del todo a oscuras; era, ya te lo he dicho, mi última noche en Woroïno. Desde hacía algunas semanas, una inquietud física se había metido dentro de mí, fiebre, insomnios contra los que luchaba en vano y de los que echaba la culpa al otoño. Hay música fresca con la que uno se desaltera. Por lo menos, yo lo creía así. Me puse a tocar. Tocaba al principio con precaución, suavemente, delicadamente, como si tuviera que dormir a mi alma dentro de mí. Había escogido los trozos más serenos, puros espejos de inteligencia de Debussy y de Mozart y se hubiera podido decir que, como antes en Viena, le tenía miedo a la música turbia. Pero mi alma, Mónica, no quería dormir. O quizá ni siquiera fuera el alma. Tocaba vagamente, dejando que cada nota flotase en el silencio. Era (ya te lo he dicho) mi última noche en Woroïno. Sabía que nunca más mis manos se unirían a aquellas teclas, que nunca más se llenaría la habitación de acordes gracias a mí. Interpretaba mis sufrimientos físicos como un presagio fúnebre: había decidido dejarme morir. Abandonando mi alma sobre la cumbre de los arpegios, como un cuerpo sobre el reflujo de la ola, esperaba que la música me facilitara pronto la caída en el abismo y en el olvido. Tocaba con decaimiento. Me decía que mi vida estaba por rehacer y que nada cura, ni siquiera la misma curación. Me sentía demasiado cansado para aquella sucesión de recaídas y de esfuerzos igualmente agotadores y no obstante, disfrutaba ya, gracias a la música, de mi debilidad y de mi abandono. Ya no era capaz, como en otro tiempo, de sentir desprecio por la vida apasionada de la que, sin embargo, tenía miedo. Mi alma se había hundido más profundamente en mi carne y lo que yo sentía, remontando de pensamiento en pensamiento y de acorde en acorde, hacia mi pasado más íntimo y menos confesable era, no el haber cometido la culpa, sino el haber rechazado las posibilidades de felicidad. No era el haber cedido demasiadas veces, sino el haber luchado demasiado tiempo y demasiado duramente.

Tocaba con desesperación. El alma humana es más lenta que nosotros: esto me hace admitir que podría ser más duradera. Siempre se queda un poco atrasada con respecto a nuestra vida presente. Empezaba a comprender el sentido de aquella música interior, de aquella música llena de alegría y de salvaje deseo que yo había ahogado dentro de mí. Había reducido mi alma a una melodía única, plañidera y monótona; había hecho de mi vida un silencio del que sólo podía salir un salmo. No tengo la fe suficiente, amiga mía, para limitarme a los salmos, y si me arrepiento de algo, es de mi arrepentimiento. Los sonidos, Mónica, se esparcen en el tiempo, como las formas en el espacio, y hasta que una música no cesa permanece en parte sumergida en el porvenir. Hay algo emocionante, para el que improvisa, en la elección de la nota que va a seguir. Empezaba a comprender aquella libertad del arte y de la vida que sólo obedecen a las leyes que les permiten desarrollarse. El ritmo sigue la subida de la turbación interior: esta auscultación es terrible cuando el corazón late demasiado aprisa. Lo que ahora nacía del instrumento dentro del cual yo había secuestrado todo mi ser durante dos años ya no era el canto del sacrificio, ni siquiera el del deseo, ni el de la alegría ya cercana. Era el odio: odio hacia todo lo que me había falsificado y aplastado durante tanto tiempo. Yo pensaba, con una especie de placer cruel, que me estabas oyendo desde tu habitación; me decía que sería suficiente como confesión y explicación.

Y fue en aquel momento cuando se me aparecieron mis manos. Reposaban sobre las teclas, dos manos desnudas, sin sortijas ni anillos, y era como si tuviera ante mis ojos mi alma dos veces viva. Mis manos (puedo hablar de ellas puesto que son mis únicas amigas) me parecían de repente extraordinariamente sensitivas; incluso inmóviles parecían rozar el silencio, como para incitarlo a revelarse en acordes. Reposaban, todavía un poco temblorosas del ritmo, y había en ellas todos los gestos futuros igual que dormían los sonidos dentro del teclado. Habían anudado alrededor de los cuerpos la breve alegría de los abrazos; habían palpado, en los teclados sonoros, la forma de las notas invisibles; habían, en las tinieblas, encerrado con una caricia el contorno de los cuerpos dormidos. A veces las había tenido levantadas en actitud de oración, a veces las había unido a las tuyas, pero de todo eso ya no se acordaban. Eran manos anónimas, las manos de un músico. Eran mi intermediario, a través de la música, ante ese infinito al que llamamos Dios, y, por las caricias, mi forma de contacto con la vida de los demás. Eran manos borrosas, tan pálidas como el marfil sobre el que se apoyaban, porque yo las había privado de sol, de trabajo y de alegría. Y sin embargo, eran unas sirvientas muy fieles; me habían alimentado, cuando la música era mi sustento; y empezaba a comprender que hay algo de belleza en vivir del arte, puesto que nos liberamos de todo lo que no lo es. Mis manos, Mónica, me liberarían de ti. Podrían tenderse de nuevo sin obstáculos. Mis manos libertadoras me abrían la puerta de salida. Quizás, amiga mía, sea ridículo contarlo todo, pero aquella noche, torpemente, igual que se sella un pacto con uno mismo, besé mis dos manos.

Si paso rápidamente sobre los días que siguieron es porque mis sensaciones no conciernen ni conmueven a nadie más que a mí. Prefiero guardarme dentro mis recuerdos íntimos, puesto que no puedo hablar de ellos delante de ti, a no ser con las precauciones de un pudor que se parece a la vergüenza, y además mentiría si mostrara arrepentimiento. Nada iguala la dulzura de una derrota que sabemos definitiva: en Viena, durante los últimos días soleados del otoño, experimenté la maravilla de recobrar mi cuerpo. Mi cuerpo, que me cura de tener un alma. Hasta ahora, sólo has visto de mí los temores, los remordimientos y los escrúpulos de conciencia, ni siquiera de la mía, sino de la de los demás que yo tomaba por guía. No he sabido o no me he atrevido a decirte la adoración ardiente que me hacen sentir la belleza y el misterio de los cuerpos, ni cómo, cada uno de ellos, cuando se ofrece, parece aportarme un fragmento de juventud humana. Amiga mía, vivir es difícil. Ya he edificado bastantes teorías morales como para no construir otras y contradictorias: soy demasiado razonable para creer que la dicha sólo yace al borde de la culpa, y el vicio, no más que la virtud, no puede dar la alegría a los que no la llevan dentro, sólo que incluso prefiero la culpa (si de culpa se trata) a una negación de mí tan próxima a la demencia. La vida me ha hecho lo que soy, prisionero (si se quiere) de instintos que yo no he escogido pero a los que me resigno, y esta aceptación, espero, a falta de felicidad, me procurará la serenidad. Amiga mía, siempre te he creído capaz de comprender, lo que es más difícil que perdonar.

Y ahora te digo adiós. Pienso con infinita dulzura en tu bondad femenina, más bien maternal: te dejo con pena, pero envidio a tu hijo. Eras el único ser ante quien yo me sentía culpable, pero el escribir mi vida me confirma a mí mismo; termino por compadecerte sin condenarme con severidad. Te he traicionado, pero no he querido engañarte. Eres de las que escogen siempre, por deber, el camino más estrecho y más difícil; no quiero, implorando tu compasión, darte un pretexto para sacrificarte más. No sabiendo vivir según la moral ordinaria, trato, por lo menos, de estar de acuerdo con la mía. Es en el momento en que uno rechaza todos los principios cuando conviene proveerse de escrúpulos. Había contraído contigo compromisos imprudentes y la vida se encargó de protestar: te pido perdón, lo más humildemente posible, no por dejarte, sino por haberme quedado tanto tiempo.

Lausana, 31 de agosto de 1927-
17 de septiembre de 1928

El denario del sueño

Abandonar la vida por un sueño
es darle exactamente el valor que tiene.

MONTAIGNE, Libro III, capítulo IV

Paolo Farina era un provinciano todavía joven, suficientemente rico y tan honrado como puede esperarse de un hombre que vive en intimidad con la ley; era lo bastante apreciado en su pequeño lugar toscano para que su desgracia no provocara desprecio. Lo habían compadecido cuando su mujer huyó a Libia con un amante a cuyo lado esperaba ser feliz. No lo había sido mucho durante los seis meses que había pasado llevando la casa de Paolo Farina y aguantando los agrios consejos de una suegra, pero Paolo, ciegamente dichoso de poseer a aquella mujer joven y separado de ella por esta densa felicidad, ni siquiera se había percatado de que sufría. Cuando ella se marchó, tras un altercado que lo dejó humillado delante de las dos criadas, se asombró de no haber sabido conseguir su amor.

Pero las opiniones de sus vecinos lo tranquilizaron; pensó que su mujer era culpable puesto que la pequeña ciudad se compadecía de él. Atribuyeron la escapada de Angiola a su sangre meridional, pues sabían que la joven había nacido en Sicilia; no obstante, la gente se indignó de que hubiera caído tan bajo una mujer que debía ser de buena familia —había tenido la suerte de educarse en Florencia, en el Convento de las Damas Nobles— y que tan bien acogida había sido en Pietrasanta. Todos estaban de acuerdo en decir que Paolo Farina se había mostrado en todo un marido perfecto. En realidad, había sido aún más perfecto de lo que imaginaban en la pequeña ciudad, pues había encontrado y ayudado a Angiola, para después casarse con ella, en unas circunstancias en que, de ordinario, un hombre prudente no se casa. Pero aquellos recuerdos no le servían, como hubieran podido hacerlo, para acusar a la fugitiva de una mayor ingratitud, pues ni él mismo los recordaba ya casi. Había hecho cuanto podía por borrarlos de su memoria, en gran parte por bondad para con su joven mujer, para que olvidara lo que él llamaba su desventura, y un poco por bondad para consigo mismo y porque es desagradable decirse que, en cierto modo, fue por carambola por lo que nuestra propia mujer cayó en nuestros brazos.

Mientras estuvo presente, él la quiso con placidez; una vez ausente, Angiola ardía con todos los fuegos que otros, evidentemente, sabían encender en ella y echaba de menos no a la mujer que había perdido, sino a la amante que nunca fue para él. No tenía esperanzas de volver a encontrarla; había renunciado enseguida al extravagante proyecto de embarcarse para Trípoli, donde actuaba de momento la compañía lírica a la que pertenecía el amante de Angiola. Aún más, ni siquiera deseaba que ésta volviese: demasiado bien sabía que él siempre sería para ella el marido ridículo que se quejaba, a la hora de la cena, de que la pasta no estuviera nunca bien cocida. Sus veladas eran tristes en su pretenciosa casa nueva, amueblada por Angiola con un mal gusto infantil, que concedía a los bibelots una importancia fuera de lugar, aunque tal vez esto testimoniara en favor de la ausente, pues cada uno de aquellos objetos, frágiles como una buena voluntad, atestiguaba un esfuerzo para interesarse por su vida y para olvidar, a fuerza de embellecer el decorado, la insuficiencia del principal actor. Había tratado de vincularse a su deber mediante aquellos lazos color de rosa en los que Paolo, al abrir aquí y allá unos cajones medio vacíos, se enredaba como si fueran recuerdos.

Empezó a ir a Roma en viaje de negocios con más frecuencia de lo que era estrictamente útil, cosa que le permitía pasarse por casa de su cuñada para informarse de si había recibido, por casualidad, noticias de Angiola. Pero los atractivos de la capital también entraban por mucho en aquellas visitas, así como la probabilidad de gozar de unos placeres que, en Florencia, no hubiera podido aprovechar y que no se le ofrecían en Pietrasanta. De repente, le dio por vestirse con una vulgaridad más chillona, imitando, sin darse muy bien cuenta, al hombre que Angiola había elegido. Comenzó a interesarse por las chicas indolentes y locuaces que atestan los cafés y paseos de Roma y algunas de las cuales —al menos él así lo suponía— arrastran tras ellas, al igual que Angiola, el recuerdo de una casa, de un seductor y de una escapada. Una tarde, después de comer, tropezó con Lina Chiari en un parque público, junto a una fuente que repetía sin cesar las mismas palabras de frescor. No era ni más hermosa ni más joven que otras; él permanecía tímido; ella era audaz: le ahorró las primeras palabras y casi los primeros gestos. Él era tacaño; ella no fue exigente, precisamente porque era pobre. Además, al igual que Angiola, había sido educada en un convento de Florencia, aunque no precisamente en una institución para Damas Nobles; se hallaba al corriente de esos pequeños sucesos locales —la construcción de un puente o el incendio de una escuela— que sirven a la gente de una misma ciudad de referencias comunes en el pasado. Volvía a encontrar en su voz la ronca dulzura de las florentinas. Y como todas las mujeres tienen poco más o menos el mismo cuerpo y probablemente la misma alma, cuando Lina hablaba estando apagada la lámpara, olvidaba que Lina no era Angiola, y que su Angiola no lo había amado.

No se compra el amor: las mujeres que se venden, después de todo, no hacen sino alquilarse a los hombres; pero, en cambio, sí se puede comprar el sueño; este producto impalpable se despacha de muchas formas. El escaso dinero que Paolo Farina le daba a Lina cada semana le servía para pagar una ilusión voluntaria, es decir, quizá la única cosa en el mundo que no engaña.

Sintiéndose cansada, Lina Chiari se apoyó en una pared y se pasó la mano por los ojos. Vivía lejos del centro; las sacudidas del autobús le habían hecho daño, sentía no haber cogido un taxi. Pero aquel día se había prometido a sí misma que tendría cuidado con el dinero: aunque ya había pasado la primera semana del mes, todavía no le había pagado a la casera; seguía llevando, pese al calor que hacía en Roma a finales de primavera, un abrigo de invierno con cuello de pieles, muy gastado ya por algunos sitios. Le debía al farmacéutico los últimos calmantes que había comprado; no le habían hecho nada, ya no conseguía dormir.

Aún no eran las tres; caminaba del lado de la sombra, a lo largo del Corso en donde empezaban a abrir las tiendas. Pasaban algunos transeúntes andando despacio, entorpecidos por la comida y la siesta, camino de la oficina o de la tienda. Lina no llamaba su atención; iba muy deprisa; los éxitos callejeros de una mujer están en función de la lentitud de su andar y del estado de su maquillaje, ya que, de todas las promesas de un rostro o de un cuerpo, la única por completo convincente es la de la facilidad. Le había parecido mejor no maquillarse para ir a la consulta de un médico. Prefería, por lo demás, al encontrarse peor cara que de costumbre, poder decirse que era simplemente debido al hecho de no haberse puesto colorete.

Iba de mala gana a casa de ese doctor, tras largos meses de vacilación en que se había esforzado por negarse su enfermedad. No hablaba de ello a nadie; le parecía menos grave mientras permaneciese oculta. El toque de alarma del espanto la despertaba demasiado tarde, en plena noche, en su cuerpo ya invadido por el enemigo, justo a tiempo únicamente para no poder huir. Al igual que los asediados en las ciudades de la Edad Media, sorprendidos por la muerte, daban vueltas en la cama y trataban de volverse a dormir, persuadiéndose de que las llamas que los amenazaban no existían sino en sus pesadillas, ella había echado mano de los estupefacientes que intercalan el sueño entre el terror y nosotros.

Uno tras otro se iban cansando de socorrerla, como unos bienhechores de quienes hubiera abusado. Tímidamente, bromeando, mencionaba ante algunos de sus amigos sus insomnios, su enflaquecimiento harto evidente, pero del que se alegraba —decía ella— porque le daba el aspecto de una mujer elegante, como las que vienen en las revistas de moda francesas. Reducía su enfermedad a las proporciones de un simple malestar, para que a cada uno de aquellos hombres le fuera menos difícil tranquilizarla y, sin embargo, se indignaba como ante una crueldad de que no advirtiesen que mentía.

En lo referente a la lesión ya palpable, que ella había descubierto en su cuerpo pero que, en resumidas cuentas, era poco aparente, semejante todo lo más a una vaga hinchazón bajo el pliegue cansado del seno, Lina continuaba ocultándola, temblando de que, por casualidad, una caricia se la hiciera descubrir a alguien, insistiendo cuanto podía por dejarse puesta al menos la camisa, volviéndose púdica desde que su carne recelaba quizá un peligro mortal. Pero su silencio aumentaba, se endurecía, pesaba cada vez más como si también fuese un tumor maligno que, poco a poco, la estuviera envenenando. Por fin se había decidido a consultar a un médico, menos tal vez por curarse que con el fin de hablar de sí misma sin coacciones. Su amigo Massimo, el único ser a quien ella se había confiado a medias y que, al menos de nombre, conocía a todo el mundo en Roma, le había aconsejado que fuera a ver al doctor Sarte; incluso podía recomendarla, por mediación de otra persona, al nuevo y célebre médico. Ocho días atrás, Lina Chiari había telefoneado desde un bar para pedir una cita; había anotado cuidadosamente la dirección y la hora en un pedacito de papel que ocupó inmediatamente, dentro de su bolso, el lugar de un talismán o de la medalla de algún santo protector. Y, valerosa al sentirse vencida, sin esperar casi nada, aunque sólo fuera para no tener que renunciar demasiado pronto a su esperanza y contenta, de todos modos, de ponerse en manos de un hombre célebre, se hallaba a la hora concertada ante la puerta del profesor Alessandro Sarte, antiguo jefe de clínica quirúrgica, especialista en medicina interna, que recibía de tres a seis los martes, jueves y viernes, excepto en los meses de verano.

Ignorando por humildad el ascensor (además aquellas máquinas nunca le habían ofrecido mucha confianza), se internó por el espacioso hueco de la escalera, todo él recubierto de paneles de mármol blanco. Hacía casi frío allí, lo que justificó inmediatamente para ella el que llevase puesto su viejo abrigo. En el segundo piso se encontró ante una placa que llevaba el mismo nombre. Llamó despacito, intimidada por aquella solemne casa antigua que le recordaba el palacio de una gran dama caritativa de Florencia, adonde en tiempos la enviaban a felicitarla, el día de su santo, con un ramo de flores. Abrió la puerta una enfermera que se parecía bastante a la que ocupaba este puesto cerca de la anciana señora florentina, revestida, al igual que ella lo estaba de una bata, de una especie de convencional afabilidad. Ya había gente en el hermoso salón protegido por persianas del sol que decolora las cortinas. Un hombre de edad pasó el primero, y miró con insistencia a Lina, quien no pudo por menos de sonreírle; luego le llegó el turno a una anciana, de quien nada podía decirse sino que era muy vieja; después pasó una señora con un niño. Aquellas personas, una vez franqueada la puerta que se cerraba tras ellas, igual hubieran podido morirse puesto que no se las volvía a ver, y Lina, comprobando que algunos de aquellos pacientes iban casi tan pobremente vestidos como ella, dejó de temer que el profesor cobrase muy caro. Se arrepentía, empero, de no haber ido, como proyectó en un principio, al médico modesto que la había curado en un incidente de su vida amorosa; lo mismo que la gente pobre de su pueblo, en los alrededores de Florencia, había cambiado de santo en el momento de peligro.

El doctor Alessandro Sarte estaba sentado ante su mesa de despacho atestada de fichas; sólo se le veía la cabeza, el busto blanco, las manos colocadas sobre la mesa a modo de instrumentos cuidadosamente bruñidos. Su hermoso rostro algo gesticulante le recordaba a Lina decenas de rostros observados antes en la calle y que, incluso en momentos de mayor intimidad, habían seguido siendo los de unos transeúntes a quienes ella no volvería a ver. Pero el profesor Sarte no frecuentaba más que mujeres situadas a un nivel más alto en la aristocracia de la carne. De nuevo, al explicar su caso, trató Lina de atenuar la gravedad de sus temores, alargando su relato con frases inútiles, a la manera de un paciente que tarda y no acaba nunca de quitarse la venda de su herida, hablando de su visita al doctor como de una precaución tal vez exagerada, con una ligereza en la que entraban parte de valor y una secreta esperanza de que el médico no la contradeciría. Entonces, al igual que un hombre cansado de oír charlar a su amante de una noche, se apresura por acceder a la verdad desnuda, el doctor le dijo:

—Desnúdese.

Nada prueba que ella reconociese estas palabras familiares, trasladadas del campo del amor al de la cirugía. Como las manos de Lina luchaban en vano con los broches de su vestido, a él le pareció que debía añadir unas palabras extraídas de su estuche de exhortaciones médicas, pero que quizá ella no había vuelto a oír pronunciar desde la época lejana de su primer seductor.

—No tema. No voy a hacerle ningún daño.

La mandó pasar a una estancia acristalada, fría de tan clara, en donde la misma luz parecía carecer de piedad. Entre aquellas manos grandes y bien lavadas que la palpaban sin intención voluptuosa, ni siquiera tenía que fingir que se estremecía. Con los ojos guiñados, sostenida por el médico en el diván de cuero apenas más ancho que su cuerpo, interrogaba aquellas pupilas monstruosas a fuerza de estar cerca, pero cuya mirada no expresaba nada. Por lo demás, el vocablo que ella temía no fue pronunciado; el cirujano le reprochó únicamente que no hubiera acudido antes para que la examinaran y, súbitamente sosegada, sintió que, en un sentido, ya no tenía nada que temer, pues, de todos sus terrores, el peor incluso se hallaba horriblemente distanciado.

Detrás del biombo donde el médico la dejó para que se pusiera el vestido, al subirse el tirante de su camisa de seda, se detuvo un instante a mirarse los pechos como lo hacía antaño, cuando era adolescente, en la época en que las muchachas se maravillan del lento perfeccionamiento de su cuerpo. Pero hoy se trataba de una maduración más terrible. Un episodio lejano le vino a la memoria: una colonia de vacaciones, la playa de Bocca d'Arno, un baño al pie de las rocas donde un pulpo se le había agarrado a la carne. Había gritado, había corrido, entorpecida por aquel repelente peso vivo; sólo pudieron arrancarle el animal haciéndola sangrar. Durante toda su vida había conservado el recuerdo de aquellos tentáculos insaciables, de la sangre y de aquel grito que a ella misma la había asustado pero que ahora era inútil repetir, pues sabía que esta vez nadie vendría a liberarla. Mientras el médico llamaba por teléfono, para reservarle una cama en la Policlínica, unas lágrimas que acaso salieran del fondo de su infancia resbalaron por su rostro gris y tembloroso.

Hacia las cuatro y media volvió a abrirse la puerta del profesor y la enfermera puso a Lina Chiari en el ascensor. El profesor había sido muy bondadoso con ella; le había ofrecido una copa de ese vino de Oporto que siempre tenía en reserva, en su gabinete, para las ocasiones en que los enfermos pierden el valor. Él se encargaría de todo; bastaría con que ella se presentara, a la semana siguiente, en la Policlínica donde operaba gratuitamente a los pobres; oyéndole, nada parecía tan fácil como curarse o morir. El ascensor terminó su descenso vertical a lo largo de tres pisos; Lina seguía sentada en la banqueta de terciopelo rojo, con la cabeza entre las manos. No obstante, pese a su desamparo, saboreaba el consuelo de saber que ya no tendría que preocuparse por buscar dinero, por guisar o lavar la ropa y que, en lo sucesivo, no tendría más quehacer que sufrir.

Se encontró de nuevo en el Corso lleno de ruido y de polvo, donde los vendedores de periódicos voceaban un interesante crimen. Un coche de punto estacionado junto a la acera le recordó a su padre: era cochero de un simón en Florencia; poseía dos caballos: uno de ellos se llamaba Bello y el otro Buono; la madre los cuidaba con más esmero que a sus hijos. Buono se había puesto enfermo y habían tenido que sacrificarlo. Pasó sin mirar por delante de un cartel en el que se anunciaba, para aquella misma noche, un discurso del jefe del Estado, pero se detuvo por costumbre frente al anuncio del Cine Mondo, donde pondrían esta semana una gran película de aventuras con la incomparable Angiola Fidès. Delante de una tienda de ropa blanca, se dijo que tendría que comprar camisas de algodón como las que llevaba en el colegio; no podían amortajarla decentemente con una camisa de seda rosa. Sintió deseos de regresar a casa y contárselo todo a la casera, pero ésta, al saberla enferma, se apresuraría a reclamarle lo que le debía. Paolo Farina volvería el lunes a la hora de costumbre; era inútil provocar asco en él hablándole de su enfermedad. Se le ocurrió entrar en un café para telefonear a Massimo, su amigo de corazón; pero a él nunca le había gustado que le molestasen. La vida de Massimo era aún más complicada que la suya; sólo iba a casa de Lina en sus malos días y para que ella lo consolase. No podían invertirse los papeles: aquella tierna compasión era precisamente lo único que Massimo esperaba de las mujeres. Ella se esforzaba por creer que más valía así: le hubiera dado más pena morir si Massimo la hubiera amado. Sintió un impulso de lástima, agudo como la punzada de una neuralgia, por aquella Lina a quien nadie compadecía y a quien sólo quedaban seis días de vida. Aunque sobreviviera a la operación, sólo le quedarían seis días de vida. El médico acababa de decirle que había que amputarle un pecho; los pechos mutilados sólo gustan en las estatuas de mármol que los turistas van a visitar al museo del Vaticano.

En aquel momento, al atravesar una calle, vislumbró frente a ella, en el escaparate de una perfumería, a una mujer que venía a su encuentro. Era una mujer ya no muy joven, con los ojos grandes, cansados y tristes, que ni siquiera trataba de esbozar, en su rostro descompuesto, la mentira de una sonrisa. Una mujer tan banalmente parecida a otras muchas que Lina se hubiera cruzado con ella con indiferencia entre la multitud de los paseantes de la tarde. Sin embargo, se reconoció por sus ropas usadas de las que tenía, como de su cuerpo, una suerte de conocimiento orgánico y cuyos más mínimos enganchones, las más pequeñas manchas le eran tan sensibles como a un enfermo los puntos amenazados de su carne. Aquéllos eran sus zapatos deformados de tanto andar, su abrigo comprado un día de saldos en un gran almacén, su sombrerito nuevo, de una elegancia llamativa, que Massimo había insistido en regalarle en uno de esos momentos de riqueza súbita, un poco inquietante, en que a él le gustaba colmarla. Pero no reconoció su cara. Lo que estaba viendo no era el rostro de Lina Chiari, que pertenecía ya al pasado, sino el rostro futuro de una Lina tristemente despojada de todo, internada en esas regiones meticulosamente limpias, esterilizadas, impregnadas de formol y de cloroformo, que sirven de frías fronteras a la muerte. Un ademán casi profesional le hizo abrir el bolso para buscar en él una barra de labios: sólo encontró un pañuelo, una llave, una cajita adornada con un trébol de cuatro hojas de la que se escapaban los polvos, unos recortes arrugados y diez liras de plata que Paolo Farina le había dado el día anterior, con la esperanza de que la novedad de su acuño compensaría la modestia del regalo. Se dio cuenta de que había olvidado la barra de labios en la antesala del médico; no iba a volver a buscarla. Pero una barra de labios es algo necesario y su compra se impone: entró en una perfumería donde el comerciante, Giulio Lovisi, se precipitó para servirla.

Salió de allí con su barra de labios y una muestra de maquillaje ofrecida gratis por un comerciante francés. No había querido que las envolvieran: empañando con su aliento el cristal en el que, por detrás de ella, desfilaba toda la vida de una tarde de Roma, se maquilló el rostro. Las pálidas mejillas volvieron a ser sonrosadas; la boca recuperó ese color encarnado que recuerda la carne secreta o la flor de un pecho sano. Los dientes, más blancos por contraste, brillaban suavemente entre los labios. La Lina viva, intensamente actual, barría los fantasmas de la Lina futura. Se las compondría para ver a Massimo aquella misma noche; engañado por la falsa lozanía que acababa de pedirle a los afeites, aquel muchacho distraído, egoísta y mimoso, a quien ensombrecía la menor alusión al dolor físico, no se daría cuenta de que ella sufría. Se sentaría otra vez frente a ella, dejando sobre la mesa de un café sus cigarrillos y sus libros; se quejaría, como siempre, de la vida y sobre todo de sí mismo; ella se tranquilizaría tratando de consolarlo. Y pudiera ser que aún tuviera éxito; alguien la invitaría tal vez a cenar en uno de esos restaurantes semielegantes para los que reservaba sus más llamativos vestidos; por la noche, de un poco lejos, a la luz artificial, sus amigas, al no darse cuenta de que había cambiado mucho, no se darían el gusto de compadecerla. Hasta el gordo de Paolo Farina le parecía súbitamente menos molesto que de costumbre, como si su excesiva buena salud bastara, a los ojos de aquella mujer enferma, para conferirle de repente una especie de tranquilizador prestigio. Todo le resultaba menos sombrío desde que su rostro ya no la asustaba. Aquella máscara resplandeciente, que ella misma acababa de avivar, le tapaba la vista del abismo donde, unos minutos antes, se sentía resbalar. Los seis días más allá de los cuales prefería no ver nada, le prometían gozos suficientes para hacerla dudar de su desgracia, tan próxima, y ésta, por contraste, revalorizaba su pobre vida.

Una sonrisa ficticia como un último toque de maquillaje vino a iluminar su cara. Después, por muy artificial que fuese, acabó convirtiéndose poco a poco en sincera: sonrió al verse sonreír. No le importaba apenas que aquel colorete dado apresuradamente recubriese unas mejillas pálidas, ni que las mejillas mismas no fueran sino un velo de carne sobre aquel armazón de huesos algo menos perecedero que la lozanía de una mujer; que el esqueleto, a su vez, debiera convertirse en polvo para no dejar subsistir más que esa nada que suele ser casi siempre el alma humana. Cómplice de una ilusión que la salvaba del horror, una delgada capa de maquillaje impedía a Lina Chiari sumirse en la desesperación.

Giulio Lovisi cerró con llave el cajón de la caja, echó una última mirada a la tienda invadida de sombras donde, aquí y allá, unos cuantos frascos conservaban un resto de sol, quitó el picaporte de la puerta y bajó el telón metálico. Luego, pese a que el polvo de la tarde fuera nocivo para su asma, apoyado en la pared, se entretuvo un instante en respirar el crepúsculo.

Hacía treinta años que Giulio Lovisi vendía, en el Corso, perfumes, cremas y accesorios de tocador. En el transcurso de aquellos treinta años, muchas cosas habían tenido tiempo de cambiar en el mundo y en Roma. Los escasos autos, que hacían temblar su frágil mercancía en las estanterías, se habían multiplicado en la calle súbitamente más estrecha; los escaparates, antes enmarcados modestamente de madera pintada, se hallaban ahora rebordeados con placas de mármol que recordaban las losas del Camposanto; los perfumes, cada día más caros, habían terminado por venderse a precio de oro líquido; la forma de los frascos se había hecho más extravagante o más depurada; y Giulio había envejecido. Mujeres ataviadas con faldas largas, más adelante con faldas cortas, se habían apoyado en su mostrador, tocadas con grandes sombreros semejantes a aureolas o con sombreritos pequeños que parecían cascos. De joven, lo habían turbado con sus risas, con sus dedos blancos removiendo el plumón de las borlas de polvos en los cajones abiertos, y con esas posturas que adoptan al azar, ante todos los espejos y ante todas las miradas, pero que van destinadas únicamente al amor, como esos gestos de las actrices que ensayan sin cesar la misma escena. Al hacerse mayor se había hecho más perspicaz y sopesaba sólo con una mirada aquellas almitas imponderables: adivinaba a las mujeres arrogantes, que sólo le piden al maquillaje una suerte de insolencia más; a las enamoradas que se maquillan para conservar a alguien; a las tímidas o a las feas que utilizan los ungüentos para esconder su rostro; y a aquellas —como la cliente que acababa de comprar un lápiz de labios— para quienes el placer es tan sólo un oficio, fastidioso como lo son todos. Y durante treinta años seguidos ocupando el puesto de obsequioso proveedor de belleza femenina, Giulio había conseguido ahorrar el dinero suficiente para mandar construir un chalecito en la playa de Ostia y había permanecido fiel a su mujer, Giuseppa.

Giulio cerraba aquel día a una hora más temprana que de costumbre, pues se había encargado de hacer la compra en la ciudad. Tras responder distraídamente a su vecino el sombrerero, que contemplaba la calle a través de los cristales de su escaparate, se alejó con la cabeza baja, absorto en una tristeza tan trivial que tal vez no conmoviese a nadie. El viejo Giulio se esforzaba por creer que el lote deparado por el destino era digno de envidia y que su mujer era una buena mujer, mas forzoso era reconocer que el comercio periclitaba y que Giuseppa le hacía sufrir. Había hecho cuanto había podido para que ésta fuera dichosa: había soportado a sus cuñados y cuñadas que venían a su casa arrastrando enfermedades y niños; aquellas gentes le habían chupado la sangre y ahora su mujer le reprochaba el haberles ayudado. Y no era culpa suya si los partos de su mujer habían sido difíciles, ni si en París no había cesado de llover durante el viaje de novios. Había estado cuatro años en la guerra, cosa que tampoco era muy agradable. Durante aquel tiempo, Giuseppa, que llevaba la tienda, había tropezado con un subdirector de Banco, quien —decía ella— la había cortejado y que, naturalmente, era muy superior a Giulio, pues ostentaba una condecoración y tenía un automóvil. Lo había rechazado porque era una mujer honesta, pero de todo esto tampoco era responsable Giulio. El anciano Giulio pertenecía al partido del orden, soportaba con paciencia los inconvenientes de un régimen que garantizaba la seguridad en las calles, del mismo modo que pagaba sin murmurar su póliza de seguros contra la rotura de cristales. No era él quien había deseado el matrimonio de su hija Giovanna con aquel Carlo Stevo que acababa de ser condenado a cinco años de trabajos forzados por el Tribunal Supremo, por hacer propaganda subversiva. La severidad del Código, los impuestos de Aduana sobre los productos franceses, cada día más elevados, los ineptos escándalos que le armaba su mujer, la casi viudez de Vanna y la suerte injusta de su conmovedora nietecita enferma de coxalgia se unían para hacer de Giulio, no el más desdichado de los mortales, pues hace falta mucho orgullo para reclamar semejante título, pero sí un pobre hombre tan preocupado como cualquiera.

No, Giulio no tenía ninguna prisa por verse de nuevo en su casa de Ostia, donde, cada noche, a través de los delgados tabiques, oía llorar a su solitaria Giovanna. La inquietud que le causaba su hijita era lo único que retenía a Vanna al borde de la desesperanza; Giulio casi le daba gracias al cielo por haberle mandado aquella pena que ahora la distraía de las demás. A decir verdad, el discurso del dictador le ofrecía aquella tarde una buena disculpa para entretenerse en la ciudad, pero, dejando aparte lo cansado que resulta escuchar de pie entre la muchedumbre una larga parrafada de elocuencia, el oír decir pestes contra los enemigos del régimen no es muy agradable cuando uno se halla más cerca de lo que quisiera de los sospechosos y de los condenados. Y en cuanto a aprovechar este pretexto para tomar un helado y pasar una velada tranquila en un café de Roma, aquel anciano parsimonioso y hogareño ni siquiera pensaba en ello. Más valía regresar sin demora al minúsculo chalecito que Giuseppa llenaba con su corpulencia y con el ruido de la máquina de coser, para oír decir una vez más que el hilo negro no valía nada y que los botones que había cambiado aún eran demasiado caros. El carácter de Giuseppa se enranciaba de día en día; era penoso, para aquella mujer de edad, corpulenta y castigada por el reúma, tener que cuidar como podía a la exigente pequeña Mimi, y llevar una casa, y tratar de distraer a la pobre Giovanna.

Él había contado en vano con que las manías de su mujer se atenuarían con la edad; por el contrario, los defectos de Giuseppa, al envejecer, habían aumentado monstruosamente, al igual que sus brazos y su cintura; tranquilizada por treinta años de intimidad conyugal, ya no los disimulaba, como tampoco sus imperfecciones físicas: él tenía que soportar los celos de Giuseppa, del mismo modo que hubo de acostumbrarse a que sus manos estuvieran siempre sudadas. Él iba a cumplir sesenta años; su rostro grasiento brillaba como si a la larga se hubiera impregnado de sus pomadas y aceites; ella no lo veía tal y como era: se había inventado, para poder sufrir, a un Giulio seductor de mujeres que le interesaba más que el auténtico Giulio. La víspera se había presentado en la estrecha tienda donde cualquier ademán algo brusco ponía en peligro tantos perfumes, con objeto de dar un escándalo; le había obligado a echar a la calle a su nueva dependienta, una interesante inglesita a quien él había aceptado por caridad, para que le ayudase en las horas de afluencia. Miss Jones se hallaba en Roma momentáneamente sin recursos; las escasas lecciones de conversación que daba no le bastaban para vivir. Giulio suspiró, mortificado por las sospechas de su mujer, olvidándose de que le gustaba mucho contemplar las largas y delgadas piernas de miss Jones. Al lado de los infortunios oficiales, deplorados cada noche en la mesa familiar, la ausencia de la conmovedora inglesita le hacía el efecto de una romántica y pequeña desgracia particular suya.

Tras empujar con reverencia una puerta de cuero grueso, mullido, suavemente ennegrecido por el paso del tiempo, Giulio Lovisi penetró en una modesta iglesia de barrio donde —al igual que otros van al café o frecuentan los bares— acudía cada tarde para saborear una gotita del alcohol de Dios. Hasta en las cosas de la fe, aquel burgués ordenado era de los que se contentan con una copa pequeña. Dios, cuya voluntad servía de explicación a los sinsabores de Giulio y de disculpa a su falta de valor, parecía residir aquí entre los oropeles del altar para que un número ilimitado de infortunados transeúntes vinieran a quejarse de sus males y, gracias a ello, llegaran a consolarse de los mismos. Dios, que acogía a todos, permitía incluso que actuaran según su comodidad. El anfitrión celeste a nada obligaba: uno podía, según sus deseos, permanecer de pie o dejarse caer en una silla con sus paquetes; pasearse o mirar distraídamente un cuadro ennegrecido, pintado seguramente por algún gran pintor (puesto que los extranjeros, de cuando en cuando, le ofrecen una propina al guía para que se lo enseñe), o arrodillarse para rezar. Aquel Giulio insignificante hasta en sus desgracias podía incluso engañar a Dios exagerándole su desamparo o halagarle burdamente poniéndose en sus manos. El invisible interlocutor no se tomaba el trabajo de desmentirle; la Magdalena de mármol, postrada contra un pilar, no se ofuscaba cuando aquel hombre gordo, ataviado con un traje *beige*, se las arreglaba para rozarle, al pasar, el pie descalzo. El cura, el organista, el sacristán con librea roja, el mendigo bajo el porche de Santa María la Menor, tomaban todos en serio a aquel habitual visitante de por las tardes. Y era aquél el único lugar en el mundo donde Giuseppa vacilaría en dar un espectáculo.

Rosalia di Credo, la encargada de los cirios, dejando su puesto sin hacer ruido, se deslizó hasta donde estaba Giulio, recorriendo la hilera de sillas y, con el susurro discreto que suele emplearse en las habitaciones de los enfermos, en el teatro y en la casa de Dios, inquirió:

—Señor Lovisi, ¿cómo está su querida nietecita?

—Un poco mejor —susurró sin convicción Giulio Lovisi—. Pero el nuevo doctor, igual que los anteriores, dice que hace falta tiempo y largos tratamientos. Es duro, sobre todo para su pobre madre.

Giulio acababa de pensar, por el contrario, que era bueno para Vanna el tener que ocuparse de su hija. Lo creía así, pero es preciso tener mayor firmeza que aquel hombre viejo para decir lo que uno piensa. En realidad, la enferma no estaba ni peor ni mejor que de ordinario. Giulio llegaba a dudar incluso que llegara a curarse algún día. Pero confesar estas dudas hubiera sido pecar contra la esperanza. Responder con sinceridad sería carecer de miramientos con aquella solterona y complicar indiscretamente aquel breve intercambio de fórmulas corteses usuales entre personas bien educadas.

—¡Pobre angelito! —dijo Rosalia di Credo.

—¡Paciencia! —dijo humildemente Giulio—. ¡Paciencia!

Rosalia bajó aún más la voz, ya no por decoro como antes, sino como si verdaderamente importara que pudiesen oírles.

—A pesar de todo, ¡qué desgracia para su pobre hija que él no pudiera salir a tiempo para Lausana!

—¡El imbécil! —exclamó Giulio ahogando una blasfemia que, por lo demás, no hubiera hecho sino demostrar su amistosa intimidad con Dios—. Siempre pensé que ese Carlo terminaría mal... Se lo dije...

A decir verdad, apenas había tenido ocasión para decirle nada al marido de Vanna, ya que éste había cesado muy pronto de frecuentar a su suegro. Mas no era la vanidad la que impulsaba a Giulio a presumir de haber aleccionado a aquel desdichado, era el temor; quería lavarse de la sospecha de haberle dado su aprobación en algún momento. Un criminal no podía ser más que temible y era conveniente añadir, retrospectivamente, una parte de horror a aquellos de sus recuerdos concernientes a Carlo, y Carlo Stevo era seguramente un criminal puesto que lo habían condenado.

—Yo siempre lo aborrecí —dijo.

Era falso. Había empezado por gratificar a Carlo Stevo con el sentimiento que más abunda en todos nosotros: la indiferencia, ya que se la otorgamos a unos dos mil millones de hombres. Después —y de esto hacía ya diez años (¡cómo pasa el tiempo!)—, cuando Giuseppa le alquiló por correspondencia una habitación amueblada en su chalet de Ostia, Giulio había comprado los libros de este escritor difícil de entender, exagerando a gusto, ante vecinos y conocidos, la celebridad de su inquilino y el precio que pagaba por la habitación. Por fin, cuando Carlo Stevo, llevando él mismo su ligera maleta, se había presentado a la puerta, sin conseguir encarnar tantas obras maestras ni tanta gloria en el cuerpo enfermizo, un poco torcido, de aquel hombre de unos treinta años que les parecía a un mismo tiempo demasiado joven para su reputación y prematuramente envejecido para su edad, los Lovisi habían otorgado a su huésped una estimación templada por la piedad, es decir, por el desprecio. Aquella compasión, aquel desprecio, habían alcanzado su punto más alto durante la pulmonía de la que casi se muere Carlo Stevo; un matiz de familiaridad se había introducido en sus relaciones con su inquilino; aquel hombre de talento, consumido por no se sabía qué clase de llama, no era ya para ellos sino un enfermo al que habían tratado de cuidar lo mejor posible. Pero el fuego había prendido en otra alma: en la de

Vanna. Tal era el poder de expansión de aquel amor juvenil que los Lovisi habían terminado por ver a Carlo con sus ojos y por amarlo a través de su corazón. Una vez convertido en su yerno, el sentimiento que les había inspirado era de orgullo, dado que, en aquel momento, lo consideraban como cosa propia. Se habían resignado a no ver mucho a su hija; se envanecían del apartamento completamente nuevo que Vanna habitaba en Roma, en el barrio de los Parioli, y de las grandes cantidades que gastaban para la niña enferma. Más tarde, cuando habían empezado a circular rumores inquietantes sobre las amistades políticas de Carlo Stevo, cuando su Vanna, abandonada según decía ella, había regresado a casa para instalarse durante períodos cada vez más largos y acabar refugiándose allí definitivamente con su hijita impedida, habían meneado la cabeza diciéndose que, después de todo, no se debe uno casar con alguien superior a su clase y que más hubiera valido no fiarse de un hombre de letras que no piensa como todo el mundo. Y ahora que ya no era —perdido por alguna parte— más que un número en una roca, aquel Carlo que había terminado por carecer de consistencia les inquietaba como un fantasma.

—Y... —preguntó Rosalia di Credo—, ¿les han dicho a ustedes... dónde se encuentra?

—Sí —contestó Giulio—, en una isla. No sé muy bien dónde está. Cerca de Sicilia.

—Sicilia... —dijo suavemente Rosalia di Credo.

Se comprendía que aquel nombre acababa de despertar en ella emociones más íntimas, pero tal vez más penosas que el débil interés suscitado por la imagen de la desgracia ajena. El eco punzante de una alegría perdida se insertaba bruscamente entre aquellas insípidas variaciones de enternecimiento cortés y de vaga compasión. Si a Giulio no lo hubiera ensordecido el zumbido de sus propios males, aquella simple frase le hubiera dado a conocer que Rosalia era una exiliada de la felicidad.

—No tendría importancia —prosiguió— si nuestra pobre Vanna fuera algo más razonable. Mi mujer tiene que levantarse todas las noches para rezar con ella, obligarle a beber leche caliente, remeterle la ropa de la cama; en resumen, tratar de sosegarla. Todo esto porque al señor le dio por meterse en política y está consumiéndose de aburrimiento en un peñón. Y pensar que siempre son los inocentes los que tienen que pagar todas las culpas... Ya no podemos dormir.

El inocente era él, Giulio, cuyo sueño turbaban. El miedo al insomnio hizo gesticular de repente su máscara de esclavo de comedia antigua, irónicamente unida al destino de Prometeo.

—Atreverse a atacar a un hombre tan grande... —prosiguió en voz baja pero con el tono convencido de quien sabe está expresando unos sentimientos honorables, con los que todo el mundo está conforme y que nadie se arriesgaría a contradecir. Y a quien todo le sale bien—. Cuando pienso que entregamos nuestra Vanna a una persona instruida...

Rosalia di Credo suspiró; aquel suspiro, sin duda, sólo concernía a sus propias penas.

—¡Ay, Virgen Santa!

Y movida por unos sentimientos interesados y devotos, que correspondían a un período ya superado de su vida, pero que continuaban dirigiendo sus pequeños ademanes de marioneta junto a su puesto de cera, dijo:

—Señor Lovisi, si usted le pusiera una vela, tal vez la Madona le ayudaría. ¡Es tan buena!

—¡La Madre Buena! —murmuró Giulio.

Se calló tras aquellas palabras que, sin él saberlo, asimilaban a María con las antiguas diosas favorables a quienes el hombre nunca dejó de rezar. En efecto, el órgano acababa de lanzar, por encima de sus cabezas, su grito ronco, demasiado inesperado para parecer claramente el comienzo de un canto. Un segundo acorde dio la explicación del primero. Se desplegó un encadenamiento de preguntas pertinentes y de respuestas del que nadie entendió ni una palabra, a no ser el organista ciego, allá arriba, pero todos lo encontraron muy hermoso: un mundo matemático y puro fue edificándose, transformado por tubos y fuelles en ondas sonoras; el preludio encubrió incluso el ruido amortiguado de los autobuses y taxis de Roma que, de no ser por la música, hubieran continuado oyéndose, aunque la gente estaba ya demasiado acostumbrada a ellos para percibirlos. La salutación que se celebraba en una capilla lateral era seguida distraídamente por un extranjero a quien había atraído allí la celebridad de un fresco de Caravaggio, así como por unas cuantas mujeres entre las cuales a Giulio Lovisi ni siquiera se le ocurrió identificar a una muchacha vestida con traje de viaje, que no era sino su conmovedora inglesa. Una decena de fieles, distanciados sin cesar por la clara elocución del sacerdote, repetían en coro las denominaciones de las letanías, sin tratar siquiera de entender lo que decían, demasiado entretenidos en realizar aquella especie continua de genuflexión de la voz. Únicamente aquellos que no rezaban y, en cambio, escuchaban, dejaban de cuando en cuando que una combinación de palabras, uno de esos epítetos insólitos que sólo se oyen en las iglesias, hicieran resonar algún eco dentro de ellos, confirmase una idea, prolongara o despertase una vibración del pasado.

—Casa de oro...

Rosalia di Credo pensaba sin querer en una casa de Sicilia.

—Reina de los Mártires...

Una mujer joven, que había entrado allí para guarecerse de la lluvia provocada por la tormenta, se subió la toquilla envolviéndose la nuca, alisó sus pliegues y los juntó sobre su pecho, disimulando debajo de la tela negra el peligroso objeto, envuelto en papel de estraza, que aquella noche tal vez cambiase el destino de un pueblo.

«... Confiemos en que la humedad... En cualquier caso —piensa— no hay nada que temer por parte del armero, es del Partido. A veces se tiene éxito... Más a menudo de lo que uno cree, si está decidido a llegar hasta el final, a no arreglar tras de sí ningún camino de salida... Afortunadamente, aprendí a tirar en Reggiomonte, con Alessandro... ¿El balcón o la puerta?... Delante del balcón, entre la gente, es más difícil levantar el brazo. Pero la puerta está más vigilada... En el fondo, más vale que haya una alternativa: elegirás allí mismo... Aunque tal vez hubiera sido más juicioso decidirse por Villa Borghese... Componérselas para estar junto a la pista de los caballos con un niño... No, no. No vaciles... Pronto estaré muerta, es lo único seguro. ¿Qué están diciendo? Reina del cielo... REGINA COELI: ése es el nombre de una cárcel... Será allí donde, mañana... Haz, Dios mío, que muera enseguida. Haz que mi muerte no sea inútil. Haz que mi mano no tiemble, haz que él muera... ¡Anda, qué gracia! Me he puesto sin darme cuenta a rezar.»

—Torre de marfil...

El anciano primo Clément Roux, con sus manos hinchadas de cardíaco colgando entre las rodillas, agachó la cabeza para seguir la espiral de aquellas palabras que, lentamente, se iban hundiendo en él, chocaban finalmente con la resistencia de un recuerdo. Dorado, liso y desnudo... Aquella niña en la playa, una tarde, ¿será posible que hayan pasado ya veinte años? Torre de marfil... ¿Existe en el mundo una expresión que mejor evoque la arquitectura de un cuerpo joven?

—Rosa misteriosa... Vaso insigne...

Giulio acaba de percatarse de que ha olvidado comprar, en la botica del Corso, la medicina para Mimi. No está escuchando. Pero, de todos modos, el vaso insigne no es para él sino un término consagrado sin relación alguna con sus costosos frascos de llamativos nombres y además él pertenece a un tiempo en que los perfumes sintéticos han reemplazado al agua de rosas.

—Salud de los enfermos...

Es cierto: la Virgen cura a veces a la gente. En Lourdes sobre todo. Pero Lourdes está lejos y el viaje cuesta caro. No había curado a Mimi, aunque habían rezado mucho. Mas puede que aún no hubieran rezado bastante...

—Consuelo de los afligidos... Reina de las vírgenes...

Miss Jones, que había vuelto a Santa María la Menor para oír algo de música antes de marcharse, agacha la cabeza: ha reconocido a Giulio Lovisi y prefiere que él no la vea. Se estremece al recordar la vulgar escena que se atrevió a hacerle la mujer de aquel comerciante un poco ordinario, pero respetable, en cuya tienda estuvo trabajando unos días por un salario de los más bajos (porque no tiene permiso de trabajo), mientras llegaba la pequeña renta que le envía su notario. Aquel viaje a Italia ha sido una locura: había hecho mal en aceptar el puesto de chica *au pair* ofrecido por una compatriota entusiasta, que se había esforzado en vano por instalar una pensión para turistas británicos, en un pintoresco rincón de Sicilia. Y no hubiera debido dejar que la despidieran sin pagarle al menos sus gastos. Las pocas libras que acaba de recibir de Inglaterra le llegan justo para pagar su regreso. No obstante, hoy se ha permitido algunos caprichos: ha desayunado en un *tea-room* inglés de la plaza de España; ha visitado en grupo el interior de la basílica de San Pedro; ha comprado una medalla bendecida para su amiga Gladys que es irlandesa; irá a pasar la noche en el cine hasta la hora en que llegue su tren. Junta maquinalmente las manos por espíritu de imitación, molesta y seducida a la vez por aquellos ritos de una religión diferente. Dirige al Señor una invocación mental para que le sea devuelto su puesto de secretaria cuando llegue a Londres. Allí donde uno esté, siempre ayuda rezar.

ORAPRONOBIS... ORAPRONOBIS... ORAPRONOBIS...

Las tres palabras latinas soldadas unas a otras no pertenecían ya a ninguna lengua, no dependían de ninguna gramática. No eran más que una fórmula de encantamiento mascullada con la boca cerrada, una queja, una llamada confusa a un personaje vago. «El opio de los débiles —piensa Marcella con desprecio—. Carlo tiene razón. Les han enseñado que todo poder viene de arriba. Ninguna de estas personas sería capaz de decir no.»

«Qué hermoso es todo esto —se dice miss Jones, cuyos ojos se nublan de lágrimas a la vez sentimentales y muy puras—. Qué lástima que yo no sea católica...»

No habían rezado bastante... Giulio Lovisi, inclinado sobre los casilleros etiquetados, eligió cinco cirios no muy delgados —lo que hubiera denotado avaricia—, ni demasiado gordos —lo que hubiera sido una ostentación—. Cinco cirios, ante la enternecida mirada de Rosalia di Credo que le reprochaba blandamente el que mimase a la Madona. Uno era por Mimi; otro por Vanna; otro por Carlo; otro, sobre todo, para pedirle al cielo que Giuseppa le hiciera la vida más agradable. Y (aunque sin ponerla del todo en el mismo plano que la familia), puso otro también por la simpática miss Jones.

Para Giulio, instalado en un mundo de nociones simples, un cirio no era más que una vela más fina y más noble, que es bueno ofrecer a la Virgen cuando hay que pedirle alguna gracia, que arde y se derrite ante el altar, ensartado en una varilla de hierro y que el sacristán nunca olvida apagar cuando llega la hora de cerrar la iglesia. Pero el objeto de cera o de parafina disfrazada de cera vivía, no obstante, con una vida misteriosa. Antes de Giulio, muchos otros hombres se habían apropiado del trabajo de las abejas para ofrecerlo a sus dioses; siglo tras siglo habían proporcionado a sus imágenes santas una guardia de honor hecha de llamitas, como si prestaran a los dioses su miedo instintivo a la noche. Los antepasados de Giulio habían necesitado reposo, salud, dinero o amor: aquellas oscuras gentes le habían ofrecido cirios a la Virgen María, al igual que sus ascendientes, aún más soterrados en el tiempo, tendían pasteles de miel a la boca grande y cálida de Venus. Aquellas llamitas se habían consumido infinitamente más deprisa que las breves vidas humanas: ciertas peticiones habían sido rechazadas, otras concedidas, por el contrario, pues lo malo es que, en ocasiones, los deseos se cumplen con el fin de que se perpetúe el suplicio de la esperanza. Luego, sin haberla solicitado, aquellas gentes habían obtenido la única gracia otorgada de antemano con toda seguridad, el don sombrío que anula a todos los demás dones. Pero Giulio Lovisi no estaba pensando en tantos muertos. De rodillas, entrecruzando sus manos bastas que parecían no saber nada de la oración y para quien el ademán de juntarlas no era sino una postura como otra cualquiera, se abandonó vagamente a la beatitud de haber perdido el tren. El recibimiento de Giuseppa no podría ser peor aunque volviera una hora más tarde. Y como si se refugiara en un rincón de su infancia, aquel hombre viejo y cansado balbuceaba un avemaría para que todo fuese mejor.

Sabía (hubiera debido saber) que nada podía ir mejor, que las cosas seguirían su pendiente a un mismo tiempo insensible y segura; que los sentimientos, las situaciones de que se componía su vida irían degradándose cada día más, a la manera de objetos que han sido demasiado utilizados. El carácter de Giuseppa empeoraría con la edad y los progresos de su reúma: ni siquiera la Madona conseguiría cambiar la naturaleza de una mujer de sesenta años. Vanna continuaría llevando aquella vida solitaria para la que no estaba hecha y que la entregaba en manos de la desesperación. Quizá tomara un amante; en este caso, sufriría más de lo que hasta ahora había sufrido, pues la vergüenza vendría a añadirse a sus males. Igual que le ocurre a mucha gente, el cuerpo de Giovanna no estaba a tono con su alma: hubiera sido preciso que uno u otra cambiaran para que ella dejara de sufrir. Aunque permaneciese fiel al Carlo a quien había amado, el hombre que volviera a ella (si es que volvía) se parecería menos que nunca al Carlo Stevo de su amor. Muy al fondo de sí mismo, Giulio sabía también que su Vanna, amargada por sus desengaños, ya no era, ni mucho menos, la hermosa muchacha romántica que el hombre célebre había amado. A decir verdad, ni siquiera era razonable desear el retorno de aquel imprudente, probablemente resentido por sus desgracias y sus rencores, y que seguiría siendo sospechoso hasta el final a los ojos de las autoridades. Y Mimi (pero esto no había que confesarlo) tampoco se parecía nada a la angélica inválida a quien él le gustaba describir sonriente entre blancas almohadas. Aunque se curase, la pequeña seguiría siendo demasiado delicada para el matrimonio. Giulio la compadecía por ello como si él hubiera saboreado una felicidad sin límites y como si su Vanna no hubiera tenido su parte correspondiente de males.

Y nunca más volvería a ver a miss Jones; ella regresaría a su lluvioso país, llevándose de él la imagen de un hombre demasiado bueno, que no había sabido callar a la colérica Giuseppa. Para que ella volviese junto a él a la tiendecita del Corso, y que él pudiera tratarla como apenas osaba hacerlo en sus sueños, hubiera tenido que ser rico, libre y audaz, y que ella estuviera tan corta de recursos como para dejarse amar. Para suponerse libre, debía cometer con el pensamiento tantos crímenes como un asesino célebre. Sin sus preocupaciones de dinero, sin las disputas familiares y sin la debilidad de carácter que le hacía aceptarlas, Giulio Lovisi hubiera sido otro hombre; esta transformación hubiera equivalido a una muerte más total de lo que sería la suya. Pues la suya, o la de su mujer, que mil pequeños hechos fisiológicos preparaban tal vez sin él saberlo en aquel momento, se insertaban en el tejido de banales miserias que componían su vida: él podía prever, si moría el primero, cómo avisaría Giuseppa a las vecinas y cuántas personas se molestarían en acompañarlo hasta el Camposanto. Se iba haciendo lentamente incapaz de otra cosa que no fuera aquella rutina aborrecida, pero fácil y que, al menos, le dispensaba de cualquier esfuerzo. La misma felicidad, si la felicidad fuera posible, no hubiera podido cambiar nada en la indigencia de su suerte, ya que dicha indigencia procedía de su alma. Si hubiera sido clarividente, Giulio Lovisi se hubiera convencido de que era inútil rezar. Y sin embargo, los delgados cirios de cera que se consumían ante él y ante las miradas fijas de una Madona no eran inútiles: le servían para mantener la ficción de una esperanza.

Si les hubieran pedido informes sobre Rosalia di Credo a sus vecinas, dichas mujeres hubieran coincidido en responder que aquella solterona era fea, que era avara, que había cuidado con cariño a su madre imposibilitada pero que había dejado marchar al Asilo a su anciano padre sin decir ni una palabra, y que se había peleado con su hermana Angiola en cuanto ésta fue lo bastante hábil para cazar a un marido; finalmente, dirían que vivía en tal calle, tal número y tal casa de Roma. Todas estas afirmaciones eran falsas: Rosalia di Credo era hermosa, con esa belleza flaca que sólo necesita, para manifestarse, la menor cantidad de carne posible. Era el cansancio y no la edad el que había sometido sus facciones a esa lenta usura que acaba por humanizar hasta las estatuas de las iglesias; era tacaña, como todos aquellos que no tienen dinero más que para un solo gasto, ni más llama que para un único amor. Detestaba no a su hermana, sino al marido que le había quitado a su hermana; su padre y no su madre había sido la gran pasión de su vida; y vivía en Gemara.

Muchas personas hubieran creído describir Gemara diciendo: es una casa vieja de Sicilia. Hablar así hubiera sido enmascarar, bajo una definición demasiado simple para no ser falsa, lo que de infinitamente peculiar posee toda vivienda humana, sobre todo cuando sus dueños sucesivos, a fuerza de quitarle o de añadirle algo, han ido convirtiéndola poco a poco en un jeroglífico de piedra. Bien es verdad que el tiempo, ese tiempo exterior que nada sabe del hombre y se manifiesta en el cambio de las estaciones, en la caída de un bloque suelto desde hacía tiempo y que precipita al suelo la duración misma de su precariedad, en el lento, en el concéntrico ensanchamiento del tronco de los alcornoques que, cuando son seccionados por el hacha, ofrecen un corte de ese tiempo vegetal medido por la corriente de las savias, no había perdonado la morada que un Ruggero di Credo había recibido en feudo haría aproximadamente unos seis siglos. Había tratado aquellas murallas y aquellas vigas como lo hubiera hecho con rocas y ramas; a las significaciones ingenuamente evidentes de aquella obra de los hombres, él había añadido sus comentarios destructores. Mas decir que la acción del Tiempo había asolado Gemara era olvidarse de que el Tiempo, al igual que Jano, es un dios con dos caras. El tiempo humano, ese tiempo que se evalúa en términos de generaciones y que jalonan aquí y allá las derrotas familiares y las caídas de los regímenes, era el único responsable en lo referente a esos cambios incoherentes y a esos proyectos inacabados de que se compone lo que, desde la distancia, llamamos la estabilidad del pasado. Los bosquecillos abundantes en caza mencionados en los cartularios habían sucumbido muy pronto a la pasión del hombre por matar animales y talar árboles, transformando en irrisorios los restos de un pabellón de caza de la época de los Hohenstaufen; rocallas estrambóticas se desprendían y caían entre las viñas; la Mafia, los disturbios agrarios y, sobre todo, la incuria, habían empobrecido la tierra y secado los manantiales. Columnas emparejadas desaparecían bajo el yeso de las reconstrucciones pueblerinas; había una escalinata que no conducía a ninguna parte; el *képi** de un tío que murió en el sitio de Gaeta estaba colgado en un salón donde nadie entraba; una alfombra argelina y unos sillones de cuero terminaban por parecer allí antigüedades venerables. Así como una serie de sucesivos dueños de aquellos lugares habían ido remodelando Gemara según sus necesidades o manías, su afán de grandezas o su avaricia campesina, aquella casa decrépita había formado a su imagen y semejanza al último vástago de la familia, aquel Ruggero di Credo que no era más que un heredero.

Sus granjeros, incluso los que le habían visto nacer, sus hijas, su mujer quien, no obstante, lo había amado cuando aún era joven, no podían imaginárselo sino viejo: la vejez parecía un estado natural en aquel hombre cuyo único valor consistía en ser el resultado de un pasado. A los dieciséis años, don Ruggero debió asemejarse a un efebo siciliano de los poemas de Píndaro; a los treinta años, su delgado rostro había asumido la expresión de sequedad y apasionamiento que ostentan las caras de los Cristos, en los mosaicos de la Martorana; a partir de los sesenta años, había adquirido el aspecto de un brujo musulmán en la Sicilia de la Edad Media, como si él mismo no fuera más que un espejo cascado donde se reflejaban vagamente los fantasmas de la raza. Inclinado sobre la palma de su mano, un quiromántico no hubiera podido leer su porvenir, porque don Ruggero no tenía porvenir; y seguramente tampoco hubiera leído su pasado, sino el pasado de una veintena de hombres escalonados tras él en la muerte. La vida personal de don Ruggero había sido tan nula como era posible, si bien esa nulidad misma era en él una forma deseada de inmovilidad. Había sido cónsul en Biskra; había estropeado su carrera casándose ya mayor con una judía argelina, irremediablemente vulgar y de reputación dudosa, pero aquel descuido había sido para él lo que es para un místico la desgracia que lo de-

* Gorra de los militares franceses.

128

vuelve a Dios. Su retiro lo había llevado a dejar el mundo, es decir, a recluirse en Gemara. Así empezaron para aquel loco veinte años maravillosos y vacíos como un día de verano.

Cuando Rosalia di Credo pensaba en su padre, siempre lo veía sentado encima de un montón de piedras, con una escudilla entre las piernas, tomando la sopa a la manera de los obreros de la granja. Y no quiere esto decir que don Ruggero trabajara mucho para mejorar su propiedad: tenía algo mejor que hacer: descubría tesoros o, al menos, iba a descubrirlos. La escasez de agua había hecho de él un zahorí; se había paseado durante años por sus campos, con la varita de fresno en la mano, como si ésta fuera un órgano misterioso que lo uniera a su tierra. Después, la búsqueda de manantiales cedió el paso a la de tesoros. Sus antepasados, seguramente, habían escondido en las profundidades del suelo el oro suficiente para compensar a don Ruggero de la mala venta de los ácidos y del escaso rendimiento de los fondos del Estado. Finalmente, el encuentro con un arqueólogo le hizo soñar con estatuas, lo que era para él una manera nueva de soñar con mujeres. Apenas se preocupaba de la suya, siempre arrellanada entre cojines y atiborrándose de comida; pero las muchachas del pueblo, descalzas, con el cuerpo moreno cubierto por un delantal desteñido, se aventuraban, en ocasiones, bajo las ramas, para llegar hasta aquel hombre que tenía algo de nigromante y algo de sátiro, y don Ruggero soltaba la sombra de las diosas de mármol por la presa cálida de aquellas estatuas de carne. Poco importaba que sus árboles, sin podar ni ser injertados, sufriesen por no dar frutos; ni que sufrieran los bueyes por no trabajar en la labranza, como sufren los árboles y los animales cuando se ven contrariados en sus tareas para el hombre; ni siquiera era importante que llegara a derrumbarse el Gemara perecedero: llevaba dentro de sí aquellas tierras secas que el viento sembraba sin cesar de polvo, aquellos tesoros escondidos, aquellos pilones vacíos en los que se hubiera podido resbalar.

Toda suerte de jeroglíficos de ideas flotaban en su cerebro como sobre un agua negra: permanecía fiel a la memoria de los Borbones de las dos Sicilias y desdeñaba a los Saboya; la Marcha sobre Roma no le impresionó lo más mínimo, al ser de esos acontecimientos que ocurren en el Norte; lanzaba vituperios contra el dinero y los negociantes, pero se las ingeniaba para sustraer algunas monedas a los vecinos interesados por su varilla de zahorí o para aumentar, a fuerza de abstenerse de venderlas, el precio de unas tierras que, de no ser así, nadie hubiera querido comprar. Aquel hombre que apenas se lavaba tenía unos refinamientos de cortesía exquisitos, casi ridículos de tan pasados de moda, que amansaban al recaudador de contribuciones y a los acreedores; aquel indigente era tan generoso como un príncipe con sus hijas; aquel marido, a quien Donna Rachele había engañado sobradamente mientras se lo permitió un resto de juventud y de belleza, se mostraba con las dos muchachas de una severidad más propia de unos celos cercanos al incesto que de una austeridad a la antigua. Les prohibía toda conversación con los hombres, sin exceptuar ni siquiera al cura o al lisiado que vendía cordones en la plaza del pueblo y, en cambio, por vanidad, don Ruggero consentía que Angiola se dejara fotografiar por los extranjeros que acudían a visitar el teatro en ruinas que había más abajo del pueblo, única curiosidad existente en el lugar, mencionada sin asterisco en las guías de Sicilia.

Como era demasiado pobre, no había podido seguir la costumbre y educar a sus hijas en un convento de Palermo. Sus estudios consistieron en las roncas canciones maternales, en cuplés de café cantante que adquirían en sus labios una belleza de cantinela; en endechas populares y folletos sobre higiene sexual robados una noche del cajón de una criada; en las parrafadas de versos griegos que les enseñaba don Ruggero aunque, desde hacía tiempo, ya no los entendía. Como todo esto, sin embargo, no es suficiente para llenar una memoria, quedaba sitio para otros recuerdos de que se compone la infancia: para las salves en la fiesta del pueblo y la confección casi ritual de los panes de anises; para el sabor de los higos frescos; para el olor de las naranjas que se pudrían en el huerto bajo entrelazados de palmas; para un bosque de avellanos por donde Angiola se perdía descalza, tras haber colgado de una rama las gruesas medias de algodón que el sentido de las conveniencias de don Ruggero imponía a las dos muchachas; para la muerte de una lechuza y para los primeros sobresaltos del corazón. La casa, universo aparte, poseía sus leyes, incluso su propio clima, ya que a Rosalia le parecía no haber vivido allí sino días resplandecientes. El retorno precoz de un pájaro pasaba por ser un prodigio y, en cambio, a todo el mundo le parecía muy natural que santa Lucía curase a los ciegos y que Salomé se mostrara completamente desnuda, en pleno cielo, durante la noche, a mitad del verano.

En las tardes cálidas cenaban en la terraza, bajo un cenador, junto a la casa embellecida y recompuesta por el ocaso. La mujer de pueblo que les servía se marchaba a su casa llevándose los restos de comida; la voz inagotable de don Ruggero reemplazaba al surtidor de agua del que seguían presumiendo pero que, desde hacía años, no se había vuelto a oír cantar en el jardín. Hablaba de genealogía con autoridad, como hombre que si quisiera podría decir mucho más; se volvía elocuente en cuanto se trataba de Gemara. Las cuentas de sus bienes presentes y pasados se enredaban de tal modo en sus labios que el tiempo parecía haberse vuelto reversible: las hijas ya no sabían si hablaba de hoy, de mañana o de ayer. Se veían ricas, colmadas, casadas con príncipes; hasta el rey en persona se molestaba en visitar las excavaciones que don Ruggero empezaría a hacer en el olivar, en cuanto hubiera derribado todos los árboles; Gemara, restaurada, recuperaría su esplendor de antaño que, por lo demás, no había perdido nunca puesto que el obstinado anciano no había cesado de soñar con él. Donna Rachele, dormida en una silla, explicaba por milésima vez a sus antiguas compañeras de la casa de Biskra que ella se había casado con un noble, con un auténtico aristócrata a quien habían condecorado y que poseía bienes en Sicilia. Angiola, acodada en la balaustrada, contemplando vagamente las estrellas cuyos nombres no sabía, veía flotar en el vacío un maravilloso velo de novia, sin relación alguna con sus planes de porvenir, ni siquiera con las confusas emociones de su nubilidad. El cigarro de mala calidad de don Ruggero se apagaba; el anciano, al subir a acostarse, se paraba en el vestíbulo para contemplar una vez más los escasos hallazgos que hasta entonces había hecho en sus tierras: trozos de alfarería, unas cuantas monedas roídas, una pequeña Venus de las palomas, con el rostro de arcilla desconchado por algunos sitios, los fragmentos de un jarrón pegados con mano inexperta. Tocaba aquellos objetos tan valiosos para él con un respeto que resultaba bastante noble y, recurriendo a los ricos recursos del dialecto, cubría de injurias indecentes y bufonas al superintendente de Antigüedades que se había negado a subvencionar sus excavaciones.

Esta vida tan falsa se derrumbó por culpa de una refriega de pueblo. La mejor yegua de un ricacho de la comarca, a quien don Ruggero había intentado en vano sacar unos millares de liras, cayó tiesa y muerta en una tierra perteneciente a los Credo. Aquella desgracia no venía sola: la mujer del campesino se estaba muriendo de pulmonía y, unos días atrás, todo el forraje se le había quemado. Don Ruggero tenía, en la región, fama de hechicero; era tan natural endosar en su cuenta todas esas calamidades como darle gracias a un santo por los beneficios recibidos del cielo. Recordaron viejas historias de accidentes singulares y de muertes harto súbitas para estar limpias de misterio; cada cual buscaba un motivo de disgusto en su memoria, poco más o menos de la misma manera que uno registra un baúl para encontrar en él un cuchillo. Maridos que, en épocas pasadas, habían tenido ocasión de poner en duda la virtud de sus mujeres, aparceros a quienes don Ruggero había echado de su casa en los tiempos en que aún tenía aparceros, hicieron causa común con el embrujado. Hasta la misma Iglesia, en la persona barriguda del cura del lugar, se puso a la cabeza del cortejo formado por mujeres vocingleras y chiquillos gritones, que partió al asalto de Gemara en una polvorienta tarde de verano.

—¡Puerco! ¡Ganelón!* ¡Perro! ¡Diablo maldito!

Llegaron precedidos por sus gritos, lo que permitió al viejo y a Rosalia atrancar la única puerta que no se cerraba con cerrojo durante todo el año. Los fuertes barrotes de las ventanas resistieron bien la escalada, aunque no siempre protegían debidamente de las balas y piedras. Don Ruggero, empujando a sus hijas a un rincón resguardado, apuntaba a través de la rendija de una contraventana entreabierta. Durante toda su vida pretendió haber disparado al aire pero lo cierto es que la bala alcanzó al cura, quien cayó al suelo. Entonces se organizó un asedio que duró toda la noche. Mientras Donna Rachele, recuperando su agilidad de bailarina, se escapaba por una cisterna abandonada con objeto de correr a la localidad vecina y traer refuerzos, las dos niñas abrazadas respondían con prolongados aullidos a los ladridos de la jauría. Rosalia, la más intrépida, sentía temblar contra el suyo el cuerpo de su hermana pequeña. No obstante, no era el miedo sino la excitación lo que les hacía gritar. Era una de esas noches en que todo parece posible: era fácil matar, fácil morir, fácil pasar de mano en mano como una presa o como un vaso. La única cosa imposible y acaso la única desgracia hubiera sido el que no sucediera nada.

—¡Ojalá te mueras de una congestión! —vociferaban las viejas.

---

* Recuérdese que Ganelón es el traidor del *Cantar de Roldán*. (*N. de la T.*)

—¡Hay que matar al maldito! ¡Que sangren al diablo! —bramaba el cura que creía estar moribundo.

Pero sus feligreses perdían el valor al ver su sotana ensangrentada. El miedo desviaba las piedras. Los más prudentes empezaban a decirse que un brujo parapetado dentro de su casa, con una buena escopeta, es un hombre a quien no se debe atacar. Las exhortaciones del herido no hubieran sido suficientes para impedir que los lugareños soltaran su presa, de no haber existido la leyenda de unas jarras llenas de monedas de oro que don Ruggero —según decían— escondía en el sótano, ni sin el secreto deseo que inspiraban aquellas dos muchachas, situadas por su rango y por las precauciones del viejo fuera del alcance de las codicias del pueblo, pero hermosas, familiares, irritantes, vislumbradas sin cesar en la fuente, en la tienda, en la iglesia, y de las cuales, al menos una sabía provocar a los hombres sólo con pasar la lengua por los labios o con bajar bruscamente la mirada.

Por fin, cedió un postigo; un cristal golpeó a Rosalia en pleno rostro; aquella sangre, aquel cristal roto, aquella blancura grisácea del alba invadiendo la habitación, anunciaban a don Ruggero la caída de sus sueños y el final de su reinado. Veinte años de delirio se derrumbaban ante el empuje de unas gentes que no veían su edificio invisible y creían estar atacando únicamente una casa de piedra. Sólo Angiola, en aquella Gemara alabeada por los años, se había sentido ahogada como una planta que crece al estrecho en el hueco de un viejo muro. El porvenir, a martillazos, llamaba ahora a la puerta trayéndole ese algo imprevisto con cuya llegada contaba en vano cuando seguía con la mirada a los apagados turistas, con demasiada prisa por tomar el autobús en la plaza del pueblo y que no se entretenían para mirar a una muchacha hermosa. Había salido el sol; era la hora en que la noche sólo está presente en lo alargado de las sombras; el pajar, que acababan de incendiar, enviaba al cielo un humo que se iba haciendo azul a medida que ascendía, cuando el Estado, en forma de pequeña tropa de carabineros, irrumpió en aquella escena de la prehistoria.

Don Ruggero, a quien la mañana no conseguía despertar de sus sueños, no quiso abrirle a los extranjeros con galones; Rosalia no se atrevía a desobedecer a su padre; fue Angiola, aterrorizada desde que ya no la amenazaba ningún peligro, quien se arriesgó a abrirles la puerta, introduciendo junto con ellos, en el recibidor de postigos cerrados, el aire fresco hostil a las divagaciones nocturnas, y a unos cuantos aldeanos que de insultantes habían pasado a plañideros y que acostaron al cura herido en la cama de don Ruggero. El cabo escuchó con aburrida indiferencia las declaraciones contradictorias. Don Ruggero, protegido por la tropa, emprendió el camino que llevaba al calabozo, a la ciudad y al siglo xx. Había rechazado la carreta de un vecino compasivo y hubo que atravesar a pie la única calle del pueblo donde las mujeres, ya aplacados sus furores, hicieron al viejo amante unos adioses agudos y tiernos. Donna Rachele avanzaba, remolona, arrastrando los pies calzados con chilenas; Rosalia se había vendado la frente con un pañuelo; aquella tela blanca apretada en las sienes le daba el aspecto de una monja. Antes de salir, había recogido a toda prisa algunas prendas envolviéndolas en una toquilla de su madre; Angiola no había cargado con ningún equipaje. Pero si Angiola adoptaba, para seguir al pequeño cortejo, el aire desdeñoso de una heroína de tragedia, era Rosalia la única que la llevaba en su alma. Aquella chica torpe y mal vestida, con un traje negro usado en las costuras, poseía uno de esos corazones que dedican a la familia y al hogar los ritos de una religión que se ignora, y de un amor que no sabe su nombre. Su padre, rey destronado de un reino de locura, masticando el tabaco de unos cigarrillos regalados por unos caritativos carabineros, no se percataba —y esa ceguera no hacía sino afirmar su parecido trágico— de que arrastraba tras él a su Ismena y a su Antígona.

De Palermo, Rosalia apenas si se acordaba: sólo subsistían los muros de la prisión adonde ella iba a visitar a su padre, los muebles descoloridos del piso alquilado que ocupaban las tres mujeres y el parque donde, por las tardes, caminando al lado de Angiola que, en ocasiones, se volvía para sonreírle a alguien, ella se sentía la sombra de aquella muchacha esplendorosa. Luego, pasadas unas semanas, unos meses quizá, ya que el tiempo no contaba desde que se inscribía en unos relojes nuevos, don Ruggero volvió a sentarse junto a su gruesa esposa ahíta de limones confitados. Un don Ruggero macilento, débil, singularmente razonable, dispuesto a vender esa Gemara de la que no recolectaba más que sinsabores. La escasez de ofertas le obligó a contentarse con un término medio, alquilando la casa a unos ricos extranjeros. La gente opinó que hacía bien en deshacerse de unas propiedades en las que ya no podía vivir; aún más, pensaron que aquel viejo se había curado de su locura, desde que la misma, más profunda, se había vuelto invisible. Si Ruggero di Credo parecía depreciar su tierra de Sicilia era porque su esperanza se trasladaba violentamente a la Casa cimentada por la sangre que su familia constituía para él. Estando en la cárcel, se había acordado de unos primos lejanos, con uno de esos nombres célebres que hasta los más ignorantes conocen, y lo bastante opulentos como para habitar la planta noble de uno de los más hermosos palacios de Roma. Aun cuando sus cartas a los príncipes de Trapani no hubieran obtenido ninguna respuesta, contaba con ellos para que le ayudasen a levantar la fortuna de los Credo, de la que Gemara no era sino una inútil prueba de piedra. Le encargaron a Rosalia que vendiera unas pobres joyas para pagar el pasaje; ella fue, en compañía de su madre, quien volvió a Gemara —llena de maletas de los nuevos inquilinos— para embalar lo que quedaba de ropa y de objetos de la casa; finalmente, también fue ella quien se ocupó de organizar la marcha.

Donna Rachele no cesó de vomitar durante toda la travesía; don Ruggero se obstinaba en relatar su historia a sus compañeros de viaje; Angiola había dejado en Sicilia al primer hombre a quien amó de amor: Rosalia, para consolarla, besaba tristemente sus manos pálidas. El apasionado afecto que sentía por su hermana le permitía entrar a un mismo tiempo en el papel del amante y en el de la enamorada; aquella muchacha ingenua, sin sospechar los límites interiores hechos de cansancio, de estupor y de orgullo que, en lo más hondo del sufrimiento, impiden sufrir demasiado, prestaba su fuerza intacta a la desesperación de otra; de afligirse por sí misma, unos recuerdos, unas añoranzas precisas hubieran delimitado su sufrimiento; como sufría por otra, aquella inocente lloraba sin saberlo por todos los males del amor. Cerca ya de la mañana, Angiola se durmió; el padre, ignorante de las humillaciones que le esperaban en Roma, roncaba en la litera contigua; Rosalia continuaba velando en su lugar como si ella fuera el alma de los dos. De tanto consentir que reposaran en ella todos los cuidados de la vida, llegaba a ser para ellos una especie de criada, a quien utilizaban para que sufriese en su lugar.

La pérdida de su hermana fue para Rosalia un desgarramiento menos cruel que su salida de Sicilia, quizá porque ya se había acostumbrado a la desgracia. Más tarde ocurrió con esta separación como con todas las que nos desgarran: uno las cree temporales mientras no se resigna a ellas. Don Ruggero importunó a sus primos para que consiguieran meter a Angiola en un internado de Florencia donde sólo admitían muchachas nobles, cerrando así la boca a quienes no veían en él sino a un pueblerino que usurpaba su nombre. Rosalia estuvo de acuerdo con aquel proyecto que sustraía a su hermana menor a los inciertos peligros de la calle, a un padre senil, a una madre llorona y a la falta de comodidades del apartamento alquilado por don Ruggero en el último piso de una casa de la via Fosca. Angiola tenía dieciséis años; cándida, con el pelo liso y los ojos bajos en un rostro sin empolvar, pareció retroceder a la infancia la mañana en que se marchó. Rosalia comprendió que su hermana dejaba a un lado a la verdadera Angiola, igual que en otoño se deja un vestido claro, con la intención de volvérselo a poner en primavera. Acompañó a la estación a una niña ataviada de azul marino, a quien sólo los extraños tomarían por Angiola.

Durante tres años seguidos, Rosalia halló en cada nueva miseria un consuelo a la ausencia de su hermana; el padre hablaba de vender a buen precio sus secretos de zahorí para salir de apuros y regresar a Sicilia: la vida de Rosalia se repartía entre la espera de un regreso y la de una partida. Angiola volvió del convento con encantos nuevos y un acento que hacía avergonzarse a su hermana de las inflexiones meridionales que conservaba el suyo. A Rosalia no le fue difícil colocarla de señorita de compañía cerca de la princesa a quien don Ruggero se obstinaba en llamar ceremoniosamente «querida prima», a reserva de mofarse en la intimidad de sus ínfulas, de su afectación y, sobre todo, de su título, que él envidiaba, pero cuya antigüedad ponía en duda. La princesa de Trapani tenía un hijo; Rosalia soñaba vagamente con un matrimonio que les abriría a todos las puertas de Gemara. Afortunadamente, don Ruggero no estaba en casa cuando aquella señora, apoyada en el brazo de su chófer, subió los tres pisos sólo por gusto de dar un escándalo: Angiola se había marchado sin avisar, con el mes pagado por anticipado en el bolsillo y, probablemente, no se había ido sola. Ni la princesa —que quizá prefiriese ignorarlas—, ni Rosalia —a quien Angiola nunca reveló nada después—, supieron las verdaderas circunstancias que la empujaron a la escapada. Rosalia le ocultó a su padre aquel percance. Puso anuncios en los principales periódicos de Roma; al no recibir noticias, pensó primero en un suicidio y luego en la reaparición del amante mediocre a quien Angiola se había entregado en Palermo, pues aquel corazón fiel creía en la fidelidad.

Fue por entonces cuando Rosalia di Credo, vestida siempre de negro, tomó ese aspecto enlutado con el que más tarde recordaban sus vecinos a este fantasma. Ayudaba a su casera en la venta de objetos piadosos: su rostro, expuesto a la fría penumbra de las iglesias, adquirió el color rancio de la cera que, sin embargo, en otros tiempos, fue hermana de la miel. Murió su madre, adquiriendo en un solo día, gracias a la visita del médico y a las ceremonias de la Extrema Unción, más importancia en el barrio de la que tuvo durante aquellos cuatro interminables años. Don Ruggero perdía, jugando al *lotto*, las pequeñas cantidades que le soltaban sus protectores; aquellas personas acabaron por rehusarle su ayuda; lo encontraron apostado ante su puerta, repitiendo sin cesar, con precisión inepta, la misma palabra y el mismo gesto obsceno en los que encontraba alivio para su desprecio. El príncipe de Trapani lo mandó internar en un asilo. Rosalia se quedó sola en el apartamento vacío, y lo siguió conservando puesto que Angiola conocía aquella dirección. Finalmente, cuando ya Rosalia trataba de acostumbrarse a la idea de que su hermana había muerto, reapareció ésta un día del mes de julio, al que Rosalia se remitía después cuando le hablaban de un hermoso verano.

No le preguntó nada, pues ya su rostro lo contaba todo. Todo, es decir, la única cosa importante: que Angiola había sufrido. Sin conocerlas, le perdonó sus culpas; sólo le guardó rencor por no haber hecho de ella su cómplice. Los hermosos ojos aureolados de ojeras de su Angiola arrepentida le hicieron olvidar, a un mismo tiempo, a la cabrilla reidora de los jardines sicilianos y a la colegiala tímida que lloraba en un andén de Roma. Así fue como esta hermana nueva se convirtió en su último amor. Aquella época de vida en común fue una de esas treguas entre dos tristezas que el recuerdo embellece hasta parecerse a la felicidad y que, cuando llega el momento de morir, impiden caer en la desesperación. Este cariño, que ella creía puro ignorando que pudiera no serlo, la arrastró a hacer tantas concesiones como si hubiera sido un apego carnal. Escatimó el dinero para la casa con objeto de vestir bien a su hermana; le hizo unos vestidos que Angiola consintió en ponerse, pese a su fealdad, por una condescendencia parecida a la bondad. Acabó por enterarse de que Angiola, enferma, se había refugiado por algún tiempo en un pueblo de los alrededores de Florencia; como carecía de dinero, había aceptado la ayuda de un joven notario de provincias, a quien había conocido no hacía mucho en casa de su protectora y que —como a menudo dispone la irónica Providencia— encerraba un alma de Quijote en un cuerpo de Sancho Panza. Angiola, a quien divertía aquel bufón gordo y cariñoso, no había rechazado su oferta de matrimonio. Él venía a verla cuando sus negocios lo llevaban a Roma; le traía ese superfluo de flores y de bombones sin el cual ya no podía vivir.

Resignada a los amores de su hermana mientras se trató de hombres cuyo atractivo, al menos, podía comprender, Rosalia despreció en cambio a aquel pesadote a quien Angiola no podía amar, razón que le impidió asimismo aborrecerlo. Ocultó su desdén por la casita que Paolo Farina, tras unas afortunadas especulaciones, mandó construir en Pietrasanta; ayudó a Angiola a escoger telas y muebles: al día siguiente salió a relucir la avaricia de Paolo al examinar las facturas. Encargó a su cuñado el cuidado de sus pobres rentas; él hizo por ella un viaje a Sicilia. Rosalia saboreaba, alejándolo momentáneamente de Angiola al mismo tiempo que le obligaba a ejercer en beneficio suyo su talento de hombre de negocios, uno de esos placeres crueles que, a la larga, nos hacen amar a nuestras víctimas. Y pocos meses más tarde, cuando Paolo, que había llegado de Roma en el tren de la noche, la informó sobre la desaparición de Angiola —la cual se había fugado la víspera con un segundo tenor perteneciente a una compañía de ópera ambulante (dos días antes, habían representado *Aida* en un escenario de Florencia)—, tuvo para aquel hombre gordo que sollozaba en una silla, ese impulso compasivo que nace de una común desgracia.

No había cumplido treinta años y ya era vieja. Vivir tan intensamente desgastaba a esta mujer que creía no haber vivido. Merodeaba en torno a los hoteles de alquiler o por el barrio de la estación, mirando de hito en hito a las desconocidas lo bastante bellas o tristes para ser Angiola. Paolo, que se vengó en Gemara del abandono de su mujer, dejó de pagar el interés de las hipotecas; Rosalia se peleó con él por haberlo visto, una tarde, a la puerta de un café con una mujer que, probablemente, sustituía a la ausente. No se decía que su hermana, allí donde se encontrase, podía ser feliz, porque las desgracias de Angiola constituían la única esperanza que le quedaba. Esperaba encontrarla vencida, traicionada, en cualquier caso, desalentada; ni siquiera avisaría al grotesco marido que había causado su pérdida: ambas, para ganarse la vida, se colocarían de criadas en la pensión familiar que una inglesa acababa de abrir en Gemara. Pero aquella propiedad, donde se venían sucediendo varios inquilinos en poco tiempo, parecía conspirar en silencio contra los extranjeros. La pensión tuvo que cerrar al cabo de unos meses, sin que la inglesa hubiera hecho más que pagar el primer trimestre de alquiler. Los acreedores de don Ruggero perdieron la paciencia y un molinero enriquecido, el peor enemigo de los Credo, anunció su intención de comprar la casa para no dejar más que las cuatro paredes y construir un chalet moderno sobre lo que fue Gemara.

A cada nueva intimación judicial, Rosalia se había acercado a ver a su padre: aún creía que era el único que podía salvarlo todo. Mas don Ruggero, inmovilizado en un completo torpor, era tan inaccesible como los muertos y los dioses. Permanecía sentado sin decir ni una palabra, pasando y repasando las manos por los brazos de su sillón de mimbre, mudo como ciertos sordos y enfurruñado como algunos ciegos. Rosalia se empeñaba en hablarle, no comprendía que las palabras nada pueden contra la sordera del alma. En ocasiones, el viejo, viendo amenazada su tranquilidad, levantaba con miedo la cabeza; después, una expresión de estupidez beatífica alisaba de nuevo su rostro y dibujaba una sonrisa, que se adivinaba en las comisuras de sus labios y de sus párpados, y con la que expresaba no el placer de comprender, sino la alegría de no haber comprendido. Aquel astuto aldeano, haciendo de su astucia un arco, había jugado con su desgracia como si tocara el violín. En Sicilia, utilizó sus secretos para estafar a sus admiradores y hasta a sus enemigos; en Roma, organizó su miseria como un chantaje contra sus parientes ricos; humillado por la vida que, uno tras otro, iba apagando todos sus sueños, interponía la demencia entre su derrota y él. En el momento de naufragar, don Ruggero regresaba a su isla: la locura era su Sicilia. Su hija Angiola no había huido con el segundo tenor de una compañía de provincias: seguía allí, intacta como las estatuas que, gracias a él, habían salido del vientre de la tierra y a las que, en el bosque de Gemara, a la hora del baño en la cisterna romana, él podía comparar su belleza de joven desnuda. Él exhumó aquellas estatuas; se habían levantado para acudir a él como si fueran mujeres; ellas eran y no otras las que llenaban en Palermo las galerías del museo que había en la plaza de Loivella. Y hacían bien, para engañar a los envidiosos, en propalar rumores de que estaba arruinado; él sabía lo que de cierto había en ello, él que en unos serones de paja, detrás de las bombonas vacías de la bodega, guardaba cuantas monedas de oro se necesitaban para restaurar Gemara. Y aquel sillón de mimbre (¡Ja! ¡Ja!) era un asiento todo de mármol, que él no se cansaba de acariciar. La presencia de Rosalia irritaba al enfermo; al no ser reconocida por su padre, quien —decía ella— ya no era el mismo, ésta se apresuraba a dejar el asilo sin ver que, al igual que los brujos venden su alma por la posesión de las cosas, aquel viejo chocho no había hecho sino trocar su razón por su universo.

Mientras tañían las campanas de la tarde, Rosalía, al regresar de la iglesia, recibió de manos de la casera una carta sellada de Palermo. Esperó, para abrirla, a estar encerrada en su cuarto: Paolo Farina le avisaba de que la venta por embargo había tenido lugar tal día, al cuidado del abogado Tal; aquel papel blanco y negro le hizo el efecto de ser su propio recordatorio. Se sentó en la cama, en aquella habitación atestada de ruinas, mirando con sus ojos, de los que ya se alejaban las cosas, al suelo donde los muebles, como restos de un naufragio, parecían flotar: el sillón, cuya razón de ser había desaparecido, puesto que don Ruggero no volvería a sentarse en él; la cama donde Angiola ya no volvería a acostarse. Rosalia se había resignado a todas estas pérdidas a fuerza de desesperar, pero creía poder recordar Gemara como algo seguro. Casi se había hecho a la idea de no volver por allí con tal de que, en febrero, cuando llovía en Roma, ella pudiese imaginar la presencia del sol en aquellas terrazas de piedra. Por fin comprendía vagamente —a la manera de los que piensan con el corazón— que aquella propiedad ya no estaba situada a unos centenares de leguas, sino a varios años de distancia: la casa era su pasado. La demolición de Gemara sólo tendría lugar en su corazón, pues las piedras no sienten el pico y el padre era demasiado viejo para sufrir; Angiola ya no pensaba para nada en ello. Un molinero enriquecido tenía derecho a derribar Gemara puesto que los de la familia, si es que volvían allí, no serían reconocidos ni siquiera por el espejo. Ella misma, sin saberlo, había derribado veinte veces, para volver a levantarlos después, aquellos viejos muros: el Gemara lujoso que deseaba para su hermana, el Gemara principesco que anhelaba para su padre, para resarcirle de los desdenes de la gente rica, nada tenían que ver con la vivienda de su infancia; ya no existía, ni siquiera dentro de ella, donde los sueños adulteraban los recuerdos. Más aún, aquel desastre no la afectaba por entero: un trozo de espejo roto, encima de la cama, le devolvía la imagen de alguien que no deseaba más que seguir guisando en la cocina y vendiendo cirios, con tal de que la dejaran tranquila. La oscuridad la liberaba poco a poco de aquella extraña que no era sino ella misma. Dio unos pasos por su habitación, cuyas paredes ya no la protegían del vacío. Sin asombro, como si hubiese constatado una necesidad cualquiera de su carne, sintió de repente que tenía ganas de morir.

Herida por la desgracia como por un comienzo de asfixia, abrió la ventana bruscamente. El ruido de Roma, hecho de idas y venidas invisibles en aquella calle no muy transitada, rompió sobre ella como una ola. Sintió frío, aunque la pesadez del aire anunciaba ya el verano. Una serie de balconcillos desiguales formaba, junto con los salientes del tejado, otros tantos jardincillos ralos que las vecinas, con bigudíes y camisola, regaban distraídamente por las noches. Tres pisos más abajo, en el patio de una casa contigua, una mujer a la que se veía de espaldas echaba de comer a las palomas; sus brazos cubiertos de alas recordaron vagamente a Rosalia los del pequeño ídolo de barro que habían encontrado, medio roto, enterrado en el jardín de Sicilia.

—¡Se-ño-ra Cel-la!

—¡Ay! ¡Qué susto me ha dado!

Marcella volcó la cabeza para ver de dónde caía su nombre. Las palomas se echaron a volar. Su hermoso rostro, pesado como el mármol, no expresaba más que serenidad. Había tenido miedo, sin embargo, ese miedo instintivo, siempre al acecho pero pronto controlado, de los que están acostumbrados de antiguo al peligro.

—¿Qué quiere usted?

—Unas pocas ascuas, señora Cella. Unas pocas ascuas más. He puesto el dinero en la cesta.

Bajó la cesta, atada a la punta de una cuerda, con el óbolo a Caronte en forma de diez liras acuñadas a la efigie de un monarca de la casa de Saboya. Marcella entró en su casa y volvió a salir con un cacharro en la mano. Estaba acostumbrada a hacer esos pequeños favores obligados entre vecinas. La cesta, más pesada debido a la fuente de hierro, donde las piñas recogidas en los bosques vivos acababan de prender el carbón de los bosques muertos, ascendió lentamente, chocando a un lado y a otro con el reborde de los canalones, y Rosalia tiró de la cuerda como si remolcase su propia muerte.

—¿No desea nada más?

—Nada más por ahora, señora Cella.

—Espere un minuto, entonces; voy a buscar el cambio.

—Más tarde, señora Cella. Buenas noches.

—Buenas noches.

Cerró las ventanas, los postigos, corrió las cortinas. En la estancia cuidadosamente calafateada contra el aire de fuera, el estruendo de Roma no fue más que el incierto rumor de olas, el imperceptible trepidar de máquinas que se adivinan, pese a todo, en una cabina bien cerrada. Rosalia se sentó en su baúl, que ya nunca expediría a ningún sitio, inclinándose sobre el infiernillo al que abanicaba con los documentos del notario a modo de soplillo. Cuando uno tiene frío, es prudente calentarse. En alta mar siempre hace frío. El olor acre del carbón le recordaba el del vapor que va de Nápoles a Palermo: ella iba sentada encima de su baúl, en una cabina de segunda clase; aquel ruido provenía de su padre, a quien se oía roncar en la litera de al lado. Había sido una loca contando con el regreso de Angiola: hacía mucho tiempo que la pequeña la estaba esperando en Sicilia. Aquel olor a quemado era la cosecha de maíz que estaba ardiendo en el pajar: el pajar era tan amplio que seguía ardiendo desde hacía doce años. Doce horas se tardaba de Nápoles a Palermo: no llegarían hasta el alba. Empezaron a danzar unas llamas: el bajo de su falda de merino se había prendido al contacto con las brasas; no tenía miedo pero había que apagar las llamas. Si no las apagaba, todo Gemara ardería. No se trataba de las llamas de los cirios; ella no ofrecía nunca un cirio para obtener alguna cosa: los mismos infortunados volvían tantas veces a comprarlos en Santa María la Menor que había dejado de creer en su utilidad. Se llevó las manos a la falda para apagar las llamas; le entraron vagos deseos de echarse a rodar sobre la cama para ahogarlas, pero ya el humo —cada vez más denso por todas partes— la sofocaba como si fuera niebla. Rosalia atravesó la habitación que se movía y bamboleaba bajo sus pies y, con el corazón trastornado por el mareo de la muerte, se tendió en su cama.

Llamaban a la puerta: ella oía, pero no quería abrirles a los campesinos incendiarios. Se ahogaba pero, por prudencia, más valía que la puerta permaneciese cerrada. Se había olvidado de que deseaba morir. Las imágenes se sucedían en su cabeza ofuscada, no menos numerosas ni menos vivas que de ordinario, pero explicadas de otra manera. Estaba cansada: no era extraño, tras pasar la noche en blanco en la propiedad sitiada. Afortunadamente, pronto llegaría el alba. La cama de hierro —la barca— navegaba a una velocidad tan continua que dejaba de ser vertiginosa. El fuego se propagó a la colcha y luego al colchón; jugaban sus reflejos sobre las paredes encaladas como en el cielo gris del alba las primeras luces rojas del amanecer.

—¡Por san Antonio! ¡Vaya humo del demonio!

Ella no oyó. Los vecinos del piso de al lado, alarmados por el olor, empujaban la puerta; una vez forzada la cerradura, entraron. Ella no los oyó echar jarros de agua, ni apagar el fuego, ni toser, ni abrir la ventana, ni compartir con los vecinos del segundo piso la excitación del descubrimiento. Tranquila, tendida encima de su colcha chamuscada igual que el cadáver de sus antepasados en la pira funeraria, con los ojos abiertos de par en par, Rosalia di Credo acababa de abordar al pie de una monstruosa Gemara nocturna donde la esperaba Angiola.

—Aquí es. Voy a avisarla.

—Es que tengo mucha prisa. Como vivo en Ostia...

Él lo había adivinado, aunque ella no le hubiera dicho su nombre. Aquella mujer, vestida con exagerada corrección, no era seguramente ninguna afiliada al grupo. Por lo demás, desde hacía unas semanas, los miembros del grupo se escondían. Y una clienta hubiera entrado por la puerta de la tienda. Sí, se trataba de aquella mujer cuya fotografía le enseñó Carlo un día. Además, sus manos enguantadas de negro temblaban.

—Pase usted. No se está bien en este corredor y, además, la gente que pasa nos puede oír.

Haciéndose inmediatamente cómplice, ella le siguió hasta una cocina que servía asimismo de dormitorio, pues en ella se veía una cama. Estaba oscuro. Él encendió la luz con el ademán preciso del que se encuentra en su casa. La fuerza procedente de las cascadas de Terni se transformó en luz y realzó el rostro casi excesivamente delicado del joven, su esbelta figura, casi perfecta aunque turbada y cuya expresión contrariaba sin cesar la belleza. Se fijó en el bolso negro, en el abrigo negro, en el chal semejante al crespón de las viudas que enmarcaba sin gracia las facciones cansadas de la visitante. «Grotesca —pensó—. Una burguesita de luto.»

—Se lo han comido todo, Massimo —dijo una cálida voz de mujer que hablaba tras el tabique de la tienda—. ¿Sabes? Se me suben a las manos, incluso toman el grano de mis labios... Y qué fuerza tienen cuando se agarran con sus patas color de rosa... Pero yo no les importo, ¿comprendes? Si por casualidad, mañana, fuera una vecina...

—Ven —dijo él con impaciencia, elevando la voz—. Te están esperando aquí.

La advertencia se perdió entre el ruido de unas contraventanas cerrándose. Los pasos de Marcella se fueron acercando por el enlosado.

—Gorrión —dijo ella empleando con tono cariñoso una expresión popular—, ¿por qué has encendido la lámpara? Tengo aún tantas cosas que decirte... Es mejor cuando está oscuro.

La visitante se ruborizó como si estuviera espiando a una mujer desnuda. Sorprendida, si bien no desconcertada en lo más mínimo, Marcella se detuvo en el umbral. Como se hallaba lejos de la lámpara, no se veía bien su cara.

—Marcella —dijo el joven acercándose para cerrar la puerta tras ella—, la señora de Carlo Stevo viene seguramente a buscar noticias suyas.

¿Sabía su nombre? Las manos de Vanna temblaron aún más. Se quitó los guantes maquinalmente. Desde luego, su gestión era bien sencilla: contaba guardarle el aspecto de una visita banal de la que se ha apartado prudentemente toda emoción. Pero aquellas personas la juzgaban muy sencilla por unas razones opuestas a las suyas, se hallaban tan cómodos con su sinceridad trágica —cuya artificiosidad no percibían— como Vanna entre unos sentimientos convencionales cuya inanidad tampoco sentía por completo. Y con el ademán de quien va a abrocharse de nuevo el abrigo, dijo:

—Con quien yo quisiera hablar es con la señora Marcella.

—Massimo Iacovleff no estaría aquí si no se hallara al corriente de todo. Es el mejor amigo... —vaciló un instante—, del señor Stevo.

La mirada testaruda, casi insultante, de la visitante la obligó a rectificar.

—De Carlo —dijo—; de nuestro Carlo.

Y, suavemente, con una afectuosa sencillez, añadió:

—¡Pobrecillo!

Sin querer, hablaba de él como si estuviera muerto.

Se sentaron. Nada faltaba para la evocación de un fantasma, ni la penumbra, ni el humo que exhalaban los cigarrillos de Massimo, ni las manos de los tres sobre la mesa, como en las sesiones de espiritismo. Pero el ausente evocado difería para cada uno de ellos. Vanna pensaba en el convaleciente que se apoyaba en ella durante sus paseos por Ostia, en el gran hombre al que tranquilizaban las pequeñas comodidades de la vida burguesa, en su felicidad conyugal que pronto se desvaneció como un sueño, dejándola indefensa en medio de un mundo complicado que nunca había terminado de comprender. Marcella revivía los grandiosos proyectos discutidos en medio de infantiles imprudencias y de novelescas precauciones, un viaje a Ginebra durante el cual unos simpatizantes les habían ayudado a pasar la frontera, los folletos introducidos por debajo de las puertas en las primeras horas del día, la desesperación y la vergüenza que invadían a ambos cuando, sentados uno al lado del otro, allí, en aquella misma habitación, escuchaban tronar en la radio la voz del dictador; la actividad febril que los mantenía despiertos cuando, muertos de cansancio, reposaban en la cama completamente vestidos, no como amantes, sino como cómplices. Massimo rememoraba un café de Viena y a un extranjero con la ropa muy usada, a quien había procurado un visado falso sobre un falso pasaporte, a un enfermo extraordinaria-

mente vivo, que le apretaba la muñeca entre sus manos sudo-
rosas de tísico, balbuceando en un incorrecto alemán sus
ideas sobre la vida, el secreto de sus planes e indistintas promesas de ternura. Entre tantos Carlos —uno separado de
ellos por el espacio, los otros por el tiempo— era, sin que se
dieran cuenta, al primero a quien sacrificaban, ya que ninguno de ellos imaginaba completamente lo que podía ser, en
aquel momento en que estaban hablando, la vida del prisionero. Y como los fieles, que no se contentan con que sus dioses sean verdaderos sino que, además, necesitan creerlos
únicos, cada uno de los tres ignoraba o desdeñaba al fantasma que obsesionaba a los otros, y se abstraía silenciosamente
en la contemplación del suyo.

—¿Quién sabe?... Puede que vuelva pronto de allí —se
atrevió a decir tímidamente Vanna.

—Nunca —dijo con desprecio Marcella.

La hipótesis de un momento de indulgencia, de humanidad tal vez, por parte del dictador, la escandalizaba, la inquietaba como si fuera una peligrosa tentación del espíritu
que pudiera quebrantar su indignación y, en consecuencia,
su odio.

Marcella Ardeati había nacido en Romania, en Cesena,
donde su madre ejercía de comadrona. Su padre, militante
anarquista, había sido destituido de su puesto de maestro
por orden del déspota que antaño fue su amigo de infancia.
Un joven médico rico, ya célebre, se había casado con ella
por amor tras unos cuantos meses de turbulentas relaciones,
durante las cuales, alternativamente, ella se había entregado
apasionadamente a él para luego rechazarle con violencia.
Había huido dos años más tarde, avergonzándose de aquel
matrimonio ventajoso como si fuera un amor culpable, y sí
que lo era, puesto que aquellos años de pasión la habían des-
viado de su verdadera vocación, es decir, de la desgracia. La
riqueza, el éxito, el placer, incluso la felicidad, provocaban en
ella un horror análogo al del cristiano ante la carne; al igual

que el cristiano no puede gozar plenamente de esa carne que tanto teme —pues la vergüenza y el remordimiento le estropean su goce—, el placer y el dinero no hubieran hecho más que traerle a Marcella el recuerdo de su padre muerto miserablemente en la sala común de un hospital de Bolonia, el de su madre condenada por maniobras abortivas. Poco a poco, aquella solidaridad con las desgracias de los suyos había ido ampliándose y en lo sucesivo la asociaba a todos los humillados, a todos los oprimidos, a todos los castigados. La espera del porvenir había dado a esta mujer, destinada a la rebelión, los ojos abiertos de las jóvenes Sibilas. Su encuentro con Carlo Stevo había ocurrido en el momento en que ambos más desesperaban del estado de su país y del mundo. Aquel hombre exasperado, frágil, atrevido, sin embargo, con las ideas, que él llevaba hasta los límites extremos en que se convierten en actos, había adquirido en ella a una Marta violenta al mismo tiempo que a una mística María. Para aquel eslavo de Trieste, a la vez poco y apasionadamente italiano, ella había sido la Tierra, esa poderosa tierra italiana que sobrevive a todas las aventuras de los regímenes. Había significado el Pueblo para aquel solitario nacido en el seno de una de esas buenas familias burguesas y liberales que, hace no mucho, inventaron la idea misma de pueblo, pero a quienes un relicario de usos, prejuicios y temores impide casi siempre congeniar libremente con él. Tal vez incluso fuera posible que ella hubiera representado para Carlo Stevo la fuerza y la simplicidad populares porque su educación, su matrimonio y sus amistades no pertenecían del todo al pueblo. Finalmente, si para aquel misógino, aquel tímido o acaso aquel casto, ella no había sido «la mujer», a falta de un placer compartido, un odio común los había unido uno al otro. Él se había instalado en su casa el año anterior a su deportación; en su almacén de granos, entre los sacos llenos del secreto de las simientes, se habían mantenido conciliábulos en los que se incubaba, en aquella Roma de nuevo imperial, todo el puro fanatismo de las sectas perseguidas. En aquella habitación fue donde lo prendieron poco después de su regreso a Viena. Pero, si bien fueron el sentido de la justicia, del derecho, así como una suerte de bondad los que llevaron a Carlo a odiar al nuevo amo, en quien se encarnaba la razón de Estado, era el odio, por el contrario, el que poco a poco había llevado a aquella mujer, fraternal para con todos los vencidos, a cultivar dentro de sí las emociones de la bondad. Todo en ella irritaba a Vanna: su hermoso rostro algo ordinario, gastado ya por la vida, sus manos grandes y cansadas, sus senos libres bajo la toquilla de lana negra. Y apresurándose a hablar, antes de que la ahogase la rabia, dijo:

—Hace más de tres meses que no sabemos noticias suyas... No acostumbro visitar a los desconocidos... Pero he pensado... —Se quedaba sin aliento, como si estuviera subiendo una cuesta muy empinada—. Me dije que tal vez ustedes tengan posibilidades que nosotros no tenemos... Si por casualidad tuvieran algún mensaje para mí...

—Carlo tampoco nos escribe a nosotros —contestó Marcella.

—¿De verdad?

Vanna la miraba con incredulidad, con desconfianza, dispuesta, no obstante, a creer que su rival no era mejor tratada que ella misma.

—Interceptaban las cartas, cuando contaban algo que no fueran naderías —dijo firmemente Marcella—. No veo a Carlo escribiendo que hace buen tiempo y que se encuentra bien.

Y se levantó para quitar de la mesa una cafetera y dos tazas vacías, mostrando con aquellos ademanes de ama de casa que la entrevista no la interesaba.

—¡Pero no se encuentra bien! ¿No recuerda usted que escupía sangre? ¡Quién sabe siquiera si a la hora en que estoy hablando él vive todavía!

—¿No se figurará usted que van a devolvérselo vivo?

—Supongo que a usted le molestaría —aulló Vanna de repente—. Y pensar que yo me había imaginado que usted lo amaba tanto como lo amo yo —añadió levantándose como una mujer que va a golpear o abofetear a alguien—. Casi la compadecía... Me decía: esa mujer es como yo, está sufriendo... Hubiera debido odiarla pero casi la compadecía... Fui a la peluquería, antes de venir a verla... No sabía que iba a encontrarme ante una especie de obrera con toquilla... Un hombre como él, un hombre a cuyo lado nunca me parecía ser lo bastante fina, ni estar lo bastante bien puesta... y mírenla, a esta carroña, tan tranquila como si no fuera ella la causa de todo...

Después, con una insolencia estudiada que nadie esperaba de su parte, prosiguió:

—Discúlpeme por hablar así de su amiga delante de usted, señor.

—No se preocupe por mí, señora Stevo —dijo tranquilamente el joven.

—Usted lo hubiera protegido, ¿no es así? ¿Lo hubiera enclaustrado en su cómoda existencia burguesa? Le hubiera aconsejado que hiciese las paces con el Otro, que escribiera buenos libros, buenas novelas cuyo producto le permitiese hacer todos los años un viajecito a París, pasar una temporada en los Alpes o adquirir un coche nuevo. ¿Cree usted que no conozco lo que pasa en la intimidad de las familias? Se hubiera usted aprovechado de su enfermedad para ahogar en él al revolucionario, al héroe, al apóstol. Ya me decía Carlo que su matrimonio con usted había sido una de las peores consecuencias de su pulmonía.

—¿Le decía eso? ¿A usted?

—¿Y a quién iba a ser si no? ¿Quién más podía interesarse por la familia de Carlo Stevo?

Separadas por la mesa, con las manos sobre el hule reluciente, las dos mujeres se enfrentaban furiosamente, símbolos casi groseros del destino del hombre que, sin esperanzas, había forcejeado entre ambas como un nadador entre un banco de arena y una roca. Y (pues el odio es la más teatral de las pasiones) la burguesita se expresaba como una mujer de la calle, y la mujer del pueblo hablaba como si estuviera en un escenario.

Abrumada, Marcella volvió a sentarse.

—Demasiado buena soy haciéndole caso —exclamó—. Échala, Massimo. Dile que se vaya...

Cerró los ojos un instante, haciendo un vacío dentro de sí donde ya no existía más que un objeto brillante, un gatillo que se dispara. «Cuando yo era enfermera en Bolonia, con Alessandro, más de una vez le ayudé a extraer la bala del pulmón o del vientre de un herido. Hacer lo contrario: disparar sobre ese bruto, matarlo, agujerear ese saco lleno de sangre. Es lo único que importa. No te alteres: no es el momento de que tus manos tiemblen. Vivo o muerto, Carlo, hay entre nosotros un secreto que haría palidecer a esta mujercita; lo que tú apenas te atrevías a desear que hiciéramos, yo lo realizaré. Tú, en el fondo, no eres más que el hombre de los libros.»

—Precisamente, yo lo curé —dijo casi suavemente Vanna Stevo—. Sé que es débil y que tiene miedo (todos los hombres son cobardes), y que teme morir... Yo no lo comprometí; no me mezclé en política; no lo empujé a su perdición para quitármelo de encima. ¿En él, en Carlo, pensaba usted? ¿Y en la niña, pensaba? Ni en mí, esperando en una casa donde no llama nadie, ni siquiera el cartero. Mi madre, que reza el rosario y echa las cartas para ver si lleva la desgracia... Mi padre, que vuelve por las noches quejándose de que el comercio va mal y que sólo tiene dinero para su inglesa, que es una lagarta... Una familia de la que nadie nunca pudo decir nada y que ahora se avergüenza, por culpa mía, cuando pasan banderas por la calle... ¡Virgen Santa! —prosiguió con violencia de mujer tímida—, ¿le parece a usted que eso es vida? Si al menos hubiera podido olvidar a Carlo, hubiera encontrado a otro... O si fuera una mujer distinta de lo que soy... Y cuando llego aquí, esta noche, me la encuentro con su amante...

—¡Ay, Massimo, esto es demasiado estúpido! —dijo Marcella riendo con una risa forzada y corta como un grito.

—¿Su inquilino?

—Yo ya no alquilo habitaciones —dijo con desdén Marcella.

—Déjala, no ves que sufre... —murmuró Massimo.

Y volviéndose hacia el adversario, empujó la faja de periódico en la cual, para fingir seguridad, dibujaba vagamente círculos, cuadrados y palmas.

—Carlo hablaba a menudo de ti cuando nos conocimos en Viena. Decía: Vanna es hermosa y no sabe que lo es. Pensaba llevar a la niña a un sanatorio de Oetztal, para que la curasen... ¿Cómo está?

—Y aunque aprendiese a arrastrarse con unas muletas, ¿sería por ello menos pesada mi cruz? Ni siquiera supo hacerme un hijo capaz de andar como los demás... —dijo Vanna entre una risotada y una queja.

En presencia de aquellas personas, que parecían pensar en voz alta, se desahogaba a su vez, se confesaba como nunca lo hubiera hecho ante los suyos. A la niñita por quien se arruinaba comprando juguetes y pagando a médicos, no conseguía llegar a amarla; sus excesivos cuidados no servían más que para ocultarse a sí misma la vergüenza de haber formado en su carne a esa criatura preclusa y continuamente enferma; la desesperación que, en ocasiones, se apoderaba de ella al llegar el alba, tendida en su lecho junto a la cama jaula de la lisiada, y el deseo loco, lancinante, horrible, de ahogar a la niña con una almohada y después morir.

—Es mi marido quien la está tratando, ¿no es cierto? —preguntó Marcella casi con ternura—. En su casa fue donde conocí a Carlo... ¡Qué lejos está todo eso, Dios mío!

—Carlo se encuentra muy bajo de ánimo, muy deprimido —dijo súbitamente Massimo—. Acaba de escribirle al Otro para retractarse de lo que él llama sus errores.

—¡Eso es falso!

—Es verdad, Marcella. Viene ya en los periódicos de la tarde.

—¿Y tú crees sus mentiras?

—Me han enseñado la carta.

—¿Quién?

Pero se precipitó sobre el periódico que yacía en una esquina de la mesa.

—Es verdad —repitió Massimo poniéndole la mano en el hombro—. Casi todo es verdad. Los consejos que usted haya podido darle, él los ha seguido, señora Stevo.

Vanna se apoderó del periódico que ya Marcella le abandonaba y se acercó a la luz eléctrica para leer. Un ligero color sonrosado animó sus mejillas a medida que todo color iba desapareciendo de las de la otra mujer.

—Massimo —murmuró Marcella—, ¿desde cuándo lo sabes?

—Desde esta mañana.

—¿Por qué no me dijiste nada?

—Por compasión.

—¿Es verdad que ha dicho nombres? ¿Qué nombres?

—Dos o tres nombres comprometidos. No te inquietes: su carta no les estorba más de lo que a nosotros nos molesta. No empeores las cosas, Marcella —prosiguió vigilando con la mirada a la mujer que leía—. Renuncia a lo que estás pensando; no agraves su situación que tal vez sea atroz. Espera antes de actuar a que sepamos cuál es nuestra situación.

—No te he hecho confidencias.

—Eres más transparente de lo que crees.

Vanna, radiante, dobló el periódico, abrió su bolso, se retocó la cara, como una mujer que sale para encontrarse con alguien.

«La infortunada —pensó Massimo— se imagina que volverá a verle pronto.»

De nuevo, sólo un instante, Marcella permaneció abstraída, con la cabeza entre las manos. «No te censuro. Poco importa con qué brutalidades o con qué promesas te sonsacaron... Su peor crimen es el de ensuciarnos, el de encontrar el medio de doblegarnos o de hacer que parezcamos doblegarnos, el arreglárselas para que nadie permanezca puro... Razón de más para que yo actúe sin tardar. Como desquite, por expiación... Por el Partido, por ti, por mí misma... Nosotros todos no somos sino herramientas más o menos resistentes. No puede reprochársele a una herramienta que se rompa.»

Un timbrazo la hizo sobresaltarse.

—¡Ya!

—Estoy seguro de que no —dijo Massimo—, pero déjame abrir a mí.

—No quiero que te encuentren aquí —repuso ella cogiéndole del brazo—. ¡Vete! ¡Pasa por la habitación!

—¿Por qué?

Pero obedeció, encogiéndose vagamente de hombros. Ella lo empujó al cuarto contiguo donde, antaño, había alojado a Carlo y del que se salía por la trastienda. Aquella especie de escena teatral hizo reír sarcásticamente a Vanna.

Llamaron por segunda vez, con impaciencia. «No son ellos —se dijo Marcella—, nunca llaman así.» Nada más abrir la puerta, retrocedió dando un grito de sorpresa, casi de espanto, pero de un espanto diferente al de su perpetuo estado de alarma y que parecía emanar de otra parte de sí misma. El visitante, distraído, tropezó con las escaleras que conducían del umbral de la puerta a la cocina medio subterránea. Únicamente la extremada naturalidad de aquel hombre vestido de etiqueta le impedía parecer ridículo en aquella atmósfera de catacumbas.

—Ya no se alquilan habitaciones —dijo Vanna con insolencia.

—Mi marido —dijo Marcella pronunciando esta palabra del mismo modo que lo hubiera hecho Vanna en su lugar, con una ostentación grosera, casi de desafío.

—Si tiene secretos que decir, le aconsejo que hable bajo.

Salió pegando un portazo.

—¿Quién es esa loca?

—La conoce usted: es la mujer de Carlo Stevo —contestó ásperamente Marcella.

Ahora volvía contra él su desafío.

—Llego en plena crisis... Momento oportuno para un médico. ¿Puedo sentarme?

—Sí.

—¿Estorbo?

—Sí.

De pie, con las manos apoyadas en la mesa, Marcella adoptaba sin querer la actitud de una acusada. El doctor Alessandro Sarte se sentó, esbozando una sonrisa, como solía hacer en su gabinete, al empezar esa encuesta que es siempre una consulta.

—Está usted fuera de sí... ¿Qué le ha dicho esa víbora?

—Nada, venía en busca de noticias.

—¿Y se las ha dado?

—No sé más que lo escrito en los periódicos de la tarde. ¿Viene aquí a triunfar, supongo? Trae la intención de observar sobre mí los efectos de ese desastre. No lo es. Puede marcharse con la seguridad de que no sufro.

—Tengo mejores razones para venir a verla.

—No tengo interés en conocerlas.

—Yo, en cambio, sí que lo tengo en comunicárselas. Aunque, en primer lugar —continuó inclinándose para tocarla con el dedo—, déjeme asegurarme de que la Marcella que conozco se encuentra aún con vida.

Ante aquel simple contacto, ella se echó hacia atrás como si la hubieran golpeado.

—Cálmese... —A pesar suyo, tuvo la entonación de un

médico cuyo enfermo se aparta en el momento de ponerle una inyección—. No es mi propósito tomarla por sorpresa... ¿Se ha preguntado alguna vez qué había sido de mí durante estos cuatro años pasados?

—No he necesitado preguntármelo; ha conseguido promover bastante alboroto en torno a su nombre. Está en camino de convertirse en lo que quería: en esa eminencia a la que obligatoriamente llaman, en caso de necesidad, los millonarios y la gente célebre. Ha asistido a algunos congresos; su fotografía apareció en lugar preeminente en *Le Faisceau Médical*, año X; ha operado a un personaje importante del régimen, lo que le ha valido, según cuentan, el inestimable favor del gran hombre. ¿Es eso todo? Supongo que su cuenta en el Banco se habrá multiplicado por diez desde hace cuatro años.

—No veo por qué no va usted a felicitarme por vivir como un obrero, del trabajo de mis manos. Manos de experto —añadió con el tono irónico de alguien que cita una frase machaconamente repetida, extendiéndolas sobre el hule.

Marcella no les echó más que una mirada.

—Y esa virtuosidad es precisamente lo que yo odio —dijo ella muy deprisa, apresurándose a hablar, como si cada palabra la ayudase a defenderse de él—. La ciencia a usted no le interesa, la humanidad...

—Ahórreme las palabras grandilocuentes...

—No pongo en duda su talento, Alessandro. Le he visto manos a la obra. Pero sus enfermos no son para usted más que unos clientes que pagan y que, por añadidura, le proporcionan la ocasión de lograr un triunfo o una experiencia. Experimentar con el cuerpo humano —prosiguió amargamente— es su pasatiempo favorito, incluso dejando aparte la cirugía.

—No lo simplifiquemos todo, Marcella. Con el cuerpo humano, sí, y también, en ocasiones, con el alma humana.

Acodado en la mesa, con la cara negligentemente apoyada en la palma de las manos, observaba sin parecerlo los muebles y objetos de la habitación. El doctor Alessandro Sarte poseía uno de esos rostros que constituyen menos un semblante que una sucesión de máscaras: una máscara de facultativo que no le pertenecía exclusivamente a él, sino que servía, asimismo, a un buen número de colegas suyos; una máscara bronceada de meridional, con rasgos de medallón romano que, desde hacía dos mil años, ostentaba toda la raza; una máscara de voluptuoso, que se adivinaba a veces bajo las comisuras de todas las demás y que parecía más individual al estar más oculta. Finalmente, y en los escasos momentos en que Alessandro Sarte se creía solo o no se controlaba, veíase esbozarse su rostro verdadero, el rostro duro, amargo y fríamente desolado que disimulaba en la vida y que, sin duda, mostraría en la muerte.

—Sin embargo —dijo ella con voz temblorosa—, mi alma no le interesaba.

—¿Está segura de ello? A decir verdad, la palabra está ya pasada de moda tanto en mi vocabulario como en el suyo. Siga hablándome de mí, Marcella. Mi biografía me divierte.

—Qué queda aún por decir... —prosiguió ella aceptando impetuosamente aquella ocasión para liberarse de sus rencores—. Que estuvo cazando en Grosseto el año pasado con una Alteza. Que destrozó un muro, cambió o vendió dos o tres coches de carreras. Que se acostó con algunas mujeres bonitas y disponibles. Que tuvo una o dos queridas, de esa clase de mujeres llamativas que llevan abrigo de visón y a cuyo paso se vuelve la gente en el restaurante o en el teatro susurrando su nombre. Usted las echó a perder, las deterioró tanto como dependía de usted hacerlo; después, se cansó de ellas...

—Es un homenaje que yo le rindo.

—Les pidió cierto número de sensaciones, entre ellas la del peligro. Cuando pienso en ello veo que sus mujeres representaban en su vida lo que sus Bugatti.

—O sea, ¿un modo de transporte?

—Sí... Y eso explica que yo me cansara enseguida de servirle de vehículo.

Él anotó como una victoria la sonrisa que ella esbozó. Al cabo de un instante, aprovechando aquel momento de suerte, le dijo:

—A propósito de Bugatti, veo que recuerda la noche en que prefirió seguir a pie el camino de San Marino.

—No quiero suicidarme por nada.

—Me tranquiliza usted —dijo él con seriedad.

Y, levantándose, dio en silencio unos cuantos pasos por la habitación.

—¿Sabe que su lenguaje haría que la reconociesen con los ojos cerrados, aunque disimulara la voz? Hallo en él influencia de los poetas del siglo XIX, de esos profundos imbéciles que atestaban el cerebro y la biblioteca de su padre y que usted creyó hallar de nuevo en Carlo, y, asimismo, mi influencia que, al menos, le enseñaba la franqueza y... No ha cambiado usted nada, Marcella.

—No diría yo lo mismo de usted. Ha envejecido.

—Me he desgastado. Créame, los que envejecen ya no se desgastan; se conservan. Desgastarse es lo contrario de envejecer. ¿Fuma?

—No.

—Ya veo: se ha curado de mis vicios. ¿Y qué hace aquí este cenicero lleno de cenizas?

—No ostente por tan poca cosa su talento de observador —contestó ella colocando el objeto en el fregadero—. He estado comiendo con un amigo.

—¿El joven Iacovleff?

—¿Me manda vigilar? ¡Qué solicitud por su parte!

—Me preocupo por su seguridad. Es más necesario de lo que cree. Escucha —prosiguió sin hacer caso de sus protestas—, ¿cómo te figuras que has podido continuar viviendo poco más o menos tranquila, aparentemente libre, con las ideas y amigos que todos te conocen?... Reconoce, por lo menos, que no me he impuesto a ti durante estos cuatro años.

—Ya veo —dijo amargamente Marcella—. Estaría en las islas Lipari de no ser... Queda por preguntarse qué es lo que se esconde detrás de tanta bondad.

Se había vuelto a sentar. Con los brazos cruzados sobre la mesa, la barbilla apoyada en el pecho, no ofrecía a la mirada sino una superficie dura y cerrada.

—Únicamente mi deseo de no ver a una mujer acabar a orillas de unas salinas... A mi mujer —añadió con una suerte de dulzura, suavizando su máscara—, puesto que, en fin, nuestras leyes no reconocen el divorcio, afortunadamente... Y sin pretender que pienso en usted más a menudo de lo que lo hago, confieso que muchas veces me pregunto si supe jugar con las cartas que tenía en la mano.

—La pregunta no se plantea. Hubiera podido hacer algo mejor que casarse con su enfermera.

—Con mi mejor enfermera. Nadie ha conseguido reemplazarle todavía, Marcella.

—¿Es una oferta de empleo?

—Nada de eso —dijo él respondiendo con la exasperación a su ironía—. Ni tampoco es una invitación para que regrese al domicilio conyugal. ¿Piensa que siempre encontré deliciosa esa mezcla de buenos momentos y de malos cuartos de hora, esos ataques de virtud dignos de una heroína de novela popular, esos rencores de clase presentes hasta en la cama...?

—Todo eso le gustó lo bastante para hacer de mí la signora Sarte —respondió ella.

—Lo sé. Calculé mal al suponer que el matrimonio hace sentar la cabeza a las mujeres... Cuando recuerdo los disgustos familiares que me costó esa decisión... Pasemos. E incluso admitiendo que yo, a veces, me haya mostrado ineptamente exigente o tontamente hábil... Usted también calculaba, por lo demás. Me doy cuenta muy bien de que si no hubiera estado en mi poder hacerle un favor a su padre, a ese fracasado lleno de amargura a quien usted disfrazaba de gran hombre, la ceremonia no la hubiera seducido.

—No hizo nada por él —interrumpió ella.

—Después de su destitución, no. No me había comprometido a ello.

—Y supongo que sería para que yo sentase la cabeza —repuso Marcella con una voz que se iba haciendo peligrosamente estridente—, por lo que, al día siguiente de la ceremonia, como usted dice, en cuanto llegamos a Cannes, me infligió la presencia de una de sus antiguas queridas, aquella horrorosa francesa pintada con quien nos cruzamos en la Croisette.

—Otro homenaje —dijo él adoptando de nuevo el tono frívolo de un hombre que se encuentra a sus anchas—. Hay pocas mujeres legítimas a quien uno se apresure a presentarle a una querida.

—¡Ya basta, Alessandro! —exclamó ella de repente con una tristeza apasionada—. No reduzcamos el pasado a unos miserables altercados de alcoba... La política nos ha separado, eso es todo. Antes, yo creí amarle.

—No —dijo él—, no. La política entre un hombre y una mujer no es nunca más que un mal pretexto. Ya me conocía... No estaba lo bastante loco para no haberme inscrito en el Partido... Además, dejando aparte cualquier hipocresía, yo lo admiro a ese antiguo albañil que trata de edificar un pueblo... Nada hay más despreciable que la adulación del éxito, pero, puesto que todo éxito no es más que pasajero, no hago sino adelantarme al tiempo en que ese hombre hará, en la historia, el papel de gran vencido, como todos los vencedores... Mientras tanto, no niego a los resultados prácticos mi estimación vitalicia... ¿No le dice a usted nada, *ese hombre que ha subido desde abajo*?

—Se olvida de que yo lo he visto subir —dijo ella con un desprecio infinito—. Mi padre corregía sus primeros artículos escritos a la gloria del socialismo.

—Créame, Marcella; ocurre con las doctrinas a las que uno traiciona como con las mujeres a quienes se abandona: nunca tienen razón. ¿Iba yo a comprometer mi posición adquirida con mucho trabajo para volar en ayuda de una banda de fanáticos como su padre, o de visionarios como Carlo Stevo? Una de las lecciones que la experiencia nos proporciona es que los perdedores merecen su derrota. Pero una visión justa de las necesidades políticas no es, seguramente, lo que puede esperarse de la querida de un mártir.

—Nunca fui la querida de Carlo Stevo.

—Me lo figuraba... ¿Cree que no conozco a Carlo?... Nadie más calificado que yo para hacerle, esta tarde, una oración fúnebre.

—¿Cómo?

—Sí. Carlo Stevo murió en las islas Lipari hará unas veinticuatro horas.

—¡Y ni siquiera se atrevía a darme sencillamente esa noticia! —exclamó ella indignada—. ¿Lo mataron?

—No es apropiado aplicarle esa palabra a un enfermo a quien no le quedaban ni seis meses de vida. Diga más bien que fue una especie de suicidio.

Esperó una reacción cualquiera que no llegó. Entonces prosiguió, compensando en parte la dureza de sus opiniones con el tono de su voz:

—Obtuvo lo que deseaba. Era un soñador, esa palabra lo explica todo para mí, pues sé que las realidades no transigen. Un Stevo sólo podía representar honorablemente un papel, el de mártir... Pero en un sentido, la noticia me conmueve. Éramos amigos antes de que... Comprendo que una mujer lo haya amado, a ese entusiasta que veía el mundo a través de su corazón... Si me hubiera pedido usted consejo —continuó, irritado por su largo silencio—, le hubiera dicho que no es posible convertir a un Stevo en un hombre de acción, del mismo modo que tampoco se improvisa un pájaro de presa con un cisne. Desde el encuentro de ambos, incluso durante las temporadas que pasaba en el extranjero, en donde se le escapaba en parte, unos me dijeron que notaban en él un no sé qué de falso, que había dejado de ser él mismo... Se esforzaba por ser el héroe que usted deseaba que fuese... Cuando se es sospechoso al régimen, uno no consiente en regresar a su país para trabajar en Dios sabe qué ridículo golpe de Estado... y no le confía sus proyectos, en un momento de ternura, a un amiguito ruso o checo a quien, por casualidad, se ha conocido en un restaurante de Viena y que, por lo demás, no era sino un agente provocador.

—¡Eso es falso!

—Advierta que quizá se lo imaginase. Carlo no era ningún imbécil... Pero ¿qué?... Se había dejado arrastrar por usted a la acción, demasiado feliz, supongo de poder escapar a la necesidad de pensar... Llevado por usted a la necesidad de actuar, pudo entregarse de buen grado a la catástrofe... Y en cuanto al muchacho, que se apresuró a reunirse con él en Roma (seguí de cerca todo este asunto) y a quien usted ha acogido tan caritativamente, deseo creer que su único objetivo no consistía en completar sus informaciones a expensas vuestras... No era posible tratar con Carlo sin amarlo... Ni tampoco conocerte a ti sin amarte... Si el joven no os avisó de que iba a cerrarse la ratonera, quizá fuese porque ya no había tiempo ni manera de confesar a quienes amaba que él había empezado engañándolos... y ese querido Massimo necesitaba el dinero de la policía para dárselo a una querida.

—¡No es verdad! ¡No es verdad!

—Le aseguro que sí... A una mujercita bastante marchita... Es una de mis enfermas... ¿Esto la indigna?... Sería curioso que usted lo amase.

—¿Es eso todo? —prosiguió ella con burla—. Volvamos a la muerte de Carlo Stevo. Si conoce otros detalles, no me los oculte.

—Le aconsejo que no deje tomar las riendas a su imaginación —contestó él evitando responder—. Digo lo que me han dicho.

Ella no replicó nada. Él se aventuró a cogerle un instante la mano.

—Me llamaron por teléfono hace un momento. Yo me disponía a ir al palacio Balbo, a la recepción. Me ha parecido preferible ser yo...

—Gracias —dijo ella con voz que quería ser despreciativa, pero sin conseguir sofocar las lágrimas.

—Bien, querida, y yo que creía que nunca iba a perdonarle su retractación...

—¡Le habrán sonsacado esa carta! —exclamó ella con violencia—. Un momento de desfallecimiento, la debilidad de un hombre que se está muriendo... Pero ¿no ve usted que todo está borrado, explicado, pagado? ¡Es mejor que vaya al palacio Balbo, a conseguir un triunfo insultando a nuestros mártires!

—Acabemos de una vez —cortó él ásperamente, fuera de sí ante aquel lenguaje estereotipado unido a un dolor auténtico—. No te obstines más. No conviertas en un héroe a ese desgraciado. Tú misma admites que nunca fuisteis nada el uno para el otro... Ahora estás sola... Día y noche... Dite que no hay ni un minuto de nuestra vida en común que yo no eche de menos hasta las discusiones, hasta los escándalos... ¿No vas a seguir enterrándote entre esas larvas?... ¡Ah! —prosiguió en voz baja, llevado por el deseo de disputársela a aquel fantasma—, deja los tópicos, las ideas, los partidos, los libros... ¿Recuerdas nuestra primera salida, un domingo de otoño en Reggiomonte?... Tú me amabas aquel día...

—Estaba loca por usted.

—Es lo mismo.

Se inclinó hacia ella, aprisionó entre sus manos aquel rostro conocido, lo levantó, lo atrajo hacia sí para besarlo, arrastrado menos por un repentino deseo que decidido a obligar a plegarse a aquella mujer intratable. Ella se levantó, rechazando bruscamente la silla que cayó al suelo, enganchando el cable de la lámpara. En guardia no tanto contra él como contra su propio cuerpo, consentidor a pesar suyo, latiendo como un corazón, se alejó, apoyándose en la pared, vestida con su delgado traje de tela negra, sin agacharse para recoger la toquilla que había caído al suelo.

—Quédate donde estás —dijo con voz dura.

—¿Tienes miedo? ¿Miedo de ti? —dijo él.

—Aún te amo —respondió ella—. Es una vergüenza, pero aún te amo. Y tú lo sabes. Pero todo acabó.

Su confesión recíproca los dejaba azorados uno ante otro. Ella levantó la silla, anduvo a tientas en vano para encender de nuevo la lámpara. Él se acercó a la cama, coronada por una imagen piadosa, clavada allí sin duda por antiguos inquilinos y ante la cual una lamparilla encendida, inesperada en aquel lugar y en aquella habitación, ponía paradójicamente su estrella en la noche.

—¿Duermes aquí?

Ella le hizo una seña para decir que sí. Inclinado sobre la cama, Alessandro pasó la mano suavemente acariciando la manta, como si estuviera siguiendo los contornos de un cuerpo. Marcella temblaba bajo aquella caricia que rozaba un recuerdo. De repente, los dedos del médico chocaron con un objeto metálico escondido debajo de la almohada. Ella se precipitó para arrancárselo de las manos.

—¡Anda! —exclamó él—. Ésta es la pistola que desapareció de mi despacho en Reggiomonte... ¿Está cargada?

—En cualquier caso, no a su intención —contestó ella.

—¿Por precaución? No es eso natural en ti.

Ella callaba. Él se dio cuenta de que se había puesto muy pálida, hasta los labios.

—Y como creo recordar que antaño, convencida sin duda de que hay que servir al Partido hasta el final, condenaba pomposamente el suicidio...

—Ya no lo condeno. Hay demasiada gente que se ve obligada a ello. Pero es verdad que existen mejores maneras de morir.

—¿Entonces?

Hizo ella la única cosa que él no se esperaba: miró la hora. Súbitamente, con una especie de sordo espanto, Alessandro recordó un folleto en que el viejo Ardeati defendía el derecho al atentado político por parte de los oprimidos. Inseguro o, más bien, seguro de antemano, vacilaba en interrogar a aquella Medusa por miedo a convertir en intención lo que tal vez no fuera sino veleidad. Se atrevió únicamente a decirle:

—¿Para?

—Sí —dijo ella—. Esta noche, durante el discurso. En el balcón del palacio Balbo.

Inició él un ademán para quitarle el arma, que ella guardó bajo llave en el cajón de la mesa. Casi inmediatamente, él renunció.

«Me está tendiendo una trampa —pensó—. No me dejo engañar. Si fuese verdad, no me lo diría.»

—Es estúpido —dijo él.

—Sé que no hará usted nada para contrarrestar mis planes —prosiguió ella—. Confiéselo: la destrucción le fascina. Siente demasiada curiosidad por el alma humana, como usted dice, para no querer comprobar si voy a llegar o no hasta el final. Y además, sería ridículo telefonear a la policía que su mujer, dentro de una hora, intentará derribar a Julio César.

—César no me ha encargado que vele por su vida —dijo él—. ¿Sabe usted disparar?

—¿Ya no se acuerda?

Ambos sonrieron.

—Un miliciano le sujetará el brazo; el disparo se desviará o bien matará a cualquier papanatas entre la gente. Mañana, los periódicos alabarán Su Intrepidez ante el peligro. Redoblarán su rigor contra unos cuantos pobres diablos que serán quienes paguen tan bello gesto. Expulsarán a algunos extranjeros... ¿Es eso lo que quiere? ¿Tanto interés tiene en acabar de un tiro disparado a bocajarro por un guardia, o muerta a palos en la comisaría?

—¡Qué fastidio para usted! —dijo ella—. Después de todo, llevo oficialmente su nombre.

«Está loca —pensó él—. Está loca y, en estos momentos, me aborrece. No hay que sacarla de sus casillas. En efecto, mi nombre...»

—¿Crees que Carlo Stevo te habría dado su aprobación?

—Sí.

Reflexionó seguidamente un instante y añadió:

—Poco importa.

Comprendió él entonces que no la persuadiría, así como tampoco se persuade a un objeto, ni a una herramienta, ni a un arma. «La comparación no vale —se dijo—. No es un instrumento: la idea proviene de ella misma.»

—¿Desde cuándo tienes ese proyecto?

—Hay ocasiones en que me parece haberlo tenido siempre —contestó ella.

«Ganar tiempo. Una tensión semejante no puede durar. Se derrumbará dentro de unas horas... Quedarme con ella... Retenerla a la fuerza... No.» Una terrible tentación se apoderó de él, tanto más fuerte cuanto que el régimen no significaba más que un hecho al que uno se acomoda, pero al que no se reverencia. ¿Sería de verdad posible que aquella noche pasara algo? ¿Era ella verdaderamente eso? Esperar, conteniendo el aliento, a que la bolita caiga en la casilla negra o en la casilla roja.

—¿Sabes lo que me molesta? —dijo Marcella volviendo a sentarse a la mesa con un tuteo desdeñoso—. Esa pistola robada... Si lo mato, te deberé su muerte.

Empujó hacia él unas monedas y dos o tres billetes que sacó en revoltijo de un sobre.

«Juguemos el juego», pensó él cogiendo una moneda blanca.

—Si tanta importancia tiene para usted, Marcella —dijo él con dulzura conciliadora, profesional, dosificada como un calmante—, acepto esto, como los que temen traerle mala suerte a alguien por regalarle un cuchillo... ¿Esto es todo lo que te queda?

—Es más de lo que necesito —contestó ella.

—Prométeme una cosa —concluyó él—. No trato de disuadirte: habría que hacerlo también mañana, pasado mañana o dentro de ocho días. Ve allí si quieres. Puedes dar ese paseo y llegarte hasta el palacio Balbo (si es que logras abrirte paso entre la muchedumbre), experimenta con tu resolución y con tus fuerzas. Yo también tengo mis ideas sobre la libertad... Pero si la ocasión, o el valor, o la fe te faltan (créeme, no existe una fe por la cual valga la pena matar y aún menos morir), dite que alguien estará allí, en aquellas salas tan feas, al otro lado del balcón iluminado, entre el gentío y los criados que sirven las copas, harto dichoso de aplaudir *a lo que tú no harás*. Yo voy por mi lado... Después del discurso, si no ha sucedido nada, estaré de pie a la entrada del Corso, en la acera de la izquierda, delante del Cine Mondo.

—¿Dispuesto a llevarme a casa? —dijo ella con una carcajada cortante.

—Sí —respondió él—. Para toda la vida.

Se acercaron al umbral de la puerta. Al pasar por delante del cuarto donde Marcella había mandado entrar a Massimo, él movió distraídamente el picaporte. «Si hay alguien ahí, sólo puede ser ese muchacho —pensó—. Y en ese caso, ¿qué más da?»

—Acuérdate de que condenabas el suicidio —dijo con voz, a pesar suyo, más baja—. Eso es un suicidio. No tienes ni la menor probabilidad de escapar con vida.

—Mi vida carece de valor —dijo ella con sencillez.

Tan sólo entonces se percató él de que no conocía bien a aquella Marcella a quien creía conocer, de que aquel proyecto era más importante para ella que sus querellas y sus amores, y que su intrepidez, que tan bajo precio daba a la vida, procedía de una desesperación de partisana y no de un desamparo de mujer. «Tampoco la muerte de Carlo influye mucho en esto», pensó. Y de nuevo se sintió invadido por una curiosidad apasionada que no habría tenido de no haberla querido tanto.

—Me ofrecen un puesto en Inglaterra —dijo, forzándose a un nuevo intento—. En el caso...

—No —dijo ella apretándose contra él de manera casi involuntaria, en el estrecho pasillo—. Sólo te pido que no me delates.

—Me tomas por tu estudiante ruso —dijo él alzando la voz.

Recogió su sombrero. Iba ella a responder, pero ya no estaban solos. Subía gente por la escalera, la puerta que él acababa de entreabrir permitía que llegaran hasta ellos sus charlas y sus risas. Él dijo en voz muy alta:

—Esta noche, a las diez y media, enfrente del Cine Mondo.

Ella cerró la puerta. Una vez fuera, él volvió a ser incrédulo: «Teatro malo», pensó. Ella pensó: «No volveré a verle nunca más».

Marcella vaciló un momento antes de encender la lámpara. «Qué cansada estoy —pensó—. Qué largo se hace el tiempo... Falta todavía una hora, dos más bien, sobre todo si...» Sus gestos se hacían parcos y casi sus pensamientos, adoptaba precauciones de avaro. Deliberadamente, tomó el peine de la tablilla que había encima del fregadero, se alisó el pelo, comprobó con gusto la firmeza de sus manos. «Alessandro», dijo en voz alta, repitiendo maquinalmente, por una antigua costumbre, aquellas dos sílabas que pertenecían ya al pasado. Encontró la esponja, se la pasó, húmeda, por la cara; luego, desabrochándose la parte de arriba del vestido, se refrescó la nuca, el pecho, las axilas, insistiendo, como si el agua fría purificase al mismo tiempo su sangre y su corazón. «Haría mejor en cambiarme —pensó—. Este tirante roto...» Mas su cansancio no le impedía prestar oído al silencio y a los imperceptibles ruidos de la estancia contigua. «¿Qué es lo que se imagina Alessandro? Que... ¿Puede ser que el muchacho se haya quedado aquí?... Imposible.» Pero la invadió un ardiente bochorno, como si en lugar de hablar con Alessandro hubiera hecho el amor con él. Golpeó ligeramente el tabique.

—¿Estás ahí?

—Sí.

—Espera —dijo ella después de reflexionar—. Voy a reunirme contigo.

«¿Estaría a la escucha?... Es repugnante —se esforzaba por pensar—, es uno de ellos. Las informaciones de Alessandro siempre son exactas. O más bien no, fue uno de ellos.» Hizo cuanto pudo para experimentar la debida repugnancia, igual que un enfermo mueve un miembro agarrotado sin conseguir despertar ninguna sensación. «¿Y qué más da?...» La presencia de Massimo amueblaba el vacío en el cual, hacía un instante, se sentía flotar. «Lo mismo que esa intimidad con Carlo, ya me la imaginaba... Hubiera debido indignarme, supongo. No... Me siento aligerada... Después de todo —pensó mientras empujaba la puerta— tengo derecho a pasar mi última hora con quien yo quiera.»

El cuarto donde acababa de entrar estaba completamente oscuro. No obstante, allá al fondo, una ventana sin visillos recortaba un cuadrado de luz blanca procedente de la farola y de los escaparates que había en la calle, brutalmente mezclada a un comienzo de claro de luna. La cama se hallaba situada en la zona oscura. Massimo estaba tendido encima del colchón impregnado de naftalina; aquel olor trivialmente fúnebre, que evocaba los arreglos que siguen a una partida, ponía, en aquella habitación desnuda, una alusión a Carlo. Massimo se incorporó, apoyándose sobre los codos, como una estatua de hermafrodita que se esforzara por dejar su peana, y dijo suavemente:

—Lo he oído todo.

—¿Nos espiabas? —preguntó ella con tristeza.

—Sí... No... Pongamos que no he querido marcharme sin volverte a ver.

Una especie de queja le respondió.

—No llores... ¿Acaso estoy yo llorando?... Ni te avergüences, tampoco. En primer lugar, está oscuro... Tú le amas —continuó en voz baja, pero tan emocionado que parecía gritar—. ¿Amas a *ese hombre de otro mundo*? A pesar tuyo... Le has dado a cambio de nada tu secreto a ese insolente imbécil, tan seguro de no estar loco como lo estamos nosotros, tan confiado en que ve el mundo tal como es... ¡Oh, no temas: no te cree capaz de hacerlo! Ha temblado un momento, pero no lo cree...

—Desde que le hablé de ello, yo misma lo creo un poco menos —interrumpió ella.

—Pero yo sí lo he creído, Judith mía, lo creo desde que comprendí ciertas torpes preguntas sobre el alcance de un arma de fuego, y ciertos silencios, y ese aire de creer que tú sola podrías, hoy... No me has dicho nada nuevo... Y tú la habías adivinado, ¿no es así?, esa especie de mancha en mi pasado... Mi pasado, qué expresión ridícula cuando no se tienen ni veintidós años... No se recoge a un perro en la calle sin saber que está lleno de pulgas.

—¿Acaso te estoy acusando? Todo hubiera sucedido igual sin ti.

Ella se había sentado. Muy cerca pero distinguiéndose apenas uno al otro, dialogaban con la noche.

—Es duro, ¿verdad? —dijo él pensativamente, de repente—, saber la muerte de alguien...

—Más duro es aún que flaqueara antes de morir —dijo ella—. Pero al punto al que he llegado poco importa.

—El odio —prosiguió él con su voz cantarina—. Tu odio... Cuando un hombre y una mujer se insultan como lo hacíais hace un momento, uno comprende enseguida que se aman... ¿Y tú la oíste, a esa mujer llena de odio que amaba a Carlo? Tu odio... ¡Oh!, ya sé que no te faltan razones: tu padre (es lástima que uno no pueda hablar de vengar a su padre muerto sin parecer que está representando un antiguo melodrama), y Carlo, y el otro a quien suprimieron un día a orillas del Tíber (ya sabes a quién me refiero) y que tampoco ha sido vengado. Y aunque nada más fuese para acabar con esas inscripciones garabateadas en las paredes, altas como la mentira, para hacer callar a esa voz que reparte un tosco cebo a las multitudes... Pero es falso... Tú quieres matar a César, pero sobre todo a Alessandro, y a ti, y a mí mismo... Dejar sitio libre... Salir de la pesadilla... Disparar como en el teatro, para que se derrumbe el decorado entre el humo... Acabar con esas personas que no existen...

—Es mucho más sencillo —dijo la voz cansada—. Cuando yo era enfermera en Bolonia, siempre era yo quien hacía los trabajos sucios que nadie quería. Preciso es que alguien haga aquello que el resto de la gente no tiene el valor de hacer.

—... que no existen. ¿Acaso existe él, ese tambor hueco al que aporrean los miedos de una clase y la vanidad de un pueblo? ¿Existes tú?... Vas a matar para tratar de existir... Y Carlo, que luchó, que luego flaqueó, que pidió indulgencia y que después hizo, seguramente, lo preciso para no necesitar indulgencia alguna, ¿acaso existía? Somos todos pedazos de tela desgarrada, pingajos desteñidos, mezclas de compromisos... El discípulo bienamado no es el que duerme en los cuadros apoyado en el hombro del Maestro, sino el que se colgó con treinta monedas de plata en el bolsillo... O más bien no: eran uno solo, era el mismo hombre... Como esas personas que en sueños son todas alguien distinto... Uno sueña que mata o que le matan; dispara y lo hace sobre uno mismo. El ruido de la detonación te despierta: eso es la muerte. Despertarnos es su manera de alcanzarnos... ¿Te despertarás tú, dentro de una hora? ¿Comprenderás que no se puede matar, que no se puede morir?

—Pero ¿cómo? —dijo ella ahogando un bostezo—. Suponiendo que yo falle, ellos no fallarán.

Le oyó moverse febrilmente en la cama.

—Y tú coges tu cuchillo, Carlota, y subes a la diligencia de París y le asestas un gran golpe, como un carnicero, en medio del corazón. ¡Ay!, matar, traer al mundo, ¡qué bien entendéis eso las mujeres! Todas las operaciones sangrientas... Y tu sacrificio no salva a nadie, al contrario. Matar es únicamente tu medio de morir... Antaño —y su voz se detenía para luego seguir, rápida como en el delirio o como si estuviera bajo el efecto de una droga—, antaño los rebeldes iban a los templos para romper las imágenes de los falsos dioses, les escupían para estar más seguros de morir... Y el orden público era defendido, como supondrás: los suprimían y luego edificaban sobre sus tumbas unas iglesias que parecían templos... A ese hombre, a ese falso dios, tú no lo matarás. Aún más, si muere, triunfará: su muerte es la apoteosis del César... Pero a ti te da igual... Sólo tienes ese medio para gritar no cuando todos dicen sí... ¡Ay!, te amo —exclamó súbitamente—, yo que nunca tendría valor suficiente, ni fe, ni esperanza para hacer lo que tú haces, te amo... Némesis, mi santa, mi diosa, odio que es nuestro amor, venganza que es la única justicia que nos queda, déjame besarte esas manos que no van a temblar...

Se inclinó, avanzando los labios, ebrio de una emoción a la vez sincera y voluntariamente llevada hasta el límite, en la que entraba a un mismo tiempo algo de visionario y algo de actor. Ella apartó las manos por pudor o por desdén, con un movimiento que, no obstante, le acariciaba suavemente el rostro.

—No divagues para hacerme olvidar aquello en lo que estoy pensando —dijo—. ¿La carta?

—¿Y bien?

—Ellos te la enseñaron. Por tanto, sigues en contacto con ellos.

—Carlo lo sabía... ¿Crees que uno puede escapar tan pronto de un engranaje?... Os he protegido a los dos más de lo que pensáis.

—¡Tú también! —soltó ella con una risa breve.

Un fino rayo de luna se introducía en la habitación, interrumpido a menudo por lo que debía ser el paso de nubes en el cielo. Vio moverse a Marcella, levantar el brazo.

—¿Qué estás haciendo?

—Miro la hora. No hay que ir demasiado pronto, esperar allí, hacerse notar. Aún tengo tiempo.

Y echándose hacia atrás, apoyó la cabeza en la punta de la almohada.

—¿Deseas dormir? ¿Quieres que te despierte?

—No —dijo ella—. No tengo confianza en ti hasta ese punto.

Pasó un minuto que les pareció a ambos lo equivalente a un largo silencio. Luego Marcella hizo por fin la pregunta que, desde que había entrado, le quemaba los labios:

—La muerte de Carlo, ¿tú la sabías?

—No —contestó él en voz baja—. La preveía, pero sólo sabía lo que tú.

—¿Crees que lo mataron?

—¿Quién sabe? —dijo él con voz ahogada—. Basta... No vuelvas sobre lo mismo.

—Ya ves que tengo razón al ir allí esta noche —dijo ella.

—No —repuso él lentamente, tras reflexionar un segundo—. De todos modos, no... Quisiera que tú vivieses.

Se cogieron de la mano.

—¿Sabes en qué estoy pensando? —dijo ella casi con alegría, hablando de otra cosa intencionadamente—. En vuestros complicados inventos... En las falsedades que fabricáis con un poco de verdad. Alessandro... Tú... Y el mismo Carlo imaginaba. Mi padre, por ejemplo. Sí, pero yo no soy esa mujer heroica que Alessandro se figura... Y Sandro... Sí, le he amado, le echaba de menos, tuve que luchar contra esa añoranza. Pero puede que el amor de los sentidos no sea tan importante como se cree.

—¿No es verdad? —dijo él ávidamente.

«Miento —pensó ella—. Estoy tan cerca de la muerte y, sin embargo, miento. Y nada es tan simple, puesto que, al mismo tiempo que a Sandro... Y pensar que a menudo no me atreví a mirarle de frente... ¿Qué estará haciendo con esa muchacha que va a su consulta? Ser acariciada por sus dedos, subirme un poco en la almohada, hasta que su cabeza toque mi seno... Qué le vamos a hacer, ese deseo no se realizará.»

—Para nada —prosiguió Massimo con amargura—. Vas allí inútilmente. Lo falsearán todo, lo volverán todo a su favor, hasta tu intento de venganza. Mañana dirán: era una loca, una loca de atar, la mujer de un médico eminente, el doctor S., que... Un poco más de barro arrojado sobre Carlo... Y también se valdrán de mí para ensuciarte.

—¿Acaso es mía la culpa?

No se hablaban más que a largos intervalos, indolentemente, como viajeros tendidos en las banquetas de una sala de espera, que matan el tiempo mientras esperan la llegada del tren.

—Un niño —murmuró él como de mala gana—. Un niño que ha conocido el hambre, la guerra, la huida, las detenciones en las fronteras... Un niño que lo ha visto todo pero no ha sufrido. Para un niño, es un juego... Un estudiante que falta a sus clases, que acepta de aquí y de allá el dinero que le ofrecen. Que sigue jugando con la vida y la muerte... Un muchacho al que han acostumbrado a todo. «Como los que no tienen esperanza...» Desde el día en que os conocí, comprendí. Tal vez tú seas capaz de cambiar el mundo, puesto que me cambiaste a mí.

—No —contestó ella—. Yo no te he cambiado. Eres como eres.

Massimo se incorporó, algo jadeante. A la claridad de falso día que la luna ponía en sus cabellos y en su rostro, parecían hechos de una misma materia delicada y pálida. Marcella volvió hacia él la cara, asimismo bañada de una blancura de mármol.

—Escucha —dijo poniéndole fraternalmente la mano en el hombro—: hace un momento, junto a Alessandro, lo olvidé todo durante un instante. Todo: olvidé a Carlo y el acto de esta noche. En varias ocasiones... ¡Oh!, sólo un momento, pero de todos modos... No estoy más limpia ni soy más pura que tú.

—Sabes —prosiguió él en voz baja—, a menudo pienso que nosotros, nosotros que no somos puros, nosotros que hemos sido humillados, despojados, a quienes han ensuciado; nosotros que, sin tener nunca nada lo hemos perdido todo, nosotros que no tenemos ni país ni partido (No, no. No protestes), nosotros podríamos ser aquellos por quienes el reino llega... Nosotros, a quienes ya nadie puede corromper, a quienes no pueden engañar... Empezar inmediatamente, nosotros solos... Un mundo tan diferente que haría derrumbarse por sí mismos a todos los demás, un mundo sin reivindicaciones, sin brutalidad y, sobre todo, sin embustes... Pero sería un mundo en el que no se mataría.

—Eres igual que un niño —dijo ella suavemente, sin pretender haberle escuchado u oído—. Si confío en ti es porque me pareces un niño.

Se estiró, como una mujer que se despierta.

—En la época en que yo vivía con Alessandro —dijo con tono confidencial—, deseaba tener un hijo. Un hijo de Sandro... Te das cuenta: se hubiera criado en una madriguera de lobeznos... No, gracias. Hay algo mejor que hacer para alumbrar el porvenir.

—¡El porvenir! —exclamó él con voz irritada, cargada bruscamente de ironía—. Ya me habéis exasperado bastante

Carlo y tú con vuestras generaciones futuras, vuestra sociedad futura, vuestro porvenir, vuestro hermoso porvenir... Vuestro pobre refugio de perseguidos... Ya las mirarás después, cuando salgas, a todas esas gentes que pasan por la calle y te preguntarás si es posible fundar con ellas un porvenir... No existe el porvenir... Sólo existe un hombre al que tú quieres matar y que, aún después de muerto, volverá a levantarse como un muñeco en el juego del pimpampum, un hombre que piensa que el porvenir se amasa golpeando con el puño... Y ya oyes cómo les responden, desde los cuatro puntos de Europa, todas esas voces que aúllan odio y nos anuncian nuestro porvenir. Y Carlo, que murió deshonrado, que tal vez dejó de creer en el porvenir; y tú, con el cuarto de hora de porvenir que te queda... O no, me equivoco —prosiguió con tono indiferente, práctico, agachándose para mirar la hora en el reloj de pulsera, colocándose cerca de la débil luz nocturna—. Son las diez menos veinte... Ya no podrás deslizarte hasta la primera fila. Me parece que debes dejarlo para mañana ese acto tuyo que va a cambiar el porvenir.

—Te crees muy listo —dijo ella—. ¿Crees que yo le habría confiado a Alessandro la hora exacta, el lugar exacto? Lo esperaré a la salida, en la plazoleta... Hay allí un escondrijo con una estatua.

—Juegas con dos barajas, tú también —comentó él con ternura.

Marcella se había levantado, sin embargo, como si a pesar suyo le entrara una prisa repentina por marcharse.

—Pero en ese caso —dijo él levantándose a su vez—, tienes aún por delante toda una hora de insomnio. Vuelve a acostarte. Estás cansada —prosiguió compasivo.

—No insistas —dijo ella—. Has hecho cuanto podías para estropearlo todo. Sabes que uno no dispone más que de cierta provisión de fuerzas y que yo casi he agotado las mías. Pero ¿es que no te das cuenta de que toda mi vida y hasta nuestra intimidad de esta noche resultarían grotescas si no lo hago? Se diría que envidias mi valor.

—No tendrás tú el de no hacerlo. ¿Quieres que vaya yo en tu lugar?

—¡Mi pobre pequeño!

Harto, tocó a tientas la pared para encontrar el interruptor, trató de dar la luz, de devolver a las cosas esa trivial apariencia incompatible con el heroísmo y el peligro. Ella se lo impidió.

—Hay, no obstante, otra cosa que quisiera saber antes de ir allí. Carlo no me dijo nunca nada de ti. Es... una especie de traición.

—¡Ah! —repuso él despreocupadamente—, esos celos de discípulos... ¿Acaso sé por qué? Deja a un lado esas viejas historias. Ya que no quieres que encienda —añadió—, dame un cigarrillo. Tú sabes dónde están.

Fue ella a buscarlos a la estancia contigua y se los entregó. A la débil luz del mechero, el semblante de Marcella volvió a verse un instante, no ya marmóreo, sino humano: un rostro de mujer.

—Ahora me toca a mí hacerte una pregunta —dijo él—. Hace un momento, esa loca... No era tu marido lo que ella te reprochaba.

El rostro se ruborizó súbitamente; él cerró la tapa del mechero que aún no había apagado y restableció la oscuridad.

—Sabes mejor que nadie que mentía —dijo ella.

—¿Quién te prueba que yo no lo haya sentido?

—Si lo hubieras hecho adrede para enviarme allí —repuso ella—, no lo habrías conseguido mejor.

Pasó de nuevo a la cocina. Él la oyó encender, abrir y cerrar un cajón, apagar la luz. Cuando volvió, se había envuelto la cabeza en una toquilla. Decidieron salir por el lado de la via Fosca. Atravesaron juntos la tienda. De repente, empleando un argumento que ya Alessandro había utilizado antes que él, dijo:

—Carlo no hubiera aprobado ese crimen.

—¿Qué crimen? —preguntó ella tratando de comprender. Luego, con violencia, añadió—: ¡Cállate! ¿Qué sabes tú?

«Tiene razón —pensó él con fría cólera—. Lo conoció más que yo.»

Abrieron el postigo de madera con grandes precauciones, echándole una ojeada a la calle desierta que ante ellos se extendía como un río de noche contenido por los diques de las casas y donde, aquí y allá, temblaban vagas farolas como los fanales de una barca. Aquella calle vieja, invadida durante el día por una vida populachera, volvía a ser por la noche una calle aristocrática. No obstante, en alguna parte, por una ventana abierta, una radio dejaba escapar el lloriqueo incongruente de una canción de moda. Caían unas gotas de lluvia. Marcella se detuvo, transida a pesar de la tibieza del aire, y un escalofrío recorrió su cuerpo, igual que le ocurre al nadador antes de tirarse al agua. «Qué sola estoy», pensó. Y con la mano en el picaporte, volviéndose hacia su dudoso compañero, le preguntó:

—Cuando entré, hace un minuto, ¿no temiste que... empezara por ti?

—No mucho —contestó él—. En el punto al que has llegado no se desperdician las balas para una caza sin importancia.

Marcella cerró la puerta. Los flecos de su toquilla quedaron atrapados en un intersticio del postigo; tiró de ellos torpemente, ahogando una blasfemia. Massimo la ayudó a liberarse. De repente, ella murmuró:

—Dime adiós.

Y, bruscamente, le besó.

«Estoy besando a una muerta», pensó él. Aquel beso, casi filial para él, casi incestuoso para ella, no los unió más que un instante en una desolada comunión. Inmediatamente, sus brazos se separaron. Con amargura, la agonizante recordó una vez más que tenía diez años más que él. Durante unos cuantos minutos aún, la Fedra proletaria, de hermoso semblante trágico, y el Fedra platónico de los restaurantes de Viena caminaron cogidos amistosamente de la mano. Por último, despertando de un sueño, ella le dijo:

—No deben vernos juntos. ¿Adónde vas?

Vaciló él un segundo. Marcella tenía la esperanza de que le propusiera ir con ella, y entonces ella se lo impediría, pero, por el contrario, la contestación fue:

—A ninguna parte, como de costumbre.

Se separaron. Él la siguió, no obstante, pero desde muy lejos, sin que ella pudiese advertirlo, seguro de que Marcella iba a realizar el acto que se había propuesto, aunque únicamente con esa seguridad demencial que uno tiene en sueños. Ella caminaba rápidamente, distanciándose de él cada vez más, avanzando a largos pasos silenciosos, como si ya adoptara la forma de andar de una sombra. Desembocó en una gran arteria; los transeúntes se multiplicaban, espectros vanos, pompas de jabón sin consistencia, briznas de paja humana aspirados por la boca de aire de una enorme voz. El río infernal se ensanchaba, seguía su curva a lo largo de las negras fachadas formando imprevistos meandros, envolvía en sus aguas a inertes ahogados que se creían vivos. Ella caminaba, como una griega en Hades, como una cristiana en Dité, cargada con un peso tan viejo como la Historia, cruzándose tal vez, en tal o cual recodo de una calle, con otros merodeadores, aislados por sus convicciones y su odio, soñando con hacer o con ver realizarse un día lo que ella iba a intentar aquella noche, pero que no eran, sin embargo, para ella, sino paseantes banales, al igual que ella no representaba para ellos más que a una mediocre mujer que paseaba. Pues los dioses justicieros se ignoran recíprocamente bajo su disfraz de carne. Cayó una ráfaga de lluvia, pegándole al cuerpo su pobre vestido de verano; recordó con inquietud de madre que Massimo iba muy ligeramente cubierto. Por último, la imagen del joven se borró de su memoria; más sola que nunca, siguió avanzando, hendiendo la noche cada vez más aprisa, ciega y sorda a la tormenta que hacía retroceder ya a la muchedumbre. Se acordó de su padre y luego de Carlo con la misma frialdad que si fueran muertos sepultados hace mucho tiempo en la tierra: en el momento en que su fe se transformaba en obras era inútil cargar con fidelidades. Las inmediaciones del Cine Mondo estaban desiertas; Alessandro no la estaba esperando o, más bien, ni siquiera pensaba ya en esperarla. Su casa no estaba lejos; puede que se encontrara allí; sólo de ella dependía subir la escalera, llamar para que le abriesen la puerta y entrar en aquella habitación cuya cama conocía su cuerpo y cuyo espejo sabía su forma. En vez de golpearla en mitad del pecho, aquella imagen de un deseo al que ya había renunciado se desvió, pasó de largo, se hundió en el olvido. Aligerada de su carne, ya no era más que una fuerza. La inminencia de su acto dejaba en sombra los motivos que a él la empujaban o los que pudieran hacerla desistir del mismo todavía: fatal, inevitable ya, podía permitirse ser absurdo como las cosas.

Nuevas trombas de lluvia removieron las tinieblas; las luces oficiales tembleteaban detrás de la cortina de lluvia; banderas en los balcones restallaban como velas de barco en un vendaval. La lluvia, que caía a mares, ahogaba en la plaza Balbo los últimos ecos del discurso, los aplausos y el silencio que sucede siempre a los gritos. Marcella, de pie en el ángulo del Corso, abarcó con la mirada la fachada engalanada, la *loggia* en donde la muchedumbre —que ahora huía de allí debido a la rebelión del cielo— acababa de oír la arenga de su Dios, la plaza donde los automóviles, con los faros empañados por el vapor de agua, trataban de abrirse paso por entre los peatones, salpicándolos. Torció a la derecha, volvió un recodo, bordeó la placita de San Juan Mártir. Con el lomo arqueado, la gran gata nocturna se deslizó hacia el pórtico de la iglesia unido al ángulo del palacio, saltó sobre un pedestal, se pegó a la espalda de una estatua, en el estrecho intersticio en que la noche soldaba la muralla y el mármol. Desde allí dominaba de unos cuantos codos la puerta ante la cual esperaba un grupito de chóferes y de policías cegados por la lluvia de tormenta. El mal tiempo la favorecía, disgregaba los servicios del orden. La lluvia, sin tocarla, salpicaba a su alrededor; cansada, temiendo únicamente disparar demasiado pronto o demasiado tarde, trataba de recordar maquinalmente el nombre del armero que la había ayudado a engrasar su arma. La puerta se abrió por fin bruscamente; un motor compitió con las detonaciones de la tormenta; en medio de una pequeña escolta de dignatarios, despidiéndose con saludos y sonrisas, reconoció sin dificultad al que ella había elegido por blanco. Mas el instante que estaba viviendo difería del que había imaginado cuando aún era un futuro. En lugar del amo vestido de uniforme, con la barbilla alzada, frente al pueblo, fascinando a las multitudes, sólo tenía ante su vista a un hombre vestido de etiqueta que agachaba la cabeza para meterse en su coche. Se agarró a la idea de atentado como un náufrago al único punto fijo de su universo que se hunde, levantó el brazo, disparó y falló el tiro.

La acomodadora, con su ojo rojo en la mano, alumbró el suelo del palco. Angiola se quitó sus largos guantes de piel, que colgaron a entrambos lados como dos manos muertas, dejó caer su abrigo en el respaldo de su asiento y se acodó a la barandilla para ver a Angiola Fidès.

Se había escapado sola, inmediatamente después de cenar, de los salones del César Palace. Afortunadamente, sir Junius Stein, muy respetuoso con sus predecesores en la explotación del mundo, acababa de dedicarle al pasado las primeras horas de su estancia en Roma: con los pies ardiendo, aturdido por la perorata del guía hasta el punto de confundir a Julio César con Julio II, se había arrastrado por los museos como a través del hall de una interminable estación de mármol desde la cual se partiría hacia cualquier dirección del Tiempo. Además, pese a su admiración por el gran hombre, la idea de pasear por la ciudad en una noche de discursos oficiales y de ceremonias públicas no era como para gustarle: nunca se sabe cómo acabarán esas cosas. Arrellanado en una butaca, dormitaba ahora sobre los ecos financieros de Wall Street o de la Bolsa de Londres, su Capitol y su Roca Tarpeya propios. Los reporteros aún ignoraban la llegada de Angiola Fidès: Angiola era, pues, libre de abandonarse por entero aquella noche a la mujer que hacía latir su corazón. Para Angiola era para quien ella se había vestido y maquillado, para ella se había puesto sus perlas y cargado su cuello con pieles inútiles; en vez de merodear a pie por Roma, como en un principio se había propuesto, había tomado un coche para gozar mejor de la intimidad con aquel fantasma. Se hizo llevar ante el pórtico de Santa María la Menor, donde Angiola Fidès iba en otro tiempo a rezar; había bajado por la via Fosca buscando a la bienamada para entregarle aquel collar, aquel visón, aquellos zapatos de tisú de oro que ella se había puesto únicamente para Angiola. Delante de los carteles en los que gesticulaba, en cada rincón, la boca excesivamente roja de Angiola Fidès, había esperado encontrarse con la niña que reunía unas monedas para ir al cine por la noche. Se había aventurado hasta el patio del triste edificio donde vivió su ídolo, pero los llantos, los gritos, el olor a página de sucesos que, por la noche, se escapaban de los pisos alquilados y, sobre todo, el temor a tropezar inoportunamente con su fastidiosa hermana mayor, le impidieron subir. Se había contentado con mirar el cristal donde, en tiempos pasados, apoyaba Angiola su cabeza de chiquilla despeinada, soñando con todo lo que no tenía. Unas gotas de lluvia resbalaron por la nuca de Angiola, calientes como las lágrimas de una niña que no hubiera podido consolarse. Una mujer deformada por la grasa se cuadró en el umbral y preguntó groseramente a la extranjera qué era lo que iba a hacer en aquella casa de pobres. Angiola, desconcertada, volvió a subir al coche, lanzándole al chófer la dirección de una sala oscura en la que estaba segura de encontrar a Angiola Fidès. Evitando los servicios del orden y la muchedumbre que rehuían con la tormenta, el chófer se detuvo en una calle poco transitada, a unos pasos de un portal brillantemente iluminado, ornado con cabezas de mujer más grandes y deliciosas que las auténticas, de hombros agresivamente desnudos. Angiola compró una entrada a la mujer de la taquilla, que sirve de intermediaria entre las sombras y nosotros, y se sentó en el palco completamente oscuro, como si fuera una habitación donde hubiera apagado la lámpara para estar más a solas con alguien.

La pared de la habitación mágica se derrumbó: soplaron vientos, sin aportar, no obstante, ni una bocanada de aire en la caverna llena de espectros, ya que ellos mismos no eran sino fantasmas de vientos. La sala, como un túnel, se abrió al universo. El dictador inauguraba una exposición de arte romano; unos judíos, culpables por pertenecer a su raza, franqueaban a hurtadillas la frontera del Reich; tronaban cañones en el desierto mongol. Angiola cerró los ojos, para dejar pasar aquellos residuos de gestos medio digeridos por el Tiempo, que seguirían desperdigándose por el mundo durante unas semanas, antes de pudrirse como las hojas muertas. Ella no estaba allí para ver aquellos pedazos de escenas banales, costosamente realizados por la firma Universo y Dios. Un chapoteo de risas recorrió la indistinta masa humana: un payaso acababa de caerse, sin alcanzar el objeto que creía asir, no haciendo, en resumidas cuentas, sino lo mismo que hacemos todos durante toda la vida. Por fin llegó hasta ella su propia voz, como un eco, devuelta por el muro de tela blanca. Maquillado de luz como la faz iluminada del globo, el rostro inmenso de Angiola Fidès dio vueltas lentamente en la noche, bañado de un suave claroscuro, a la manera de un vaho que hubiera nacido de su aliento, con sus sienes y su frente bordeados de un oscuro bosque, con la ondulación de las mejillas bajo los pómulos delicadamente salientes, con los lagos de los ojos y la hendidura de la boca abriéndose sobre el abismo interior. Como si estuviera ante un espejo, se pasó la mano por el pelo para rectificar un mechón despeinado en la frente de Angiola Fidès, olvidándose de que había cambiado de peinado. En cierto sentido, sólo percibía a una muerta. La cámara mágica, tosca reproducción de la memoria humana, no podría restituírsela nunca sino ya pasada. Pero también, con un significado menos estúpido que el ordinario, tenía ante ella a un vampiro: aquel pálido monstruo se había bebido toda la sangre de Angiola sin lograr, empero, recubrirse de carne. Ella se lo había sacrificado todo a aquel fantasma dotado de ubicuidad, gratificado por el aparato tomavistas con una inmortalidad ficticia que no excluía la muerte. Ella había explotado sus penas para que Angiola Fidès aprendiese a llorar, o para que la sonrisa de aquella mujer ostentara un matiz de desprecio. Siendo adolescente, había poblado sus sueños con las imágenes de aquella Angiola más dichosa, más perfecta que ella misma pero con la cual, en el porvenir, se identificaba vanidosamente, mediante una ilusión parecida a la de aquellos amantes que creen poder unirse al objeto de su amor. Al morir, trataría de imitar alguna de las muertes de Angiola Fidès. Por último, era también una rival. Nada o casi nada llegaba hasta ella de los deseos que provocaba en la sombra aquella mujer verdaderamente fatal, que no podía vivir al sol. Como un gran narciso femenino a orillas de las ondas luminosas, Angiola se buscaba en vano a sí misma en el reflejo de Angiola Fidès.

Empezó a cantar: la enorme boca se abrió, como la de las máscaras antiguas de donde fluye la ola de las tragedias. Un espectador aplaudió, sin poder creer en la sordera de aquel rostro elocuente. Sin querer, Angiola repitió, con la boca cerrada, la canción que Angiola Fidès gritaba a pleno pulmón. Sonrió, fascinada una vez más por aquel monstruo que era ella misma: su sonrisa no fue sino un pálido calco del ídolo impalpable. Brotó un trino de flauta, agudo como la lengua de un reptil: el ídolo se puso a bailar. Angiola no era sino el cuerpo de aquella sombra gigantesca proyectada sobre la blanca pared del mundo. Inmóvil, miraba vagar su alma de músculos, su alma de huesos, su alma de carne. Un segmento de hombros, unas caderas medio desnudas aparecían para luego desaparecer de nuevo en el rectángulo vacío, naufragando y aflorando alternativamente en la sombra. Desde el fondo de su palco, conquistada por aquel dulce estremecimiento de víbora enamorada, Angiola onduló imperceptiblemente su cuerpo, de la cintura a los hombros, como una Eva que se hubiera amalgamado a su serpiente.

La acción transcurría en una isla, bajo las palmeras, a orillas de un Mediterráneo que recordaba al Pacífico. Era fácil reconocer el ruido de las olas, pero no su color: los reflejos del sol se habían convertido en reflejos de luna. Algénib o, más bien, Angiola Fidès —ya que no había ningún papel que disfrazara su verdadera personalidad, ni ningún vestido que le impidiera estar desnuda— cortaba en el jardín unas granadas sin consistencia; su jugo no oscurecería el acero del cuchillo de cocina: eran granadas para fantasmas. El padre de Algénib se ahogaba, dejando su hija al cuidado de un moro de tierno corazón. Pudiera ser, por el contrario, que don Ruggero estuviera vegetando aún allá en el asilo, y que la insípida Rosalia que, a fuerza de amar a su hermana, le había enseñado a amarse, siguiera ocupando la vivienda de tres habitaciones y cocina en el último piso del edificio de la via Fosca, pero Angiola no era la clase de mujer que carga con una familia cuando ésta desluce la imagen embellecida que ella presenta de su pasado.

Algénib se besaba con un oficial inglés, en su primer encuentro bajo las majaguas en flor. El primer amante de Angiola no era inglés ni llevaba uniforme: era un sastre de Palermo que la había invitado a ir a su casa, para ver sus muestras de tejidos, y como la trastienda no estaba completamente oscura, Angiola recordaba haber sentido vergüenza, toda desnuda, porque sus medias tenían agujeros. Algénib, desesperada por la partida de Lord Southsea, se refugiaba a los pies de una Madona, en una capilla llena de monjas discretamente maquilladas. Angiola había entrado a la fuerza en un internado de Florencia, y aborrecía a las monjas de tez grisácea. Aquella película sugerente, pero decente, concebida para satisfacer a todas las censuras del mundo, no mencionaba a los desconocidos con quienes Algénib adolescente había tenido, probablemente, las mismas amabilidades que Angiola, en sus días de escapada, en la plaza de Addaura o bajo los bosquecillos de San Miniato, pero la misma Angiola sobreentendía esa clase de recuerdos. Un pintor francés, tocado con un romántico sombrero de fieltro, tropezaba con ella en la arena bañada de un contraluz sonrosado y enjugaba tiernamente las lágrimas brillantes y perladas de Algénib. Junto al gran artista lleno de delicadeza y de experiencia con las mujeres, Angiola se hubiera resignado de buen grado al tedio de la fidelidad; por desgracia, a la edad en que todavía es uno capaz de agradecimiento, la casualidad no había puesto en su camino más que a Paolo Farina, que se había casado con ella por tontería, después de que el marquesito de Trapani la dejara cobardemente plantada. Algénib abandonaba a su protector generoso, pero pobre, por un rajá de espléndida dentadura, enemigo jurado de los ingleses, que la asociaba a sus trabajos de espionaje. Angiola había huido del domicilio conyugal en compañía de un actor con dientes aurificados. Algénib mataba, disparando con un revólver, en un bar de Londres, al jefe de la *Intelligence Service*. Angiola, en el estudio, había blandido brownings y puñales, pero, mientras que Algénib tenía ante ella a infieles y a traidores, Angiola sólo había visto a actores. Algénib, disfrazada de bayadera, se prosternaba ante el ídolo de Siva, ofreciendo a las miradas la grupa sinuosa de Angiola Fidès. Algénib se deslizaba con paso sigiloso en el despacho de un comandante inglés, durante una fiesta en la Residencia, para apoderarse de un documento secreto. Se abría una puerta: la corriente de aire del ventilador dispersaba los papeles de Estado. Lord Southsea proyectaba su perfil griego en la sombra, así como el faro de su linterna de bolsillo. Algénib se volvía, sintiendo sobre su hombro la mano de aquel desconocido...

Poco después de la llegada de Angiola, un hombre se había introducido en el palco; a la luz que llevaba la acomodadora, apenas pudo ver más que una pechera blanca y un hermoso rostro algo cansado que, por contraste, parecía gris. Había entrado allí sólo para resguardarse de la tormenta; era inútil pensar en un taxi, en una noche como aquélla, con tanta lluvia y tanto gentío. La presencia de una espectadora le irritaba, parcelaba su soledad; se sentó lo más lejos que pudo, o sea, demasiado cerca aún. Pero no era sólo la lluvia lo que le impedía regresar a su casa. Después de haber dejado a Marcella, Alessandro había tomado inmediatamente un coche para ir al palacio Balbo. Seguro, a pesar suyo, de que algo iba a suceder, no había hecho más que atravesar los ceremoniosos salones cubiertos de pesados dorados, llenos de uniformes y de trajes de noche. Apostado en el terraplén, a la entrada de la plaza, dispuesto a defender a una mujer sin estar de acuerdo con ella e incluso estando en contra de sus ideas, casi como un escéptico que indiferente a todos los dioses se hubiera asociado por amor a una cristiana expuesta a las fieras, había intentado absurdamente reconocer su cabeza entre la multitud anónima; de frase en frase, de mano en alto en mano en alto, bajo el cielo cada vez más cargado, entre el entusiasmo sudoroso de la muchedumbre, había temido, esperado y desesperado, alternativamente, oír bruscamente un disparo. El discurso, más largo que de costumbre, había terminado entre vivas mojados por la tormenta. Atravesando la calzada, en medio de la multitud que huía del aguacero, no quiso faltar a la cita concertada bajo el portal del Cine Mondo. Al cabo de un instante, empero, había renunciado a aquella postura ridícula. Era poco probable que Marcella acudiera de propio impulso para que él constatara su derrota. Debía de haber regresado a casa, a echarse en la cama para llorar o dormir. Se le ocurrió la idea de que una humillación como aquélla tal vez pudiese volverla a la realidad, al amor; acaso estuviera en casa, en la de él, delante de la puerta, sosa como la derrota, reducida por la confesión de su cobardía a no ser para él más que una amante igual que las demás; el asco que sintió le hizo comprender que no amaba de ella más que ese valor que, en resumidas cuentas, no tenía.

La acomodadora cerró la puerta y completó la noche; una lamparita roja, encendida en la pared, recordaba a Alessandro la lamparilla colgada a la cabecera de la cama de Marcella. Cerró los ojos para apagar aquella lámpara. Recibiendo como un castigo los incidentes que transformaban su velada en una pesadilla grotesca, agradeció que la lluvia le hubiera obligado a refugiarse en aquel portal y, por último, en aquella sala donde, al menos, estaba oscuro. Acaso Marcella hubiera inventado su proyecto de atentado sólo para librarse de su presencia: se la imaginó sentada en la cama, junto a Massimo, debajo de la Virgen de Loreto transformada seguramente por el joven ruso en una especie de icono, riendo con él de su credulidad; luego rechazó aquella imagen, no por ser falsa, sino porque ya no podía soportarla.

Volvió a abrir los ojos: resonaron unas aclamaciones como si tronase en su memoria; sus manos se crispaban ante aquella repetición de su pesadilla; la película de su vida daba vueltas al revés: el gran gesto de las banderas pasaba y repasaba ante una fachada de piedra; un personaje rechoncho pescaba entusiasmos entre el plancton de las muchedumbres; Alessandro, incorporándose a medias del asiento, esperó de nuevo, a cada frase, la puntuación de un disparo, y luego recordó bruscamente que nadie dispara sobre los fantasmas. No era el presente que él acababa de agotar: era un reportaje de actualidades, por consiguiente, de ocho días atrás. Aquella asamblea de fumadores de opio, con la boca abierta como si chuparan sus sueños, rumiaban, antes de dormirse, los acontecimientos de la semana, como esas briznas de realidad que afloran por la noche en las fronteras del sueño. Comenzaron las alucinaciones hipnagógicas en forma de dibujos animados: unos personajes estrafalarios, menos pesados que el hombre, se persiguieron y engendraron como el miedo, el entusiasmo, la indignación y la ironía de Alessandro durante su lamentable espera. Las altas aguas del sueño invadieron la sala, arrastrando con ellas los restos de recuerdos y su fauna de símbolos. Un payaso cayó, chocando con el vacío como Alessandro con una ausente. La protagonista de la película mataba a su enemigo de un tiro de revólver: la sangre que chorreaba era hemoglobina. Entre aquella película y la vida, la única diferencia residía en que los espectadores, en el primer caso, sabían que los estaban engañando. No había tiranos puesto que no había rebeldes; no había seres humanos sino una serie de personajes disociados cuyo gesto se paraba en seco y a quienes soldaba la velocidad unos con otros, produciendo la ilusión de una existencia. No había muertos sino sombras de actores. Todo era engaño, insípida gesticulación, declamación hueca sobre una superficie sonora. Una mujer danzaba, mentirosa puesto que inasequible: inútil Venus que nacía de la ondulación de las ondas. Medio desnuda asimismo pero muy cerca, tibia, palpable, débilmente iluminada desde dentro por el sol secreto de la sangre, el hombro vivo de una mujer joven, tapando en parte la pantalla, era el único obstáculo que separaba a Alessandro Sarte de tantos fantasmas. Imitando sin querer la audacia del autor, convirtiéndose de este modo en un doble suyo opaco, puso la mano sobre aquella delicada roca de carne, suavemente, con un ademán en el que tal vez hubiera menos voluptuosidad que miedo al naufragio.

El hombro lavado de noche temblaba dulcemente, como un escollo que siguiese el movimiento de las olas. Cesó su estremecimiento de repente como si, al ser tocada, aquella mujer se fingiera insensible. Envarada pero consentidora, Angiola permanecía en su papel cediendo al deseo que su carne de sombra había despertado. Junto al extranjero que la engañaba con ella misma, tenía la impresión de estar eliminando a una rival. Junto a aquella mujer, él se vengaba de una ausente. Buscando los puntos neurálgicos del deseo a lo largo de aquel cuerpo, constataba de nuevo cuánto hay de médico en los gestos del amor: el abandono de aquella mujer subyugada poco a poco por su propio placer no difería tanto del sobresalto, del espasmo o de la docilidad de una paciente. Rechazó aquella idea que le estropeaba su deleite, se concentró únicamente, para mejor saborearla, en la sensación de contacto con aquel cuerpo poseído a medias, en aquella mano que se movía imperceptiblemente, a la manera de una planta marina. Como un espejo en el techo de una alcoba, la pantalla les devolvía la imagen turbia de una pareja: el espejo de aumento se limitaba a reflejar el beso gigantesco que se abría como una flor, recogiendo así, en el estrecho espacio de los labios y párpados, el abrazo de los cuerpos humanos que el beso bastaba para sugerir. Un aumento más y aquellos rostros se descompondrían en movimientos de átomos, tan indiferentes a ese beso como podemos serlo nosotros a los amores desmesurados de los astros. Con la cabeza echada hacia atrás, Angiola cerró los ojos donde danzaban las estrellas de sangre. Algénib reconocía a Lord Southsea: perseguidos por la policía inglesa, los amantes llegaban a orillas del mar. La piragua se hundía en un Pacífico que recordaba al Mediterráneo; los fugitivos morían juntos. La gran oleada de placer se apaciguó, recayó, dejando aflorar a la superficie a los dos ahogados de la carne. Angiola se apretó más contra el hombre que ya iba separándose de ella; Alessandro se apartó, atrapado de nuevo por un pensamiento al salir de su momento de olvido. Aquel estúpido escenario expresaba lo que había sido, durante un instante, su absurdo, su secreto deseo: también él, hacía un minuto, había deseado unirse a Marcella en el orgasmo de la muerte. La imagen de las aguas tranquilas se extendió por la pantalla, pronto ahogada por una oleada de noche. Luego brotó la luz, una luz amarilla, apropiada para las idas y venidas de los vivos, y ya sólo vio a una mujer demasiado pintada, de pie ante él, que se miraba en su espejito de bolsillo antes de salir.

Antes de que dijera nada, sus ademanes algo secos, el corte de su ropa, le hicieron reconocer en ella a una extranjera, tal vez a una americana, a una de esas viajeras complacientes que atraviesan el amor igual que visitan las ciudades. Lo mismo que todas las mujeres que tratan de hacerse una cara y un alma a la moda de Hollywood, hacía cuanto podía por parecerse a Angiola Fidès. Pero sus hermosas y banales facciones eran infinitamente menos expresivas que las de la asombrosa actriz que acababa de llenar la pantalla. Una Angiola Fidès, tan capacitada para remedar bien la pasión, debía poder sentirla e inspirarla. En cambio, aquella mujer de paso pertenecía al tipo de mujeres con las que uno no recarga su vida.

Despreciándola y agradeciéndole la oportunidad de despreciar en ella a todas las mujeres, respetaba, sin embargo, el placer que le había dispensado. El inglés de las películas era para él, como para muchos hombres de su generación, una de las jergas secretas del amor. Se arriesgó a decirle:

—*Thank you, my love. It was wonderful.*

—Mi querido amigo —respondió ella lentamente en inglés, mientras seguía pintándose los labios—, no crea usted que soy así con todo el mundo.

Aquella mentira prevista le irritó como una inepcia. Una más de esas mujeres que pretenden encontrar, sucesivamente, en cada hombre, ya que no su primer amante, sí al menos su primer amor...

—No estoy pidiendo disculpas —dijo con irritación.

Ella tragó la saliva, sin hablar, con un leve movimiento de garganta que la hizo parecer patética. Otro de los hombres que, por una intimidad de un cuarto de hora, se permiten ser insolentes, groseros o pesados con su ternura... Más valdría no cultivar la amistad de un cualquiera que tal vez mañana tratara de comprometerla en algún asunto financiero dudoso, o de enviarle cartas anónimas a sir Junius. Sólo en las películas pueden entregarse los amantes, sin segundas intenciones, a unas pasiones cronometradas para durar toda la vida, es decir, hasta que se acabe la cinta. Aquel desconocido era menos real que Lord Southsea.

—Esta película es una idiotez, ¿no le parece? —comentó ella.

—Sí —respondió él con amargura—. Es estúpida, *como lo es todo.*

El inglés ponía entre ambos una barrera que a ninguno de ellos le interesaba ya franquear. Él no se percató de que lo hablaba casi tan mal como él.

—¿Americana?

Ella le hizo seña de que así era. Apenas mentía. Pronto sería inglesa, si conseguía que anulasen su ridículo matrimonio y se casaba con sir Junius, que, por lo demás, era australiano. El dinero o, más bien, el papel impreso que en nuestros días hace las veces del mismo, el prestigio de un título tan reciente como su gloria de actriz de teatro de sombras, todas aquellas falsas apariencias para lectores de prensa del corazón, ¿qué cosa mejor puede ofrecérsele a una mujer que no logra sino remedar su propia vida? Angiola no consigue experimentar las grandes emociones que hace sentir a otros de manera tan sobresaliente: los amores de su verdadera existencia abortan uno tras otro, igual que su único hijo. Delante de su primer amante, en Palermo, fingía cinismo; junto a Toio de Trapani simuló inocencia; pálida aún por la pérdida de sangre cuando Paolo Farina le propuso el matrimonio, fingió arrepentimiento. Al abandonarlo para seguir a su artista lírico de teatro provinciano creyó hacerse valer simulando remordimiento. En Trípoli, delante de sir Junius Stein, el comandatario de la AFA, cuando era una jovencita cualquiera a la que enrolaron para hacer de extra en una película, representó la comedia del desamparo. Aquí, junto a este recién llegado, lo único que podía remedar era el amor.

—¿Italiano?

—De paso por Roma.

Mentir, cortar amarras entre la otra y uno, adentrarse en la mentira como por el interior de una isla. ¿Qué es una mujer? ¿Va a dejarse atrapar por unos ojos supuestamente tristes? Aquella sala ya medio vacía, limpia en cuanto han dado la luz eléctrica, ya no recuerda las imágenes de su delirio. «Después de todo —se dice ella al mirarlo—, no he caído demasiado mal: es atractivo. Más vale, de todos modos, que no haya adivinado quién soy.»

—¿Volveremos a vernos? —pregunta él sin convicción.

—No es posible.

Él no insiste. Cada uno por su lado no desea más que estar solo. Mete ella en el bolso el espejito en forma de corazón. Él la ayuda a ponerse el abrigo: aquella seda ribeteada de pieles le hace pensar con cierta ternura en el secreto de su cuerpo. Los espectadores, exorcizados, se precipitan hacia la puerta. Él se siente menos lejos que de costumbre de aquel público que acude allí para contentar su gusto tosco por lo novelesco y la desgracia. Angiola se pregunta cuántas de aquellas personas volverán a verla en sus sueños. Caminando al lado de aquella mujer, él advierte con impresión de orgullo que la gente se vuelve para mirarla, a ella o, al menos, a sus perlas.

—¿Le busco un taxi?

—Tengo un coche.

Ha cesado de llover. El chófer está esperando en una callejuela lateral. Tiene ella que encorvarse para entrar. A través de las ventanillas abiertas, Alessandro sólo ve, de aquella enamorada intercambiable con tantas otras, una sonrisa tan melancólica como lo requiere la circunstancia y dos manos largas enfundándose los guantes. Si Marcella vuelve a él esta noche (su razón le dice que no será así) se arrepentirá de haber ofrecido alterar su vida por una desequilibrada, por una simuladora que lo ha tomado por tonto. Su imaginación le representa más auténticamente el apartamento vacío, el sillón donde va a arrellanarse con un cortapapeles en la mano, con una revista o un tratado de cirugía, interrumpiéndose a cada línea para reprocharse su ridícula credulidad. Tratará de volver a casa lo más tarde posible.

—Bonitas rosas... Hermosos claveles... Bonitas rosas...

—Espera —le dice al chófer.

Mientras paga las rosas poniendo el dinero en la mano encogida de la vieja, media docena de Lictores con camisas oscuras entorpecen con sus gesticulaciones el paso por la acera en toda su anchura. Una frase captada al azar resuena en su interior, tanto más profundamente cuanto que, sin él saberlo quizá, la estaba esperando. Deja marchar el auto con la mujer y las rosas y alcanza al miliciano descompuesto en quien reconoce a un amigo.

—Anda, ¿eres tú?... ¿Sabes lo que te ocurre?

La faz blandengue de aquel individuo parece surcada por la tormenta. Alessandro tiene tiempo de aplicarse en el rostro una máscara de asombro. Hipótesis antes rechazadas afloran a la superficie de sus temores. ¿Arresto? ¿Tenencia ilegal de armas? Imagina el teléfono sonando sin cesar a la cabecera de su cama, en la habitación vacía. ¿Se verá comprometido? Alessandro ha agotado unas horas atrás sus veleidades de heroísmo. Todo aquel asunto no es para él sino una aventura imbécil.

—... Completamente loca... Tu apellido... Maria... (¿Acaso lo sé?) Marcella Sarte... Pero no, no dijo nada... No paró de disparar hasta que... Sus papeles... Los llevaba encima... ¡Mi pobre amigo, vaya historia!

La palabrería de aquel camarada caritativo impide que la emoción de Alessandro descarrile y se transforme en pesadilla. ¿De verdad se ha atrevido a hacer eso? Puesto que Marcella nunca sabrá nada, a Alessandro le parece inútil decir que la admira y no se entendería a sí mismo si confesara que, en aquel momento, la envidia. Junto a este Tito cualquiera obra igual que todos lo harían en su lugar.

Las dos sombras se dirigen casi corriendo hacia la comisaría más próxima. En un local donde una despiadada luz blanca fluye sin interrupción de una bombilla eléctrica, igual que el agua fría de un grifo en el depósito de cadáveres, dos cuerpos se hallan tendidos uno al lado del otro. Un chico joven, perteneciente a un grupo de preparación militar, fue estúpidamente alcanzado por uno de los cinco tiros disparados al azar en la noche y su cabeza cuelga, vaciada por una herida. Han recubierto piadosamente, con una capa de uniforme, su rostro infantil invadido ya por la dura dulzura del mármol. A su lado, una mujer muerta a golpes, a quien los periódicos de la mañana tacharán de desequilibrada con piedad despreciativa, está tendida en el suelo. Aquellas dos víctimas de dioses diferentes se hacen contrapeso en la muerte. El vestido negro, empapado de lluvia, se pega al cuerpo de la asesina dando a esta muerte la apariencia de una ahogada. Un poco de sangre y de saliva han goteado de la boca abierta, pero el rostro se halla intacto. Un mechón húmedo serpentea a lo largo de la mejilla de esta Medusa muerta. Y sus ojos fijos, aunque ciegos, se hunden en esa nada que constituye para ella todo el porvenir.

La tía Dida volvió a sentarse bajo el porche, entre sus dos cestas aún casi llenas de flores no vendidas y algo marchitas debido al tiempo tormentoso; se tapó el pelo con el pañuelo que, de estar limpio, hubiera sido blanco, escondió los pies para resguardarlos de los charcos y mostró el puño a los truenos.

De joven, la tía Dida se había parecido a las flores; de vieja, se asemejaba a los troncos de los árboles. Era dura de oído; sus grandes manos sarmentosas se movían a su alrededor como si fueran ramas; sus pies, lentos para el movimiento, se pegaban al suelo como si estuvieran plantados en él. Sus hijos muertos se pudrían en el cementerio como hojas de noviembre; incluso sus Buenos Dioses eran una especie de flores grandes. El pequeñín Jesús nacía por Navidad, débil y lozano como una prímula; en Pascua, ya crecido, dejando colgar como si fuese un fruto su cabeza barbuda coronada de espinas, expiraba en el árbol de la cruz. Esto demostraba que era Dios, pues nadie vive treinta años en el espacio de doce semanas. La otra prueba de que era Dios consistía en que María lo había hecho ella sola: si de la madre de un hombre le hubiesen dicho semejante cosa, la vieja Dida no lo hubiera creído. Algunos de aquellos Jesuses eran más ricos que otros; los había que sabían leer como, por ejemplo, el Niño de Araceli a quien las pobres gentes escriben cuando se hallan en la desgracia. En ocasiones, aquellos Jesuses eran simpáticos y os escuchaban; luego se volvían sordos o se enfadaban sin que uno supiera por qué. Como el sol, que calienta cuando se desea la lluvia o bien se esconde cuando se necesita un cielo azul. Y también había el viento, que tan pronto está como no está, pues todo este mundo no es más que un gran capricho, y la luna que pone la cara que quiere, y el fuego que se enciende porque para eso está hecho. También había el Estado, que siempre anda diciendo que le deben dinero y que tiene la culpa de que maten a la gente en tiempo de guerra, pero las cosas son así porque son así y es preciso que haya poderosos para gobernar y gente rica para hacer trabajar al pobre. Y también había un dictador, que antaño no estaba allí y a quien el Rey había nombrado, como quien diría, para que mandase en su lugar. Beneficia al país pero es muy duro con quien está en contra suya (le han puesto las esposas al hijo de Belotti, ¡qué triste!), pero tiene razón, pues es el más fuerte. Y existía Roma donde, desde hacía treinta y cinco años, vendía flores la tía Dida, y de una punta a la otra del mundo no podría encontrarse ciudad más bonita ni más grande que Roma, y por eso pasaban por allí tantos extranjeros. Y cerca de Roma, no por donde se encuentra Ponte Porzio, sino al otro lado, estaba el mar que Dida nunca había visto pero que su hijo Nanni había atravesado para ir a la Argentina y que los hijos de Attilia iban a veces a ver en autobús, los domingos, cuando tenían vacaciones. Y por todos los alrededores de Roma había malas tierras donde únicamente crece hierba para los corderos, pero también carreteras con camiones y polvo, ya que esto es el progreso, y fábricas cada año más numerosas, y curiosidades con restaurantes donde va la gente con dinero. Y por aquí y por allá se veían asimismo cultivos de hortalizas y campos donde crecían las flores en apretadas filas para ser después vendidas en Roma, e invernaderos brillando al sol como los que en aquel momento cuidaba su hijo Ilario. Y además, mucho más lejos, por donde está Florencia y donde vivía su hija Agnese con su marido cochero, había montañas que en invierno se cubrían de nieve. Y por muy lejos que uno fuera, en cualquier dirección, todo era igual, tierra bajo el cielo. Y en medio de todas aquellas cosas tanto más claras cuanto más cerca de ella estaban, se encontraba ella misma, la tía Dida de Ponte Porzio.

Cuando le preguntaban cuándo y dónde había nacido, Dida respondía que en Bagnani del Anio, hacía mucho tiempo, antes incluso de que el Rey entrara en Roma. Había tenido tantos hermanos y hermanas que sus nombres se le habían ido de la cabeza; la madre había muerto pronto; Dida había tenido que ocuparse en su lugar de todos aquellos corderillos del Buen Dios pero, afortunadamente, cuando el Señor da el cordero da también la hierba: por entonces se ganaba mucho con la viña. Además, por muy extraño que pueda parecer, ella había sido una guapa moza, con unos senos redondos como manzanas bajo la camisa. Se había casado con Fruttuoso, el antiguo jardinero de Villa Cervara, quien había dejado el puesto tras un altercado con los propietarios. Habían comprado un terreno en Ponte Porzio para cultivar flores al por mayor. Fruttuoso entendía más que nadie de semillas, de trasplantes, de podas y de esquejes. Habían ido llegando los hijos, tal vez ocho, o nueve quizá, contando los que habían nacido antes de tiempo y los que no habían vivido sino unos pocos días, pero éstos eran angelitos. Había tenido que criar de nuevo a todos aquellos corderillos del Buen Dios, lavarlos, alimentarlos, pegarles para enseñarles buenos modales y a ganar su pan tras cumplir nueve años y dejar el colegio. Fruttuoso se levantaba al apuntar el día y salía para Roma en su carreta pintada a vender su mercancía; volvía temprano, casi dormido, a lo largo de los caminos llenos de color sonrosado; su caballito se sabía el camino. Un día, al cruzar un paso a nivel, el expreso se arrojó como un lobo sobre el hombre y su carro, aplastando su ruido de cascabeles. Al caballito lo enviaron al descuartizador y Fruttuoso fue a dormir al cementerio bajo una corona hecha con alambre, que duraba más y hacía el mismo buen efecto que las flores de verdad.

Dida conoció tiempos duros que, más tarde, se unieron en su memoria a los duros tiempos de la Guerra Mundial, cuando su hermano mayor cayó muerto en Caporetto. Aunque los niños fueran ya bastante capaces de ayudar a su madre, tomó a un hombre para que hiciese las faenas más pesadas; al cabo de diez meses festejaban un nuevo bautizo; no era un mal hombre aquel Luca, pero entendía más de mujeres que de flores. Los niños crecían. Dida, con la edad, se hacía cada vez más avara y menos enamorada. Harta de alimentar para nada a aquel pobretón, quien, por pereza, había dejado perecer todas sus rosas, no se atrevía a echarlo por miedo al filo de su cuchillo. Por último, sus tres hijos consiguieron meter, a fuerza de puñetazos, en la cabezota de Luca intenciones de marcha. Dida, aullando, acompañó hasta el recodo de la carretera a su Luca amenazador y lleno de emplastos; las lágrimas le fluían de los ojos como el agua de los arroyos; ella maldecía a sus perros de hijos que molestaban a su anciana madre; no tenía con qué ofrecerle, a manera de adiós, una chaqueta y una gorra nuevas; se le revolvía la sangre al verlo marchar. Él sabía que estaba mintiendo; ella sabía que él no se dejaba engañar: durante unas cuantas noches, la familia se mantuvo en vela por miedo a que Luca volviera para prender fuego a la casa o causar estropicios en el invernadero, pero él se contentó con buscar empleo en otra parte, en casa de una viuda.

Fue entonces a sus hijos a quienes la tía Dida pudo negar, a unos el tabaco o unos zapatos de charol para bailar los domingos, a otras una cinta, pomadas o una pieza de seda. A Nanni lo arrebató el expreso, igual que a su padre: tomó el tren para Nápoles y el barco para Buenos Aires. Agnese, que se había ido a Nápoles para trabajar de doncella, se fue a vivir con un cochero de punto que era un buen hombre, pero su hija pequeña había errado el camino y los dejaba, desde hacía diez años, sin carta y sin cheques. Attilia se había casado con el sinvergüenza de Marinunzi. En cambio, Ilario era más serio: sabía que las flores son dinero. Y las dos hijas que le quedaban no rehuían la faena; la más pequeña, la de Luca, no estaba muy bien de la cabeza pero era la que más trabajaba. Eran unos verdaderos paños de lágrimas con zapatos de hombre y delantal desteñido, amarillas y arrugadas como las viejas, levantándose antes de que llegara el alba para separar en ramos la mercancía, faenando todo el día, levantándose por las noches a colocar pajotes o a vigilar las estufas: no había cuidado, ningún galán vendría a quitárselas a la tía Dida. Y en cuanto a Ilario, Dida le había desaconsejado que tomase mujer; ya eran bastantes en casa y las muchachas, hoy en día, no valen nada para llevar una casa. Habían vendido parte del terreno para construir un edificio alto, ya que Ponte Porzio había dejado de ser completamente campo; con lo que les quedó habían agrandado el invernadero. Ilario tenía su clientela entre las grandes floristas de la via Veneto; Dida ya no tenía la obligación de ir cada día a Roma, a traficar, como se había acostumbrado desde que se quedó viuda por segunda vez.

Pero se había habituado a Roma; le gustaba salir cada mañana en la camioneta de Ilario, para instalarse en el escalón de mármol que había a la entrada del antiguo palacio Conti, entre un cine que ocupaba desde hacía diez años la parte izquierda del piso bajo (y era una buena cosa para la venta de flores) y el café Impero a la derecha, en la calle transversal, donde la patrona le permitía a Dida dejar durante la noche los ramos que no había vendido, en unos cubos, al fondo del comedor. A ella le gustaba el bullicio y allí lo había en abundancia; le gustaba el barrio en el que se sentía un personaje casi tan importante como la princesa que vivía en el piso noble del palacio y que, todas las mañanas, regateaba el precio de sus flores. Desde hacía treinta años que trabajaba allí, en aquel escalón, había visto cambiar muchas cosas; el gran monumento blanco que había al fondo de la plaza había crecido ante sus ojos; ella había sobrevivido a un rey y a tres padres santos. Le gustaba su oficio: sabía sonreír con finura a las personas para hacerles creer que las conocía; había aprendido a reconocer a los extranjeros y no ignoraba que rara vez piden el cambio, porque les resulta demasiado complicado y además son todos ricos. Sabía quién compraba su mercancía para el hospital o para el cementerio, o para los padres, sobre todo en las fiestas de Santa María y de San Juan, o quién las compraba para una hermosa, o por alegría, porque hacía buen tiempo o, por el contrario, al ver que el día estaba triste o incluso, en ocasiones, por amor a las flores. Le gustaba el barecillo donde, a mediodía, se tomaba un café exprés y en donde le dejaban sacar su comida fragante envuelta en un periódico. Le gustaba regresar a casa en el último autobús, respetada por el conductor. Hacía a pie los aproximadamente quinientos metros de camino rural que la separaban de su casa —de persianas siempre bien cerradas—, dándose prisa por temor a un mal encuentro. Después, en la cocina, mientras Illia o Maria, despeinadas, bajaban a calentarle su plato de pasta, se la oía arrastrar los pies por las baldosas, refunfuñando contra aquel chamizo, bueno todo lo más para los animales y deseándoles una apoplejía a sus gandules de hijos, que trabajaban menos que ella.

Se decía que era mala: era dura como la tierra, ávida como la raíz que busca su subsistencia estrangulando en la sombra a las raíces más débiles, violenta como el agua y solapada como ella. Para muchas generaciones de criaturas vegetales, Dida había sido la Madre Buena y la despiadada Parca, pero aquellas anémonas, aquellos ranúnculos y aquellas rosas nunca fueron para ella más que una materia prima, una cosa nacida del suelo y de los abonos a la que se ayuda a crecer y después se corta para vivir. Nunca dejó de explotar a sus hombres, tanto en el placer como en el trabajo: habían sido herramientas suyas. Había gemido y mugido por sus ausentes y por sus muertos, pero luego los había olvidado igual que un animal olvida a sus compañeros de establo desaparecidos y a las crías que les han arrebatado. A los hijos que aún le quedaban, los había acostumbrado a entregarle sus ganancias como hacen los perros con los tordos que cazan. Metía el dinero en unos escondites bien resguardados de la codicia de Attilia y de su sinvergüenza de marido, y hasta el mismo Ilario, por respeto, fingía no saber muy bien dónde se encontraban. Pero el mejor escondite era la bolsa mugrienta que llevaba al cuello y que contenía, como si de Santas Reliquias se tratase, los billetes de banco de la familia cuidadosamente doblados. Aquello era su escapulario, su Jesús, su Buen Dios que nunca la dejaría en la miseria. Por culpa de ese dinero, su yerno Marinunzi la sangraría cualquier día, o Luca, naturalmente, la mataría a palos una noche en el camino, o incluso Ilario, a quien habían visto merodear con una cuerda, le daría su merecido empujado por alguna mujer sin escrúpulos; y Dida soñaba con asesinos del mismo modo que sueñan los árboles viejos con los leñadores.

—Dida, irá usted al Diablo —le había dicho aquella mañana el padre Cicca, el cura de Santa María la Menor, parado ante sus cestos bien repletos y mirando las rosas con envidia, pues le hubiera gustado ponerlas en la capilla de la Inmaculada.

Dida, sin responder, seguía cortando con los dientes el junco con el que ataba sus flores.

—Irá usted al Infierno —repetía el cura—, y la prueba es que ya se encuentra en él. Resucitará el día del Juicio Final con el puño cerrado, como todos los avaros, y pasará la eternidad tratando, sin lograrlo, de abrir la mano. Piense en esto, tía Dida: ¡un calambre que dure eternamente! Nunca soltó usted ni una sola moneda para decirle una misa a sus buenos muertos; es usted dura consigo misma y con los demás; nunca se la vio echarle a un perro ni siquiera una corteza de pan para comer. ¡Déjate llevar de un buen impulso, Dida! ¡Dame tus rosas para la Virgen!

—¡Casualmente! —gruñía la tía Dida—. ¡Es más rica que yo, tu Santísima Virgen!

Pero su arrugado rostro se distendía, sonreía al padrecito Cicca, que era de la región y que, treinta años atrás, le había encontrado aquel puesto tan bueno a dos pasos de Santa María la Menor. Dida le hubiera dado con mucho gusto alguna cosa para su Santísima Virgen si hubiera tenido para dar. Pero nunca lo tenía y el cura, no muy desilusionado, se fue con los pies calzados con zapatos demasiado anchos, arrastrando por el suelo su sotana sucia y tirando del brazo de su amigo cascarrabias, el organista ciego. Aquellos dos hombres siempre estaban peleándose cómicamente, pero siempre estaban juntos: Santa María la Menor era un refugio para el ciego y éste, a su vez, era un tesoro para el padre Cicca. Aún más, se querían, la costumbre los había convertido en viejos hermanos. Sus destinos se parecían: gente bien intencionada le había hecho aprender música al ciego, ya que para ello no se necesitan los ojos, y el padre Cicca había tomado los hábitos porque unas piadosas personas le habían ofrecido a su familia sufragar los gastos de sus estudios. Pero la casualidad había hecho que el ciego tuviera dones para la música y que el padre Cicca amase a Dios. Como toda felicidad humana, la felicidad de aquellos dos hombres era imperfecta y precaria: el organista sufría en invierno con el frío glacial de la iglesia y, en cualquier estación del año, por no verse invitado a tocar en la Escuela de Música Sacra de Santa Cecilia, que era muy célebre; incluso la música tenía momentos de vacuidad y le asqueaba, cuando Bach sólo le parecía un ruido complicado; luego, de súbito, aquel músico mediocre ascendía al cielo con las alas de una fuga. El padre Cicca tenía sus altercados con el obispo, con su pobre familia que se le colgaba al cuello, y sentía unos deseos infantiles —aunque tan violentos como las pasiones de los libertinos— de tener unos objetos que no poseería jamás: un hermoso reloj de oro, un nuevo calendario eléctrico para su iglesia, un cochecito reluciente y ruidoso como los que abundan en las calles de Roma... Pero por la noche, de repente, en su duro lecho, el viejo sacerdote se despertaba colmado de alegría y murmuraba: «Dios... Dios...», maravillado como por un descubrimiento siempre nuevo que él era el único en hacer y que no conseguía comunicar a sus fieles, ni a Dida —que tanto amaba al dinero—, ni a Rosalia di Credo —que no sabía que Dios está en todas partes y no sólo en Sicilia—, ni a la princesa de Trapani, a quien atormentaban las deudas de su hijo. «Dios —murmuraba—, Dios...» Suspiraba, avergonzado de poseer a Dios como un privilegio, como si fuera un tesoro que no dependía de él compartir con otros y que él no había merecido más que los demás. Y al igual que el dinero de Dida era codiciado por los malhechores, el cielo del organista se veía amenazado por la sordera y el del viejo sacerdote lo estropeaban los escrúpulos.

Seguía tronando. Dida agachaba la nariz, inquieta ante aquel rayo que golpeaba al azar, como si no hubiera nadie inocente. Por suerte, no obstante, la tormenta se había pasado al lado del mar; ya no llovía en Roma ni en los campos de Ponte Porzio. Pero el día, con aquellos aguaceros que habían empezado nada más comer, había sido malo para la venta. Y preciso es que haya discursos políticos, pero no es eso lo que ayuda a vender flores. Desde las nueve de la noche, Dida no había visto más que millares de espaldas, de las personas que se volvían hacia un punto determinado de la plaza, que ella no podía ver desde su rincón. Los gritos y aplausos habían llegado hasta ella en forma únicamente de ruido confuso.

Después, la tromba de agua y el reflujo de la muchedumbre la habían obligado a buscar refugio en el pasillo del café y cuando por fin la calle había recuperado su aspecto de todas las noches, hacía ya mucho que el último autobús para Ponte Porzio había abandonado la plaza de la Estación. Podía, es verdad, ir a dormir al Trastevere, en casa de Attilia, que estaba esperando su cuarto hijo, pero estaba lejos y prefería no tener que agradecerle nada a ese canalla de Marinunzi. Lo más sencillo era esperar en la plaza la llegada matinal de la camioneta de Ilario; podría pasar lo que quedaba de noche en el patio del palacio Conti, cuyo portero la conocía.

Pero antes tal vez conviniera —antes de que cerrasen el café Impero— ir al retrete que había en el pasillo y que la patrona le permitía utilizar. Aquel retrete era para Dida una de las principales ventajas del puesto. El lugar poseía un encanto propio que uno experimentaba en cuanto se acercaba a su puerta, toda llena de espejos, hacia la cual avanzaba ahora una mujer vieja que —Dida lo sabía— treinta años atrás había vuelto locos a muchos hombres; se estaba bien allí, con la falda arremangada, en aquel lugar iluminado con luz eléctrica, protegido del aire y del viento y donde hasta el ruido del agua cayendo, debido a una avería, era un ruido de lujo, que no se hubiera podido oír en Ponte Porzio donde no andaban mal aprovisionados de agua para el riego, pero que no tenía agua corriente dentro de la casa. Pero había que tener cuidado en dejarlo todo muy limpio, sobre todo en un lugar por donde pasan tantos extranjeros.

En el momento en que Dida salía, la patrona del café cerraba la puerta que daba al pasillo. Enmarcada por sus cabellos bien peinados, la cara estaba completamente pálida.

—¡Qué tarde tan terrible, Dida! Le han disparado cuando salía... Un cliente me ha dicho...

—Tiene usted mucha razón, este tiempo no corresponde a la estación —contestó Dida sabiendo que la gente, cuando habla, lo hace casi siempre del tiempo.

—Pero ¿qué dice usted? Le estoy diciendo que le han disparado a Él cuando salía —chilló a voz en grito la patrona, que ponía gran interés en su excitación, su indignación y sus noticias—. El cliente había visto la marca de los disparos en los cristales del coche... Por poco... Una mujer, ¡imagínese! Y joven, según dicen... Será otro golpe de esos ignorantes de anarquistas, socialistas, comunistas, sabe Dios qué... Esas gentes que reciben dinero del extranjero... Han sido demasiado buenos, tía Dida. ¿Y la mujer? Claro que está muerta. Se vieron obligados a matarla... Forcejeaba, se agarraba... Hay quien dice que eran granadas, no balas... Parece ser que hay sangre en el suelo, a la entrada de San Juan Mártir... Un charco de sangre... Buenas noches, Dida, me parece que con todo esto yo no voy a dormir en toda la noche.

Lentamente, con paso inseguro, Dida vuelve a sentarse un instante en su escalón, apoyándose en la puerta cerrada, entre los ramos que olvidó poner a refrescar. Tiene miedo, tanto miedo incluso que no se atreve a levantarse, a marcharse de allí dándole la espalda a esa plaza que ahora está completamente oscura. Y está sola... La patrona acaba de irse sin percatarse siquiera de que a hora tan tardía Dida ya no tiene autobús, pero la patrona, naturalmente, tiene otras cosas en que pensar. ¡Qué noche tan terrible! «No es éste un mundo para cristianos —piensa—, y hasta las fieras sabrían mejor... Han querido asesinar al hombre a quien el Rey ha entregado el mando. Es un crimen... Nada puede funcionar como es debido en un mundo así. Todo va peor aún que en la época en que mataron al Rey, el año en que murió el pobre Fruttuoso. Y esa mujer...» El corazón de Dida se le encoge un poco a pesar suyo. «Un charco de sangre... Qué valiente ha tenido que ser para hacer una cosa así. Tal vez le habían hecho algún daño...» Furtivamente, molesta como si la estuvieran mirando, Dida hace la señal de la cruz por la muerta; no cuesta nada y algún día bueno será que alguien haga lo mismo por ella acompañándolo de una corta oración.

Dida se encoge aún más, como si quisiera que la viesen lo menos posible. Tan cerca, a dos pasos de allí, al otro lado de la plaza vacía donde únicamente se hallan los habituales policías que van por parejas... Sí, pero ya habrán tapado la sangre con arena. De todos modos la Muerte ha pasado por allí; no se lo ha llevado a Él, pero sí a esa mujer; tal vez ande buscando a alguien más. Cuando llega el momento, no hay nada que hacer... ¿Y por qué se empeñaría tanto aquel perro de cura, esta mañana, en decirle que resucitaría con el puño cerrado? Dida, que no sabe que el padre Cicca parafraseaba a Dante, mueve lentamente sus dedos sarmentosos que de todos modos no se abren nunca del todo. Pero ¿qué? Ella no es avara, sólo es pobre. El dinero hay que guardarlo para no ser una carga para los demás en tiempos de desgracia. Y es verdad que trata duramente a sus hijos, para no incitar a esos gandules al vicio, pero el padre Cicca no tiene derecho a llamarla «mujer sin corazón». Lo que él no sabe, afortunadamente, es que ayer al volver a casa encontró en la cocina al viejo Luca bebiendo su buen vino, llorando débilmente de alegría y enternecimiento ante el vaso. Con la ayuda de Tullia y de Maria, lo arrastró hasta la puerta; por la mañana, las tres mujeres lo llevaron de nuevo a la fuerza al Hospicio, encarnizándose con él como otras tantas abejas con un zángano medio muerto de frío. Dida hubiera escandalizado al pueblo tolerando a aquel bribón en su casa, pero ¿quién sabe? Tal vez el padre Cicca dijera que era un crimen echarlo de allí. Y como ella es frugal y se lo niega todo a sí misma, ese demonio de cura le reprocha el que no le quiera. El tiempo se arregla; incluso hay un poco de luna, pero todavía relucen unos relámpagos en la parte baja del cielo, al final de las calles, y esta vez la tormenta se halla por Ponte Porzio. Dida toca la bolsita de piel, disimulada por el vestido, que le cuelga del cuello como la glándula de una cabra, y piensa en Marinunzi y en su cuchillo. Puede que en aquel momento caiga el rayo en el invernadero, o bien que un merodeador se introduzca en él para prenderle fuego y creerán que ha sido el rayo. El día del Juicio Final, Dios quemará todas las malas hierbas.

Dida adelantó prudentemente la cabeza bajo su toquilla, como una tortuga, y miró la oscuridad de la noche. Los cines y cafés no eran ya más que casas negras. Aquellos charcos allá lejos, en los hoyos del pavimento, sólo eran agua caída del cielo. A dos pasos de Dida, una especie de pobre viejo y vergonzoso se arrastraba a lo largo de la pared, indiferente a las goteras que escupían sobre su esclavina. La farola, a la entrada del palacio Conti, iluminaba sus ojos grandes y pálidos, su barba rala, sus cabellos demasiado largos bajo el sombrero deformado. Parecía un Buen Dios pobre. No daba la impresión de ser peligroso aquel hombre; no era uno de esos malditos mendigos que roban e incendian; al contrario, en una noche como aquélla ver a alguien vivo le hacía a uno sentirse mejor. Los desgraciados que frecuentaba Dida eran unos bribones que no merecían ayuda, pero aquel desconocido era otra cosa. Iba a alejarse el mendigo tras haber echado a Dida la ojeada propia de un hombre para quien todos los rostros tienen un sonido, como las voces, y un sentido, como las palabras. Dida, confundiendo aquella mirada con un ruego, eligió a aquel miserable para darle su limosna, al igual que una mujer se entrega más fácilmente a un amante de paso porque sabe que aquella locura no se repetirá. Buscó en su delantal y sacó la moneda de diez liras que un cliente enamorado le había tirado negligentemente a la salida del cine; se la tendió con ostentación al indigente.

—Toma, viejo. Para ti.

El hombre, estupefacto, cogió la moneda, le dio la vuelta, se la metió por último en el bolsillo. Dida había temido durante un instante ver rechazada su ofrenda. El mendigo aceptaba: era una buena señal. «Diez liras —masculló—. Nadie puede decir que no es una buena limosna.» Y ya tranquila, comprobando que habían cesado los truenos, en paz con su conciencia y con los poderes invisibles, recogió sus cestas y fue a echar un sueñecillo en el patio del palacio Conti.

Clément Roux se quitó el sombrero de fieltro y se enjugó ampliamente la frente. Se hallaba empapado de lluvia, pero también de sudor. Una luna nítida invadía el cielo puro, nuevo, recién lavado por la tormenta. Reinaba una calma encantada en las calles vacías: brechas pálidas, corredores de sombra abrían en los célebres lugares aberturas a otro mundo; los monumentos adquirían una juventud o una vetustez sin edad; una grúa de acero al pie de un muro, con su bloque de piedra entre los dientes, recordaba a una antigua catapulta; cimientos de pilares, fragmentos de columnas esparcidos sobre las losas se asemejaban a los peones de una partida acabada, abandonados en un aparente desorden que, en realidad, escondía un orden ineluctable, olvidados allí por unos ganadores y unos perdedores que jamás volverían.

Dio la media de la medianoche; el corazón de Clément hacía su ruido de reloj enfermo. Jadeante, se apoyó en la balaustrada del Foro de Trajano, revuelto por recientes excavaciones. Sin sentir simpatía alguna por aquellos trabajos que, en beneficio de un pasado más antiguo, devastaban un pasado más cercano, se inclinó, miró vagamente aquel espacio situado a unos cuantos metros y a unos cuantos siglos más abajo del nuestro, como en el cementerio se mira una antigua tumba abierta, sin experimentar más impresión que el miedo a caer en ella. Sus ojos de presbita buscaban en vano las fulgurantes pupilas, los brincos ligeros de los gatos que, no hace mucho tiempo todavía, merodeaban en torno a los troncos de las columnas, disputándose los restos que tiraban los cocheros y los turistas ingleses, y ofreciendo a escala reducida la imagen de unas panteras jugando en la arena con huesos humanos. Asqueado, recordó que los habían suprimido antes de que empezaran los trabajos de desescombro. Su malestar aumentó, como si empeorase su angina de pecho con la asfixia de los animales. Según decían, sólo la gente del pueblo se había conmovido ante aquella matanza; un miedo supersticioso los había llevado a predecir la venganza de aquellas fierecillas salvajes; cuando la mujer del gobernador de Roma había muerto trágicamente unas semanas más tarde, se habían tranquilizado con aquella especie de expiación. Clément Roux pensaba como ellos. Ni el prejuicio inmemorial que atribuye la posesión de un alma únicamente a los miembros de la raza humana, ni ese grosero orgullo que convierte al hombre moderno —cada vez más— en el advenedizo de la naturaleza, habían conseguido persuadir nunca a Clément Roux de que un animal es menos digno que el hombre de la solicitud de Dios. Lo único que había retenido de sus lecciones de Historia de Roma, ¿no eran acaso algunas de las hermosas posturas de fiera de algunos emperadores? Aquellos mininos, víctimas de la higiene edilitaria, le interesaban tanto como un montón de Césares muertos.

«Esto ya no es tan hermoso —se dijo, tratando de distraer su pensamiento de la opresión que iba creciendo, alcanzando el límite en que se transforma poco a poco en sufrimiento—. Estas ruinas están demasiado limpias, tiradas a cordel... Demasiado destrozadas y demasiado reconstruidas... En mis tiempos, esas callejuelas que zigzagueaban en pleno pasado y os llevaban al monumento por sorpresa... Han sustituido todo aquello por unas bellas arterias para autobuses y, llegado el caso, para carros blindados... El París de Haussmann... El campo ferial de las ruinas, la Exposición Permanente de la Romanidad... *Laudator temporis acti*? No, es feo. Y además, de todos modos, demasiado cansado... Decididamente, este dolor...»

Interrumpe su pensamiento, se inmoviliza como un animal ante el peligro. Las tenazas cada vez aprietan más... ¿Qué ocurrirá esta vez?... Caer allí mismo... Hay que permanecer sereno, tratar de que aborte la crisis una vez más. Los tubos están en el bolsillo izquierdo.

El ruido leve que produce una ampolla al romperse. El nitrito de amilo se expandió por el aire. Con el ceño fruncido, Clément Roux inhalaba con cuidado aquel olor insípidamente acidulado que le despeja el pecho. De repente, oyó:

—¿No necesita nada?

—¿Vendedor de tarjetas postales?

Distraído del dolor que aún le quedaba, Clément se volvió con rabia hacia el caritativo transeúnte. La extremada belleza de Massimo, al ser inesperada, sorprendía igual que lo hubiera hecho una deformidad.

—No tema. Esta noche no vendo nada —dijo el joven con una sonrisa que se limitaba a una torsión de labios—. ¿Es el corazón, que no marcha bien?

Massimo sujetó al anciano y sentó casi a la fuerza en un banco a aquel cuerpo grande y cansado. El claro de luna, el paso reciente del peligro y aquel perfil tan puro inclinado en la sombra mantenían a Clément en un mundo en el que los gatos son panteras y en el que uno se asombra, por la noche, en plena Roma, de ser socorrido en francés.

—Estoy perdido —susurró el anciano.

Pero aquella afirmación era ya la de alguien que no tiene tanto miedo. El medicamento y la droga, todavía más poderosa, de la presencia humana habían vuelto a amortiguar su angustia: el ataque terminaba tan súbitamente como empezó, dejando tras él una fatiga que casi era euforia y el vago temor de una pronta repetición. El joven se apoyó en el muro bajo del campo de excavaciones. Instintivamente, por una antigua costumbre, Clément se fijó en el rostro abrumado de su compañero, en sus dedos que temblaban mientras trataba de encender un mechero. «Parece como si hubiera hecho alguna fechoría —pensó—. Da igual, es bueno sentirle cerca...» El joven fumaba con avidez. Clément Roux tendió la mano.

—No... Le sentaría mal.

—Es verdad —comentó el otro humildemente—. Pero ya estoy mejor... Indecentemente mejor, incluso, porque cada vez que esto ocurre y creo que voy a partir, es falso... Me preparo para nada... Harto de reventar, de no reventar... Cansado de todo... Tú no puedes comprender esto... ¿Qué edad tienes?

—Tengo veintidós años.

—Lo que yo pensaba. Yo tengo setenta.

«Veintidós años... No, diez siglos. Y hace un siglo que ella murió, y hace cinco siglos que Carlo... Muertos. Desaparecidos. Esa mujer a la que yo oía respirar a mi lado en la cama, esa mano en mi mano... Y él, con su aliento entrecortado, con su traje gris que llevamos juntos a un zurcidor de Viena para que se lo arreglase, con su pasión por la música alemana... Una suma escamoteada del total. INCONCEBIBLE. Ninguna de las explicaciones que dan... Este viejo que se repone de un ataque al corazón no sabe que él es para mí la tierra firme... Un ser vivo...»

—Y hará unos treinta años que no había vuelto a Roma. Ha cambiado para peor, como toda la tierra... ¡Oh!, supongo que un tipo joven como tú encuentra a esto una belleza muy distinta, que también echarás de menos dentro de treinta años. Pero esta noche, de todos modos, no he podido quedarme en sus salones del César Palace... Y a pie, solo, he ido...

—Como todo el mundo —asintió Massimo con voz temblorosa a pesar suyo—. A oír un discurso en la plaza Balbo.

—¡Eso crees! ¿Yo, ir a ver a un montón de personas chillando para aclamar a un hombre que aúlla? No me conoces, pequeño. No, pero las calles oscuras. Desiertas... Precisamente porque la multitud se ha derramado hacia una sola parte, como un cubo que vacían. Y la lluvia furiosa pegando en las fachadas... Y yo, debajo de un arco del Coliseo, fumando, muy tranquilo. Luego me he perdido un poco por estas calles tan cambiadas... Pero lo bueno es que no todo desaparece a la misma velocidad. Aún quedan algunos rincones, balcones, puertas, cosas que uno no recordaba porque no valían la pena y que, sin embargo, al verlas, uno reconoce... Y uno pone el pie sobre las losas un poco más despacio que antaño, ¿comprendes?, y siente mejor su desigualdad, su desgaste. ¿Te estoy aburriendo?

—No me aburre usted, señor Roux. Pienso en un pequeño lienzo que pintó en su juventud y que representa un rincón de Roma, un paisaje de ruinas muy humanas... Incluso después de todo lo que ha pintado desde entonces, sigue pareciéndome muy hermoso. O era ya muy hermoso.

«Pobre gran hombre —se dijo—, un poco de admiración le sentará bien.»

—¿Sabes quién soy?

—Es muy sencillo: vi el otro día su autorretrato en la Trienal de Arte Moderno.

«... Y me acostumbro —pensó—. Estoy ya tan habituado a la muerte de Carlo y de Marcella que me pongo a hablar de pintura. Además, le estoy adulando. En realidad, lo identifiqué por las fotografías de los periódicos.»

—Pues bien, conoces a un pobre diablo... Clément Roux, ¡no me digas!... —Un canturreo casi belga daba a cada frase la apariencia de un estribillo triste—. ¿Eres francés? No, ruso. Conozco el acento. Yo soy de Hazebrouck. Porque hay que ser de alguna parte... El retrato no está mal: tienes buen gusto... Ya no se hacen retratos porque los seres humanos importan un bledo. Y además porque es muy difícil. Fijarse en un rostro, descomponerlo, reconstruirlo, hacer la suma de una serie de instantáneas... No el tuyo: eres demasiado guapo. No vale la pena. Pero una jeta como la mía... ¿Tu paisaje de ruinas muy humanas, no? Qué suerte la tuya, tener veintidós años...

«Mi suerte —grita silenciosamente Massimo—, mi suerte... Buena es mi suerte. Yo soy el que no muere, el que mira, el que no entra del todo en el juego... El que trata de salvar o por el contrario... El Ángel de las últimas horas... Y la mirada de Marcella jamás la olvidaré... ¿Es culpa mía si me aman? Aquella hora robada al tiempo, al borde de todo... Y lo único que se me ocurrió fue emborracharme de palabras... Para ayudarla, para retenerla... Sea. Y sobre todo para disimularme a mí mismo que esas realidades no eran para mí... La verdadera traición no consistió en haber cedido al chantaje del régimen, en Viena, en aquel asunto de los pasaportes... Y menos aún en la visita forzada del otoño pasado a un personaje de opereta sentado ante su mesa de despacho con casilleros, en el palacio Vedoni... No: lo ilícito te gusta... No te defiendas: no conviertas la cosa en una broma lúgubre... Mi nombre figura en sus listas... Contaminado para siempre como por la sífilis o la lepra... Tendré que vivir cuarenta años aún con las manifestaciones secundarias de una infamia perdonada... Mañana volverá a convocarme el personaje de opereta; me harán preguntas a las que yo responderé una vez más lo contrario de la verdad. No son tan tontos... Tontos a medias... Me juzgarán incompetente o cómplice. Y como soy extranjero, me rogarán que abandone su hermosa Italia y que me largue a otra parte a estampillar mi pasaporte Nansen... Sigue mi asquerosa suerte... Todo se reducirá a pasar una temporada en casa de mi madre que es anticuario en Viena.»

—¿Qué te pasa? ¿Parece como si estuvieras llorando?

«No, no lloro —pensó salvajemente Massimo—. Ni siquiera tengo derecho a llorarlos.»

—Mataron a una mujer esta noche. Después del discurso. No fue un accidente. Fue un atentado.

—¿Dónde?

—No lejos de aquí. En la plazoleta de San Juan Mártir.

—Pobrecilla... —murmuró respetuosamente Clément Roux.

«He hecho mal en contarle esto —pensó inmediatamente Massimo—. Es demasiado viejo y su salud es muy mala para preocuparse por las desdichas ajenas.»

Pero el anciano se había levantado, ansioso súbitamente por continuar su camino. «Esta mejoría no durará mucho —se dijo—. Más vale que la aproveche para regresar a casa. Tengo que irme de aquí... y mañana, me marcharé de Roma.»

—¿Un taxi?

—No enseguida... Primero quisiera... Además, no hay ninguno.

«Y son caros —pensó—, a esta hora tardía. Si este muchacho algo sospechoso pero servicial consintiera en acompañarme... Llevo conmigo por lo menos otra ampolla. Después de todo, sin duda no es más que una falsa angina de pecho.»

—¿Está seguro de poder andar?

—Unos cuantos pasos. Incluso es bueno para mí. No estoy tan lejos... ¿Y si nos metiéramos por la plaza de los Santos Apóstoles?

Fueron por la plaza de los Santos Apóstoles. «Está orgulloso por conocer tan bien Roma todavía», pensó Massimo.

Al cabo de un instante, el viejo se detuvo.

—Esa mujer, ¿tú estabas allí?

—No —dijo Massimo—, no. ¡No —gritó—, no!

—¿Y él? ¿Salió ileso?

—Ileso —admitió amargamente Massimo—. Pretenden que faltó muy poco para que cayese.

—¡Vaya suerte endemoniada! —soltó admirativamente Clément Roux—. ¡Oh!, está claro que un día u otro no escapará... Son los riesgos del oficio. En mi juventud, había una canción de Bruant sobre no sé qué tipo del hampa que decía: *Reventó como un César*... Eso es: reventar como un César. Lo que estoy diciendo no es por quitarle mérito, todo lo contrario... Preciso es que alguien gobierne puesto que la mayoría de las personas son demasiado débiles para hacerlo. Y además, sabes, a mí la política... Añádele a eso que no soy de aquí... Con tal de que no nos traiga la guerra...

—Precisamente —dijo Massimo con apasionamiento—. Tampoco yo soy de aquí.

—Voy a explicarte lo que me recuerda tu dichosa política —dijo el viejo parando de andar para hablar, y de hablar para atravesar con precaución una calle vacía—. Tengo un amigo que es director de orquesta en la Scala y me ha contado que cuando necesitan ruidos de muchedumbre, una insurrección, gentes que vociferan en pro o en contra, mandan cantar a los bajos entre bastidores una sola palabra bien sonora: RUBARBARA. En coro... BARBARARU... BARARUBAR... RARUBARBA. Ya ves el efecto. Pues bien, la política de derechas o de izquierdas es RUBARBARA para mí, jovencito.

Massimo ajustaba su paso al paso cansino del anciano. Al levantar la vista advirtió que la calle por la que pasaban era la via dell'Umiltà. «Calle de la Humildad», repitió para sí.

—Señor Clément Roux —dijo con vacilación—, usted viviría la guerra del 14. ¿Cómo podía uno acostumbrarse a tener camaradas con quienes convivía, sabiendo que quizá dentro de una hora, inevitablemente...? Esa mujer, por ejemplo... En fin, formaba parte del mismo grupo... Era amiga de un amigo mío... «¿Te atreverías a decir de un amante? —piensa—. Aquello no significó mucho para mí. ¿Y para él? Fue una manera de romper con su ambiente. Una reacción contra su puritanismo de hombre de izquierda. Un retorno, ¿a qué momento de su juventud? Y si tuvo más importancia, fue en un terreno al que no llegan las palabras... Soy más sincero no diciéndolo que si lo digo.» Un amigo —prosiguió en voz alta—. Pero yo me había introducido cerca de él fraudulentamente... «Tampoco esto es verdad del todo —pensó desesperado al no lograr definir cosa alguna como es debido—. Desde aquella estancia en Kitzbühel, yo le había advertido... le había aconsejado que no volviera a Italia. No podía hacer más. Pero desde aquel momento, para él, la suerte estaba echada.» Un amigo muerto —prosiguió en voz alta, hablando, empero, menos para su compañero que para sí mismo—. Y a esa mujer, yo la seguí antes desde lejos, con prudencia... Fue a la puerta de un café, a una distancia respetuosa, como dicen, donde me enteré como por casualidad... ¡Oh, yo no estaba obligado a creer en la eficacia del tiranicidio!... Es igual —dijo volviendo la cabeza para ocultar sus lágrimas—. Ella debió despreciarme antes de morir.

«Qué cosas inventa», piensa el viejo un poco inquieto.

—Pues, hijo, yo ya no entiendo nada de tu historia —dijo—. En primer lugar, ¿de dónde sales? ¿El señor conspira? ¿No? Mejor... ¿Tienes familia? Apenas, ¿verdad? ¿Un domicilio?

—Hasta mañana por la mañana.

—Me lo figuraba... ¿Y en cuanto a profesión?

—Vendo pasaportes falsos —dijo Massimo con torcida sonrisa.

—¿Ah?... Entonces, hijo, no hay nada que hacer en cuanto a mí respecta... Aunque no tuviera ninguno en el bolsillo. Ya no tengo ganas de ir a ninguna parte... A menos que tengas alguno en buena y debida forma con el que pueda uno presentarse tranquilo en la casa de Dios.

—No diga eso —repuso gravemente Massimo.

Clément Roux se había parado, recostándose en un muro cuya parte más alta ostentaba una inscripción en letras de dos pies de altas, en la que aconsejaban a los ciudadanos de Roma que vivieran peligrosamente. «Esta calle —piensa—, nunca volveré a pasar por ella seguramente... Y esta ciudad de Roma... Mirar un poco en derredor... Tanto más cuanto que, a pesar de todo, es hermosa... Esas imperceptibles curvas de las fachadas que modelan el espacio... Y además, es de mejor efecto que pararse por culpa de la fatiga... Me encuentro bien, por lo demás... Asombrosamente bien... De todos modos, anda uno como si lo frenasen... Si algo me sucediera, este joven podría ir en busca de ayuda... A menos que... Las ultimísimas noticias de mañana: Clément Roux cae en la calle víctima de un ataque cardíaco y es desvalijado por... No; no parece mala persona; desgraciado, más bien, quizá algo mitómano. No obstante, si pasa un taxi, haré bien en hacerle una seña.»

«Si pasa un taxi, será más prudente que le haga subir en él —piensa Massimo con lasitud—. El último iba lleno.»

—Hablas de la guerra del 14 —prosigue el viejo reanudando la marcha—. Por aquella época, yo ya no tenía la edad requerida... Fue a mi hermano a quien mataron en Craonne. Pero han mentido tanto sobre todo esto que ni siquiera los que regresaron saben ya... Y no sólo la guerra: la vida... De ahí que cuando los periodistas italianos me piden que les cuente mis recuerdos... Mi madre, que deseaba que yo fuera sacerdote... Ya te la imaginas, a la señora de la granja, con un sombrero de felpa para ir a misa los domingos, en invierno... Y después, París, y el trabajo, y las habituales dificultades del artista que no sabe salir del paso. Y más tarde, la gloria... Sin razón, sólo porque ha cambiado el viento... Nunca me había percatado de que existen tantos vendedores de cuadros por el mundo, ni tanta gente que especule con los lienzos. La Bolsa, los traficantes en valores perdidos, ya sabes... Y los que me utilizaban para golpear a los ilustres de anteayer, para decir que Renoir no valía nada y que Manet pintaba frusilerías sin importancia... Y luego, el momento en que uno es tan conocido que ya no interesa a nadie: Clément Roux, clasificado. Y dentro de diez años largarán esos cuadros al desván, porque ya no estarán de moda; y dentro de cincuenta años volverán a colgarlos en los museos, incluso los falsos; y dentro de doscientos años dirán que no había ninguno que fuera realmente de Clément Roux, que eran de otro, y hasta de muchos otros. Y dentro de mil años ya no quedará más que diez centímetros de una tela tan estropeada que ya no se sabrá lo que es, el gran Clément Roux, la pieza única; repintada, y vuelta a barnizar, y decapada, y con un lienzo por detrás para protegerla, pieza que, además, puede ser falsa también... Mi gloria... ¿Por dónde iba yo?... Mis recuerdos. Mi mujer era una excelente mujer, la mejor de las mujeres... Buena ama de casa, ni celosa siquiera... Y bonita, para empezar, con el cuerpo más blanco que puede uno imaginarse: como la leche. Claro, tú la conoces, yo la pinté. Dos años de amor, un hijo con su gorguera blanca en unos cuadros de 1905 y que ahora vende automóviles; otro que murió... Y la bella que empieza a envejecer, que adelgaza, que se vuelve exigente (la señora bien, ya me entiendes) y con quien uno tiene tantas ganas de hacer el amor como con una catequista... Sí, también la pinté con ese aspecto, con un vestido gris. Y luego muerta... Qué cambio... Y uno se acostumbra... O se acostumbra a no acostumbrarse. Y tu compatriota, Sabine Bagration, a quien se le mete en la cabeza amarme y que me instala en su hotelito, en el Sur, y nuestras querellas, y cuando ella me amenaza con su revólver... Era una mujer amarillenta, delgada, interesante pero no hermosa. Una mujer que amaba la desgracia, igual que tú. Y tuvo su parte de desgracias: en su país, se las arregló para que la tirasen al pozo de una mina... Y luego, ¿qué más? En el fondo, no he vivido mucho. Es muy acaparadora, la pintura... Hay que madrugar... Acostarse temprano... No tengo recuerdos.

Pasó un segundo taxi que ni uno ni otro llamaron; cada cual seguía con sus pensamientos. La luna había tomado el aspecto maléfico que suele adoptar en horas tardías, cuando la gente no acostumbra estar fuera y cuando todo, en el cielo, ocupa un lugar diferente. Sus pasos retumbaban en la calle vacía.

«Y eso es todo lo que ha sacado de la vida este viejo chocho cubierto de gloria —piensa Massimo—. Evidentemente, ahí están sus obras de arte... ¿Y tú, qué serás tú a su edad? E incluso dentro de diez años... ¿Empleado de hotel? ¿Corresponsal de un periódico de la tarde?... ¿Ese Narciso envejecido que se mira en el cristal de los escaparates para ver si, por casualidad, le sale al paso una aventura?... ¿O el fanático que distribuye folletos sobre la llegada del Señor?... No te inquietes... Espera... Acepta incluso esa barrera de los sentidos: ella estaba más cerca de ti de lo que acaso llegue a estar ninguna otra mujer, pero tú no podías soportar el olor aceitoso y pimentado de sus cabellos... Acepta su muerte: tú también morirás algún día. Acepta incluso (no hay más remedio) el haber sido tocado por la infamia... Espera... Parte de lo que eres... En este momento, estás acompañando a su hotel a este pobre gran hombre con traje de pintorzuelo de los años 1900... ¿Por fidelidad a su juventud?... Tan convencional. Estos franceses...»

—Señor Roux —repite volviendo a la carga, tanto más libre que ya no espera del todo ser escuchado—, ese amigo muerto... Carlo Stevo...

—Sí, ya sé quién es Carlo Stevo —dice el pintor, distraído.

—Sé que no puede interesarle mucho —continúa Massimo con voz temblorosa—, pero, de todos modos, ocurre un poco como en el caso de sus recuerdos. Nadie comprende... Y llega tan pronto el olvido... ¡Oh!, hablan de Carlo Stevo; seguirán hablando de él todavía más, mañana, cuando se enteren de su muerte. Pero sin saber... Era un gran escritor, un hombre de talento al que fulminó la política, dirán aquellos que no le insulten... Tanto alboroto alrededor de una miserable carta que le sonsacaron, pero nadie, ni siquiera yo, se atreve a mirar de frente los malos tratos, la miseria corporal, el agotamiento, la duda quizá, en el momento antes de morir... No, nadie. Además, su carta era tan prudente que desacreditaba al régimen en el mismo instante en que parecía estar pidiendo indulgencia. Era sutil... Pero tampoco ellos comprenden que un moribundo acepte dar la impresión de que se echa para atrás, de que renuncia a aquello en que parecía creer, que quiera morir solo, incluso sin sus convicciones, completamente solo... Carlo Stevo y su valor de ir en todo hasta el final de sus fuerzas, hasta más allá de sus fuerzas... De sucumbir ignominiosamente, de ser ridículo... De hablar mal alemán, por ejemplo... Su capacidad de comprender, su incapacidad de despreciar... Ese maravilloso conocimiento de Beethoven: aquellas noches, cuando poníamos todos los discos de los últimos cuartetos en la habitación de la Spielgelgasse... Su alegría de hombre triste... ¿Y si yo hubiera sido el único en seguir, en compartir, en darle a alguien esa breve dicha que los que dicen amar dan tan pocas veces?... Y sus libros, de los que la gente habla pero que ya no lee... Finalmente, únicamente yo soy su testigo... Si él hubiera vivido, tal vez hubiera yo aprendido algo... TZARSTVO TEBE NEBESNOE —concluyó, pasando sin darse cuenta a la oración de los muertos en lengua eslava de iglesia.

—Todo eso... —dijo Clément Roux—. Todo eso...

Al volver una callejuela, se hallaron de repente ante una plaza pequeña que casi no era, toda ella, más que el pilón de una fuente enorme. Dioses de mármol presidían aquel inmenso fluir de agua; se iban formando torbellinos, remolinos o, por el contrario, pequeños charcos tranquilos, en los huecos de las rocas de piedra esculpida que el tiempo, la humedad y el desgaste habían transformado en rocas auténticas. Una locura barroca, un escenario de ópera mitológica, había terminado por convertirse en un gran monumento natural que mantenía, en medio de la ciudad, la presencia de la roca y del agua, más jóvenes y más viejas que la misma Roma.

—¡Dios, qué hermoso es esto! —dijo Clément Roux—. Ayúdame a bajar las escaleras... Resbala. Me gustaría sentarme un poco en el borde de la fuente.

Massimo permaneció de pie. «El agua que lava —pensó—, el agua que bebemos, el agua que adquiere y pierde todas las formas... El agua que quizá le negaron a un hombre con fiebre, en las islas Lipari...» Un recuerdo que casi había olvidado le vino a la memoria, impresionante de realismo, y se superpuso a la plaza, a la fuente, al hombre viejo sentado en el brocal. El agua de un río, la inmensa masa líquida por la que él bajó navegando con su madre y con sus compañeros, durante el peligroso viaje que tuvieron que realizar para evadirse de su país natal. Ve de nuevo las islas sumergidas por las crecidas de primavera, los cucos llamándose de una orilla a la otra, la impresión de estar viviendo una aventura ilimitada y novísima, su arrobamiento que contrastaba con el temor y el cansancio de los adultos. Dormían, por las noches, en granjas abandonadas, poniendo cuidado en tenderse al ras del suelo, encima de la paja. En ocasiones, pasaba por allí algún escuadrón de caballería; los hombres cantaban o, sin detenerse, distraídamente, por diversión, disparaban a los cristales enganchando el claro de luna. «Balas perdidas —piensa—. ¿Qué me hace pensar en esas balas perdidas?»

—Comprende —dijo el viejo—, yo no quisiera que creyeses... Existen cosas estupendas, de todos modos... Cosas que uno quisiera... Esta fuente, por ejemplo, yo tenía interés en verla de nuevo antes de marcharme, pero, en estas callejuelas, nunca está uno seguro de encontrar nada... Cosas tan hermosas que uno se extraña de que estén ahí. Pedazos, fragmentos... París todo gris, Roma dorada... La Columna, allá lejos, donde estábamos, ¿tú la viste, como un reloj de luna?... Y el Coliseo también está bien, el Coliseo, ¿no te parece?, como un pastel cocido y recocido, con la gruesa corteza de piedra toda rellena de gladiadores... Y luego, por todas partes, cualquier cosa, una cafetera o una catedral... Y rostros maravillosos como el tuyo... Y cuerpos...

Agacha la cabeza hincando la barbilla, se llena de agua el

hueco de la mano y contempla cómo escurre el agua por sus gruesos dedos; vuelve a decir:

—Cuerpos de mujeres... No tanto el de las modelos, con su desnudo a tanto por hora... Ni el desnudo insípido de las putas, ni el cuerpo desnudo en el teatro, tan maquillado que no se ve la piel... Ni el de las mujeres de mi tiempo, con las marcas del corsé por todas partes, ni el de las de hoy, con su faja* —como ellas dicen—, y alrededor de la cintura un abultamiento que parece carne de gallina... Ni tampoco se encuentra casi ningún pie perfecto, limpio y puro... Pero de cuando en cuando... La carne que se vislumbra por debajo del vestido, como un dulce secreto en este mundo tan duro... El cuerpo bajo el tejido... El alma bajo el cuerpo... El alma del cuerpo... Así fue como, hará mucho tiempo, en una playa, en un lugar desierto de Sicilia, una niña desnuda... De doce o trece años... Al rayar el día... Con una camisa que se quitó cuando me vio, por gusto, supongo. Inocente y no inocente... Puedes imaginártela, a la pequeña Venus saliendo de las aguas... Con las piernas algo más pálidas que el resto del cuerpo porque se veían a través del agua... ¡Oh, no pienses mal! Era demasiado joven y demasiado bella... Aunque después de todo, yo hubiera podido... Ni tampoco la pinté, porque los desnudos que se hacen de memoria... Pero la he puesto aquí y allá, por todas partes, en cierta manera de mostrar la luz jugando sobre un cuerpo. Son cosas que ayudan a la hora de morir.

Con sus manos torpes se subió el cuello de la esclavina, como si tuviera frío de repente.

—Me parece... Me parece que me estoy enfriando —tartamudeó.

—Hay que volver a casa, señor Clément Roux. Es más de la una de la madrugada.

---

* *Gaine* significa, en francés, «faja», pero también «funda». Hay, pues, un juego de palabras intraducible al castellano. *(N. de la T.)*

—Sí —dijo él—, comprendo. Señores, se cierra. Ya voy, pero no enseguida... No te impacientes... Primero hay que terminar el retrato de la baronesa Bernheim... Regreso a Francia. El doctor Sarte...

Massimo se estremeció. Clément se percató de ello sin darle importancia. Preocupado, prosiguió:

—... dice que este país no me sienta nada bien en esta época del año... Con los primeros calores... Espero que mi criado habrá atado mi baúl. El tren de las diez y cuarto. Pero primero...

Y apretando convulsivamente los dedos de Massimo, dijo en tono confidencial:

—Es duro tener que marcharse cuando se empieza a saber, cuando ya se ha aprendido... Y uno continúa pintando, añade formas a este mundo lleno de formas... A pesar del cansancio. Y yo he sido muy fuerte, ¿sabes?, como el obrero de la granja... E incluso hoy, los días en que me encuentro bien, me creo eterno. Sólo cuando la cosa flaquea hay ahora dentro de mí alguien que dice sí. Decirle sí a la muerte...

Su machaconería se transformaba en embriaguez. Sacó del bolsillo una moneda de diez liras y le dio vueltas en la palma de la mano.

—Durante el aguacero, como ya te dije, me había refugiado debajo de un arco. Me empapé, de todos modos... Una buena anciana debió tomarme por un mendigo. Me dio esto. ¿Es gracioso, no? ¡Oh, no hay duda, no estaba borracha! Tal vez fuese una restitución.

«Él es quien está borracho —piensa Massimo asqueado—. Borracho de cansancio. Esta grotesca, esta lamentable velada fúnebre...»

—Y dicen que los que se van de Roma, si arrojan aquí una moneda al agua —prosigue el viejo con su inagotable verborrea senil—, volverán algún día. Sí, pero yo, para lo que haría en esta ciudad, no me dan tentaciones de volver. Más bien de ver otra cosa, algo verdaderamente nuevo, con ojos lozanos, lavados, puros... Pero ¿qué otra cosa? ¿Quién la ha visto, la Ciudad Eterna? La vida, jovencito, quizá no empiece hasta el día siguiente a la Resurrección.

—Vamos, señor Clément, ¿viene usted?

—Sí —respondió el viejo.

Tiró la moneda torpemente, y ésta fue a caer a dos pasos de él, en el hueco de una rocalla.

—Más vale que me la hubiera dado usted a mí —dijo el joven con firmeza.

«Hay que acabar de una vez —piensa con desesperación—. No obstante, no puedo dejarlo plantado a orillas del agua.»

Esta vez, agarrándose al brazo de su compañero, Clément se puso de pie. Massimo lo sostenía. De repente, alzando hacia él sus ojos asustados, el anciano balbuceó:

—No me encuentro bien... Espera un minuto.

—Voy a buscarle un taxi —dijo Massimo asustado, volviendo a sentar al enfermo en el bordillo de la fuente—. La plaza Colonna está a dos pasos de aquí...

—No me dejes solo —protestó el viejo.

Pero ya estaba solo. Se vio obligado a permanecer sentado, atento a un dolor que parecía ramificarse, extenderse, coger todo el tercio de su brazo izquierdo. Controlando su terror, Clément mira en torno suyo la plaza vacía. Aparte de un obrero que trabaja en la calzada para reparar con urgencia una fuga de agua, no hay nadie. El hotelito que conoce Clément Roux y que se halla frente a la fuente, está cerrado a estas horas, con las puertas y ventanas completamente oscuras. Sabe, además, que no podría dar esos pocos pasos, ni volver a atravesar Roma. Trata en vano de eructar para aliviarse. El agua y la roca, tan maravillosos hace un momento, ya no son sino sustancias insensibles que no pueden acudir en su ayuda. La música del agua es sólo un ruido que impediría que le oyesen, en el caso de que tuviera las fuerzas suficientes para pedir socorro.

Luego, las tenazas van aflojándose poco a poco. Misteriosamente, desde el fondo de su cuerpo, el anuncio de una prórroga le es significado una vez más. «Tampoco será esta noche, seguramente», piensa. Y resignado, agachando la cabeza, espera a que su dolor se aleje del todo o que, por el contrario, vuelva y se lo lleve.

No esperó mucho tiempo. Al cabo de un minuto, un automóvil casi silencioso se acercó, siguiendo la curva de la acera. Massimo iba sentado al lado del chófer. Saltó al suelo, ayudó al anciano a levantarse y casi tuvo que llevarlo en brazos hasta el coche.

—Al César Palace, ¿verdad?

Clément Roux hizo seña de que así era.

—Al César Palace —repitió Massimo al chófer.

Evitando las reparaciones del Servicio de Aguas, el coche dio un instante marcha atrás antes de adentrarse por la calle de la Stamperia. En el espacio de un segundo, la luz de los faros golpeó al joven en plena cara, mientras éste permanecía junto a la acera, atacando las facciones que, de repente, parecían menos puras, revelando la dudosa blancura de su ropa, las arrugas de su chaqueta. Súbitamente, preso de una inquietud que ya no tenía nada de misterioso, Clément palpó su cartera: aún estaba allí. Inmediatamente, le atenazó la angustia, como si se encontrara ante algo inexplicable. Farfulló:

—Debería haberle preguntado su nombre.

Dio unos golpecitos en el cristal para que el chófer diera media vuelta. El hombre no le oyó. Ya no se veía el rostro blanco enmarcado en la ventanilla.

Agotado, Clément Roux se arrellanó en su rincón, con los ojos cerrados, abandonando ya Roma pero satisfecho de que el desconocido lo hubiera dejado en manos del chófer, quien, a su vez, lo dejaría en las del portero de un hotel, atrapado de nuevo por la tranquilizadora rutina de las realidades pequeñas.

Era de noche en las llanuras, en las colinas, era de noche en la ciudad, en las islas y en el mar. Una inundación de noche cubría la mitad del mundo. Era de noche en el puente de segunda clase del barco de Palermo donde Paolo Farina, dejando caer su cartera de cuero, mezclaba sus ronquidos con los murmullos del mar de Sicilia. Roma, anestesiada de noche, parecía situada a orillas del Leteo. César dormía, olvidándose de que era César. Se despertó, recuperó conciencia de su personalidad y de su gloria, miró la hora y exultó de haber mostrado, en el incidente de la víspera, la sangre fría que corresponde tener a un hombre de Estado. «Ardeati, de soltera Ardeati», piensa rumiando el nombre que había mandado deletrear unas horas atrás, «la hija del viejo Giacomo...», y a desmesurada distancia, ve dibujarse en su memoria el piso de Cesena, una discusión sobre los méritos recíprocos de Marx y de Engels, el café que la mujer de Ardeati le servía por entonces, cuando el café era para él un producto escaso. «Lo mejor que había en ellos, yo lo amalgamé en mi programa —se dice—. Aquellos charlatanes jamás habrían sabido gobernar un pueblo.» Y se da la vuelta sobre la almohada, con el alma en paz, seguro de obtener en todo la aprobación de la gente de orden.

Giulio Lovisi no duerme: está haciendo sus cuentas, apoyado en el cabezal, interrumpido en ocasiones por los susurros de Giuseppa y de Vanna, quienes, del otro lado del tabique, discuten enfebrecidas, sin acabar nunca, sobre las probabilidades de retorno inmediato de un Carlo que hubiera sentado la cabeza, que pensara como todo el mundo y que se hubiera reconciliado con los buenos principios y con el gran hombre. Las dos mujeres permanecen a oscuras, por miedo a despertar a la niña, pero ésta no duerme. La inválida adivina la excitación de las personas mayores, se irrita al verse excluida, pide una limonada para llamar la atención. Alessandro tampoco duerme. Lo han retenido en la Permanencia del Partido, está pálido y descompuesto debido al cansancio, pero es muy dueño de sí; le explica a un importante personaje lo que él conoce sobre las actividades de su mujer en estos últimos meses, es decir, casi nada. Un guardián de noche servicial les trae vasos de agua a estos señores.

Don Ruggero dormía en su Asilo y sus sueños no se distinguían para nada de aquellos que sueñan las personas cuerdas. Lina Chiari se acostaba con su cáncer; soñaba con Massimo, quien no soñaba con ella. Los muertos dormían pero nadie sabía lo que soñaban. En un aposento del César Palace, Clément Roux descansa tras el largo paseo, tendido en medio de una naturaleza muerta hecha de maletas abiertas de par en par, de zapatos tirados al azar, de chalecos de franela colgados en los brazos de algunos sillones. Se encuentra mejor; duerme con avidez, igual que se come; su viejo cuerpo abandonado no es sino una masa de carne gris y de pelos grises. En la estancia contigua, una lamparilla eléctrica, semejante a un grueso gusano de luz que se hubiera introducido por la ventana entornada, ilumina suavemente a una durmiente; una noche de lujo tapiza la estancia donde duerme Angiola, entre las sábanas de Angiola Fidès. Su rostro sin maquillaje, tranquilo, recubierto aquí y allá por sus cabellos que se mueven, posee la misma inocente belleza que sus senos y sus brazos desnudos. En el cuarto de baño, las rosas de Alessandro yacen en un barreño, junto a un charco de agua. Miss Jones, falta de recursos, ha perdido el tren por no haber querido salir del Cine Mondo antes de que terminase la película; duerme mal en una sórdida habitación alquilada, a dos pasos de la estación. Dida dormita como una gallina entre sus dos cestas, en el patio del palacio Conti; su Tullia y su Maria, espalda contra espalda, tapadas con una manta raída y limpia, aprovechan el poco tiempo de sueño que les queda antes de bajar al campo y al invernadero; Ilario se pregunta sin gran inquietud qué habrá sido de la vieja.

Hacia las dos de la madrugada, Massimo ha comido un sándwich y ha tomado un café solo en un bar que hay por el barrio de la estación, justo antes de que lo cerrasen. De regreso a casa, en su piso alquilado de la calle San Nicolo da Tolentino, duerme medio vestido, tendido de través en la cama, como una estatua de joven dios, aunque tibia y con respiración. De repente, el muchacho se despierta, vacila al borde de la inconsciencia, se tapa bruscamente la cara con el codo, como golpeado por algún recuerdo. Se levanta, empuja bajo la cama de una patada la maleta que había sacado en medio de la habitación ya que, en fin, no se trata de dar la impresión de que piensa huir. Mas en su interior se dispone a marcharse. Delante del armario abierto no puede por menos de pensar que ha sido una suerte haberse hecho un traje en Duetti antes de abandonar Roma. Avergonzado por este pensamiento como si fuera una fantasía obscena, se acerca a la falsa chimenea en cuya repisa se hallan colocados sus libros. Un Chestoy, un Berdiaeff, el volumen de una traducción alemana de Kierkegaard, *Alcoholes* de Apollinaire, *Das Stundebuch* de Rilke y dos de las obras de Carlo Stevo. «No puedo llevarme nada de esto», piensa. Luego, arrepintiéndose, sopesa los dos volúmenes de su amigo, escoge el más delgado, lo mete entre los objetos destinados a ser introducidos en la maleta y, fulminado por el sueño, vuelve a dormirse sentado a la mesa y con la cabeza entre las manos.

En los museos de Roma la noche invade las salas donde se encuentran las obras maestras: *La Furia dormida*, *El hermafrodita*, *La Venus Anadiomene*, *El gladiador moribundo*, bloques de mármol sometidos a las grandes leyes generales que rigen el equilibrio, el peso, la densidad, la dilatación y la contracción de las piedras, ignorantes para siempre de que unos artesanos, muertos hace milenios, moldearon su superficie a la imagen de unas criaturas de otro reino. Las ruinas de los monumentos antiguos se integran a la noche, fragmentos privilegiados del pasado, bien resguardados detrás de su reja, con la silla vacía del portero junto al torniquete de la entrada. En la Trineal de Arte Moderno, los cuadros ya no son más que rectángulos de tela montados sobre unos chasis, embadurnados de manera desigual por una capa de colores que, en este momento, es toda negra. En su madriguera cerrada por barrotes, en las cuestas del Capitolio, la loba aúlla a la noche; protegida por los hombres pero inquieta por tener que soportar su proximidad, ignorando que es un símbolo, se estremece al oír la vibración de los escasos camiones que pasan al pie de la colina. Es la hora en que, dentro de los establos lindantes al matadero, los animales que mañana acabarán en los platos y en las alcantarillas de Roma mascan un bocado de paja y apoyan su hocico adormilado y suave en el cuello de su compañero de cautiverio. Es la hora en que, en los hospitales, los enfermos que padecen insomnio esperan con impaciencia a que pase la enfermera de noche; es el momento en que las mujeres de vida alegre se dicen que pronto podrán irse a dormir. En las imprentas de los periódicos, las rotativas dan vueltas y producen, para los lectores mañaneros, una versión arreglada de los incidentes ocurridos el día anterior; noticias verdaderas y falsas crepitan en unos receptores; raíles relucientes dibujan en la noche la figura de los viajes.

A lo largo de las calles, de arriba abajo dentro de las casas oscuras, se apilan los durmientes al igual que los muertos en los flancos de las catacumbas; duermen los esposos llevando en sus cuerpos sudorosos y cálidos a los vivos del futuro, a los rebeldes, a los resignados, a los violentos y a los hábiles, a los santos, a los tontos y a los mártires. Una noche vegetal, repleta de savias y hálitos, se pliega y estremece en los pinos del Pincio y de Villa Borghese, restos de los inmensos jardines patricios de antaño destruidos por la especulación que hace estragos en las ciudades. El cantar de las fuentes se eleva más puro y agudo en la noche silenciosa; y en la plaza de Trevi, mientras fluía el agua negra al pie del Neptuno de piedra, Oreste Marinunzi, el obrero del Servicio de Aguas, una vez reparada la avería, saltó rápidamente la barandilla de la fuente, introdujo ambas manos en la cavidad de una roca, rascó al azar y sacó de allí unas cuantas monedas de las que tiran al agua los imbéciles.

Estaba un poco desilusionado: su pesca no era muy abundante. La moneda más importante era sólo de diez liras. Como para creer que los turistas extranjeros venían menos numerosos o con menos dinero. Durante un instante, pensó en llamar a sus camaradas de equipo para invitarles a una ronda, pero lo recolectado no era nada del otro jueves y no justificaba aquella munificencia; además, estaban ya muy lejos y más valía que no se enterase mucha gente del asunto aquel de la fuente. Con aquel dinero habría todo lo más para comprar una corbata para el bautizo, o una o dos botellas de Asti para beber en familia a la salud de la recién parida. Suponiendo, no obstante, que todo fuera bien. Oreste Marinunzi profirió en su interior algo que se parecía a una oración a las divinidades del parto. A decir verdad, ni Attilia ni él necesitaban aquel cuarto hijo pero, cuando los hijos llegan, ¿qué se le va a hacer? Hacia las ocho, Oreste había dejado tras de sí, en el Trastevere, los dos cuartos de su casa en completo desorden, con los barreños de agua, el caldo y el café que habían calentado las vecinas, con los cirios benditos alumbrando a la Madona, y a unas mujeres agitadas y parlanchinas, y a Attilia, chorreando sudor, despeinada y muy pálida. No era de esas ocasiones en que un hombre desea volver a casa.

Indiferente al bajo del pantalón que llevaba empapado, se encaminó con paso seguro de parroquiano habitual hacia una tabernilla que había junto a la estación, donde los amigos del tabernero podían beber en paz durante toda la noche

sin que nadie hablase de cerrar. No es que fuera un mal marido, al contrario: le parecía incluso más decente dejar que las
mujeres se las arreglaran entre ellas. Una vez franqueada la
puerta que, en su interior, se hallaba provista de una cortina
de cuentas ya que pronto llegaría el verano, Oreste advirtió
que no era el viejo tabernero quien dormitaba aquella noche
en el mostrador, sino su sobrino, que siempre acababa por
buscar camorra. La sala estaba vacía, salvo un grupo de peones camineros a quienes no conocía y dos alemanes con las
rodillas al aire y macutos entre las piernas. Oreste les dio la
espalda porque no le gustaba que los extranjeros lo mirasen
de arriba abajo. Pidió una botella de vino de Genzano y se
dispuso a beber como buen entendido, con finura.

El vino no era de los mejores, pero se podía beber. La
primera botella le devolvió la confianza: el parto de Attilia
sería fácil porque había luna llena. Él, Oreste, no creía en su-
persticiones de mujeres pero resultaba grato recordarlas en
aquellos momentos. De creer a la vidente, el cuarto hijo sería
un chico igual que los demás; es más cómodo de educar que
las chicas; sirve a su país y puede, algún día, llegar a ser figura
en los periódicos deportivos. Miró a su alrededor: la pared se
hallaba adornada con una fotografía del dictador, sostenida
por tres chinchetas, y un cartel con una hermosa muchacha
de Amalfi recogiendo naranjas en su delantal. Oreste levantó
el vaso a la salud del jefe del Estado; en su juventud, pagaba
con regularidad su cuota a un partido socialista: igual podía
haberse bebido aquel dinero. Ahora, como padre de familia
que era, se hallaba del lado del partido del orden; sabía honrar como es debido a un verdadero hombre grande, a un
hombre que hablaba alto, que le daba cien vueltas a los extranjeros, un hombre gracias al cual el país tendría su importancia en la próxima guerra. Los niños eran necesarios para
hacer un gran pueblo.

La segunda botella era mejor que la primera. Se duplicó
súbitamente la distancia entre él y la habitación donde chilla-

ba Attilia entre las manos de las vecinas. Attilia era una mujer hermosa, es cierto, tan guapa en su estilo como la chica de las naranjas, pero las mujeres hermosas abundan. Precisamente, una linda rubia acababa de entrar con una maleta; se sentó, recostándose contra la pared, en la silla de al lado de la puerta, a la manera de una mujer que siente algo de miedo por estar allí sola. La cortina de cuentas se le enredó en los pálidos cabellos; dando un gritito, los desenredó. Oreste se levantó galantemente con intención de ayudarla. Miss Jones, asustada, apartó la vista de aquel hombre borracho. Su tren barato, sin suplemento de velocidad, no saldría hasta primera hora de la mañana. Se había levantado demasiado temprano, preocupada por unos ruidos que provenían de la habitación contigua; la sala de espera de la estación hubiera sido un refugio pero, a esta hora indebida, vacilaba en atravesar la calle con su maleta.

Miss Jones abandonaba sin tristeza aquel país adonde la habían empujado todos los poetas y novelistas de Inglaterra. En Sicilia, había tenido que pelear con sirvientas indolentes, comidas insólitas, grifos sin agua, y el horror de ver cómo hábiles cazadores mataban con su escopeta a los pajaritos, bajo los floridos almendros de Gemara. Roma había perdido su encanto debido a la angustiosa espera de un cheque, a la vejación que, en una tienda del Corso, le había infligido aquella mujer que no era una señora, y a las miradas de deseo de los hombres cuyas indirectas le parecían, a esta frágil y pequeña ninfa, a la vez un insulto y un peligro. Esperaba que Gladys —su amiga de antaño— consentiría de nuevo en compartir con ella su sofá cama, en su apartamento de Londres, y en que sabría encontrarle un puesto de secretaria. Aspiraba al pan tostado de por las mañanas, al té de por las tardes, a las entradas baratas para ver operetas de moda, a las confidencias sentimentales de Gladys, a sus mimos tranquilizadores en los que había algo de amistad y algo de tierno amor. Y mientras miraba el reloj cada cinco minutos, miss Jones soñaba con el cielo gris, igual que de aquí a unos meses echaría amargamente de menos el cielo azul.

Oreste volvió a sentarse, lo que, por lo demás, era más prudente. La bella inglesa no era tan joven como había creído. «No son mujeres de verdad», gruñó. Attilia, por contraste, recobró todo su valor; no era culpa suya si su vieja era tan tacaña y jamás se le había ocurrido darles algún billete para terminar de pagar el armario de luna o desempeñar la vajilla del Monte de Piedad. Él, al casarse, había creído introducirse en una familia que tenía dinero, pero ese astuto de Ilario terminaría por heredarlo todo; la Dida no le dejaría a Attilia ni con qué comprarse un traje de luto. Una delicada tristeza emanaba del fondo de la segunda botella. No lo estimaban en su justo valor: porque un día en que estaba bebido se le ocurrió decir que resultaría agradable cortarle el cuello a su suegra, le llamaban asesino, a él, a Oreste Marinunzi que no era capaz ni de sangrar un ternero. Y el ladino de Ilario se aprovechaba de ello para despedirle sin invitarle siquiera a una copa, cuando iba a Ponte Porzio. Voluptuosamente, se imaginó que estrangulaba a la vieja, inventó detalles precisos, saboreó todo el deleite que encontraría al apoderarse ante sus ojos de la bolsita de piel donde guardaba el peculio que debiera estar en manos de Attilia y de sus hijos. Pero estos actos de justicia sólo conducen a la cárcel, ya que los jueces no entienden cuán desdichados hemos sido primero por culpa de aquellos a quienes hemos matado. Suspiró, encerró la escena en el cajón de los sueños, junto a aquella en que le cantaba las cuarenta al director del Servicio de Aguas, que no le había aumentado el sueldo, a Attilia, que le acusaba de ser un borracho, y al carnicero del barrio, que rondaba alrededor de Attilia. Y para consolar a ese Oreste a quien todo el mundo faltaba al respeto, pidió ron con su tercera botella.

Inmediatamente se produjo una modificación semejante a un cambio de velocidad en el ritmo de su embriaguez. Ya no se trataba de beber por beber, sino de llegar a un momento supremo, como con una mujer, de alcanzar un estado sublime en el que Oreste Marinunzi ya no contase para nada. Un resplandor de él sólo percibido lo recubrió como un manto de púrpura; racimos de uvas silvestres se enredaron en sus mechones de pelo. El primer trago hizo de él un heredero universal de la tía Dida y el propietario de Ponte Porzio; se mudarían al campo, él, Attilia y los cuatro niños; Tullia, Maria y ese ladino de Ilario habían desaparecido súbitamente, eliminados del universo por un acto de voluntad divina; precariamente en equilibrio sobre tres pies de silla, Oreste Marinunzi se embriagó en paz debajo de un cenador. Ya podían estropearse todas las cañerías de Roma que él no iba a molestarse... Feliz como un rico, se volvió bueno: Ilario y su basura de hermanas podrían ocupar la chabola que había al fondo del jardín. Deseó buena suerte a los peones camineros, a los alemanes, a la inglesa que, después de todo, no estaba tan mal; el sobrino del tabernero que, en aquel momento, proyectaba largarlo fuera, le pareció de repente un amigo, un verdadero amigo, en el que se podía confiar tanto y más que en un hermano. El tercer trago lo hizo poderoso; creyó necesario levantarse para pronunciar un gran discurso, como el del día anterior, y Oreste Marinunzi, después de haber duplicado los salarios, bajado el precio de los víveres, ganado una guerra y logrado para siempre una buena situación, volvió a sentarse tan dichoso como un rey o, más bien, como un dictador.

Al cuarto lingotazo le vinieron a la mente unas ideas que no solía tener; pensó; miró el calendario que celebraba las virtudes de una marca de aperitivos amargos y se preguntó qué significaban el día, el mes y el año; le parecieron muy graciosas las primeras moscas de la temporada pegadas en su trampa de papel engomado y esforzándose débilmente por liberarse antes de morir; contento de haber retenido tan bien las lecciones del colegio, se dijo que, en resumidas cuentas, así es, cabeza abajo, como andan los hombres sobre esta gruesa bola que da vueltas. Precisamente, todo daba vueltas: un vals majestuoso arrebataba las paredes, el calendario que anunciaba los aperitivos amargos, el cartel de las naranjas, el retrato del jefe del Estado y su propia mano que trataba, sin conseguirlo, de estabilizar una botella. Un lingotazo más y sus ojos se cerraron, como si la noche, pese a todo, valiera más que el espectáculo de una taberna; el respaldo de la silla perdió su punto de apoyo en la pared; rodó por el suelo sin darse cuenta de que se caía y se sintió tan feliz como un muerto.

EL TIRO DE GRACIA

Eran las cinco de la madrugada, estaba lloviendo y Eric von Lhomond, a quien habían herido frente a Zaragoza y asistido a bordo de un buque hospital italiano, esperaba al tren que lo devolvería a Alemania en la cantina de la estación de Pisa. Era un hombre apuesto, pese a haber cumplido ya los cuarenta años y parecía petrificado en una especie de dura juventud. Eric von Lhomond había heredado de sus antepasados franceses, de su madre báltica y de su padre prusiano, su estrecho perfil, sus pálidos ojos azules, su elevada estatura y la arrogancia de sus escasas sonrisas, así como la manera de saludar dando un taconazo, cosa que ahora le impedía la fractura de su pie envuelto en vendas. Llegaba la hora incierta en que las personas sensibles se confían, los criminales confiesan y hasta los más silenciosos luchan contra el sueño ayudados por historias y recuerdos. Eric von Lhomond, que siempre había permanecido con obstinación al lado derecho de las barricadas, pertenecía a ese tipo de hombres demasiado jóvenes en 1914 para haber hecho otra cosa que no fuera rozar superficialmente el peligro, y a quienes los desórdenes de la Europa de posguerra, la inquietud personal, la incapacidad de satisfacerse y resignarse a un mismo tiempo, transformaron en soldados ocasionales al servicio de todas las causas a medio perder o a medio ganar. Había participado en los diversos movimientos que dieron lugar, en Europa central, al advenimiento de Hitler; se le había visto en el Chaco y en Manchuria y, antes de servir a las órdenes de Franco, había ostentado el mando de uno de los cuerpos de voluntarios que participaban en la lucha antibolchevique de Curlandia. Su pie herido, envuelto en vendajes como un niño en sus pañales, reposaba de lado sobre una silla y, mientras hablaba, jugueteaba distraídamente con la pulsera, pasada de moda, de un enorme reloj de oro, de tan mal gusto que no había más remedio que admirar su valor por atreverse a llevarlo puesto en la muñeca. De cuando en cuando, con un tic que hacía estremecerse cada vez a sus dos camaradas, golpeaba la mesa, no con el puño, sino con la palma de su mano derecha, recargada con una pesada sortija que ostentaba un blasón, y el tintineo de los vasos despertaba sin cesar al muchacho italiano, mofletudo y con el pelo rizado, que dormía detrás del mostrador. Tuvo que interrumpir su relato varias veces para reprender ásperamente, con voz agria, a un viejo cochero tuerto que, chorreando agua como si fuera un canalón, se le acercaba cada cuarto de hora para proponerle intempestivamente dar un paseo hacia la Torre inclinada; uno de los dos hombres aprovechaba esta distracción para pedir otro café solo; se oía el chasquido de una pitillera y el alemán, súbitamente abrumado y agotadas sus fuerzas, suspendiendo un instante la interminable confesión que, en el fondo, sólo se hacía a sí mismo, encorvaba la espalda para inclinarse sobre su mechero.

Dice una balada alemana que los muertos van deprisa, pero los vivos también. Yo mismo, a quince años de distancia, no recuerdo muy bien lo que fueron aquellos embrollados episodios de la lucha antibolchevique en Livonia y en Curlandia, todo aquel rincón de guerra civil con sus súbitos accesos y sus complicaciones solapadas, semejantes a las de un fuego mal apagado o a una enfermedad de la piel. Además, cada región posee una guerra muy suya: es un producto local, como el centeno y las patatas. Los diez meses más intensos de mi vida transcurrieron al mando de unos cuantos hombres, en aquel distrito perdido cuyos nombres rusos, letones o germánicos nada significaban para los lectores de periódicos en Europa o en otros lugares. Bosques de abedules, lagos, campos de remolachas, ciudades pequeñas y sórdidas, pueblos piojosos donde nuestros hombres, de cuando en cuando, encontraban la oportunidad de sangrar algún cerdo, viejas moradas señoriales saqueadas por dentro y arañadas por fuera con marcas de balas que habían acabado con el propietario y su familia, usureros judíos divididos cruelmente entre el deseo de hacer fortuna y el miedo a las bayonetas;

ejércitos que se dispersaban y transformaban en pandillas de aventureros, en las cuales había más oficiales que soldados, con su acostumbrado personal de iluminados maníacos, de jugadores y de gente decente, de buenos muchachos y de embrutecidos y alcohólicos. En lo referente a crueldad, los verdugos rojos, letones altamente especializados, habían puesto a punto un arte-de-hacer-sufrir que hacía honor a las grandes tradiciones mongólicas. El suplicio de la mano china lo reservaban especialmente a los oficiales, a causa de sus legendarios guantes blancos que, por lo demás, no eran sino un recuerdo en el estado de miseria y de humillación aceptada en que todos vivíamos. Digamos únicamente —para dar una idea de los refinamientos a los que puede llegar el furor humano— que el paciente era abofeteado con la piel de su propia mano desollada viva. Podría mencionar otros detalles aún más espantosos, pero los relatos de esta clase oscilan entre el sadismo y la necedad. Los más crueles ejemplos de ferocidad no sirven más que para endurecer en el oyente unas cuantas fibras suplementarias y como el corazón humano ya tiene, poco más o menos, la blandura de una piedra, no creo necesario trabajar en ese sentido. No es que nuestros hombres se quedaran cortos en invenciones, pero en lo que a mí concierne, me contentaba, por lo general, con la muerte sin frases. La crueldad es un lujo para ociosos, como las drogas y las camisas de seda. En lo que se refiere al amor, soy también partidario de la perfección simple.

Además, y cualesquiera que sean los peligros a los que ha elegido hacer frente, un aventurero (en lo que yo me he convertido) a menudo experimenta una especie de incapacidad para comprometerse a fondo con el odio. Tal vez esté generalizando este caso personal de impotencia: de todos los hombres que conozco, yo soy el menos indicado para buscarme excitantes ideológicos a los sentimientos de rencor o de amor que puedan inspirarme mis semejantes; y no he consentido arriesgarme sino por causas en las que no creía. Los bolcheviques me inspiraban una hostilidad de casta, natural en una época en que todavía no existía una confusión tan grande como ahora, ni se habían mezclado las cartas mediante trucos tan hábiles. Pero el infortunio de los rusos blancos no despertaba en mí sino una flaca solicitud y la suerte de Europa nunca me impidió dormir. Preso en el engranaje báltico, me contentaba con representar en él, siempre que podía, el papel de la rueda de metal y, con la menor frecuencia posible, el del dedo aplastado. ¿Qué otra cosa podía hacer un muchacho cuyo padre había caído en Verdun, dejándole por única herencia una cruz de hierro —título que todo lo más servía para casarse con una americana—, un montón de deudas y una madre medio loca que pasaba la vida leyendo los evangelios búdicos y los poemas de Rabindranath Tagore? Conrad, al menos, representaba en esa existencia sin cesar desviada, un punto fijo, un nudo, un corazón. Era báltico con sangre rusa; yo era prusiano con sangre báltica y francesa, así que ambos cabalgábamos sobre dos nacionalidades vecinas. Yo había reconocido en él esa facultad, a un mismo tiempo reprimida y cultivada en mí, de no asirse a nada, de probarlo y despreciarlo todo. Pero basta ya de explicaciones psicológicas de lo que no era sino entendimiento espontáneo de los espíritus, de los caracteres y de los cuerpos, comprendido ese pedazo de carne inexplicable al que habrá que llamar corazón, y que latía en ambos con un admirable sincronismo, aunque algo más débilmente en su pecho que en el mío. Su padre, que simpatizaba con los alemanes, había reventado de tifus en un campo de concentración de los alrededores de Dresde, en el cual se pudrían unos cuantos millares de prisioneros rusos entre la melancolía y la miseria. El mío, orgulloso de nuestro nombre y origen francés, fue muerto de un hachazo que le abrió la cabeza en una trinchera de Argonne, por un soldado negro al servicio de Francia. Tantos malentendidos debían asquearme, en lo sucesivo y para siempre, de cualquier otra convicción que no fuera personal. En 1915, la guerra e incluso el duelo se nos presentaban únicamente bajo el aspecto de largas vacaciones. Escapábamos a los deberes, a los exámenes, a todas las preocupaciones de la adolescencia. Kratovicé se hallaba situado en la frontera, en una especie de callejón sin salida en donde las simpatías y las relaciones familiares obliteraban a veces los pasaportes, por aquella época en que empezaban ya a relajarse las disciplinas de guerra. Debido a su viudedad prusiana, mi madre, pese a ser báltica y prima de los condes de Reval, no hubiera sido readmitida por las autoridades rusas, pero éstas cerraron durante mucho tiempo los ojos ante la presencia de un niño de dieciséis años. Mi juventud me servía de salvoconducto para vivir con Conrad en aquella propiedad perdida, confiado a los cuidados de su tía, una solterona poco más o menos idiota, que representaba la parte rusa de la familia, así como a los del criado Michel, cuyos instintos eran los de un excelente perro guardián. Recuerdo los baños al amanecer en el agua dulce de los lagos y en el agua salada de los estuarios; y las huellas idénticas de nuestros pies en la arena, prestamente destruidas por la profunda succión del mar; recuerdo asimismo las siestas en el heno, discutiendo problemas del tiempo mientras mascábamos tabaco o briznas de hierba con indiferencia, seguros de hacer mucho mejor las cosas que nuestros mayores y sin percatarnos de que estábamos destinados a catástrofes y locuras diferentes. A mi memoria acuden partidas de patinaje, tardes de invierno en que jugábamos a ese curioso juego del Ángel, que consiste en tirarse en la nieve agitando los brazos, de tal modo que en el suelo quedan huellas de alas; y las gratas noches de pesado sueño, en el cuarto de honor de las granjas letonas, tapados con el mejor edredón de plumas que tenían las campesinas, a un mismo tiempo enternecidas y asustadas, en aquellos tiempos de restricciones alimenticias, por nuestros apetitos de dieciséis años.

Ni siquiera faltaban mujeres en aquel Edén septentrional aislado en plena guerra: Conrad se habría enganchado de buen grado a sus enaguas de colores, de no haber yo tratado con desprecio aquellos caprichos, pues él era de esas personas escrupulosas y delicadas a quienes el desprecio hiere profundamente, y que dudan de sus más caras predilecciones en cuanto las ridiculizan una querida o un amigo. En lo moral, la diferencia existente entre Conrad y yo era absoluta y sutil, como la del mármol y el alabastro. La languidez de Conrad era cosa de la edad: tenía una de esas naturalezas que adquieren y conservan todos los pliegues con la suavidad acariciadora de un bonito terciopelo. Era fácil imaginarle, a los treinta años, convertido en un señor rural embrutecido, corriendo detrás de las muchachas o de los gañanes de la granja; o en un joven oficial de la Guardia, elegante, tímido y buen jinete; o en un dócil funcionario bajo el régimen ruso; o también —contribuyendo a ello la terminación de la guerra— como poeta tras las huellas de T. S. Eliot o de Jean Cocteau, en los bares de Berlín. Las diferencias entre nosotros sólo existían en cuanto a lo moral, pues nuestro físico era muy parecido: ambos éramos iguales, esbeltos, duros, flexibles, con el mismo tono tostado en la piel y el mismo color de ojos. Los cabellos de Conrad eran de un rubio más pálido, pero eso no tiene importancia. En el campo, la gente nos tomaba por hermanos, lo que arreglaba bien las cosas cuando nos hallábamos en presencia de quienes no eran comprensivos con las amistades ardientes; cuando ambos protestábamos, movidos por una pasión de verdad literal, consentían, todo lo más, en rebajar un poco ese parentesco tan verosímil y nos colocaban la etiqueta de primos hermanos. Si, en ocasiones, se me ocurre perder una noche —que hubiera podido consagrar al sueño, al placer o, simplemente, a la soledad— hablando en la terraza de un café con intelectuales desesperados, siempre les sorprendo afirmándoles que yo he conocido la dicha, la verdadera, la auténtica, la moneda de oro inalterable que uno puede trocar por un puñado de céntimos o por un fajo de marcos de los de después de la guerra, pero que no deja por ello de ser semejante a sí misma, y a la que no afecta ninguna devaluación. El recuerdo de un semejante estado de cosas cura de la filosofía alemana; ayuda a simplificar la vida y puede hacer también todo lo contrario. Y si aquella felicidad emanaba de Conrad o de mi juventud, lo mismo me da, puesto que mi juventud y Conrad murieron al mismo tiempo. La dureza de la época y el horrible tic que desfiguraba el rostro de la tía Prascovie no impedían, pues, que Kratovicé fuera una suerte de gran paraíso tranquilo, sin prohibiciones y sin serpientes. En cuanto a la chica, siempre iba mal peinada, descuidada, se atracaba de libros que le prestaba un joven estudiante de Riga y despreciaba a los hombres.

Llegó la época, sin embargo, en que tuve que pasar subrepticiamente la frontera para ir a Alemania con objeto de alistarme, bajo pena de faltar a lo más limpio que había en mí. Mi entrenamiento se hizo bajo el mando de unos sargentos debilitados por el hambre y los retortijones de vientre, que sólo pensaban en coleccionar cartillas de pan, rodeado de camaradas entre los cuales había algunos que eran agradables y que ya preludiaban el gran jaleo de la posguerra. Dos meses más y me hubieran destinado a tapar una brecha abierta en nuestras filas por la artillería aliada, con lo cual quizá estuviese yo ahora apaciblemente amalgamado con la tierra francesa, con los vinos de Francia y con las moras que recogen los niños franceses. Pero llegaba justo a tiempo para asistir a la total derrota de nuestros ejércitos y a la fracasada victoria de los de enfrente. Comenzaban los hermosos tiempos del armisticio, de la revolución y de la inflación. Yo estaba arruinado, como es natural, y compartía con sesenta millones de hombres una falta total de porvenir. Era la época apropiada para morder el anzuelo sentimental de una doctrina de derechas o de izquierdas, pero yo jamás pude tragarme aquella miseria de palabras. Ya he dicho que únicamente los determinantes humanos tienen poder sobre mí, con la más entera ausencia de pretextos: mis decisiones siempre fueron tal rostro o tal cuerpo. La caldera rusa, que se preparaba a estallar, extendía por Europa una humareda de ideas que pasaban por nuevas; Kratovicé daba refugio a un Estado Mayor del ejército rojo; las comunicaciones entre Alemania y los países bálticos se hacían precarias y Conrad, además, pertenecía a esa clase de tipos que no escriben. Me creía un adulto: era mi única ilusión de muchacho y, en cualquier caso, si se me comparaba con los adolescentes y con la vieja loca de Kratovicé, no hay duda de que yo representaba la experiencia y la edad madura. Despertaba en mí un sentido muy familiar de las responsabilidades hasta el punto de envolver en ese mismo deseo de protección a la muchacha joven y a la tía.

A pesar de sus preferencias pacifistas, mi madre dio su aprobación a mi alistamiento en el cuerpo de voluntarios del general barón Von Wirtz, que participaba en la lucha antibolchevique en Estonia y en Curlandia. La pobre mujer poseía en aquel país unas propiedades amenazadas por las repercusiones de la revolución bolchevique y sus rentas —cada vez menos seguras— constituían su única garantía contra un destino de planchadora o de doncella en un hotel. Y una vez dicho esto, no es menos cierto que el comunismo en el Este y la inflación en Alemania llegaban a punto para permitirle disimular ante sus amigas que estábamos arruinados mucho antes de que el Káiser, Rusia o Francia arrastraran Europa a la guerra. Más valía pasar por víctima de una catástrofe que por la viuda de un hombre que se había dejado embaucar en París por las mujeres, y en Montecarlo, por los *croupiers*.

Yo tenía amigos en Curlandia; conocía el país, hablaba la lengua e incluso algunos dialectos locales. A pesar de todos mis esfuerzos por llegar lo antes posible a Kratovicé, tardé, no obstante, tres meses en franquear los aproximadamente cien kilómetros que lo separaban de Riga. Tres meses de verano húmedo y algodonoso de nieblas, invadido por el zumbido de las ofertas que hacían los mercaderes judíos, procedentes de Nueva York, para comprar en buenas condiciones las joyas de los emigrantes rusos. Tres meses de disciplina aún estricta, de cotilleos de Estado Mayor, de operaciones militares sin consecuencias, de humo de tabaco y de inquietud sorda y lancinante como un dolor de muelas. A principios de la décima semana, pálido y encantado como Orestes desde el primer verso de una tragedia de Racine, vi reaparecer a un Conrad bien ataviado con un uniforme que debía de haberle costado a la tía uno de sus últimos diamantes, y con una pequeña cicatriz en los labios que le daba el aspecto de estar masticando distraídamente violetas. Había conservado una inocencia de niño, una dulzura de mujer y esa bravura de sonámbulo que antaño demostraba al montar encima de un toro o de una ola; pasaba las veladas componiendo malos versos a la manera de Rilke. A la primera ojeada, me di cuenta de que su vida se había detenido en mi ausencia; me fue más duro tener que admitir, a pesar de las apariencias, que lo mismo me sucedía a mí. Lejos de Conrad, había vivido como quien viaja. Todo en él me inspiraba una confianza absoluta, que jamás he podido depositar después en otra persona. A su lado, el espíritu y el cuerpo sólo podían estar en reposo, sosegados por tanta sencillez y franqueza. Era el compañero de guerra ideal, del mismo modo que había sido el ideal compañero de infancia. La amistad es, ante todo, certidumbre, y eso es lo que la distingue del amor. Es también respeto y aceptación total del otro ser. Mi amigo me devolvió hasta el último céntimo de las sumas de estimación y confianza que yo había suscrito a su nombre, y me lo probó con su muerte. Los dones diversos que poseía Conrad le hubieran permitido mejor que a mí salir bien parado en condiciones menos desoladoras que la revolución y la guerra; sus versos habrían gustado; su belleza también; le hubiera sido fácil triunfar en París cerca de las mujeres que protegen a los artistas, o perderse por Berlín en los ambientes que participan del arte. Yo me había embarcado únicamente por él en aquel embrollo báltico, cuando todas las probabilidades de triunfo se hallaban del lado siniestro; pronto quedó claro que él permanecía allí sólo por mí. Por él me enteré de que Kratovicé había sufrido una ocupación roja de corta duración y singularmente inofensiva, gracias quizá a la presencia del joven judío Grigori Loew, ahora disfrazado de teniente del ejército bolchevique y que antaño —cuando era dependiente de una librería en Riga— aconsejaba a Sophie en sus lecturas. De entonces acá, la mansión —que había sido recuperada por nuestras tropas— seguía situada en plena zona de combates, expuesta a las sorpresas y ataques de las ametralladoras. Durante la última alarma, las mujeres se habían refugiado en el sótano y Sonia —tenían el mal gusto de llamarla así— había insistido para salir, con un valor cercano a la locura, con el fin de dar un paseo a su perro.

La presencia de nuestras tropas en la mansión me inquietaba casi tanto como la ceremonia de los Rojos, y debía drenar fatalmente los últimos recursos de mi amigo. Yo empezaba a conocer las interioridades de la guerra civil en un ejército en disolución: los más listos se constituirían evidentemente unos cuarteles de invierno en aquellas localidades que ofreciesen el incentivo de una buena provisión de vinos y de mujeres poco más o menos intacta. No era la guerra ni la revolución, sino sus salvadores, quienes arruinaban al país. Esto me preocupaba poco, pero Kratovicé sí que me importaba. Alegué que mis conocimientos de topografía y de los recursos del distrito podían ser aprovechados. Después de tergiversaciones sin fin, acabaron por percatarse de lo que saltaba a la vista y conseguí, gracias a la complicidad de unos y a la inteligencia de otros, que me dieran la orden de reorganizar las brigadas de voluntarios en la sección sudoeste del país. Lastimoso cargo, del que tomamos posesión Conrad y yo, en un estado más lastimoso aún, cubiertos de barro hasta los huesos e irreconocibles, hasta tal punto que los perros de Kratovicé —adonde no llegamos hasta el final de una de las más cerradas noches oscuras— se pusieron a ladrarnos. Para demostrar, sin duda, mis conocimientos topográficos, habíamos estado pateando el barro por los pantanos hasta el amanecer, justo a dos pasos de los puestos rojos más avanzados. Nuestros hermanos de armas se levantaron de la mesa —cuando llegamos, aún estaban sentados a ella— y nos hicieron endosarnos generosamente dos batas que habían pertenecido a Conrad en tiempos mejores, y que hallamos enriquecidas con manchas y agujeros producidos por la ceniza de los cigarros. Tantas emociones habían empeorado el tic de la tía Prascovie: sus muecas hubieran conseguido hacer huir en desorden a todo un ejército enemigo. En cuanto a Sophie, había perdido ya la hinchazón de la adolescencia; estaba muy guapa; la moda del pelo corto le sentaba muy bien. En su rostro malhumorado se marcaba un pliegue amargo en la comisura de los labios; ya no leía, pero se pasaba las tardes hurgando furiosamente el fuego del salón, con unos suspiros de aburrimiento dignos de una heroína de Ibsen a quien todo asquea.

Pero anticipo las cosas, y más valdría que describiera con exactitud el momento de nuestro retorno; aquella puerta que abrió Michel ataviado en forma ridícula, con una librea encima de su pantalón de soldado y un farol, de los que se utilizan en las cuadras, colgando de la mano, en aquel vestíbulo donde ya no encendían las arañas de cristal. Las paredes de mármol blanco seguían teniendo ese aspecto glacial que recordaba a una decoración mural de estilo Luis XV, que hubieran tallado en la misma nieve, en una vivienda esquimal. ¿Cómo olvidar la expresión de dulzura enternecida y de asco profundo en el rostro de Conrad al volver a aquella casa, justo lo bastante intacta como para sentir como un ultraje cada pequeño deterioro, desde la gran estrella irregular producida por un disparo en el espejo de la escalera de honor hasta las huellas de los dedos en el picaporte de las puertas? Las dos mujeres vivían casi encerradas entre las cuatro paredes de un gabinete, en el primer piso; el claro sonido de la voz de Conrad las hizo aventurarse hasta el umbral; arriba de la escalera vi asomar una cabeza despeinada y rubia. Sophie se dejó resbalar por el pasamanos, seguida del perro, que ladraba tras sus talones. Se arrojó al cuello de su hermano y luego al mío, con saltos y risas de alegría.

—¿Eres tú? ¿Es usted?

—¡Presente! —dijo Conrad—. No lo creas, ¡es el príncipe de Trébizonde!

Y enlazó a su hermana, dando con ella una vuelta de vals en el recibidor. En cuanto su pareja la soltó, para precipitarse con las manos tendidas hacia un camarada, Sophie se detuvo delante de mí, con las mejillas enrojecidas como después de un baile.

—¡Eric! ¡Cuánto ha cambiado!

—¿No es verdad? Estoy des-co-no-ci-do.

—No —contestó ella meneando la cabeza.

—¡A la salud del hermano pródigo! —exclamó el joven Franz von Aland, de pie en el umbral del comedor, con una copa de aguardiente en la mano y corriendo detrás de la joven—. ¡Vamos, Sophie, sólo un sorbito!

—¿Me está tomando el pelo? —dijo la adolescente haciendo una mueca burlona y, abalanzándose bruscamente, pasó por debajo del brazo tendido del joven oficial y desapareció por el resquicio de la puerta entornada de una cristalera que llevaba al *office*. Gritó—: ¡Voy a decir que les preparen algo de comer!

Entretanto, la tía Prascovie, acodada a la baranda del primer piso y embadurnada dulcemente la cara con sus lágrimas, daba gracias a todos los santos ortodoxos por haber escuchado sus plegarias por nosotros, y hacía gorgoritos, como si fuese una vieja tórtola enferma. Su cuarto, que hedía a cera y a muerto, estaba atiborrado de iconos ennegrecidos por el humo de los cirios. Había uno de ellos, muy antiguo, cuyos párpados de plata habían contenido, en tiempos, dos esmeraldas. Durante la breve ocupación bolchevique, un soldado había hecho saltar las piedras preciosas y ahora la tía Prascovie rezaba ante aquella protectora ciega. Al cabo de un instante, Michel subió del sótano con una fuente de pescado ahumado. Conrad llamó en vano a su hermana y Franz von Aland nos aseguró encogiéndose de hombros que no volveríamos a verla en toda la velada. Cenamos sin ella.

La volví a ver al día siguiente en la habitación de su hermano; siempre hallaba el modo de eclipsarse con una flexibilidad de gata joven y aún salvaje. Sin embargo, con la primera emoción de nuestra llegada, me había besado en los labios y yo no podía evitar cierta melancolía al pensar que aquél era el primer beso que me había dado una mujer joven, y que mi padre no me había dado hermanas. En la medida de lo posible, quedaba claro que aceptaba a Sophie como tal. La vida del caserón seguía su curso en los intervalos de la guerra, reducido su personal a una vieja criada y al jardinero Michel, con la molesta presencia de unos cuantos oficiales rusos evadidos de Kronstadt, como si fueran los invitados de una aburrida cacería que no terminase nunca. En dos o tres ocasiones, nos despertaron unos disparos lejanos y, durante aquellas noches interminables, matamos el tiempo jugando los tres a las cartas con un muerto; a ese muerto hipotético del *bridge* casi siempre podíamos darle un nombre, un apellido: el de uno de nuestros hombres caído recientemente al alcanzarle una bala enemiga. El desabrimiento de Sophie se iba derritiendo por momentos, sin arrebatarle nada de su encanto asustadizo y hosco, como el de esos países que conservan una aspereza invernal cuando ha vuelto la primavera. La luz prudente y concentrada de una lámpara transformaba en resplandor la palidez de su rostro y de sus manos, Sophie tenía mi edad, lo que hubiera debido informarme, pero a pesar de la plenitud de su cuerpo, lo que sobre todo me chocaba en ella era su aspecto de adolescente herida. Era evidente que, con sólo dos años de guerra, no bastaba para que se hubiera modificado hasta tal punto cada rasgo de su rostro en el sentido de la obcecación y de lo trágico. Bien era verdad que, a la edad en que las muchachas frecuentan los bailes de sociedad, ella había padecido los horrores del tiroteo, de los relatos de violaciones y torturas, hambre en ocasiones, angustia siempre; había presenciado el asesinato de sus primos de Riga, fusilados por una escuadra roja detrás de la tapia de su casa, y el esfuerzo que había tenido que hacer para acostumbrarse a unos espectáculos tan diferentes de sus sueños de niña hubiera bastado para abrirle dolorosamente los ojos. Pero, o me equivoco mucho, o Sophie no era cariñosa; sólo tenía un corazón de una infinita generosidad; a menudo se confunden los síntomas de estas dos enfermedades tan parecidas. Yo me percataba de que algo le había sucedido, algo aún más esencial que la conmoción de su país y del mundo, y empezaba por fin a comprender lo que debieron ser para ella aquellos meses de promiscuidad con unos hombres enloquecidos por el alcohol y la continua sobreexcitación del peligro. Unos brutos que, unos años atrás, hubieran sido para ella parejas de baile, le habían enseñado harto deprisa la realidad escondida por debajo de las palabras de amor. Cuántos golpes a la puerta de su cuarto de adolescente, cuántos brazos rodeándole la cintura, de los que había tenido que librarse violentamente, corriendo el riesgo de arrugar al pobre vestido ya desgastado, y los senos jóvenes... Yo tenía ante mí a una niña ultrajada por la sospecha incluso del deseo, y toda esa parte de mi ser que me diferencia de los banales aventureros, para quienes son buenas todas las ocasiones de engañar a una mujer, no podía sino aprobar plenamente la desesperación de Sonia. Finalmente, una mañana, en el parque donde Michel arrancaba unas patatas, me enteré del secreto que ya todos conocían y que nuestros camaradas, empero, tuvieron la elegancia de silenciar hasta el final, de suerte que Conrad jamás se enteró. Sophie había sido violada por un sargento lituano, más tarde herido y evacuado a las últimas filas. El hombre estaba borracho y al día siguiente se había arrodillado en la espaciosa sala delante de treinta personas, lloriqueando y pidiendo perdón; y esta escena debió de ser para la niña todavía más repugnante que el amargo cuarto de hora de la víspera. Durante semanas enteras, la adolescente había vivido con aquel recuerdo y con la fobia de un posible embarazo. Por muy grande que llegara a ser más tarde mi intimidad con Sophie, nunca tuve el valor de referirme a aquella desgracia: era entre nosotros un tema siempre eludido y siempre presente.

Y, sin embargo, cosa extraña, aquel relato me acercó a ella. Perfectamente inocente o perfectamente bien guardada, Sophie no me hubiera inspirado más que sentimientos de vago aburrimiento y de molestia secreta, como las hijas de las amigas que mi madre tenía en Berlín; mancillada, su experiencia se asemejaba a la mía y el episodio del sargento equilibraba de forma extraña para mí el único y odioso recuerdo que yo tenía de una casa de mujeres en Bruselas. Después, distraída por padecimientos aún peores, pareció olvidar por completo aquel incidente al que daba vueltas y más vueltas mi pensamiento, y esa distracción tan profunda acaso constituya la única disculpa a los tormentos que yo le causé. Mi presencia y la de su hermano le devolvían poco a poco su rango de ama de casa en Kratovicé, que antes había perdido hasta el punto de no ser allí sino una prisionera asustada. Consintió en presidir las comidas con una especie de orgullo enternecedor; los oficiales le besaban la mano. Por un corto espacio de tiempo, sus ojos recobraron el cándido brillo que no era sino el resplandor de un alma de reina. Más tarde, aquellos ojos que todo lo decían se enturbiaron de nuevo y no volví a verlos brillar con su admirable limpidez más que una vez, en unas circunstancias cuyo recuerdo aún tengo muy presente.

¿Por qué se enamorarán las mujeres precisamente de los hombres que no les son destinados, sin dejarles más opción que la de cambiar su naturaleza o aborrecerlas? Al día siguiente de mi regreso a Kratovicé, los subidos rubores de Sophie, sus desapariciones repentinas, aquella mirada a hurtadillas que tan mal correspondía a su rectitud, me hicieron suponer una turbación muy natural en una muchacha atraída por un recién llegado. Más tarde, ya enterado de su desventura, aprendí a interpretar más correctamente aquellos síntomas de humillación mortal que se producían también en presencia de su hermano. Pero seguí contentándome durante mucho tiempo con aquella explicación —que fue exacta en un principio— cuando ya todo Kratovicé hablaba con ternura y alegría de la pasión que Sophie sentía por mí, aunque yo seguía creyendo en el mito de la jovencita asustada. Tardé en percatarme de que aquellas mejillas, tan pronto pálidas como muy sonrosadas, aquel rostro y aquellas manos temblorosos y dominados al mismo tiempo, y aquellos silencios, y aquel flujo de palabras precipitadas, significaban algo distinto de la vergüenza e incluso más que el deseo. No soy fatuo, lo cual es bastante fácil para un hombre que desprecia a las mujeres y que, como para confirmarse en la opinión que tiene de ellas, ha elegido frecuentar únicamente a las peores. Todo me predisponía a engañarme sobre Sophie, tanto más cuanto que su voz dulce y ruda al mismo tiempo, su pelo corto, sus blusas y sus zapatones siempre llenos de barro hacían de ella a mis ojos el hermano de su hermano. Me engañé y luego reconocí mi error, hasta el día en que por fin descubrí en ese mismo error la única parte de verdad sustancial que he probado en mi vida. Entretanto y para acabar de arreglarlo, Sophie me inspiraba la fácil camaradería que un hombre siente por los muchachos cuando no los ama. Esta postura tan falsa era tanto más peligrosa cuanto que Sophie, nacida la misma semana que yo, no era menor sino mayor que yo en desgracias. A partir de cierto momento, ella fue quien llevó el juego; y jugó muy fuerte, pues le iba en ello la vida. Además, mi atención se hallaba forzosamente dividida, y la suya entera. Yo tenía a Conrad, y la guerra y unas cuantas ambiciones que surgieron después. No pasó mucho tiempo sin que para ella ya no hubiera más que yo, como si toda la humanidad de nuestro alrededor se hubiese transformado en accesorios de tragedia. Ayudaba a la criada en los trabajos de la cocina y del corral para que yo pudiera comer cuanto quisiera y, cuando tuvo amantes, sólo fue para exasperarme. Yo estaba fatalmente destinado a perder —aunque no para alegría suya— y tuve que acudir a toda mi inercia para resistir al peso de un ser que se abandonaba por entero por la pendiente.

Al revés de la mayoría de los hombres algo reflexivos, no acostumbro ni a despreciarme a mí mismo ni a sentir amor propio: demasiado me doy cuenta de que cada acto es completo, necesario e inevitable, aunque imprevisto en el minuto que antecede al mismo y superado al minuto siguiente. Atrapado en una serie de decisiones todas definitivas, al igual que un animal en la trampa, no había tenido tiempo de ser un problema a mis propios ojos. Pero si la adolescencia es una época de inadaptación al orden natural de las cosas, forzoso será reconocer que yo había permanecido más adolescente, más inadaptado de lo que creía, pues el descubrimiento de aquel simple amor de Sophie provocó en mí tal estupor que llegó a convertirse en escándalo. En las circunstancias en que me encontraba, sorprenderse significaba estar en peligro y estar en peligro era saltar. Yo hubiera debido aborrecer a Sophie; nunca se dio ella cuenta del mérito que por mi parte había en no hacerlo así. Pero todo enamorado a quien desprecian conserva el beneficio de un chantaje bastante bajo sobre nuestro orgullo: la complacencia que uno siente por sí mismo y el asombro al verse apreciado como siempre esperó serlo conspiran a este resultado y uno acaba resignándose a desempeñar el papel de un Dios. Debo decir también que la infatuación de Sophie era menos insensata de lo que parece;

después de tantos sinsabores, encontraba por fin a un hombre perteneciente a su medio y a su infancia, y todas las novelas que había leído entre los doce y los dieciocho años le enseñaban que la amistad por el hermano termina siendo amor a la hermana. Esta oscura suposición del instinto era acertada, puesto que no se le podía reprochar el no tener en cuenta una singularidad imprevisible. De cuna noble, bien parecido, lo bastante joven para autorizar cualquier esperanza, yo estaba hecho para reunir en mí todas las aspiraciones de una niña hasta el momento secuestrada entre unos cuantos brutos despreciables y el más seductor de los hermanos, pero al que la naturaleza no parecía haber dotado de ninguna veleidad para el incesto. Y para que ni siquiera el incesto faltase al cuadro, la magia de los recuerdos me transformaba en una suerte de hermano mayor. Imposible no jugar cuando se tienen todas las cartas en la mano: lo único que podía yo hacer era dejar pasar mi turno, pero también eso es jugar. Pronto se estableció, entre Sophie y yo, una intimidad de víctima a verdugo. La crueldad no provenía de mí; las circunstancias se encargaban de ponerla; aunque no es seguro que yo no encontrase cierto placer en ello. La ceguera de los hermanos se parece a la de los maridos, pues Conrad no sospechaba nada. Él era una de esas naturalezas amasadas con sueños que, gracias al más feliz de los instintos, descuidan el lado irritante y falseado de la realidad, y recaen con todo su peso sobre la evidencia de las noches, sobre la sencillez de los días. Seguro de un corazón fraterno cuyos lugares recónditos no necesitaba explorar, dormía, leía, arriesgaba su vida, asumía la permanencia telegráfica y garabateaba unos versos que seguían siendo el insulso reflejo de un alma encantadora. Durante semanas enteras, Sophie pasó por todas las angustias de las enamoradas que se creen incomprendidas y se exasperan por ello; luego, irritada por lo que ella creía mi necedad, se hartó de una situación que sólo place a las imaginaciones románticas —y ella no era más romántica de lo que puede serlo un cuchillo—; me hizo unas confesiones que ella suponía completas y que eran sublimes en cuanto a sobreentendidos.

—¡Qué bien se está aquí! —decía instalándose en una de las cabañas del parque, durante uno de los breves momentos en que estábamos solos, procurándonos esta ocasión con las artimañas que, de ordinario, son propias de los amantes. Y esparcía a su alrededor las cenizas de su pipa corta de campesina.

—Sí, se está bien —repetí yo, embriagado por aquella ternura reciente como por la introducción de un nuevo tema musical en mi vida, y acaricié torpemente aquellos brazos prietos que veía ante mí, apoyados en la mesa del jardín, de la misma manera que acariciaría a un hermoso perro o a un caballo que me hubieran regalado.

—¿Tienes confianza en mí?

—El día no es más puro que el fondo de su corazón, querida amiga.

—Eric —y apoyaba pesadamente la barbilla en sus manos cruzadas—, prefiero decirle enseguida que me he enamorado de usted... Cuando quiera, ya sabe... ¿Comprende? E incluso aunque no sea serio...

—Con usted, las cosas son siempre serias, Sophie.

—No —dijo ella—. No me cree.

Y echando hacia atrás la cabeza con desenfado, en un ademán de desafío que resultaba más dulce que todas las caricias, prosiguió:

—No se figure que soy así de buena con todo el mundo.

Ambos éramos demasiado jóvenes para ser del todo sencillos, pero había en Sophie una rectitud desconcertante que multiplicaba las posibilidades de error. Una mesa de pino que olía a resina me separaba de aquella criatura que se me ofrecía sin rodeos, y yo continuaba dibujando a tinta china, en un mapa de Estado Mayor raído, una línea de puntos cada vez menos firmes. Como si quisiera evitar hasta la sospecha de buscar complicidad en mí, Sophie había elegido su vestido más viejo, llevaba la cara lavada, ambos nos sentábamos en sendos taburetes de madera y Michel no andaba muy lejos de allí, cortando troncos de leña en el patio. En aquel instante en que ella creía llegar al colmo del impudor, su ingenuidad hubiera encantado a cualquier madre. Un candor semejante, por lo demás, superaba en cuanto a eficacia a la mayor de las astucias: si yo hubiese amado a Sophie, hubiera sido un certero golpe por parte de un ser en quien yo veía lo contrario de una mujer. Me batí en retirada alegando los primeros pretextos que se me ocurrieron y encontrándole, por vez primera, un sabor innoble a la verdad. Entendámonos: lo que de innoble tenía la verdad era, precisamente, que me obligaba a mentirle a Sonia. A partir de aquel momento, lo más juicioso hubiera sido esquivar la presencia de la muchacha pero, además de que no resultaba muy fácil huir uno del otro en nuestra vida de asediados, pronto fui incapaz de pasarme sin ese alcohol con el que estaba resuelto a no emborracharme. Admito que una complacencia tal para consigo mismo merece unas cuantas patadas, pero el amor de Sophie me había inspirado mis primeras dudas sobre la legitimidad de mis ideas sobre la vida: su completo don de sí me reafirmaba, por el contrario, en mi dignidad o mi vanidad de hombre. Lo cómico de la cosa era que Sophie me había amado precisamente por mi frialdad y mi repulsa: me hubiera rechazado horrorizada si, en nuestros primeros encuentros, hubiese advertido en mis ojos esa luz que deseaba ahora, muriéndose por no verla. Por una interiorización sobre sí misma, siempre fácil para las naturalezas honradas, se creyó perdida por la audacia de su propia confesión: era no darse cuenta de que el orgullo posee su propio agradecimiento, como la carne. Saltando de un extremo a otro, tomó la decisión de reprimirse, de la misma manera que una mujer de antaño apretaba heroicamente los cordones de su corsé. A partir de entonces, ya no vi ante mí más que un rostro de músculos tensos, que se crispaba para no temblar. Alcanzaba de golpe la belleza de los acróbatas y de los mártires. La niña se había subido por su propio impulso a la plataforma estrecha del amor sin esperanzas, sin reservas y sin preguntas; era seguro que no podría mantenerse en ella mucho tiempo. Nada me conmueve tanto como el valor, un sacrificio tan total merecía por mi parte la más entera confianza. Ella nunca creyó que yo se la hubiera otorgado, sin imaginarse hasta dónde puede llegar mi desconfianza respecto a otras personas. A pesar de las apariencias, no me arrepiento de haberme entregado a Sophie tanto como era en mí posible hacerlo: a la primera ojeada, ya había reconocido en ella un temperamento inalterable, con el que se podía concluir un pacto precisamente tan peligroso y tan seguro como con un elemento: uno puede confiar en el fuego, a condición de saber que su ley es morir o quemar.

Espero que nuestra vida juntos le dejara a Sophie algunos recuerdos tan hermosos como los míos: poco importa, por lo demás, puesto que no vivió lo suficiente como para atesorar su pasado. La nieve hizo su aparición por San Miguel; sobrevino el deshielo, seguido por más nevadas. Por las noches, con todas las luces apagadas, la mansión parecía un navío abandonado y preso en un banco de nieve. Conrad trabajaba solo en la torre; yo concentraba mi atención en los partes esparcidos sobre mi mesa. Sophie entraba en mi cuarto a tientas, con precauciones de ciega. Se sentaba en la cama y balanceaba las piernas, bien abrigados los tobillos con unos calcetines gordos de lana. Aunque seguramente se reprochaba como si fuera un crimen el faltar a las condiciones de nuestro acuerdo, Sophie era una mujer y no podía dejar de serlo, del mismo modo que las rosas no pueden dejar de ser rosas. Todo en ella gritaba un deseo en el que el alma se hallaba mil veces más interesada aún que la carne. Corrían las horas; la conversación languidecía o derivaba hacia las injurias; Sophie inventaba pretextos para no dejar mi habitación; sola conmigo, buscaba sin querer esas ocasiones que, en las mujeres, son lo equivalente a una violación. Por muy irritado que yo estuviera, me gustaba aquella especie de ago- tadora esgrima, pues mi rostro llevaba una máscara de pro- tección y el suyo no. La estancia fría y sofocante, maculada por el olor de una estufa avara, se transformaba en gimnasio, en el que un hombre joven y una muchacha, perpetuamente en guardia, se sobreexcitaban luchando hasta llegar el alba. Las primeras luces del día nos traían a Conrad, cansado y contento como un niño que sale del colegio. Algunos cama- radas dispuestos a marchar conmigo a los puestos avanzados asomaban la cabeza por la puerta entreabierta, pidiéndonos que los dejáramos entrar a beber con nosotros el primer aguardiente del día. Conrad se sentaba junto a Sophie para enseñarle a silbar, en medio de risas locas, unos cuantos com- pases de una canción inglesa y atribuía al alcohol el simple hecho de que sus manos temblaran.

A menudo me he dicho que tal vez Sophie acogió mi primer rechazo con secreto alivio y que había en su oferta una buena parte de sacrificio. Su único mal recuerdo era aún lo bastante reciente como para que ella aportase al amor físi- co más audacia, pero también más temores que otras muje- res. Además, mi Sophie era tímida, lo que explicaba sus ataques de valentía. Era demasiado joven para sospechar que la existencia no está hecha de súbitos impulsos y de obstina- da constancia, sino de compromisos y olvidos. Desde ese punto de vista, siempre hubiera permanecido demasiado jo- ven, aunque hubiese muerto a los sesenta años. Mas Sophie pronto rebasó ese período en que el don de sí persiste como acto apasionado para llegar al estado en que resulta tan natu- ral entregarse como respirar para vivir. Yo fui, en lo sucesivo, la respuesta que ella se daba a sí misma, y sus desgracias an- teriores le parecieron lo suficientemente explicadas por mi ausencia. Había sufrido porque el amor aún no se había le- vantado sobre el paisaje de su vida y a esa falta de luz venía a sumarse la rudeza de los dificultosos caminos por donde la había conducido el azar de los tiempos. Ahora que amaba se iba quitando una tras otra sus últimas vacilaciones, con la sencillez de un viajero transido que se va desnudando al sol para secar sus empapadas ropas, y se mantenía desnuda ante mí, como ninguna otra mujer lo estuvo jamás. Y quizá, al haber agotado horriblemente de golpe todos sus terrores y resistencias al hombre, ya sólo podía ofrecer a su primer amor aquella arrebatadora dulzura de un fruto que se ofrece a un mismo tiempo a la boca y al cuchillo. Una pasión así todo lo consiente y se contenta con poco: me bastaba con entrar en una habitación donde ella se encontrara para que el rostro de Sophie pusiera inmediatamente esa expresión reposada que uno tiene cuando está en la cama. Cuando la tocaba tenía la impresión de que toda la sangre que había en sus venas se transformaba en miel. La mejor miel, a la larga, acaba por fermentar: no sospechaba yo que iba a pagar al ciento por uno cada una de mis culpas, y que la resignación con que Sophie las había aceptado me sería añadida a la cuenta. El amor había puesto a Sophie en mis manos como si fuera un guante de un tejido a un mismo tiempo flexible y fuerte; cuando la dejaba podía volver a encontrármela horas más tarde en el mismo sitio, como un objeto abandonado. Tuve con ella, alternativamente, insolencias y dulzuras que todas tendieron hacia un mismo objetivo, que era el de hacerla amar y sufrir más, y la vanidad me comprometió con ella tanto como lo hubiera hecho el deseo. Más tarde, cuando empezó a importarme, suprimí la dulzura. Yo estaba seguro de que Sophie no revelaría a nadie sus padecimientos, pero, en cambio, me extraña que no tomase a Conrad por confidente de nuestras escasas alegrías. Debía de existir ya entre nosotros una tácita complicidad, puesto que ambos nos poníamos de acuerdo para tratar a Conrad como a un niño.

Siempre se habla como si las tragedias sucedieran en el vacío; no obstante, se hallan condicionadas por el contexto. Nuestra parte de felicidad o de infortunio en Kratovicé tenía por marco aquellos pasillos de ventanas tapiadas, por donde tropezábamos sin cesar; aquel salón en donde los bolcheviques habían robado únicamente una panoplia de armas chinas, y en cuyo interior un retrato de mujer, agujereado por una bayoneta, nos contemplaba colgado del entrepaño, como si le divirtiese nuestra aventura. El tiempo desempeñaba allí su papel, por la ofensiva esperada con impaciencia y por el perpetuo riesgo de morir. Los atractivos que las otras mujeres obtienen de su tocador, de los conciliábulos con el peluquero y con la modista, de todos los espejismos de una vida, pese a todo diferente de la del hombre y a menudo maravillosamente protegida, Sophie los debía a las molestas promiscuidades de una casa transformada en cuartel, a su ropa interior de lana rosa que se veía obligada a zurcir delante de nosotros a la luz de la lámpara, a nuestras camisas, que ella lavaba con un jabón de fabricación casera que le agrietaba las manos. Aquellos continuos roces de una existencia siempre en guardia nos dejaban a un mismo tiempo en carne viva y endurecidos. Recuerdo la noche en que Sophie se encargó de degollar y desplumar para nosotros unos cuantos pollos éticos: nunca he visto en un semblante tan resuelto tal ausencia de crueldad. Soplé una tras otra las pocas plumas que se le habían enredado en el pelo; un insulso olor a sangre ascendía de sus manos. Volvía de estas tareas abrumada por el peso de sus botas para la nieve, tiraba en cualquier sitio su pelliza húmeda, se negaba a comer o bien atacaba con glotonería unas horribles *crêpes* que se obstinaba en prepararnos con harina estropeada. Con semejante régimen no paraba de adelgazar.

Prodigaba su celo con todos nosotros, pero una sonrisa bastaba para comunicarme que sólo a mí servía. Debía de ser buena, pues desperdiciaba todas las ocasiones de hacerme sufrir. Al verse frente a un fracaso que las mujeres no perdonan, hizo lo que suelen hacer los corazones altruistas cuando se ven reducidos a la desesperación: buscó, para abofetearse con ellas, las peores explicaciones sobre sí misma; enjuició su caso como lo hubiera hecho la tía Prascovie, si la tía Prascovie hubiese sido capaz de hacerlo. Se creyó indigna: semejante inocencia hubiera merecido que se pusieran de rodillas ante ella. Ni un momento, además, pensó en revocar aquel don de sí misma, para ella tan definido como si yo lo hubiera aceptado. Era un rasgo propio de su altivo temperamento: no recogía la limosna que rechazaba un pobre. Estoy seguro de que me despreciaba y así lo espero por ella, pero todo el desprecio del mundo no impedía que, en un arrebato de amor, me habría besado las manos. Yo acechaba con avidez algún movimiento de cólera, un reproche merecido, cualquier acto que hubiera sido para ella lo equivalente a un sacrilegio, pero se mantuvo siempre al nivel de lo que yo pedía a su absurdo amor. Un desvío por su parte me hubiese tranquilizado y decepcionado a un mismo tiempo. Me acompañaba en mis reconocimientos alrededor del parque, lo que debían de ser para ella algo así como los paseos de los condenados a muerte. A mí me gustaba la lluvia fría en nuestras nucas, sus cabellos pegados al igual que los míos, la tos que ella ahogaba tapándose la boca con la mano, sus dedos que manoseaban una caña cortada junto al estanque liso y desierto, donde flotaba aquel día el cadáver de un enemigo. Bruscamente se adosaba a un árbol y, durante un cuarto de hora, yo la dejaba hablar de amor. Una noche, empapados hasta los huesos, tuvimos que refugiarnos en las ruinas del pabellón de caza; nos quitamos la ropa, codo con codo, en la angosta estancia que aún conservaba el techo; yo ponía una especie de bravuconería en tratar a aquella adversaria como a un enemigo. Envuelta en la manta de un caballo secó, delante del fuego que acababa de encender, mi uniforme y su vestido de lana. A la vuelta tuvimos que ponernos a cubierto varias veces para sortear las balas; yo la cogía por la cintura, como un amante, para tumbarla a la fuerza junto a mí en una cuneta, debido a un impulso que demostraba, no obstante, que yo no quería que muriese. En medio de tantos tormentos, me irritaba ver asomar a sus ojos una esperanza admirable: había en ella esa certidumbre de que algo se les debe, que las mujeres suelen conservar hasta el martirio. Una carencia tan patética de desesperación da la razón a la teoría católica que sitúa a las almas medianamente inocentes en el Purgatorio, sin precipitarlas en el Infierno. De nosotros dos, era ella a quien hubiera compadecido; sin embargo, creo que llevaba la mejor parte.

Esa espantosa soledad de un ser que ama, ella la acentuaba pensando de manera distinta a todos nosotros. Sophie apenas ocultaba su simpatía por los Rojos: para un corazón como el suyo la elegancia suprema consistía, evidentemente, en darle la razón al enemigo. Acostumbrada a pensar en contra de sí misma, tal vez pusiera la misma generosidad en justificar al adversario como en absolverme. Aquellas tendencias de Sophie databan de la época de la adolescencia. Conrad las hubiera compartido, de no ser porque siempre aceptaba de entrada mis ideas sobre la vida. Aquel mes de octubre fue uno de los más desastrosos de la guerra civil. Casi por completo abandonados por Von Wirtz, quien se acantonaba estrictamente en el interior de las provincias bálticas, manteníamos, en el despacho del administrador de Kratovicé, unos conciliábulos de náufragos. Sophie asistía a estas sesiones apoyada la espalda en el marco de la puerta; luchaba, sin duda, por mantener una especie de equilibrio entre unas convicciones que, después de todo, constituían su único bien personal, y la camaradería que la hacía sentirse obligada para con nosotros. Más de una vez debió desear que una bomba pusiera fin a nuestras palabrerías de Estado Mayor, y su deseo estuvo con frecuencia a punto de realizarse. Mostraba tan poco su ternura, por lo demás, que vio fusilar a varios prisioneros rojos debajo de sus ventanas sin una palabra de protesta. Yo presentía que cada una de las resoluciones tomadas en su presencia provocaban en ella una explosión interior de odio; en los detalles de orden práctico, por el contrario, daba su opinión con un sentido común de aldeana. Cuando estábamos solos discutíamos sobre las consecuencias de aquella guerra y sobre el porvenir del marxismo con una violencia en la que había, de una y otra parte, una necesidad de coartada. No me ocultaba sus preferencias, era lo único que la pasión no había modificado en ella. Curioso de ver hasta dónde podía llegar la bajeza de Sophie —sublime, por ser consecuencia de su amor— traté, en más de una ocasión, de que la adolescente se contradijera en sus principios o, más bien, en las ideas que le había inculcado Loew. No era tan fácil como hubiera podido creerse; estallaba en indignadas protestas. Había en ella una extraña necesidad de aborrecer todo lo que yo era salvo a mí mismo. Pero no por ello dejaba de tener una total confianza en mí, lo que la empujaba asimismo a hacerme comprometedoras confesiones que no le habría hecho a nadie. Un día conseguí que llevara a espaldas una carga de municiones hasta las primeras líneas de fuego: aceptó con avidez aquella oportunidad de morir. En cambio, jamás consintió en disparar a nuestro lado. Era una pena: ya a los dieciséis años había dado muestras de una maravillosa habilidad para el tiro en las cacerías.

Se inventó rivales. En sus averiguaciones, que me exasperaban, tal vez interviniesen menos los celos que la curiosidad. Como un enfermo que se siente perdido, ya no pedía medicamentos pero seguía buscando explicaciones. Exigió nombres que yo tuve la imprudencia de no inventar. Un día me aseguró que hubiera renunciado a mí sin pensar en beneficio de una mujer a quien yo amara: era conocerse mal a sí misma, pues si hubiera existido esa mujer, Sophie hubiera dicho que era indigna de mí y hubiera tratado de que yo la abandonase. La hipótesis romántica de que yo hubiera dejado a una querida en Alemania no habría bastado para luchar contra aquella intimidad de los días, aquella vecindad de las noches. Por otra parte, en nuestra vida tan aislada, sus sospechas sólo podían ir dirigidas a dos o tres criaturas cuyas amabilidades no hubieran explicado nada, ni podían satisfacer a nadie. Me hizo unas escenas absurdas a propósito de una campesina pelirroja que se encargaba de amasarnos el pan. Fue en una de esas noches cuando cometí la brutalidad de decirle a Sophie que, de haber necesitado yo a una mujer, sería ella la última a la que hubiera ido a buscar, y era cierto, pero por unas razones que nada tenían que ver con la falta de belleza. Pertenecía a su sexo y, naturalmente, sólo se le ocurrió esta razón; la vi tambalearse como la muchacha de una posada a quien derriba el puñetazo de un borracho. Salió corriendo, subió las escaleras agarrándose a la barandilla; yo la oía sollozar y tropezar con los peldaños.

Debió pasar toda la noche mirándose en el espejo enmarcado de blanco que había en su cuarto de soltera, preguntándose si de verdad su rostro y su cuerpo sólo podían gustar a unos sargentos ebrios, y si sus ojos, su boca y sus cabellos causaban perjuicio al amor que llevaba dentro. El espejo le devolvió unos ojos de niña y de ángel, un rostro algo ancho, no formado aún del todo, que era como la misma tierra en primavera, con una comarca y unos campos suaves atravesados por un río de lágrimas; mejillas del color del sol y de la nieve; una boca cuyo tono sonrosado casi hacía temblar, y unos cabellos tan rubios como el buen pan que ya no teníamos. Sintió horror de todas aquellas cosas que la traicionaban, que de nada le servían para conquistar al hombre amado y, comparándose con desesperación a las fotografías de Pearl White y de la Emperatriz de Rusia colgadas de las paredes de su habitación, lloró hasta el amanecer sin lograr arruinar sus párpados de veinte años. Al día siguiente, advertía que, por primera vez, había omitido ponerse, para dormir, dos bigudíes que, en las noches de alarma, la hacían parecerse a una Medusa tocada de serpientes. Aceptando de una vez por todas su fealdad, consentía heroicamente en aparecer ante mí con su pelo liso. Elogié este peinado liso; como yo había previsto, aquello consiguió reanimarla; pero un resto de inquietud por su supuesta falta de atractivo sirvió para darle una mayor seguridad, como si al no tener ya miedo a ejercer un chantaje sobre mí con su belleza, se sintiera con mayor derecho a ser considerada como amiga.

Yo había ido a Riga para discutir las condiciones de la próxima ofensiva, llevándome conmigo a dos camaradas en el epiléptico Ford de los filmes cómicos americanos. Las operaciones tendrían por base Kratovicé y Conrad se quedó allí para ocuparse de los preparativos, con esa mezcla de actividad y languidez que sólo he visto en él y que tranquilizaba a nuestros hombres. En la hipótesis en que todos los «Si» condicionales del porvenir se hubieran realizado, él hubiera sido un admirable ayudante del Bonaparte que yo nunca pretendí ser, uno de esos discípulos ideales sin los cuales no puede explicarse el maestro. Durante dos horas seguidas resbalando a lo largo de las carreteras heladas, nos expusimos a todas las variedades de muerte súbita a las que se arriesga un automovilista que pasa sus vacaciones de Navidad en Suiza. Yo estaba exasperado por el cariz que iban tomando tanto la guerra como mis asuntos íntimos. La participación en la defensa antibolchevique de Curlandia no sólo significaba peligro de muerte; hay que decir también que la contabilidad, las enfermedades, el telégrafo y la presencia pesada o solapada de nuestros camaradas envenenaban poco a poco mis relaciones con mi amigo. La ternura humana necesita soledad a su alrededor y un mínimo de sosiego dentro de la inseguridad. Se hace mal el amor o se vive mal la amistad en un dormitorio de tropa, entre dos faenas de quitar estiércol. Al revés de lo que yo había esperado, la vida en Kratovicé se había convertido para mí en ese estiércol. Tan sólo Sophie resistía en aquella atmósfera de un tedio siniestro y verdaderamente mortal, y es bastante natural, pues la infelicidad resiste mejor los contratiempos que su contraria. Pero era precisamente para huir de Sophie por lo que yo me había apuntado para ir a Riga. La ciudad estaba más lúgubre que nunca con aquel clima de noviembre. Sólo recuerdo la irritación que provocaron en nosotros las moratorias de Von Wirtz, y el espantoso champán que bebimos en una *boîte* rusa, en compañía de una auténtica judía de Moscú y de dos húngaras que se hacían pasar por francesas pero cuyo acento parisino me hubiera hecho gritar. Desde hacía meses, no tenía ningún contacto con la moda y me costaba mucho acostumbrarme a los ridículos sombreros encasquetados que llevaban las mujeres.

Hacia las cuatro de la madrugada, me encontré en un cuarto del único hotel aceptable que existía en Riga, en compañía de una de las dos húngaras, con la mente justo lo bastante lúcida para decirme que, en cualquier caso, yo hubiera preferido a la judía. Pongamos que hubiera, en tanta conformidad con los usos establecidos, un noventa y ocho por ciento de deseo de no singularizarme ante nuestros camaradas y el resto, de desafío a mí mismo: no siempre se coacciona uno en el sentido de la virtud. Las intenciones de un hombre forman una madeja tan embrollada que me es imposible, a la distancia en que me hallo de todo esto, dilucidar si yo esperaba de este modo acercarme a Sophie por caminos desviados o bien insultarla, asimilando un deseo que yo sabía purísimo a media hora de placer en una cama deshecha, en brazos de una mujer cualquiera. Un poco de mi repugnancia debía forzosamente salpicarla a ella, y puede que yo empezara a necesitar que fortaleciesen mi desprecio. No puedo disimular que un temor bastante mezquino a verme comprometido a fondo contribuía a mi prudencia respecto a la joven; siempre me dio horror comprometerme y ¿cuál es la mujer enamorada con la que uno no se compromete? Aquella cantante de los cafés de Budapest, al menos, no pretendía estorbar mi porvenir. Hay que decir, sin embargo, que se agarró a mí durante aquellos cuatro días en Riga con la tenacidad de un pulpo, al que recordaban sus dedos enguantados de blanco. En esos corazones abiertos a todo el que pasa, suele existir siempre un lugar vacío debajo de una lámpara color de rosa en donde tratan desesperadamente de instalar a cualquiera. Abandoné Riga con una suerte de alivio malhumorado, diciéndome que yo nada tenía en común con aquella gente, con aquella guerra ni con aquel país, ni tampoco con los escasos placeres que el hombre ha inventado para distraerse de la vida. Pensando por primera vez en el porvenir, hice el proyecto de emigrar con Conrad al Canadá, y de vivir en una granja, a orillas de los grandes lagos, sin tener en cuenta que con ello sacrificaba gran parte de los gustos de mi amigo.

Conrad y su hermana me esperaban en la escalinata, debajo de la marquesina en la que los cañonazos del día anterior no habían dejado ni un cristal intacto, de suerte que aquellos armazones de hierro vacíos se asemejaban a una enorme hoja seca y recortada de la que únicamente quedaran las nerviaciones. La lluvia se colaba por los agujeros y Sophie se había puesto un pañuelo en la cabeza a la manera de las campesinas. Ambos se habían cansado mucho sustituyéndome durante mi ausencia: Conrad estaba tan pálido como el nácar y mis inquietudes por su salud —que yo sabía frágil— me hicieron olvidar aquella noche todo lo demás. Sophie había ordenado que nos subieran una de las últimas botellas de vino francés escondidas al fondo de la bodega. Mis camaradas, desabrochándose los capotes, se sentaron a la mesa bromeando sobre lo que, para ellos, habían sido los buenos ratos de Riga; Conrad fruncía el ceño con expresión de sorpresa divertida y cortés; también él había hecho conmigo la experiencia de esas sombrías veladas en reacción contra sí mismo, y una húngara de más o de menos no lo escandalizaba. Sophie se mordió los labios al percatarse de que había derramado un poco de borgoña al llenar mi vaso. Salió en busca de una esponja y puso tanto cuidado en hacer desaparecer aquella mancha como si hubiera sido la huella de un crimen. Yo me había traído unos libros de Riga: aquella noche, bajo la pantalla improvisada con una servilleta, vi dormirse a Conrad con un sueño de niño en la cama contigua, a pesar del ruido de pasos que hacía la tía Prascovie, paseando día y noche por el piso de arriba y mascullando oraciones, a las que atribuía nuestra relativa salvaguardia. Entre el hermano y la hermana era Conrad quien, paradójicamente, respondía mejor a la idea que uno tiene de una jovencita cuyos antepasados fueron príncipes. La máscara morena de Sophie, sus manos agrietadas escurriendo la esponja, me habían recordado de pronto al joven mozo de cuadra Karl, encargado de cepillar a los ponis de nuestra infancia. Después del rostro untado, empolvado y sobado de la húngara, Sophie resultaba mal cuidada y, al mismo tiempo, incomparable.

La aventura de Riga le hizo mucho daño a Sophie, aunque sin sorprenderla; por primera vez, yo me conducía como ella esperaba. Nuestra intimidad no disminuyó por eso, sino que aumentó, por el contrario; además, esa clase de relaciones indefinidas son indestructibles. Ambos teníamos uno para con el otro una desordenada franqueza. Hay que recordar que la moda de entonces colocaba la total sinceridad por encima de todo. En lugar de hablar de amor, hablábamos sobre el amor, engañando con palabras la inquietud que otro habría resuelto con actos, y de la que no podíamos huir debido a las circunstancias. Sophie mencionaba, sin la menor reticencia, su única experiencia amorosa, aunque sin confesar que había sido involuntaria. Por mi parte, yo no disimulaba nada, sino lo esencial. Aquella niña, con el ceño fruncido, seguía con atención casi grotesca mis historias de putas. Creo que empezó a tener amantes sólo para alcanzar con relación a mí ese grado de seducción que ella les suponía a las mujeres perdidas. Es tan corta la distancia entre la inocencia total y el completo envilecimiento que descendió de golpe hasta ese nivel de bajeza sensual en la que trataba de caer para gustar, y vi operarse ante mis ojos una tranformación más asombrosa y casi tan convencional como las que pueden verse en un escenario teatral. Primero fueron sólo unos detalles patéticos de tan ingenuos: halló el modo de procurarse maquillaje y descubrió las medias de seda. Aquellos ojos pintarrajeados de rímel, aquellos encendidos pómulos salientes no me repugnaban en su rostro más de lo que hubieran podido hacerlo las cicatrices de mis propios golpes. Me parecía que aquella boca, antaño divinamente pálida, no mentía mucho al esforzarse por dar la impresión de que sangraba. Algunos muchachos —Franz von Aland, entre ellos— trataban de capturar a aquella gran mariposa, devorada ante sus ojos por una llama inexplicable. Yo mismo, más seducido desde que otros lo estaban y atribuyendo falsamente mis vacilaciones a escrúpulos, llegué a sentir que Sophie fuera precisamente la hermana del único ser a quien yo me sentía ligado por una especie de pacto. No lo hubiera pensado dos veces, sin embargo, de no ser porque ella tenía para mí las únicas miradas que importaban.

El instinto de las mujeres es tan sucinto que es fácil desempeñar el papel de astrólogo respecto a ellas: aquella muchacha con modales y aficiones masculinas siguió el ancho camino polvoriento de las heroínas de tragedia; quiso aturdirse para olvidar. Las conversaciones, las sonrisas y bailes salvajes al son de un chirriante gramófono, los imprudentes paseos por la zona de fuego, se repitieron con unos acompañantes que supieron aprovecharse de ella más que yo. Franz von Aland fue el primero en beneficiarse de esa fase, tan inevitable en las mujeres enamoradas e insatisfechas como el período de agitación en los paralíticos totales. Se había prendado de Sophie con un amor casi tan servil como el que la joven sentía por mí. Aceptó con mil amores ser mi sustituto: apenas si sus ambiciones osaban llegar hasta ahí. Cuando estaba a solas conmigo, Franz parecía estar siempre dispuesto a pedirme las insulsas disculpas de un excursionista que acaba de aventurarse por el camino de una propiedad particular. Sophie debía vengarse de él, de mí y de sí misma contándole inagotablemente nuestro amor. La sumisión asustada de Franz no era lo más a propósito para reconciliarme con la idea de obtener la felicidad con las mujeres. Aún recuerdo, con una especie de compasión, su aire de perro al que le dan un terrón de azúcar, ante las más mínimas amabilidades de una Sophie desdeñosa, exasperada y fácil. Aquel desafortunado buen muchacho que, durante su corta vida, no hizo sino acumular sinsabores —desde el colegio, del que había sido expulsado por un robo que no había cometido, hasta el asesinato de sus padres a manos de los bolcheviques, en 1917, pasando por una grave operación de apendicitis—, cayó preso unas semanas más tarde y encontramos su cadáver torturado, con una llaga negruzca alrededor del cuello, producida por la larga mecha flexible de una torcida de cera consumida. Sophie supo la noticia por mí, con todos los atenuantes posibles y no me disgustó ver que aquella imagen atroz no hacía sino añadirse a tantas otras muchas que ella había presenciado.

Hubo otros episodios carnales nacidos de la misma necesidad de acallar un momento aquel insoportable monólogo de amor que ella proseguía en el fondo de sí misma, episodios que interrumpía avergonzada, tras unos cuantos torpes abrazos, por la misma incapacidad de olvidar. El más odioso de aquellos vagos amores pasajeros fue para mí cierto oficial ruso escapado de las cárceles bolcheviques, que permaneció con nosotros ocho días antes de salir para Suecia, encargado de una misteriosa e ilusoria misión cerca de uno de los Grandes Duques. Yo había recogido, desde la primera noche, de labios de aquel borracho, increíbles historias de mujeres amorosa y minuciosamente detalladas, que no hicieron sino ayudarme a imaginar lo que acaecía entre Sophie y él, en el diván de cuero de la casa del jardinero. No hubiera podido seguir tolerando la cercanía de la muchacha si hubiera leído en su rostro, aunque sólo fuera una vez, algo que se pareciese a la dicha. Pero ella me lo confesaba todo; sus manos aún me tocaban con menudos gestos desalentados que más parecían tanteos de ciego que caricias, y cada mañana veía yo ante mí a una mujer desesperada porque el hombre a quien amaba no era aquel con quien acababa de acostarse.

Una noche, aproximadamente un mes después de haber regresado yo de Riga, me hallaba trabajando en la torre con Conrad, quien se aplicaba cuanto podía en fumar una larga pipa alemana. Yo acababa de volver del pueblo, donde nuestros hombres trataban de consolidar como podían nuestras trincheras de barro; era una de esas noches de niebla espesa —las más tranquilizadoras de todas— en que las hostilidades se interrumpían de una y otra parte, como consecuencia de la desaparición del enemigo. Mi cazadora empapada humeaba sobre la estufa a la que Conrad alimentaba con unas horribles astillitas húmedas, sacrificadas una tras otra con el suspiro de pena que da un poeta al ver arder sus árboles, cuando el sargento Chopin entró para transmitirme un mensaje. Desde el hueco de la puerta, su rostro colorado e inquieto me hizo una seña por encima de la cabeza agachada de Conrad. Lo seguí hasta el rellano; aquel tal Chopin —en lo civil empleado de banco en Varsovia— era el hijo de un intendente polaco del conde de Reval; tenía una mujer, dos hijos y un gran sentido común, y sentía tierna adoración por Conrad y por su hermana, que lo trataban como a un hermano de leche. Desde el comienzo de la Revolución, había acudido a Kratovicé donde desempeñaba, desde entonces, el oficio de hombre de confianza. Me susurró que al atravesar los sótanos, se había encontrado a Sophie completamente borracha, sentada a la mesa de la cocina —siempre desierta a esas horas— y que, a pesar de sus instancias seguramente torpes, no había logrado convencer a la joven para que subiese a su habitación.

—Mire usted, señor (me llamaba señor) —me dijo—, piense en el bochorno que mañana sentirá si alguien la ve en semejante estado...

El excelente muchacho aún creía en el pudor de Sophie, y lo más curioso es que no se equivocaba. Bajé la escalera de caracol, tratando de que no crujiesen por los peldaños mis botas mal engrasadas. En aquella noche de tregua, todos dormían en Kratovicé; un ruido confuso de ronquidos ascendía de la espaciosa sala del primer piso, en donde treinta muchachos agotados dormían a pierna suelta. Sophie estaba sentada en la cocina, ante la mesa grande de madera desnuda; se mecía blandamente sobre las patas desiguales de una silla cuyo respaldo formaba con el suelo un ángulo inquietante, exponiendo a mis ojos unas piernas enfundadas en medias de seda color caramelo, más propias de un joven dios que de una joven diosa. Una botella con un resto de alcohol oscilaba en su mano izquierda. Estaba increíblemente bebida y, a la luz de la estufa, mostraba un rostro maculado de manchas rojas. Le puse la mano en el hombro; por primera vez, no reaccionó a mi contacto con su estremecimiento horrible y delicioso de pájaro herido; la euforia del coñac la inmunizaba contra el amor. Volvió hacia mí un semblante de mirada vaga y me dijo con voz insegura como sus ojos:

—Vaya a darle las buenas noches a Texas, Eric. Está acostado en el *office*.

Encendí un mechero para poder guiarme por aquel reducto donde continuamente tropezaba con montones de patatas que se desmoronaban. El ridículo perrillo estaba tendido bajo la lona de un cochecito viejo de niño; más tarde me enteraría de que Texas había muerto al estallarle una granada enterrada en el parque, que él había tratado de desenterrar con la punta del negro hocico, al igual que hacía con las trufas. Convertido en papilla, recordaba a uno de esos perros aplastados por un tranvía en la avenida de una gran ciudad. Levanté con precaución el escandaloso paquete, cogí una azada y salí al patio para cavar un hoyo. La superficie del suelo se había deshelado con las lluvias; enterré a Texas en aquel barro donde él se revolcaba, cuando estaba vivo, con tanto placer. Cuando regresé a la cocina, Sophie acababa de beberse la última gota de coñac; tiró la botella a las brasas y las paredes de vidrio explotaron con un sordo chasquido; se levantó con torpeza y dijo con voz blanda, apoyándose en mi hombro:

—Pobre Texas... Es una lástima. Él, por lo menos, me quería...

El aliento le olía a alcohol. Ya en la escalera, le fallaron las piernas y tuve que arrastrarla cogiéndola por debajo de los brazos, a lo largo de todos los peldaños, por donde iba dejando un rastro de vomitonas; me parecía acompañar hasta su cabina a la pasajera de un barco que padeciese mareo. Se desplomó en un sillón de su cuartito desordenado, mientras yo le abría la cama. Tenía las manos y las piernas heladas. Le puse encima un montón de mantas y un abrigo. Incorporándose sobre el codo, continuaba vomitando sin darse cuenta, con la boca abierta, como la estatua de una fuente. Finalmente, se tendió en el hueco formado por la cama, inerte, aplastada, trasudada como un cadáver; el pelo, que se le pegaba a las mejillas, formaba en su rostro rubias cuchilladas. Su pulso resbalaba entre mis dedos, a un mismo tiempo agitado y casi insensible. Debía de haber conservado en su interior esa lucidez propia de la embriaguez, del miedo y del vértigo, pues me contó que había sentido, durante toda aquella noche, las mismas sensaciones de un viaje en trineo o en un tobogán de las montañas rusas, los sobresaltos, el frío, los silbidos del viento y de las arterias, la impresión de estar inmóvil y sin embargo correr a toda velocidad en dirección a un abismo del que ya ni siquiera tiene uno miedo. Yo conozco esa impresión de velocidad mortal que da el alcohol a un alma que flaquea. Ella siempre pensó que aquella velada de Buen Samaritano a la cabecera de su lecho sucio me había dejado uno de los recuerdos más repugnantes de mi vida. No hubiera podido convencerla de que aquella palidez, aquellas manchas, aquel peligro y aquel abandono, más completo que el del amor, me resultaban tranquilizadores y hermosos; y que su cuerpo, tendido allí con todo su peso, me recordaba al de ciertos camaradas a quienes yo había cuidado en su mismo estado, y al de Conrad... He olvidado mencionar que, al desnudarla y a la altura de su seno izquierdo, reparé en una larga cicatriz producida por un cuchillo que no había hecho más que herir profundamente la carne. Más tarde me confesó que había sido un torpe intento de suicidio. ¿Habría sucedido en la época de su amor por mí o en la del sátiro lituano? Es algo que nunca pude saber. Y no suelo mentir, de no verme forzado a ello.

El sargento Chopin no se había equivocado: Sophie, después del incidente, mostró una confusión de colegiala que ha abusado del champán en un banquete de bodas. Durante unos cuantos días, tuve a mi lado a una amiga melancólicamente razonable y cuya mirada parecía darme las gracias o pedirme perdón. Se habían dado algunos casos de tifus en los barracones: ella se obstinó en cuidarlos y ni Conrad ni yo pudimos disuadirla; acabé por dejar que aquella loca —al parecer decidida a morir ante mis ojos— hiciera lo que quisiese. Menos de una semana más tarde, tuvo que guardar cama; creímos que se había contagiado. Sólo padecía agotamiento, desconsuelo y cansancio de un amor que cambiaba de forma sin cesar, como una enfermedad nerviosa que cada día presentara nuevos síntomas y, al mismo tiempo, de la carencia de felicidad y de muchos excesos. Fui yo entonces quien entró en su habitación cada mañana, en las primeras horas del alba. Todo Kratovicé nos creía amantes, cosa que la halagaba, supongo, y que, por lo demás, también a mí me convenía. Yo inquiría sobre su enfermedad con la solicitud de un médico de familia; sentado en su cama, mi comportamiento resultaba ridículamente fraternal. Si mi dulzura hubiera sido algo calculado para hacerle más daño a Sophie, no habría logrado mayor éxito. Con las rodillas dobladas bajo la manta y la barbilla apoyada en las manos, fijaba en mí unos enormes ojos asombrados y llenos de incansables lágrimas. Mis atenciones, mi ternura, el roce de mis manos acariciándole los cabellos, Sophie no podía gozarlos ya con buena conciencia, había pasado la época en que podía hacerlo. El recuerdo de sus asuntos de cama en los meses pasados le daba esas ganas de huir a cualquier parte fuera de sí misma, tan familiar a los desgraciados que ya no se soportan. Trataba de levantarse de la cama como un enfermo que va a morir. Yo la acostaba otra vez y le arreglaba el embozo de las sábanas arrugadas, en las que se revolcaría —yo lo sabía muy bien— en cuanto saliera. Si me encogía de hombros manifestando que ninguno de aquellos juegos físicos tenía importancia, le infligía a su amor propio una herida todavía más escocedora, con el pretexto de calmar sus remordimientos. Y también a ese algo más profundo, más esencial aún que el amor propio como es la oscura estimación que un cuerpo tiene de sí mismo. A la luz de aquella nueva indulgencia, mis durezas, mis rechazos, mis desdenes tomaron para ella el aspecto de una prueba cuya importancia no había sabido captar, de un examen que no había conseguido aprobar. Al igual que un nadador agotado de cansancio, se vio hundir a dos brazadas de la orilla, en el momento en que quizá yo hubiese empezado a amarla. Aunque la hubiera poseído entonces, habría llorado horrorizada por no haberme sabido esperar. Padeció todos los tormentos propios de las mujeres adúlteras castigadas con dulzura y su desesperación aún se acrecentaba en los escasos momentos lúcidos en que Sophie recordaba que, después de todo, no tenía por qué guardarme su cuerpo. Y, no obstante, la cólera, la repugnancia, la ternura, la ironía, un vago anhelo por mi parte y por la suya un odio naciente, todos aquellos sentimientos contrarios, nos unían uno al otro como a dos amantes o a dos bailarines. Ese lazo tan deseado existía verdaderamente entre ambos y el mayor suplicio de mi Sophie consistió seguramente en sentirlo a un mismo tiempo tan sofocante y tan impalpable.

Una noche (ya que, finalmente, casi todos los recuerdos que conservo de Sophie son nocturnos, salvo el último, que tiene el color macilento del alba), una noche, pues, de bombardeo aéreo, advertí que se recortaba un cuadrado de luz en el balcón de Sophie. Los ataques aéreos, hasta el momento, habían sido muy escasos en nuestra guerra de pájaros de ciénaga; por primera vez en Kratovicé, la muerte nos caía del cielo. Parecía inadmisible que Sophie quisiera atraer el peligro, no sólo sobre ella misma, sino sobre los suyos y sobre todos nosotros. Su cuarto estaba en el segundo piso del ala derecha; la puerta estaba cerrada, pero no con cerrojo. Sophie permanecía sentada ante su mesa dentro del círculo de luz proyectado por una lámpara grande de petróleo colgada del techo. El ventanal abierto enmarcaba el claro paisaje de la noche helada. Los esfuerzos que tuve que hacer para cerrar los postigos hinchados por las recientes lluvias otoñales me recordaron las ventanas atrancadas a toda prisa, en las noches de tormenta, en los hoteles de ciertas estaciones de montaña, cuando era niño. Sophie me contemplaba con una mueca triste. Finalmente, me dijo:

—Eric, ¿le molesta que yo muera?

Yo aborrecía aquellas inflexiones roncas, pero tiernas, que adoptaba desde que se comportaba como una mujer. El estrépito de una bomba me evitó contestar. Provenía del este, del lado del estanque, lo que me hizo esperar que la tormenta se alejaría. Al día siguiente, me enteré de que un obús había caído en la orilla y unos cuantos juncos tronchados estuvieron flotando en el agua por espacio de unos días, mezclados con los vientres blancos de los peces muertos y con los restos de una barca rota.

—Sí —prosiguió lentamente, con el tono de alguien que trata de comprender—, tengo miedo y, pensándolo bien, es extraño. Pues no debería importarme la muerte, ¿no le parece?

—Lo que usted quiera, Sophie —respondí yo con acritud—; pero esa desdichada anciana vive en una habitación que está a dos pasos de la suya. Y Conrad...

—¡Oh, Conrad! —dijo ella con un acento de infinito cansancio; y se levantó sujetándose a la mesa con ambas manos, como una inválida que vacila al abandonar su sillón.

Su voz implicaba tanta indiferencia respecto a la suerte que pudiera correr su hermano que me pregunté si no habría empezado a odiarle. Mas había llegado, simplemente, a ese estado de embrutecimiento en que nada importa ya, y había dejado de inquietarse por la salvación de los suyos, al mismo tiempo que de admirar a Lenin.

—A menudo —dijo ella acercándose a mí— pienso que está mal no tener miedo. Si yo fuera feliz —prosiguió, y ahora hablaba de nuevo con esa voz a un mismo tiempo ruda y dulce que me conmovía como las notas bajas de un violoncelo—, creo que la muerte no me importaría nada. Cinco minutos de felicidad serían para mí como una señal enviada por Dios. ¿Es usted feliz, Eric?

—Sí, lo soy —contesté yo de mala gana, percatándome al instante de que estaba diciendo una mentira.

—¡Ah! Es que no lo parece... —repuso con un tono de burla al que asomaba la colegiala de antaño—. ¿Y porque es feliz no le molesta morir?

Su aspecto era el de una criadita que acabara de despertarse a media noche tras oír un timbrazo y que no se hubiera despabilado del todo, con su toquilla negra remendada por encima de una blusa de franela de colegiala. Nunca sabré por qué hice aquel gesto ridículo e indecente de abrir de nuevo los postigos. Las talas de árboles que tanto deploraba Conrad habían desnudado al paisaje y la vista llegaba hasta el río en donde, como todas las noches, se oían disparos intermitentes e inútiles contestándose unos a otros. El avión enemigo seguía dando vueltas en el cielo verdoso y el silencio se llenaba de aquel horrible zumbido de motor, como si todo el espacio fuera sólo una habitación por donde girase torpemente una avispa gigante. Arrastré a Sophie hasta el balcón, como un amante cuando hay claro de luna. Contemplábamos abajo el grueso pincel luminoso dibujado por la lámpara y oscilando sobre la nieve. No debía de hacer mucho viento, pues el reflejo apenas se movía. Con el brazo rodeando la cintura de Sophie, yo sentía la impresión de estar auscultando su corazón; aquel corazón, agotado, vacilaba para luego dispararse de nuevo, con un ritmo que era el ritmo mismo del valor, y yo pensaba únicamente —que yo recuerde— que si ambos moríamos aquella noche, yo estaría a su lado y prefería morir así. De pronto, estalló un estruendo enorme junto a nosotros; Sophie se tapó los oídos como si todo aquel estrépito fuese más horroroso que la muerte. El obús había caído esta vez a menos de un tiro de piedra, encima del tejado de chapa ondulada del establo: aquella noche, dos de nuestros caballos pagaron por nosotros. En el increíble silencio que siguió, se oyó asimismo el ruido de un muro de ladrillos derrumbándose a sacudidas y el horrible relincho de un caballo que moría. Detrás de nosotros, el cristal se había hecho añicos; al entrar en el cuarto, caminábamos sobre cristales rotos. Apagué la lámpara, al igual que uno la apaga tras haber hecho el amor.

Sophie me siguió hasta el pasillo. Allí seguía ardiendo una inofensiva lamparilla al pie de una de las imágenes piadosas de tía Prascovie. Sophie respiraba alteradamente; su rostro ostentaba una radiante palidez, lo que me demostró que me había entendido. He vivido con Sophie momentos aún más trágicos, pero ninguno tan solemne ni tan cercano a un intercambio de promesas. Su hora en mi vida fue ésa. Alzó sus manos manchadas por la herrumbre de la barandilla en la que nos habíamos apoyado juntos un minuto antes y se arrojó en mis brazos como si acabaran de herirla en aquel mismo instante.

Lo más extraño es que ese gesto, que ella había tardado más de diez semanas en hacer, yo lo acepté. Ahora que está muerta y que he dejado de creer en los milagros, estoy satisfecho de haber besado su boca y sus rudos cabellos al menos una vez. Y de aquella mujer —semejante a un gran país conquistado en donde no entré nunca— conservo, en cualquier caso, el grado exacto de tibieza que aquel día tenía su saliva, y el olor de su piel viva. Y si alguna vez he podido amar a Sophie con toda la sencillez de los sentidos y del corazón, fue en aquel momento en que ambos poseíamos una inocencia de resucitados. Ella palpitaba, apretándose contra mí, y ninguno de mis encuentros casuales con mujeres o prostitutas me habían preparado para esa horrible dulzura. Aquel cuerpo a un mismo tiempo deshecho y rígido por la alegría pesaba en mis brazos con peso tan misterioso como lo hubiera hecho la tierra, si unas horas atrás hubiera penetrado en la muerte. No sé en qué momento se tornó en horror el deleite, desencadenando en mí el recuerdo de una estrella de mar que mi madre, antaño, me había puesto en la mano, lo que me provocó una crisis de convulsiones para gran susto de los bañistas. Me aparté de Sophie con un salvajismo que debió parecerle muy cruel a aquel cuerpo al que dejaba indefenso la felicidad. Abrió los ojos (los había cerrado) y vio en mi rostro algo más insoportable, sin duda, que el odio o el espanto, pues retrocedió, se tapó la cara con el codo levantado, al igual que una niña a quien abofetean, y fue la última vez que la vi llorar ante mis ojos. Tuve después otras dos entrevistas con Sophie sin testigos, antes de que todo se cumpliese. Pero a partir de aquella noche, todo sucedió como si uno de los dos estuviera ya muerto: yo en lo que a ella concernía y ella, en esa parte de sí misma que me había ofrecido su confianza a fuerza de amarme.

Lo que más se parece a las fases monótonas del amor son las repeticiones infatigables o sublimes de los cuartetos de Beethoven. Durante aquellas sombrías semanas de adviento (y la tía Prascovie, multiplicando sus días de ayuno, no nos permitía olvidar el calendario de la Iglesia), la vida continuaba en casa con su habitual porcentaje de calamidades, irritaciones y catástrofes. Vi morir o me enteré de la muerte de algunos escasos amigos; Conrad fue levemente herido; del pueblo, conquistado y perdido por tres veces consecutivas, no quedaban sino restos de algunos muros derritiéndose bajo la nieve. En cuanto a Sophie, estaba serena, resuelta, servicial y obstinada. Fue por entonces cuando Volkmar se refugió en la mansión para pasar el invierno, junto con los supervivientes de un regimiento que nos enviaba Von Wirth. Desde que había muerto Franz von Aland, nuestro pequeño cuerpo expedicionario alemán se había ido diezmando de día en día, siendo reemplazado por una mezcla de elementos bálticos y de rusos blancos. Yo conocía a aquel Volkmar, por haberlo aborrecido cuando tenía quince años, en la clase del profesor de matemáticas donde nos enviaban tres veces por semana durante los meses de invierno que pasábamos en Riga. Se parecía a mí como una caricatura se parece a su modelo: era correcto, hosco, ambicioso e interesado. Pertenecía a esa clase de hombres a un tiempo estúpidos y nacidos para triunfar, que sólo tienen en cuenta nuevos hechos en la medida en que pueden sacar algo de ellos, y basan sus cálculos en las constantes de la vida. De no ser por la guerra, Sophie no hubiera sido para él; se arrojó sobre aquella ocasión. Yo ya sabía que una mujer aislada en pleno cuartel adquiere sobre los hombres un prestigio que participa de la opereta y de la tragedia. A nosotros nos habían creído amantes, lo que era literalmente falso; no pasaron ni quince días sin que a ellos les pusieran la etiqueta de prometidos. Yo había soportado sin sufrir los encuentros de una Sophie medio sonámbula con muchachos que no hacían —y ni siquiera eso— sino procurarle momentos de olvido. Sus relaciones con Volkmar me inquietaron, porque ella me las ocultaba. No es que disimulara nada, simplemente me arrebataba mi derecho a inmiscuirme en su vida. Y bien es verdad que yo era menos culpable hacia ella que al principio de nuestra amistad, pero siempre se ve uno castigado a destiempo. Sophie era, sin embargo, lo bastante generosa para seguir teniendo conmigo afectuosas atenciones, y tanto más quizá cuanto que empezaba a juzgarme. Yo me equivocaba, pues, sobre el final de este amor al igual que me había equivocado respecto a su comienzo. Hay momentos en que aún creo que ella me amó hasta su último suspiro, pero desconfío de una opinión en la que mi orgullo se halla comprometido hasta tal punto. Había en Sophie un fondo de salud mental tan fuerte como para permitirle toda suerte de convalecencias amorosas: hay veces en que me la imagino casada con Volkmar, como un ama de casa rodeada de niños, aprisionando en una faja de goma rosa su ancha cintura de mujer cuarentona. Lo que invalida esta imagen es que Sophie murió exactamente en la misma atmósfera y luz pertenecientes a nuestro amor. En ese sentido y como se decía por entonces, tengo la impresión de haber ganado la guerra. Para expresarme de una manera menos odiosa, digamos simplemente que yo había sido más exacto en mis deducciones que Volkmar en sus cálculos y que existía, ciertamente, una afinidad de especie entre Sophie y yo. Pero durante aquella semana de Navidad, Volkmar gozó todos los triunfos.

Aún llamaba yo alguna vez por las noches a la puerta de Sophie para humillarme asegurándome que no estaba sola; antaño, es decir, un mes antes, en las mismas circunstancias, la risa falsa y provocativa de Sophie me hubiese tranquilizado casi tanto como lo hubieran hecho sus lágrimas. Pero abrían la puerta; la glacial corrección de aquella escena contrastaba con el antiguo desorden de ropa esparcida por el suelo y de botellas de licor; y Volkmar me ofrecía, con un gesto seco, su pitillera. No hay nada que soporte menos que el verme tratado con indulgencia; daba media vuelta figurándome sus murmuraciones y los insulsos besos que se darían después de salir yo. Hablaban de mí, además, y yo tenía razón al no ponerlo en duda. Entre Volkmar y yo existía un odio tan cordial que hay momentos en que me pregunto si no habría puesto sus ojos en Sophie únicamente porque todo

Kratovicé nos unía. Pero preciso es que aquella mujer me interesara más apasionadamente de lo que suponía, cuando tanto me cuesta admitir que aquel imbécil la amase.

Jamás vi velada de Navidad más alegre que en Kratovicé durante aquel invierno de guerra. Irritado por los ridículos preparativos de Conrad y de Sophie, yo me había eclipsado con el pretexto de un informe que debía hacer. Hacia la medianoche, la curiosidad, el hambre y el murmullo de risas, así como el sonido algo cascado de uno de mis discos preferidos, me llevaron al salón donde las parejas daban vueltas a la luz de una lumbre de leña y de dos docenas de lámparas descabaladas. Una vez más, sentía la impresión de no participar en la alegría de los demás y por mi culpa, pero la amargura no era menor por ello. Habían preparado una cena a base de jamón crudo, de manzanas y de whisky, sobre una de las consolas ornada con recargados dorados; la misma Sophie había amasado el pan. La enorme anchura de espaldas del médico Paul Rugen me ocultaba la mitad de la estancia; con un plato en las rodillas aquel gigante despachaba con rapidez su parte de vituallas, con la premura de siempre por volver al hospital instalado en las antiguas cocheras del príncipe Pierre. Yo hubiera perdonado a Sophie de haber sido a éste y no a Volkmar a quien ella hubiera acudido. Chopin, que tenía una solitaria predilección por los juegos de sociedad, se afanaba por construir un edificio con cerillas en el gollete roto de una botella. Conrad, con su habitual torpeza, se había cortado en un dedo al tratar de partir el jamón en lonchas finas; con un pañuelo envolviéndole el índice a modo de venda, trataba de aprovechar la silueta del mismo para proyectar sombras diversas en la pared con ambas manos. Estaba pálido y todavía cojeaba un poco debido a una herida reciente. De cuando en cuando paraba de gesticular para ocuparse del gramófono.

La Paloma había dado paso a no sé qué canciones gangosas; Sophie cambiaba de pareja a cada baile. Bailar era una de las cosas que mejor hacía: giraba como una llama de fuego, ondulaba como una flor, se deslizaba como un cisne. Se había puesto un vestido azul, a la moda de 1914, el único traje de baile que poseyó en su vida, y aun así, creo que no se lo puso más de dos veces. Aquel vestido, a un mismo tiempo pasado de moda y nuevo, bastaba para transformar en heroína de novela a nuestra camarada del día anterior. Una multitud de muchachas vestidas de tul azul se reflejaban en todos los espejos y eran las únicas invitadas de la fiesta; el resto de los hombres se veía reducido a formar parejas entre sí. Aquella misma mañana, pese a su pierna enferma, Conrad se había obstinado en trepar a lo alto de un roble para apoderarse de una mata de muérdago; esta imprudencia, propia de un chiquillo, había provocado la primera de las dos únicas querellas que con mi amigo tuve. La ocurrencia de esa mata de muérdago provenía de Volkmar; colgada de la sombría araña de cristal, que ninguno de nosotros había visto encendida desde las Navidades de nuestra infancia, servía a los jóvenes de pretexto para besar a su pareja. Cada uno de aquellos jóvenes pegó por turno sus labios a los de una Sophie altiva, divertida, condescendiente, bonachona y tierna. Cuando yo entré en el salón le había llegado el turno a Volkman; se dieron un beso que yo sabía, por experiencia, distinto de un beso de amor, pero que significaba indudablemente alegría, confianza, entendimiento. La exclamación de Conrad: «¡Anda, Eric! ¡Sólo faltabas tú!», obligó a Sophie a volver la cabeza. Yo permanecí en el hueco de la puerta, lejos de todas las luces, cerca del salón de música. Sophie era miope pero me reconoció, sin embargo, pues cerró los ojos. Apoyó las manos sobre aquellas aborrecidas hombreras que los Rojos clavaban, en ocasiones, en la carne de los oficiales blancos prisioneros, y el segundo abrazo que le dio a Volkmar fue un beso de desafío. Su pareja inclinaba sobre ella un rostro enternecido y apasionado a un mismo tiempo; si esa expresión es la del amor, locas están las mujeres cuando no huyen de nosotros y mi desconfianza hacia ellas no carece de razón. Con su atavío azul, que le dejaba los hombros al descubierto, y echando hacia atrás sus cortos cabellos —un poco quemados al rizárselos con las tenacillas—, Sophie le ofrecía a aquel bruto los labios más provocativos y falsos que jamás vi en una estrella de cine, a quien se le van los ojos detrás de la cámara. Aquello era demasiado. La cogí por el brazo y le di una bofetada. La sacudida o la sorpresa fueron tan grandes que retrocedió, dio una vuelta sobre sí misma, tropezó con el pie en una silla y cayó al suelo. Empezó a sangrar por la nariz, lo que vino a añadirse a la ridiculez de aquella escena.

El estupor de Volkmar fue tal que tardó un momento en abalanzarse sobre mí. Rugen se interpuso y creo que me sentó a la fuerza en un sillón Voltaire. Por poco acaba la fiesta con un numerito de boxeo; en pleno tumulto, Volkmar se desgañitaba reclamando disculpas. Creyeron que estábamos borrachos, lo que arregló la situación. Salíamos al día siguiente para una peligrosa misión y no se bate uno en duelo con un camarada, en una noche de Navidad y por una mujer a la que no ama. Me obligaron a estrechar la mano de Volkmar y el hecho es que yo echaba pestes únicamente contra mí. En cuanto a Sophie, había desaparecido con un gran crujido de tul arrugado. Al arrancarla a su pareja, yo había roto el cierre del fino collar de perlas que llevaba al cuello y que le había regalado su tía Galitzine el día de su confirmación. El inútil juguete estaba en el suelo, y yo me lo metí maquinalmente en el bolsillo. Nunca tuve después la ocasión de devolvérselo a Sophie y he pensado a menudo en venderlo, durante mis períodos de penuria, pero las perlas se habían puesto amarillentas y ningún joyero las hubiera aceptado. Aún lo conservo o, más bien, lo conservaba, en el fondo de un maletín que me robaron este año en España. Hay algunos objetos que uno guarda sin saber por qué.

Aquella noche, mis idas y venidas de la ventana al armario tuvieron la misma regularidad que los paseos de la tía

Prascovie. Yo paseaba descalzo y mis pasos sobre el piso no podían despertar a Conrad, que dormía detrás de la cortina. Más de diez veces, buscando en la oscuridad mis zapatos y mi chaqueta, estuve a punto de ir a la habitación de Sophie, a la que estaba seguro de encontrar sola esta vez. Movido por la ridícula necesidad de ver claro de un cerebro apenas adulto, aún seguía preguntándome si quería a esa mujer. Y bien es cierto que hasta el momento me faltaba esa prueba con la cual los menos groseros de entre nosotros averiguan la autenticidad del amor, y Dios sabe que le guardaba rencor a Sophie por mis propias vacilaciones. Pero lo peor de aquella muchacha que se abandonaba a todos era que uno no podía pensar en comprometerse con ella si no era para toda la vida. En una época en que todo era indeciso, yo me decía que aquella mujer, al menos, era fuerte como la tierra, sobre la cual puede uno edificar o acostarse. Hubiera sido hermoso empezar un nuevo mundo con ella, en una soledad de náufragos. Yo sabía que, hasta ahora, había vivido encerrado en unos límites; mi posición se haría inaguantable. Conrad envejecería, yo también y la guerra no siempre serviría de excusa para todo. Al pie del armario de luna, unas repulsas no todas innobles triunfaban sobre unas conformidades no todas desinteresadas. Me preguntaba, con una supuesta sangre fría, lo que contaba hacer con aquella mujer y la verdad era que no estaba dispuesto a considerar a Conrad como a mi cuñado. No abandona uno a un amigo divinamente joven, de veinte años, para seducir —pese a uno mismo— a su hermana. Y luego, como si mi vaivén por la habitación me hubiera llevado a la otra extremidad del péndulo, volvía a ser temporalmente ese personaje a quien importaba un bledo mis complicaciones personales y que se parecía, sin duda, rasgo por rasgo, a todos los de mi raza que, antes que yo, habían buscado novia. Aquel muchacho, menos complicado de lo que habitualmente soy, palpitaba como cualquiera al recuerdo de unos blancos senos. Un poco antes de levantarse el sol —si es que se levantaba, en aquellos días grises— oí el dulce rumor fantasmal que producen las vestiduras femeninas temblando al viento de un corredor; se oía rascar la puerta como lo hace un animal familiar cuando quiere que su amo le abra la puerta, y la respiración entrecortada de una mujer tras haber corrido hasta el final de su destino. Sophie hablaba en voz baja, pegada la boca a la puerta de roble, y las cuatro o cinco lenguas que conocía —entre ellas el francés y el ruso— le servían para murmurar de diferentes formas esas torpes palabras que, en todos los países, son siempre las más trilladas y más puras.

—Eric, mi único amigo, le suplico que me perdone.

—Sophie, querida Sophie, me voy... La veré en la cocina mañana, a la hora en que salgamos. Tengo que hablarle... Discúlpeme.

—Eric, yo soy quien le pide perdón.

El que pretende recordar palabra por palabra una conversación siempre me pareció un mentiroso o un mitómano. A mí nunca me quedan sino briznas, un texto lleno de agujeros, como un documento comido por los gusanos. Mis propias palabras, incluso en el instante en que las pronuncio, no las oigo. En cuanto a las de mi interlocutor, se me escapan y sólo recuerdo el movimiento de una boca al alcance de mis labios. Todo lo demás no es sino reconstitución arbitraria y falseada, y esto vale igualmente para las demás palabras que trato de recordar aquí. Si me acuerdo poco más o menos sin error de las pobres insulseces que nos dijimos aquella noche, se debe probablemente a que éstas fueron las últimas palabras dulces que Sophie me dijo en su vida. Tuve que renunciar a dar la vuelta a la llave en la cerradura sin hacer ruido. Uno cree vacilar o haber tomado una decisión, pero siempre se debe a razones pequeñas el que la balanza se incline a uno u otro lado. Mi cobardía o mi valor no llegaban hasta el punto de poner a Conrad frente a una explicación. Conrad, con su ingenuidad, había creído ver en mi gesto del día anterior una protesta contra las familiaridades que el primer recién llegado se tomaba con su hermana; ignoro todavía si yo me habría resignado a confesarle alguna vez que, durante cuatro meses, había estado mintiéndole por omisión. Mi amigo daba vueltas en la cama soñando, con los involuntarios gemidos que le arrancaba el roce de su pierna herida contra la sábana; volví a tenderme en mi cama, con las manos bajo la nuca y traté de no pensar más que en la expedición del día siguiente. Si hubiera poseído a Sophie aquella noche, creo que hubiera gozado con avidez de aquella mujer a quien acababa de marcar como algo mío ante los ojos de todos. Sophie, por fin dichosa, hubiera sido seguramente invulnerable a los ataques que pronto iban a separarnos para siempre: hubiera sido, pues, de mí, de quien fatalmente hubiera venido la ruptura. Tras unas cuantas semanas de desencanto o de deleite, mi vicio —desesperante e indispensable al mismo tiempo— me hubiera reconquistado; y ese vicio, pese a lo que pueda creerse, consiste menos en el amor por los chicos jóvenes que en amor a la soledad. Las mujeres no pueden vivir en soledad; todas la destrozan, aunque sólo sea para crear en ella un jardín. El ser que me constituye en aquello más inexorablemente personal que hay dentro de mí, hubiera terminado por vencer, con lo cual, de buen o mal grado, hubiera abandonado a Sophie, al igual que un jefe de Estado Mayor abandona una provincia demasiado alejada de la metrópolis. La hora de Volkmar hubiera vuelto infaliblemente a sonar para ella o, en su defecto, la hora de lanzarse a la calle. Hay cosas más limpias que una serie tal de desgarramientos y mentiras, que recuerdan el idilio del viajante y la criada, y hoy me parece que la desgracia no arregló tan mal las cosas. No es menos cierto que perdí probablemente una de las mejores oportunidades de mi vida. Pero existen oportunidades que, pese a todo, nuestro espíritu rechaza.

Hacia las siete de la mañana bajé a la cocina, en donde Volkmar me esperaba ya preparado para marchar. Sophie había calentado café y preparado unas provisiones con los restos de la cena de la noche anterior; era perfecta en esos cuidados propios de la mujer de un soldado. Nos dijo adiós en el patio, poco más o menos en el mismo lugar donde yo había enterrado a Texas una noche de noviembre. No estuvimos a solas ni un instante. Dispuesto a comprometerme en cuanto regresara, no me disgustaba, sin embargo, poner entre mi declaración y yo un plazo de tiempo que tal vez tuviese la duración de la muerte. Los tres parecíamos haber olvidado los incidentes de la víspera; aquella cicatrización, al menos aparente, era un rasgo de nuestra vida sin cesar cauterizada por la guerra. Volkmar y yo besamos la mano que nos tendían, y que siguió haciéndonos señas desde lejos, señas que cada uno de nosotros creía destinada a él solo. Nuestros hombres nos esperaban junto a los barracones, en cuclillas alrededor de una lumbre. Nevaba, lo que empeoraría el cansancio del camino, pero quizá nos salvaguardase de sorpresas. Los puentes habían saltado, pero el río estaba helado y seguro. Nuestro objetivo era llegar hasta Munau, en donde Brussarof se hallaba bloqueado en una situación más expuesta que la nuestra, y proteger —en caso de necesidad— su repliegue sobre nuestras líneas.

Las comunicaciones telefónicas estaban cortadas desde hacía unos días entre Munau y nosotros, sin que supiéramos si era menester atribuirlo a la tempestad o al enemigo. En realidad, el pueblo había caído en manos de los Rojos la víspera de Navidad. El resto de las tropas de Brussarof, duramente afectado, se había refugiado en Gurna. El mismo Brussarof se hallaba gravemente herido y murió una semana más tarde. En ausencia de otros jefes, me incumbió la responsabilidad de organizar la retirada. Intenté un contraataque sobre Munau, con la esperanza de recobrar a los prisioneros y el material de guerra, lo que logró únicamente debilitarnos más aún. Brussarof, en sus momentos de lucidez, se obstinaba en no abandonar Gurna, cuya importancia estratégica exageraba. Además, yo siempre consideré bastante incapaz a ese supuesto héroe de la ofensiva de 1914 contra nuestra Prusia Oriental. Era indispensable que uno de nosotros se acercase a Kratovicé para traer a Rugen, y seguidamente se encargara de llevarle a Von Wirtz un informe exacto sobre nuestra situación, o más bien dos informes, el de Brussarof y el mío. Si elegí a Volkmar para esta misión fue porque era el único que poseía el tacto suficiente para tratar con el comandante en jefe, y para convencer a Rugen de que se reuniese con nosotros, pues no he dicho que una de las particularidades de Paul consistía en albergar una aversión sorprendente hacia los oficiales de la Rusia Imperial, incluso hacia aquellos que militaban en nuestras filas, que eran casi tan irreductiblemente hostiles a los emigrados como a los bolcheviques. Además y por una curiosa deformación profesional, la abnegación de Paul por los heridos no iba más allá de las paredes de su ambulancia. Brussarof, que estaba muriéndose en Gurna, le interesaba menos que cualquiera de los heridos que había operado recientemente.

Entendámonos, no quiero ser acusado de mayor perfidia de la que soy capaz. Yo no trataba de quitarme de encima a un rival (este término hace sonreír) encargándole una misión peligrosa. Partir no era más peligroso que quedarse y no creo que Volkmar me guardara rencor por exponerlo a un riesgo suplementario. Tal vez se lo esperase y, llegado el caso, él hubiera hecho lo mismo conmigo. La otra solución hubiera sido volver yo mismo a Kratovicé dejando el mando en manos de Volkmar, pues Brussarof estaba delirando y ya no contaba para nada. En aquel momento, Volkmar se enfadó de que se le atribuyese el papel menos importante; tal y como después sucedieron las cosas, supongo que me agradecería el haber tomado sobre mí la mayor responsabilidad. Tampoco es cierto que yo lo mandase a Kratovicé para ofrecerle una última oportunidad de suplantarme definitivamente cerca de Sophie: ésas son finuras de las que uno no se da cuenta hasta después. Yo no desconfiaba de Volkmar, lo que tal vez hubiera sido normal entre ambos: contra todo lo esperado, había dado muestras de ser bastante buena persona durante aquellos días que pasamos uno al lado de otro. En esto, como en muchas otras cosas, me fallaba el olfato. Las virtudes de camaradería de Volkmar no eran, para hablar con propiedad, un revestimiento hipócrita, sino una especie de gracia de estado militar que él se ponía y se quitaba junto con el uniforme. Hay que decir también que sentía hacia mí un antiguo odio animal y no sólo interesado. Yo era, a sus ojos, un objeto de escándalo probablemente tan repugnante como una araña. Es posible que creyera un deber advertirle a Sophie en contra mía y aún debo agradecerle el no haber jugado esa carta antes. Yo me suponía que era peligroso para mí ponerlo frente a Sophie, a suponer que ésta me importase mucho, pero no era el momento adecuado para consideraciones de esa clase y, de todos modos, mi orgullo me hubiese impedido detenerme en ellas. En cuanto a perjudicarme cerca de Von Wirtz, estoy persuadido de que no lo hizo. Aquel tal Volkmar era un hombre honrado, hasta cierto punto, como todo el mundo.

Rugen llegó unos días más tarde, flanqueado por camiones blindados y una ambulancia. Nuestra estancia en Gurna no podía prolongarse, así que determiné llevarnos a Brussarof a la fuerza. Murió por el camino, como era de prever, y resultaría tan molesto de muerto como lo fue de vivo. Nos atacaron más arriba del río y sólo conseguí salvar a un puñado de hombres con los que seguí hasta Kratovicé. Los errores que cometí durante aquella retirada en miniatura me sirvieron unos meses más tarde para las operaciones efectuadas en la frontera de Polonia, y cada uno de aquellos muertos de Gurna me ayudó después a salvar una docena de vidas. Poco importa: los vencidos nunca tienen razón y yo merecía todos los vituperios que cayeron sobre mí, salvo el de no haber obedecido las órdenes de un enfermo cuyo cerebro empezaba ya a disgregarse. La muerte de Paul, sobre todo, me trastornó: yo no tenía otro amigo. Me doy cuenta de que esta afirmación parece contradecir todo lo que llevo dicho hasta aquí. Si uno se detiene a pensarlo, es bastante difícil, sin embargo, poner de acuerdo esas contradicciones. Pasé la primera noche que siguió a mi regreso en los barracones, tendido en uno de esos jergones cuajados de piojos que añadían a nuestros peligros el del tifus exantemático, y creo que dormí con la pesadez de un muerto. No había cambiado de resolución en lo que a Sophie concernía y, por lo demás, carecía de tiempo para pensar en ella, mas tal vez no quisiera poner el pie en la trampa inmediatamente, aun habiendo aceptado ser atrapado en ella. Todo, aquella noche, me parecía innoble, inútil, embrutecedor y gris.

Al día siguiente, en una mañana de nieve derretida y de viento del oeste, franqueé la corta distancia existente entre los barracones y la mansión. Para subir al despacho de Conrad, lo hice por la escalera de honor, atestada de paja y de cajones hundidos, en lugar de subir por la de servicio, que yo casi siempre utilizaba. No me había lavado ni afeitado y me encontraba en estado de absoluta inferioridad en caso de hallarme ante una escena de reproches o de amor. La escalera estaba muy oscura, tan sólo iluminada por la luz de una rendija de un postigo cerrado. Entre el primero y el segundo piso me encontré súbitamente cara a cara con Sophie, que bajaba la escalera. Llevaba puesta la pelliza y las botas para la nieve, así como una ligera toquilla de lana tapándole la cabeza, a la manera de esos pañuelos de seda que se ponen las mujeres este año en las playas. En la mano sostenía un paquete envuelto en un trapo de cocina atado por las cuatro esquinas, pero yo ya la había visto en muchas otras ocasiones con paquetes semejantes en sus visitas a la ambulancia o a la mujer del jardinero. Nada de todo aquello era nuevo para mí y lo único que hubiese podido ponerme sobre aviso hubiera sido su mirada. Pero procuró eludir la mía.

—Sophie, ¿cómo sale usted con un tiempo tan malo? —bromeé yo tratando de cogerle la muñeca.

—Sí —dijo ella—. Me marcho.

Su voz me hizo comprender que se trataba de algo serio y que, en efecto, estaba decidida a salir.

—¿Adónde va usted?

—Eso no le incumbe —dijo ella apartando la muñeca con seco ademán, y en su garganta se notó una ligera hinchazón, semejante al bulto que en el cuello tienen las palomas, indicando así que se tragaba un sollozo.

—¿Y se puede saber por qué se marcha, querida?

—¡Ya estoy harta! —repitió ella con un movimiento convulsivo en los labios, que al instante me recordó el tic de la tía Prascovie—. ¡Ya estoy harta!

Y cambiando su ridículo paquete de la mano izquierda a la mano derecha, paquete que le daba el aspecto de una criada a quien hubieran echado a la calle, se abalanzó para escapar y sólo consiguió bajar un peldaño, lo que nos acercó a pesar suyo. Entonces, respaldándose contra el muro de manera tal que le permitiese dejar entre ambos el mayor espacio posible, alzó hacia mí, por primera vez, unos ojos horrorizados.

—¡Ah! —dijo—. Todos ustedes me dan asco.

Estoy seguro de que las palabras que después soltó al azar no eran de ella, y no es difícil adivinar de quién las tomaba. Parecía una fuente escupiendo lodo. Su rostro tomaba la expresión de una grosera campesina: en ocasiones he visto esas explosiones de obscenidad en las mujeres del pueblo. Poco importaba que sus acusaciones fueran o no justificadas y además, todo lo que se suele decir sobre esas materias son siempre falsedades, pues las verdades sensuales escapan al lenguaje y están hechas únicamente para ser susurradas de unos labios a otros. La situación se esclarecía: yo tenía ante mí a un adversario y el haber supuesto que había odio dentro de la abnegación de Sophie me tranquilizaba al menos sobre mi clarividencia. Es posible que una confidencia total por mi parte le hubiera impedido pasarse de esta manera al enemigo, mas esas consideraciones resultan inútiles, como las que establecen la posible victoria de Napoleón en Waterloo.

—¿Y supongo que todas esas infamias las sabe usted por Volkmar?

—¡Oh, ese...! —contestó con tal aire de desprecio que no me dejó duda alguna sobre los sentimientos que albergaba por él. En aquel momento debía de confundirnos a ambos en un mismo desprecio, y junto con nosotros a todo el resto de los hombres.

—¿Sabe usted lo que me extraña? Que esas encantadoras ideas no se le hayan ocurrido hace ya mucho tiempo —dije con el tono más despreocupado posible y tratando, no obstante, de arrastrarla a uno de esos debates en que ella se hubiera perdido dos meses atrás.

—Sí —respondió distraídamente—. Sí, pero no tiene importancia.

No estaba mintiendo: nada tiene importancia para las mujeres si no es ellas mismas, y cualquier otra opción les parece una locura crónica o una aberración pasajera. Le iba a preguntar ásperamente qué era lo que le importaba entonces, cuando vi descomponerse su rostro y sus ojos, estremeciéndose en un nuevo ataque de desesperación, como si estuviera bajo la punzada intensa de un neuralgia.

—De todos modos, nunca creí que mezclara usted a Conrad en esto.

Volvió débilmente la cabeza y sus pálidas mejillas se llenaron de fuego, como si la vergüenza de semejante acusación fuera demasiado grande para no salpicarla también a ella. Comprendí entonces que la indiferencia hacia los suyos, que tanto me había escandalizado en Sophie, era un síntoma engañoso, una astucia del instinto para mantenerlos lejos de la miseria y del fango en que ella creía haber caído; y que su ternura hacia su hermano había seguido manando a través de mí, invisible como un manantial en el agua salada del mar. Aún más, había investido a Conrad con todos los privilegios y virtudes a los que renunciaba, como si aquel frágil muchacho fuera su inocencia. El ver que ella tomaba su defensa en contra mía me alcanzó en el punto más sensible de mi mala conciencia. Todas las respuestas hubieran sido buenas, salvo aquella con la que tropecé por irritación, por timidez, por un deseo apresurado de herir para vengarme. En lo más profundo de nosotros vive un patán insolente y obtuso, y él fue quien replicó:

—Las mujeres del arroyo no tienen por qué encargarse de vigilar las costumbres, querida amiga.

Me miró con sorpresa, como si, de todos modos, no se esperase aquello y me percaté demasiado tarde de que hubiese aceptado con gozo una negativa por mi parte y que, en cambio, una confesión hubiera provocado en ella un torrente de lágrimas. Inclinada hacia delante y frunciendo el ceño buscó una respuesta a esta frasecita que nos separaba más que una mentira o que un vicio y, al no encontrar más que un poco de saliva en su boca, me escupió a la cara. Apoyado en la barandilla la miré estúpidamente bajar las escaleras, con paso a un mismo tiempo pesado y rápido. Una vez abajo se enganchó sin querer la pelliza en el clavo herrumbroso de un cajón de embalaje y tiró, desgarrando todo un trozo del chaquetón de nutria. Un instante después oí cerrarse la puerta del vestíbulo.

Me limpié la cara con la manga antes de entrar a ver a Conrad. El ruido de ametralladora y de máquina de coser del telégrafo crepitaba al otro lado de las contraventanas abiertas. Conrad estaba trabajando de espaldas a la ventana, acodado a una enorme mesa de roble esculpido, en medio de aquel despacho donde un abuelo maníaco había amontonado una grotesca colección de recuerdos de caza. Una serie ridícula y siniestra de animalitos disecados llenaba las estanterías y siempre me acordaré de una ardilla ataviada de manera risible con una chaqueta y un gorrito tirolés, cubriendo su pelaje comido por los gusanos. Pasé unos cuantos de los momentos más críticos de mi vida en aquella estancia que olía a alcanfor y a naftalina. Conrad apenas levantó, al verme, su cara pálida y surcada por el agotamiento y la inquietud. Me fijé en que el mechón de pelo rubio, que se obstinaba en caer sobre su frente, empezaba a ser menos tupido y brillante que antaño: empezaría a quedarse calvo a los treinta años. Conrad, como buen ruso, era uno de los fanáticos admiradores de Brussarof; me creía equivocado, tanto más cuanto que se había angustiado mucho por mí. Me interrumpió en cuanto empecé a hablar.

—Volkmar no creía que Brussarof estuviese herido mortalmente.

—Volkmar no es médico —le contesté yo, y el choque que me produjo este nombre hizo que se desbordara en mí todo el rencor contra aquel personaje, del que no me sentía capaz diez minutos antes—. Paul pensó enseguida que a Brussarof no le quedaban más de cuarenta y ocho horas de vida...

—Y como Paul no está aquí, sólo nos queda creer en tu palabra.

—Di enseguida que hubieras preferido que no volviese.

—¡Ah, cuánto asco me dais todos! —dijo cogiéndose la cara entre sus estrechas manos, y me sorprendió lo idéntico que fue aquel grito al de la fugitiva. El hermano y la hermana eran igualmente puros, intolerantes e irreductibles.

Mi amigo no me perdonó jamás la pérdida de aquel anciano imprudente y mal informado, pero sostuvo en público hasta el final ese modo de obrar que para sí juzgaba imperdonable. De pie ante la ventana, yo escuchaba a Conrad sin interrumpirle; aún más, apenas si le oía. Una figura pequeña, que se destacaba sobre un fondo de nieve, de barro y de cielo gris, ocupaba mi atención y mi único temor era que Conrad se levantase cojeando y acudiera a su vez a echar una ojeada por la ventana. Ésta daba al patio y, más allá de la antigua panadería, se vislumbraba un recodo de la carretera que conducía al pueblo de Mârba, a la otra orilla del lago. Sophie caminaba penosamente, arrancando con esfuerzo del suelo sus pesadas botas, que iban dejando tras ella unas huellas enormes; agachaba la nuca, cegada sin duda por el viento, y su hatillo le hacía parecerse, desde lejos, a una vendedora ambulante. Contuve la respiración hasta el momento en que su cabeza, envuelta en la toquilla, desapareció por detrás del pequeño muro en ruinas que bordeaba la carretera. La censura que la voz de Conrad seguía vertiendo sobre mí, yo la aceptaba a cambio de los justificados reproches que hubiera tenido derecho a hacerme de haber sabido que yo consentía en que Sophie se marchara sola y sin esperanza de regresar, en una dirección desconocida. Estoy seguro de que, en aquel momento, ella tenía justo el valor necesario para seguir andando sin volver atrás la cabeza. Conrad y yo hubiéramos podido alcanzarla fácilmente y traerla a casa a la fuerza, y eso era precisamente lo que no quería. Por rencor, en primer lugar, y además porque, después de lo sucedido entre ella y yo, ya no soportaba volver a verla, ni que entre nosotros se instalara de nuevo aquella situación monótona y tensa. Por curiosidad también, y aunque sólo fuera por dejar a los acontecimientos la oportunidad de desarrollarse por sí mismos. Una cosa al menos estaba clara: ella no iba a arrojarse en brazos de Volkmar. Contrariamente también a la idea que un momento antes me había pasado por la cabeza, aquel camino de sirga abandonado no la llevaba a las avanzadillas rusas. Yo conocía demasiado bien a Sophie para saber que nunca volveríamos a verla viva en Kratovicé, pero conservaba, pese a todo, la certidumbre de que un día u otro nos encontraríamos frente a frente. Aun habiendo sabido en qué circunstancias, creo que no habría hecho nada por interponerme en su camino. Sophie no era ninguna niña y yo respeto lo suficiente a las personas, a mi manera, como para no impedirles que tomen sus responsabilidades.

Por muy extraño que esto pueda parecer, pasaron cerca de treinta horas antes de que fuera descubierta la desaparición de Sophie. Como era de esperar, fue Chopin quien dio la alarma. Había visto a Sophie el día anterior al mediodía, en el lugar en que el camino que va hacia Mârba se separa de la orilla y se adentra por un bosquecillo de pinos. Sophie le había pedido un cigarrillo y, como sólo le quedaba uno, él lo había compartido con ella. Se habían sentado uno al lado del otro en el banco viejo que aún quedaba allí, testimonio desvencijado de una época en que todo el estanque se hallaba comprendido dentro de los límites del parque, y Sophie le había preguntado por su mujer a Chopin, pues ésta acababa de dar a luz en una clínica de Varsovia. Al marcharse, ella le había pedido que no contara nada de aquel encuentro.

—Sobre todo, nada de habladurías, ¿me has comprendido? Es Eric quien me envía, sabes...

Chopin estaba acostumbrado a verla llevar peligrosos mensajes por orden mía, cosa que me reprochaba en silencio. Al día siguiente, no obstante, me preguntó si yo le había encargado alguna misión a la muchacha, en dirección a Mârba. Tuve que contentarme con encogerme de hombros; Conrad, inquieto, insistió; tuve entonces que mentir y manifestarle que no había visto a Sophie desde que había regresado. Hubiera sido más prudente admitir que me había cruzado con ella por la escalera, pero uno miente casi siempre para sí mismo y para esforzarse por alejar un recuerdo.

Al día siguiente, unos refugiados rusos recién llegados a Kratovicé aludieron a una joven campesina vestida con una pelliza de pieles, con quien habían tropezado a lo largo del camino, bajo el tejadillo de una choza en donde estuvieron descansando durante una ráfaga de nieve. Habían intercambiado con ella saludos y bromas entorpecidas por su ignorancia del dialecto, y ella les había ofrecido su pan. A las preguntas que uno de ellos le había hecho en alemán, ella había contestado meneando la cabeza, como si no conociese más que el dialecto local. Chopin insistió para que Conrad organizase una búsqueda por los alrededores, lo que no dio ningún resultado. Todas las granjas que por aquella parte había estaban abandonadas y las huellas solitarias que se encontraron en la nieve hubieran podido pertenecer igualmente a un merodeador o a un soldado. Al día siguiente, el mal tiempo disuadió incluso al mismo Chopin de continuar sus exploraciones y un nuevo ataque de los Rojos nos obligó a preocuparnos de otra cosa que no fuera la huida de Sophie.

Conrad no me había encargado la custodia de su hermana y yo, después de todo, no era quien la había empujado voluntariamente por los caminos. No obstante, durante todas aquellas largas noches, la imagen de la joven pateando el barro helado obsesionó mi insomnio tan obstinadamente como si se hubiera tratado de un fantasma. Y de hecho, Sophie muerta nunca me persiguió tanto como lo hacía por aquel entonces Sophie desaparecida. A fuerza de reflexionar sobre las circunstancias de su partida, di con una pista que guardé para mí. Me figuraba desde hacía mucho tiempo que la toma de Kratovicé a los Rojos no había interrumpido por completo las relaciones entre Sophie y el antiguo dependiente de la librería, Grigori Loew. Ahora bien, el camino hacia Mârba también llevaba a Lilienkron, en donde la madre de Loew ejercía la doble y lucrativa profesión de comadrona y de modista. Su marido, Jacob Loew, había practicado el oficio casi tan oficial y más lucrativo aún de la usura, mucho tiempo sin saberlo su hijo —quiero creerlo así— y después para gran repugnancia de éste. Durante las represalias de las tropas antibolcheviques, el tío Loew fue asesinado en el umbral de la prendería y ahora desempeñaba, en la pequeña comunidad judía de Lilienkron, el interesante puesto de mártir. En cuanto a la mujer, aunque sospechosa desde todos los puntos de vista, puesto que su hijo era un alto mando del ejército bolchevique, había conseguido hasta ese día seguir en la comarca, y tanta habilidad o bajeza no me predisponían a su favor. Después de todo, la lámpara colgante de porcelana y el salón tapizado de reps escarlata de la familia Loew habían sido para Sophie la única experiencia personal fuera de Kratovicé, y desde el momento en que ella nos dejaba, no podía hacer más que volverse hacia ellos. Yo no ignoraba que había consultado a la tía Loew, por aquella época en que se creía amenazada por enfermedad o embarazo, consecuencia de la violación que fue su primer infortunio. Para una mujer como ella, el haber puesto ya una vez su confianza en aquella matrona israelita era una razón para confiarse de nuevo y siempre. Además —y yo debía de ser bastante perspicaz para percatarme de ello a la primera ojeada, pese a mis prejuicios más queridos—, el rostro de aquella anciana deformado por la grasa reflejaba una densa bondad. En la vida de cuartel que le habíamos hecho llevar a Sophie, quedaba siempre entre ellas dos la frammasonería de las mujeres.

Con el pretexto de contribuciones de guerra, salí para Lilienkron llevando conmigo a unos cuantos hombres en un viejo camión blindado. El chirriante vehículo se detuvo delante de la casa medio rural, medio urbana, en donde la tía Loew tendía su colada al sol de febrero y aprovechaba, para extenderla bien, el jardín abandonado de sus vecinos ausentes. Por encima de su vestido negro y del delantal de tela blanca, reconocí la pelliza corta y rota de Sophie, ridículamente estrecha para la cintura de la vieja. El registro no hizo sino revelar la cantidad esperada de barreños esmaltados, de antisépticos y de revistas de moda traídas de Berlín, que databan de cinco o seis años atrás. Mientras mis soldados revolvían los armarios atestados de ropa vieja, que algunas campesinas a corto de dinero habían dejado en pago a la comadrona, la tía Loew me hizo sentar en el canapé rojo del comedor. Al mismo tiempo que se negaba a explicarme cómo se hallaba en su poder la pelliza de Sophie, insistía para que tomase al menos un vaso de té, con una mezcla de asquerosa obsequiosidad y de hospitalidad bíblica. Semejante refinamiento de cortesía acabó por parecerme sospechoso y entré en la cocina justo a tiempo para impedir que las llamas que lamían el samovar terminaran de consumir una decena de mensajes del querido Grigori. La tía Loew, por superstición maternal, había guardado aquellos papeles comprometedores, de los cuales el último databa de quince días atrás por lo menos y, por consiguiente, nada podían revelarme de lo que yo iba buscando. Convicta de entendimiento con los Rojos, la vieja judía iría derechita al paredón, aunque aquellos papeles ennegrecidos sólo contuvieran fútiles testimonios de afecto filial, y aun así, podía tratarse de un código. Las pruebas eran más que suficientes para justificar una detención a los propios ojos de la interesada. Cuando volvimos a sentarnos en el diván tapizado de reps rojo, la anciana se resignó a transigir entre el silencio y la confesión. Confesó que Sophie, extenuada, había estado en su casa descansando el jueves por la tarde; se había vuelto a marchar ya de noche. En cuanto al objetivo de su visita, en un principio no obtuve ni la más mínima aclaración.

—Quería verme, eso es todo —dijo con tono enigmático la vieja judía, guiñando los ojos con nerviosismo, unos ojos que aún seguían siendo hermosos a pesar de sus párpados hinchados.

—¿Estaba encinta?

Aquello no era sólo una brutalidad gratuita. Un hombre a corto de certidumbres llega lejos por el campo de las hipótesis. Si alguna de aquellas aventuras de Sophie hubiera tenido consecuencias, la joven hubiera huido de mí exactamente de la misma manera que lo había hecho, y la disputa de la escalera hubiese servido para camuflar las razones secretas de aquella huida.

—Vamos, señor oficial. Una persona como la joven condesa no es como una de estas campesinas.

Acabó por confesar que Sophie había ido a Lilienkron con la intención de pedir ropa de hombre prestada, de la que había pertenecido a Grigori.

—Se probó la ropa en ese mismo sitio en donde usted se encuentra ahora, señor oficial. Yo no podía negársela. Pero no le estaba bien, era demasiado alta.

Recordé, en efecto, que a la edad de diecisiete años, Sophie ya le llevaba la cabeza al desmedrado dependiente de la librería. Resultaba cómico imaginarla esforzándose por ponerse los pantalones y la chaqueta de Grigori.

La tía Loew le había ofrecido un vestido de campesina, pero Sophie se había obstinado en su idea y terminaron por encontrarle ropa de hombre poco más o menos decente. También le habían procurado un guía.

—¿Y quién es ese guía?

—Todavía no ha vuelto —se contentó con responder la vieja judía, cuyas mejillas caídas empezaron a temblar.

—Y es precisamente porque no ha vuelto por lo que usted no ha tenido carta de su hijo esta semana. ¿Dónde están?

—Si lo supiera, señor, creo que tampoco se lo diría —repuso ella con cierta nobleza—. Pero aun suponiendo que lo supiera hace unos días, ya se figurará usted que mis informaciones no tendrían ningún valor en estos momentos.

Aquello era de sentido común y la gruesa mujer que, a pesar suyo, daba muestras de terror físico, no carecía de un secreto coraje. Sus manos cruzadas sobre el vientre temblaban convulsivamente, pero las bayonetas hubieran sido tan impotentes con ella como con la madre de los Macabeos. Yo ya estaba decidido a dejar la vida salva a aquella mujer que, después de todo, no había hecho más que entrar en la partida que Sophie y yo jugábamos uno contra el otro. Aquello no arregló nada, pues unas semanas más tarde unos soldados acabaron con la anciana judía, pero en lo que a mí concernía, lo mismo hubiera podido aplastar a un gusano que matar a aquella desdichada. Hubiera sido menos indulgente de haber tenido a Grigori o a Volkmar frente a mí.

—¿Y la señorita de Reval le había confiado seguramente su proyecto desde hace mucho tiempo?

—No. Había hablado de ello el pasado otoño —dijo con esa tímida manera de mirar que trata de percatarse de si el interlocutor está o no informado—. Desde entonces, no había vuelto a decir nada.

—Bien —dije levantándome, y metí al mismo tiempo en mi bolsillo el paquete carbonizado de las cartas de Grigori.

—¿Sabe usted a cuántos peligros se ha expuesto al ayudar a la señorita de Reval a pasarse al enemigo?

—Mi hijo me dijo que me pusiera al servicio de la joven condesa —me contestó la comadrona, a quien parecía importarle poco la fraseología de los nuevos tiempos—. Si ha conseguido reunirse con él —añadió como a pesar suyo, y su voz no pudo contener un cacareo de orgullo—, pienso que mi Grigori y ella se habrán casado. Esto facilita también las cosas.

En el camión que me devolvía a Kratovicé, me puse a reír en alto de mi solicitud para con la joven señora Loew. Cierto era que, con toda probabilidad, el cuerpo de Sophie más bien estaría en aquel momento tendido en una cuneta o detrás de un matorral, con las rodillas dobladas, los cabellos manchados de barro, semejante al cadáver de una perdiz o de un faisán deteriorado por un cazador furtivo. De las dos posibilidades, es natural que yo prefiriese esta última.

No le oculté nada a Conrad de los informes obtenidos en Lilienkron. Yo necesitaba, sin duda, saborear aquella amargura en compañía de alguien. Estaba claro que Sophie había obedecido al impulso que empuja a una mujer abandonada o seducida —incluso sin tendencia a soluciones extremas— a entrar en un convento o en un burdel. Sólo Loew me estropeaba un poco estas consideraciones, pero yo tenía la suficiente experiencia por aquella época para saber que uno no elige a los comparsas de su vida. Yo había sido el único obstáculo para que no creciera en Sophie el germen revolucionario; desde el momento en que arrancaba ese amor, no podía sino comprometerse a fondo por un camino jalonado con las lecturas de su adolescencia, por la camaradería excitante del joven Grigori y por esa repugnancia que las almas sin ilusiones sienten por el medio que las vio crecer. Pero Conrad tenía esa tara nerviosa de no poder aceptar nunca los hechos tal y como son, sin prolongaciones dudosas de interpretaciones o hipótesis. A mí me afectaba el mismo vicio pero, al menos, mis suposiciones no se convertían —como en su caso— en un mito o en una novela vivida. Cuanto más reflexionaba Conrad sobre aquella secreta huida, sin una carta, sin un beso de adiós, más sospechaba la existencia de otros turbios motivos, que más valía dejar en la sombra, para la desaparición de Sophie. Aquel largo invierno en Kratovicé había convertido a los hermanos en extraños uno para el otro, tanto como sólo pueden llegar a serlo dos miembros de la misma familia. Después de mi regreso a Lilienkron, Sophie ya no fue para Conrad más que una espía cuya presencia entre nosotros explicaba nuestros sinsabores e incluso mi reciente derrota en Gurma.

Yo estaba tan seguro de la integridad de Sophie como de su valor, y aquellas acusaciones imbéciles abrieron una brecha en nuestra amistad. Siempre vi cierta bajeza en quienes creen con tanta facilidad en la indignidad de los demás. Mi estimación por Conrad disminuyó un poco a causa de esto, hasta el día en que comprendí que hacer de Sophie una Mata-Hari de película o de novela popular tal vez fuese para mi amigo una ingenua manera de honrar a su hermana, de prestarle a aquel rostro de grandes ojos locos esa belleza sobrecogedora que su ceguera de hermano no le había permitido hasta ahora reconocer en ellos. Peor aún: el indignado estupor de Chopin fue tal que aceptó sin discusión las explicaciones románticas y policiales de Conrad. Chopin había adorado a Sophie; su decepción era demasiado fuerte para que no le escupiese a aquel ídolo que se había pasado al enemigo. De nosotros tres, yo era ciertamente el de corazón menos puro y, no obstante, era el único que confiaba en Sophie, el único que trataba de pronunciar ese veredicto de inocencia que Sophie pudo, con toda justicia, aplicarse a sí misma antes de morir. Y es que los corazones puros se acomodan a una buena dosis de prejuicios, cuya ausencia quizá compense en los cínicos a la de los escrúpulos. También es verdad que yo ganaba más que perdía con aquel suceso, y no podía por menos —como tan a menudo me ha ocurrido en la vida— de hacer guiños de complicidad a aquella desgracia. Se pretende que el destino sobresale como nadie en el arte de apretar los nudos en torno al cuello del condenado a muerte; a mi entender, lo que sabe hacer muy bien, sobre todo, es romper los hilos. A la larga, y lo queramos o no, nos saca de apuros liberándonos de todo.

A partir de aquel día, Sophie quedó tan definitivamente enterrada para nosotros como si una bala hubiese agujereado su cuerpo y yo me hubiera traído su cadáver de Lilienkron. El vacío producido por su partida no fue proporcionado al lugar que había parecido ocupar entre nosotros. Había bastado con que desapareciese Sophie para que en aquella casa sin mujeres (la tía Prascovie era, todo lo más, un fantasma) reinase una calma propia de un convento de hombres o del sepulcro. Nuestro grupo, más reducido cada vez, recuperaba la gran tradición de la austeridad y del valor viriles. Kratovicé volvía a ser lo que había sido en tiempos que creíamos caducos: un puesto de la Orden Teutónica, una ciudadela avanzada de Caballeros Portadores de Espadas. Cuando pienso, pese a todo, en Kratovicé como en una cierta noción de la felicidad, recuerdo aquel período casi tanto como el de mi infancia. Europa nos traicionaba; el gobierno de Lloyd George favorecía a los sóviets, Von Wirk se iba a Alemania, abandonando definitivamente el embrollo ruso-báltico; las negociaciones de Dorpat, desde hacía tiempo, habían arrebatado toda la legalidad y casi todo sentido a nuestro núcleo de resistencia obstinado e inútil; al otro lado del continente ruso, Wrangel, sustituyendo a Denikine, pronto firmaría la lamentable declaración de Sebastopol, casi de la misma forma que un hombre firma su sentencia de muerte, y las dos ofensivas victoriosas de mayo y agosto en el frente de Polonia, aún no habían suscitado unas esperanzas pronto aniquiladas por el armisticio de septiembre y el consecutivo aplastamiento de Crimea... Pero este resumen que estoy haciendo aquí, lo cuento después de haber pasado los acontecimientos, al igual que la Historia, y no impide que yo viviera durante aquellas semanas tan libre de inquietudes como si al día siguiente tuviera que morir o vivir para siempre. El peligro saca a la luz lo peor del alma humana, pero también lo mejor. Como en el alma humana, generalmente, hay más malo que bueno, la atmósfera de la guerra es, a fin de cuentas, la más asquerosa que existe. Pero esto no me hará ser injusto con los escasos momentos de grandeza que pudo comportar. Si la atmósfera de Kratovicé era mortal para los microbios de la bajeza, fue seguramente porque tuve el privilegio de vivir junto a unos seres esencialmente puros. Los temperamentos como el de Conrad son frágiles y donde mejor se sienten es en el interior de una armadura. Entregados al mundo, a las mujeres, a los negocios, a los éxitos fáciles, su solapada disolución siempre me recordó al repugnante marchitamiento de los lirios, de esas sombrías flores en forma de hierro de lanza, cuya pegajosa agonía contrasta con el desecamiento heroico de las rosas. He conocido poco más o menos todos los sentimientos bajos, y no puedo decir que sea refractario al miedo. En cuanto a temores, Conrad era absolutamente virgen. Existen seres así, y son, a menudo, los más frágiles de todos, que viven a sus anchas en la muerte como si ésta fuera su elemento natal. Se habla con frecuencia de esa especie de investidura de los tuberculosos destinados a morir jóvenes; pero a veces he visto, en muchachos destinados a una muerte violenta, esa ligereza que es a un mismo tiempo su virtud y su privilegio de dioses.

El treinta de abril, en un día de rubia bruma y de luz tierna, abandonamos melancólicamente Kratovicé ya indefendible, con su parque triste, que después transformaron en parque de juegos para obreros soviéticos, y su asolado bosque por donde merodeaban aún, hasta los primeros años de la guerra, los únicos uros supervivientes de la prehistoria. La tía Prascovie se había negado a salir de allí y la habíamos dejado en manos de una vieja sirvienta. Más tarde me enteré de que sobrevivió a todas nuestras desgracias. El camino se hallaba cortado detrás de nosotros, pero yo albergaba la esperanza de reunirme con las fuerzas antibolcheviques en el sudoeste de la comarca y, en efecto, conseguí alcanzarlas cinco semanas más tarde, con el ejército polaco aún en plena ofensiva. Contaba, para ayudarme a abrirme paso de aquel modo desesperado, con la rebelión de los campesinos del distrito, agotados por el hambre; no me equivoqué, pero aquellos desdichados no tenían la posibilidad de darnos de comer, así que el hambre y el tifus se llevaron su cuota correspondiente de hombres antes de llegar a Vitna. Dije antes que el Kratovicé de comienzos de la guerra era Conrad y no mi juventud; es posible también que aquella mezcla de indigencia y de grandeza, de marchas forzadas y de cabelleras de sauces mojadas, en los campos inundados por la crecida de los ríos, de fusilamientos y de repentinos silencios, de retortijones de estómago y de estrellas temblando en la noche pálida, como nunca las vi temblar después, fuese para mí Conrad y no la guerra, y la aventura al margen de una causa perdida. Cuando pienso en aquellos últimos días de la vida de mi amigo, evoco automáticamente el poco conocido cuadro de Rembrandt que el azar de una mañana de aburrimiento y de nieve me hizo descubrir unos años más tarde en la Galería Frick de Nueva York, en donde me hizo el efecto de un fantasma con un número de orden y figurando en el catálogo. Aquel joven erguido sobre un caballo pálido, aquel semblante a un mismo tiempo sensible y hosco, aquel paisaje desolado en donde el animal alarmado parece olerse la desgracia, y la Muerte y la Locura infinitamente más presentes que en el viejo grabado alemán, pues para sentirlas muy cerca ni siquiera hace falta su símbolo... Fui mediocre en Manchuria, y me alabo de no haber desempeñado en España sino un papel lo más insignificante posible. Mis cualidades de jefe sólo dieron su medida en aquella retirada, y frente a un puñado de hombres a los que me ataba mi único pacto humano. Comparado con aquellos eslavos que se abismaban vivos en la desgracia, yo representaba el espíritu geométrico, el mapa de Estado Mayor, el orden. En el pueblo de Novogrodno, fuimos atacados por un destacamento de jinetes cosacos. Conrad, Chopin, unos cincuenta hombres más y yo nos atrincheramos en el cementerio, separados del resto de nuestras tropas, acantonadas en la aldea, por una amplia ondulación de terreno semejante a la palma de una mano. Al llegar la noche, los últimos caballos enemigos desaparecieron por los campos de centeno, pero Conrad, herido en el vientre, estaba agonizando.

Me temí que le faltase el valor para pasar ese amargo cuarto de hora más largo que toda su vida, ese mismo valor que a menudo nace de pronto en los que han temblado hasta entonces. Pero cuando por fin me fue posible ocuparme de él, ya había franqueado esa línea de demarcación ideal más allá de la cual ya no se le tiene miedo a la muerte. Chopin le había metido en la herida uno de aquellos paquetes de vendas que con tanto cuidado reservábamos; para las heridas menos graves, empleábamos musgo seco. Caía la noche; Conrad reclamaba luz con una voz débil, obstinada, infantil, como si la oscuridad fuese lo peor de la muerte. Encendí uno de los faroles de hierro que, por aquellas tierras, cuelgan sobre las tumbas. Aquella lamparilla visible desde muy lejos en la noche clara podía atraer los disparos, pero me importaba un bledo, como podrán figurarse. Sufría hasta tal punto que, más de una vez, pensé en rematarlo; si no lo hice, fue por cobardía. En pocas horas lo vi cambiar de edad y casi cambiar de siglo: se fue pareciendo sucesivamente a un oficial he-

rido de las campañas de Carlos XII, a un caballero de la Edad
Media tendido en un sepulcro, en fin, a cualquier moribundo
sin características de casta o de época, a un joven campesino,
a un batelero de esas provincias del Norte de donde procedía
su familia. Murió al amanecer, irreconocible, casi inconscien-
te, atiborrado de ron que Chopin y yo le dábamos, alternativamente: nos relevábamos para sostener a la altura de sus
labios el vaso lleno hasta el borde y para apartar de su rostro
a un enjambre empedernido de mosquitos.

Apuntaba el día y había que partir, mas yo me aferraba
salvajemente a la idea de celebrar una especie de funerales;
no podía enterrarlo así, como un perro, en un rincón del asolado cementerio. Dejé a Chopin con él y atravesé las hileras
de tumbas, tropezando, en medio de aquella semipenumbra,
con otros heridos. Llamé a la puerta del cuarto situado al extremo del jardín. El sacerdote había pasado la noche en el
sótano, temiendo a cada instante que volvieran a empezar los
fusilamientos; me lo encontré estupefacto de terror; creo que
tuve que sacarlo de allí pegándole con la culata de mi fusil.
Un poco más tranquilo, accedió a seguirme con un libro en
la mano; pero una vez reintegrado a sus funciones, se produjo la indudable gracia de estado y la breve absolución fue
dada con la misma solemnidad que en el coro de una catedral. Yo tenía la curiosa impresión de haber llevado a Conrad a buen puerto: muerto a manos del enemigo, bendecido
por un sacerdote, entraba en una categoría de destino que
hubieran aprobado sus antepasados; escapaba a los azares del
día siguiente. El disgusto personal no tiene que ver nada con
esa opinión, a la que de nuevo suscribo cada uno de los días
de estos veinte años, y el porvenir no me hará cambiar la idea de
que aquella muerte fue una suerte para él.

Después, y salvo en lo que concierne a los detalles puramente estratégicos, hay un fallo en mi memoria. Creo que
hay en cada vida unos períodos durante los cuales el hombre
existe realmente, y otros en que sólo es un aglomerado de

responsabilidades, de fatigas y, para las mentes débiles, de vanidad. Por las noches, como no podía pegar un ojo, leía tendido encima de unos sacos, en un pajar, un volumen descabalado de las *Memorias* de Retz, que había cogido de la biblioteca de Kratovicé, y si la falta completa de ilusiones y de esperanzas es lo que caracteriza a los muertos, aquella cama no se diferenciaba esencialmente de la otra en donde Conrad empezaba a descomponerse. Pero sé muy bien que siempre existirá, entre vivos y muertos, una separación misteriosa cuya naturaleza ignoramos, y que los más sagaces de entre nosotros saben tanto sobre la muerte como una solterona sobre el amor. Si el hecho de morir es una especie de ascenso, no le disputo a Conrad esa misteriosa superioridad de rango. En cuanto a Sophie, se me había ido por completo de la cabeza. Del mismo modo que una mujer, a quien dejamos en plena calle, va perdiendo su individualidad a medida que se aleja y ya no es, desde lejos, sino un transeúnte igual que los demás, las emociones que ella me había procurado se hundían a distancia en la insignificante banalidad del amor; ya no me quedaba de ella más que uno de esos recuerdos descoloridos que le hacen a uno encogerse de hombros cuando los encuentra al fondo de su memoria, como una fotografía harto borrosa y tomada a contraluz durante un paseo olvidado. Más tarde, la imagen se ha visto reforzada por un baño de ácido. Yo me hallaba extenuado; un poco después, todo el mes que siguió a mi regreso a Alemania lo pasé durmiendo. Todo el final de esta historia transcurre para mí en una atmósfera que no está compuesta por ensoñaciones ni pesadillas, sino por un pesadísimo sueño. Me dormía de pie, como un caballo cansado. No trato ni mucho menos de alegar que fui irresponsable; el mal que podía haberle hecho a Sophie ya estaba hecho desde hace mucho tiempo y la más deliberada voluntad no hubiera podido añadir gran cosa. Es cierto que, en este último acto, yo no fui sino un comparsa sonámbulo. Me dirán que también había, en los melodramas románticos, papeles mudos y llamativos de verdugos. Mas tengo la impresión de que Sophie, a partir de un momento, había tomado en mano las riendas de su destino y sé que no me equivoco puesto que, en ocasiones, he tenido la bajeza de sufrir por ello. A falta de otras posesiones, bien podemos dejarle la iniciativa de su muerte.

El destino rizó el rizo en el pueblecito de Kovo, en la confluencia de dos ríos cuyo nombre resulta impronunciable, pocos días antes de que llegaran las tropas polacas. El río se había salido de su cauce al final de las grandes crecidas primaverales, transformando el distrito en un islote empapado y lleno de barro donde al menos nos hallábamos algo protegidos contra cualquier ataque que viniera del Norte. Casi todas las tropas enemigas establecidas por aquellos parajes habían sido llevadas al oeste para hacer frente a la ofensiva polaca. Comparados con aquella comarca, los alrededores de Kratovicé eran una región próspera. Ocupamos sin mayor dificultad el pueblo vacío en sus tres cuartas partes debido al hambre y a las ejecuciones recientes, así como los edificios de la pequeña estación inutilizada desde finales de la Guerra Mundial, en donde se pudrían vagones de madera sobre raíles llenos de herrumbre. Los restos de un regimiento bolchevique duramente diezmado en el frente de Polonia se hallaban acantonados en los antiguos talleres de unas hilaturas que un industrial suizo había instalado en Kovo, antes de la guerra. A corto de municiones y víveres, aún poseían, con todo, los suficientes para que sus reservas nos ayudaran después a resistir hasta la llegada de la división polaca que nos salvó. Las hilaturas de Warner estaban situadas en pleno terreno inundado: parece que estoy viendo aún aquella hilera de cobertizos muy bajos destacándose sobre el cielo grisáceo, lamidos ya por las aguas del río cuya crecida se iba convirtiendo en desastre con la llegada de las primeras tormentas. Varios de nuestros hombres se ahogaron en aquel barro, en el que uno se hundía hasta la mitad del cuerpo, como cazadores de patos salvajes en una ciénaga. La tenaz resistencia de los Rojos no cedió hasta que las aguas no empezaron a crecer de nuevo, llevándose una parte de los edificios, ya minados por cinco años de intemperies y de abandono. Nuestros hombres se encarnizaron con ellos, como si aquellos pocos cobertizos tomados por asalto les ayudaran a ajustar antiguas cuentas al enemigo.

Grigori Loew fue uno de los primeros cadáveres que encontré en el corredor de la fábrica Warner. Había conservado, en la muerte, su aire de tímido estudiante y de empleado obsequioso, lo que no le impedía ostentar su peculiar dignidad, de la que no carece casi ningún muerto. Yo estaba destinado a encontrar, tarde o temprano, a mis dos únicos enemigos personales en posesión de unas situaciones infinitamente más estables que la mía, y que aniquilaban casi por completo cualquier idea de venganza. He vuelto a ver a Volkmar durante mi viaje a América del Sur; representaba a su país en Caracas; tenía por delante una brillante carrera y, como si quisiera hacer más irrisoria toda veleidad de venganza, lo había olvidado todo. Grigori Loew estaba aún más lejos de mi alcance. Mandé que registraran su cadáver sin encontrar en sus bolsillos ni un solo papel que me informase sobre la suerte de Sophie. En cambio, llevaba consigo un ejemplar del *Libro de Horas* de Rilke, libro que también le gustaba mucho a Conrad. Aquel Grigori había sido probablemente, en aquel país y en aquella época, el único hombre con quien yo hubiese podido charlar agradablemente durante un cuarto de hora. Hay que reconocer que aquella manía judía de elevarse por encima de la prendería paterna había producido en Grigori Loew esos hermosos frutos psicológicos como son la abnegación a una causa, la afición a la poesía lírica, la amistad hacia una joven ardiente y, finalmente, ese privilegio algo trillado de una hermosa muerte.

Un puñado de soldados seguía resistiendo en el pajar del heno situado en lo alto de la granja. La larga galería sobre pilotes, vacilando ante el empuje de las aguas, se derrumbó por fin con unos cuantos hombres agarrados a una gruesa viga. Puestos a escoger entre ahogarse y ser ejecutados, los supervivientes tuvieron que rendirse sin hacerse ilusiones sobre el destino que les esperaba. De una y otra parte ya no se hacían prisioneros, pues ¿cómo arrastrar prisioneros consigo por aquellas asoladas tierras? Uno detrás de otro, seis o siete hombres extenuados bajaron con paso de borrachos por la pendiente escalera que llevaba del granero al cobertizo, atestado de bultos de lino enmohecido y que antaño sirvió de almacén. El primero, un gigante rubio herido en la cadera, se tambaleó, falló un peldaño y cayó al suelo donde fue rematado por alguien. De repente, en la parte de arriba de la escalera, vi asomar una cabellera enredada y resplandeciente, idéntica a la que había visto desaparecer bajo tierra tres semanas atrás. El anciano jardinero Michel, que había venido conmigo haciéndome de ordenanza, levantó la cabeza embrutecida por tantos acontecimientos y fatigas y exclamó estúpidamente:

—Señorita...

Sí que era Sophie, y me hizo desde lejos una seña indiferente y distraída con la cabeza, como una mujer que reconoce a alguien pero a quien no le interesa ser abordada. Vestida y calzada igual que los demás, se la hubiese tomado por un joven soldado. Atravesó con paso largo y ágil el grupito vacilante amontonado entre el polvo y la penumbra, se acercó al joven gigante rubio tendido al pie de la escalera y le echó la misma mirada dura y tierna con que una noche de noviembre miró al perro Texas. Se arrodilló para cerrarle los ojos. Cuando volvió a levantarse, su rostro había recobrado esa expresión vacía, monótona y tranquila como la de los campos de arado bajo un cielo de otoño. Obligamos a los prisioneros a que ayudasen en el transporte de las reservas de municiones y víveres hasta la estación de Kovo. Sophie caminaba la última, dejando colgar las manos; parecía un muchacho desenvuelto a quien acaban de eximir de un trabajo forzado y silbaba *Tipperary*.

Chopin y yo caminábamos uno junto al otro, a cierta distancia, y nuestros semblantes consternados debían de parecerse a los de unos padres en un entierro. Callábamos y ambos, en aquel momento, deseábamos salvar a la joven, desconfiando de que el otro se opusiera a su intención. A Chopin, al menos, aquella crisis de indulgencia se le pasó muy pronto y unas horas más tarde estaba tan decidido al extremo rigor como el mismo Conrad lo hubiera estado en su lugar. Para ganar tiempo, comencé por interrogar a los prisioneros. Los encerramos en un vagón de ganado olvidado en la vía y me los fueron trayendo uno tras otro a la oficina del jefe de estación. El primero al que interrogué —un campesino ruso— no entendió ni una palabra de las preguntas que yo le hice para guardar las formas, embrutecido como estaba por el cansancio, el coraje resignado y la indiferencia a todo. Tenía treinta años más que yo y nunca me he sentido más joven que ante aquel granjero que hubiera podido ser mi padre. Lo despedí, asqueado. Sophie hizo después su aparición entre dos soldados que lo mismo hubieran podido ser criados encargados de anunciar su presencia en un baile mundano. Por espacio de un instante, leí en su rostro ese miedo particular que no es otro sino el temor a que falle el valor. Se acercó a la mesa de madera desnuda a la que yo me acodaba y dijo muy deprisa:

—No espere informes de mí, Eric. No diré nada y no sé nada.

—No la he hecho venir aquí para pedirle informes —le contesté señalándole una silla.

Ella dudó un momento y acabó por sentarse.

—Entonces ¿por qué?

—Para aclarar algunas cosas. ¿Sabe que Grigori Loew ha muerto?

Agachó la cabeza solemnemente pero sin gran disgusto. Había puesto aquella misma cara en Kratovicé, cada vez que le anunciaban la muerte de alguno de nuestros camaradas que le era a un mismo tiempo indiferente y querido.

—Vi a su madre en Lilienkron el mes pasado. Pretendió que se había casado usted con Grigori.

—¿Yo? ¡Vaya ocurrencia! —dijo ella en francés y me bastó oír el sonido de aquella frase para volver al Kratovicé de antaño.

—No obstante, ¿se acostaban juntos?

—¡Vaya ocurrencia! —repitió—. Lo mismo sucedió con Volkmar: enseguida se figuró usted que éramos novios. Ya sabe que yo se lo contaba todo —continuó con su tranquila sencillez infantil.

Y luego, con tono sentencioso, añadió:

—Grigori era una persona estupenda.

—Empiezo a creerlo —dije—. Pero ¿y ese herido a quien se acercó usted antes?

—Sí —dijo ella—. Al parecer aún seguimos siendo más amigos de lo que pensábamos puesto que ha adivinado usted.

Juntó pensativamente las manos y su mirada volvió a adoptar esa expresión fija y vaga, mirando más allá del interlocutor, que es propia de los miopes pero también de los seres absortos en una idea o en un recuerdo.

—Era muy bueno. No sé cómo me las hubiera arreglado yo sin él —dijo con el tono de una lección que se hubiese aprendido literalmente de memoria.

—¿Fue difícil vivir allí para usted?

—No, me encontraba bien.

Recordé que yo también me encontraba bien durante aquella primavera siniestra. La serenidad que de ella emanaba era de las que uno no puede arrebatar nunca completamente a un ser que ha conocido la felicidad en sus formas más elementales y seguras. ¿Habría encontrado esa felicidad junto a aquel hombre o su tranquilidad provenía de la cercanía de la muerte y el hábito al peligro? Fuera lo que fuese, ella ya no me amaba en aquel momento: ya no le preocupaba el efecto que pudiera producir sobre mí.

—¿Y ahora? —le dije indicándole un paquete de cigarrillos abierto, encima de la mesa.

Lo rechazó haciendo un gesto con la mano.

—¿Ahora? —me preguntó con tono sorprendido.

—¿Tiene usted familia en Polonia?

—¡Ah! —repuso ella—. Tiene usted intención de llevarme a Polonia. ¿Es también idea de Conrad?

—Conrad ha muerto —le contesté con la mayor sencillez que pude.

—Lo siento, Eric —dijo suavemente, como si aquella pérdida no le concerniese a ella.

—¿Tanto interés tiene en morir?

Las respuestas sinceras nunca son claras ni rápidas. Reflexionaba, frunciendo el ceño, lo que dibujaba en su frente las arrugas que podría tener dentro de veinte años. Yo asistía a ese misterioso cálculo que hizo Lázaro, sin duda, demasiado tarde y después de haber resucitado, en que el miedo sirve de contrapeso al cansancio, la desesperación al valor y el sentimiento de haber hecho ya bastante al deseo de seguir aún comiendo alguna vez, durmiendo algunas noches y viendo amanecer por las mañanas. Añádase a esto dos o tres docenas de recuerdos dichosos o desgraciados que, según los temperamentos, nos ayudan a contenernos o nos precipitan hacia la muerte.

Por fin dijo, y su respuesta era, seguramente, la más pertinente posible:

—¿Qué van a hacer con los demás?

No respondí nada y no responder bastaba para decirlo todo. Se levantó, como quien acaba de concluir un negocio que no le atañe personalmente.

—En lo que a usted concierne —dije levantándome—, ya sabe que haré lo imposible. No prometo nada más.

—No le pido a usted tanto —exclamó ella.

Y volviéndose a medias, escribió con el dedo en el cristal empañado algo que borró inmediatamente.

—¿No quiere usted deberme nada?

—Ni siquiera es por eso —contestó ella con el tono de quien se desinteresa de la conversación.

Yo había dado unos pasos en su dirección, fascinado pese a todo por aquella criatura revestida para mí de un doble prestigio: el de ser a un mismo tiempo una moribunda y un soldado. Si hubiese podido dejarme rodar por la pendiente, creo que hubiera balbuceado palabras de ternura sin ilación que ella se hubiera dado el gusto de rechazar con desprecio. Pero ¿dónde hallar unas palabras que no estuvieran falseadas hace mucho, hasta el punto de haberse vuelto inutilizables? Reconozco, por lo demás, que esto no es verdad sino en la medida en que había en nosotros algo irremediablemente obstinado que no prohibía confiar en las palabras. Un verdadero amor aún podía salvarnos, a ella del presente y a mí del porvenir. Pero ese verdadero amor, Sophie sólo lo había encontrado en un joven campesino ruso al que acababan de matar en un pajar.

Puse las manos torpemente en su pecho, como para asegurarme de que su corazón latía aún. Tuve que contentarme con repetir una vez más:

—Haré cuanto pueda.

—No trate ya de hacerlo, Eric —dijo ella apartándose de mí, sin que yo supiese si se refería a aquel gesto de amante o a mi promesa—. No resulta adecuado en usted.

Y acercándose a la mesa, tocó una campanilla olvidada en el despacho del jefe de estación. Apareció un soldado. Cuando ella se fue, me di cuenta de que me había robado el paquete de cigarrillos.

Nadie durmió seguramente aquella noche, y Chopin aún menos que los demás. Se supone que ambos compartíamos el pobre diván del jefe de estación; durante toda la noche lo vi ir y venir por el cuarto, proyectando en la pared su sombra de hombre gordo y vencido por los sinsabores. En dos o tres ocasiones, se paró ante mí, me puso la mano en la manga y movió la cabeza, para luego reanudar sus resignadas idas y venidas a largos y pesados pasos. Sabía, al igual que yo, que nos veríamos deshonrados de forma inútil, si les proponíamos a nuestros camaradas que soltaran únicamente a esa mujer, una mujer de la que nadie ignoraba que se había pasado al enemigo. Chopin suspiró. Me di la vuelta hacia la pared para no verlo; hubiera sido muy difícil para mí contenerme y no gritarle y, sin embargo, era a él sobre todo a quien yo compadecía. En cuanto a Sophie, no podía pensar en ella sin sentir en la boca del estómago una especie de náusea de odio que me hacía aplaudir su muerte. La reacción llegaba y yo me golpeaba la cabeza contra lo inevitable al igual que un prisionero se la golpea contra las paredes de su celda. El horror para mí no consistía tanto en la muerte de Sophie como en su obstinación en morir. Yo comprendía que un hombre mejor que yo hubiera hallado un recurso admirable, pero nunca me hice ilusiones sobre la genialidad de mi corazón. La desaparición de la hermana de Conrad liquidaría al menos mi juventud pasada, cortaría los últimos puentes entre aquel país y yo. Finalmente, recordaba las otras muertes a las que yo había asistido como si la ejecución de Sophie se viera justificada por ellas. Luego, pensando en el poco valor que tiene el producto humano, me decía que le estaba dando harta importancia a un cadáver de mujer, que apenas me habría enternecido de haberlo encontrado ya frío en el pasillo de la fábrica Warner.

Al día siguiente, Chopin se me adelantó en el terraplén situado entre la estación y la granja comunal. Los prisioneros, agrupados sobre una vía de aparcamiento, parecían un poco más muertos que la víspera. Aquellos de nuestros hombres que se habían turnado para vigilarlos estaban agotados por este trabajo suplementario y parecían sin fuerzas igualmente. Yo era quien había insistido para que esperásemos al amanecer; el esfuerzo al que me creía obligado para salvar a Sophie no había tenido otro resultado que el de hacerles pasar a todos una mala noche más. Sophie estaba sentada sobre un montón de maderas, y los tacones de sus recios zapatos habían hecho maquinalmente unas marcas en el suelo. Fumaba sin parar los cigarrillos robados; ésta era la única señal de angustia en ella y el aire fresco de la mañana ponía en sus mejillas lindos y sanos colores. Sus ojos distraídos no parecieron percatarse de mi presencia. Lo contrario me hubiera hecho gritar, sin duda. Se parecía demasiado a su hermano, de todos modos, para que yo no sintiera la impresión de verlo morir dos veces.

Siempre era Michel quien se encargaba, en aquellas ocasiones, de asumir el papel de verdugo, como si no hiciera sino continuar ejerciendo sus funciones de carnicero, que desempeñaba para nosotros en Kratovicé cuando, por casualidad, había que matar a alguna res. Chopin había dado órdenes de que se ejecutara a Sophie la última, ignoro todavía hoy si fue por exceso de rigor o por darle a alguno de nosotros la oportunidad de defenderla. Michel empezó por el ruso a quien yo había interrogado la víspera. Sophie echó una rápida y furtiva ojeada sobre lo que ocurría a su izquierda y luego volvió la cabeza como una mujer que se esfuerza por no ver un gesto obsceno que se está cometiendo a su lado. Cuatro o cinco veces se oyó aquel ruido de detonación y de caja que estalla, cuyo horror nadie había parecido advertir hasta entonces. De pronto, Sophie le hizo una seña a Michel, la seña discreta y perentoria de un ama de casa que da las últimas órdenes a un criado en presencia de sus invitados. Michel se adelantó, encorvando la espalda, con la misma sumisión estupefacta con que se disponía a matarla, y Sophie le murmuró al oído unas palabras que no pude adivinar por el movimiento de sus labios.

—Bien, señorita.

El antiguo jardinero se acercó a mí y me dijo al oído, con el tono malhumorado y deprecatorio de un viejo servidor intimidado, que no ignora que será despedido por transmitir aquel mensaje:

—Ella ordena... La señorita le pide... Quiere que sea usted quien...

Me tendió el revólver; yo cogí el mío y di un paso adelante automáticamente. Durante aquel trayecto tan corto, tuve tiempo de repetirme por lo menos diez veces que tal vez Sophie quisiera acudir a mí por última vez para que la salvase, y que esa orden no era sino un pretexto para hacerlo en voz baja. Pero no despegó los labios: con ademán distraído, empezó a desabrochar la parte de arriba de su chaqueta, como si yo fuera a aplicarle el revólver en el mismo corazón. Debo decir que mis escasos pensamientos iban todos a ese cuerpo vivo y cálido, que la intimidad de nuestra vida en común me había hecho tan familiar casi como el de un amigo, y me sentí oprimido por una suerte de dolor absurdo, pensando en los niños que aquella mujer hubiera podido traer al mundo y que hubieran heredado su valentía y sus ojos. Pero no nos pertenece a nosotros poblar los estudios ni las trincheras del porvenir. Un paso más y me hallé tan cerca de Sophie que hubiera podido besarla en la nuca o ponerle la mano en el hombro, que se movía con pequeñas sacudidas casi imperceptibles, pero ya no veía de ella más que el contorno de un perfil lejano. Respiraba demasiado aprisa y yo me aferraba a la idea de que, algún tiempo atrás, yo había deseado rematar a Conrad y que aquello era un poco lo mismo. Disparé volviendo la cabeza, a la manera de un niño asustado que tira un petardo en la noche de Navidad. El primer disparo no hizo sino llevarle parte de la cara, lo que me impedirá saber qué expresión pondría Sophie en la muerte. Al segundo disparo, todo se cumplió. Pensé al principio que, al pedirme que fuese yo quien realizara aquel acto, ella había creído darme una última prueba de amor y la más definitiva de todas. Comprendí después que lo único que deseaba era vengarse y dejarme una herencia de remordimientos. Su cálculo fue acertado: los tengo algunas veces. Siempre se ve uno cogido en la trampa con esas mujeres.

A MODO DE EPÍLOGO

Hemos preferido colocar a modo de epílogo ciertos prólogos que Marguerite Yourcenar escribió décadas después de la edición de cada una de estas
tres novelas. Así respetamos la voluntad de la autora mientras preservamos
el interés de sus explicaciones sin entorpecer la lectura de las novelas, para
que puedan fluir como un texto único.

Respetamos en cada caso la diferencia en los títulos y en las firmas de
cada uno de ellos.

Prólogo

Alexis o el tratado del inútil combate se publicó en 1929. Es contemporáneo del momento en que un tema hasta entonces prohibido en literatura encontraba, por vez primera desde hacía siglos, su plena expresión escrita. Cerca de treinta y cinco años han transcurrido desde su publicación; durante este período las ideas, las costumbres sociales, las reacciones del público han ido modificándose, aunque menos de lo que se cree. Algunas opiniones de la autora han cambiado o hubieran podido hacerlo. Por lo tanto, he vuelto a abrir el *Alexis* después de este largo intervalo, no sin cierta inquietud: pensaba encontrarme con la necesidad de hacer algunos retoques a este texto, de hacer el balance de un mundo transformado.

Sin embargo, después de haber reflexionado mucho, estas modificaciones me han parecido inútiles, por no decir perjudiciales; salvo en lo que concierne a inadvertencias de estilo, he dejado este librito tal como estaba por dos razones que en apariencia se contradicen: una es el carácter muy personal de una confidencia que está unida estrechamente a un medio social, a una época y a un país hoy desaparecido de los mapas, impregnada de una vieja atmósfera de Europa central y francesa, en la que sería imposible cambiar algo sin que se transformara la acústica del libro; la segunda, al contrario, consiste en el hecho de que, viendo las reacciones que aún hoy provoca, este relato parece haber conservado su actualidad e incluso ser de utilidad para algunos.

Parece ser, en efecto, que aunque este tema, en otro tiempo considerado ilícito, haya sido abundantemente tratado por la literatura, incluso de forma abusiva, adquiriendo una especie de derecho de ciudadanía, el problema de Alexis sigue siendo hoy igual de angustioso y secreto que antaño. La facilidad relativa, tan diferente de la libertad verdadera, que reina sobre este punto en ciertos ambientes muy restringidos no ha hecho otra cosa que crear en el conjunto del público un malentendido o una prevención más. Basta con mirar atentamente a nuestro alrededor para darnos cuenta de que el drama de Alexis y Mónica continúa viviéndose y continuará sin duda haciéndolo mientras el mundo de las realidades sensuales siga cuajado de prohibiciones. Quizá las más peligrosas sean las del lenguaje, erizado de obstáculos, que evita o rodea sin preocuparse demasiado la mayoría de la gente, pero con los que tropiezan, casi inevitablemente, los espíritus escrupulosos y los corazones puros. Las costumbres, aunque se diga lo contrario, han cambiado demasiado poco para que la idea central de esta novela haya envejecido mucho.

Quizá no se haya reparado bastante en que el problema de la libertad sensual, en todas sus formas, es, en gran parte, un problema de libertad de expresión. Parece ser que, de generación en generación, las tendencias y los actos varían poco; por el contrario, lo que sí cambia, a su alrededor, es la extensión de la zona de silencio o el espesor de las capas de mentira. Esto no sólo es verdad tratándose de amores prohibidos: lo es en el interior mismo del matrimonio, en las relaciones sensuales entre esposos en donde la superstición verbal se ha impuesto de la manera más tiránica. El escritor que trate de hablar con honradez de la aventura de Alexis, si elimina de su lenguaje las fórmulas de la literatura fácil, que se suponen decorosas y que no son, en realidad, más que medio gazmoñas o medio verdes, apenas podrá escoger entre dos o tres procedimientos de expresión más o menos defectuosos e incluso inaceptables. Los términos del vocabulario científico, de formación reciente, destinados a pasarse de moda junto con las teorías que los apoyan, deteriorados por una vulgarización exagerada que pronto les quita sus cualidades de exactitud, sólo sirven para obras especializadas a las que van destinados. Estas «etiquetas» van en contra del objeto de la literatura, que es la individualidad en la expresión. La obscenidad, método literario que ha tenido en todo tiempo sus adeptos, es una técnica de choque que puede servir cuando se trata de forzar a un público mojigato o hastiado a mirar de frente aquello que no quiere ver o que, por exceso de costumbre, ya no ve. Su empleo también puede corresponder legítimamente a un afán de limpieza de las palabras, de esfuerzo por devolver a vocablos indiferentes en sí, pero *ensuciados* y deshonrados por el uso, una especie de limpia y tranquila inocencia. Pero esta solución brutal sigue siendo una solución externa: el lector hipócrita tiende a aceptar la palabra incongruente como algo pintoresco, casi exótico, poco más o menos como hace un viajero de paso por una ciudad extranjera, permitiéndose visitar los bajos fondos. La obscenidad se agota rápidamente, forzando al autor que la utiliza a subirse cada vez más de tono. Esto es más peligroso para la verdad que los sobreentendidos de antaño. La brutalidad del lenguaje nos engaña sobre la banalidad del pensamiento y (salvo algunas grandes excepciones) sigue siendo compatible con cierto conformismo.

Una tercera solución puede ofrecérsele al escritor: el empleo de esa lengua escueta, casi abstracta, que sirvió en Francia durante siglos a los predicadores, moralistas y también a los novelistas de la época clásica para tratar de lo que entonces llamaban «desvío de los sentidos». Ese estilo tradicional del examen de conciencia se presta tan bien a formular los innumerables matices de un asunto tan complejo por su naturaleza como la vida misma, que un Bourdaloue o un Massillon recurrieron a él para expresar la indignación o la censura, y un Laclos el libertinaje o la voluptuosidad. Por su misma discreción, ese lenguaje decantado me ha parecido convenir a la lentitud pensativa y escrupulosa de Alexis, a su esfuerzo paciente por liberarse eslabón tras eslabón de una cadena que él desata más que rompe, formada por la red de incertidumbres y coacciones en las que se encuentra metido; a su pudor, en el que hay respeto a la sensualidad; a su firme propósito de conciliar sin bajezas el espíritu y la carne.

Como todo relato escrito en primera persona, *Alexis* es ante todo el retrato de una voz. Había que dejarle a esa voz su propio registro, su propio timbre. No quitarle nada, por ejemplo, de sus inflexiones corteses que parecen de otra época (lo parecían ya hace casi treinta y cinco años), ni de sus acentos de ternura casi mimosa que quizá nos digan más sobre las relaciones entre Alexis y su joven esposa que sus mismas confidencias. También había que dejarle al personaje ciertas opiniones que al autor le parecen dudosas hoy en día, pero que conservan su valor de caracterización. Alexis explica sus inclinaciones como consecuencia de una infancia puritana dominada completamente por las mujeres. Quizá sea un punto de vista exacto en lo que le concierne, importante para él desde el momento en que lo acepta pero que (incluso si también yo lo creí así en otros tiempos, cosa que no recuerdo) ahora me parece la clase de explicación destinada a introducir artificialmente en el sistema psicológico de nuestra época unos hechos que quizá puedan prescindir de esta motivación. Ocurre lo mismo con la preferencia de Alexis por separar el amor del placer, su desconfianza hacia todo afecto que se prolongue demasiado. Es característica de un período que reacciona contra todo un siglo de exageración romántica: este punto de vista ha sido uno de los más extendidos en nuestro tiempo, cualesquiera que sean los gustos sensuales de los que lo expresan. Podríamos responderle a Alexis que la voluptuosidad apartada de esa manera corre el riesgo de convertirse también en aburrida rutina; más aún, podríamos decirle que hay un fondo de puritanismo en esa preocupación por separar el placer del resto de las emociones humanas, como si no mereciese ocupar un puesto a su lado.

Al dejar a su mujer, Alexis da como motivo de su partida la búsqueda de una libertad sexual más entera y menos llena de mentiras, y es cierto que ésta es la razón más decisiva; sin embargo, es probable que se mezclen otras motivaciones más difíciles todavía de confesar, tales como el deseo de escapar a una comodidad y a una respetabilidad artificiales, de las que Mónica ha llegado a ser, lo quiera o no, el símbolo vivo. Alexis adorna a su mujer con todas las virtudes, como si, al aumentar las distancias entre ambos, le fuese más fácil justificarse. A veces he pensado en componer una respuesta de Mónica que, sin contradecir en nada las confidencias de Alexis, nos aclarase ciertos puntos de esta aventura, dándonos una imagen de Mónica menos idealizada, pero más completa. He renunciado a ello de momento. No hay nada más secreto que una existencia femenina. El relato de Mónica sería seguramente más difícil de escribir que la confesión de Alexis.

Para los que hayan olvidado el latín que aprendieron en el colegio, hagamos resaltar que el nombre del personaje principal (y por consiguiente el título del libro) está sacado de la segunda *Égloga* de Virgilio, *Alexis*, de la que, por las mismas razones, Gide tomó su famoso y tan controvertido *Corydon*. Por otro lado, el subtítulo *El tratado del inútil combate* hace eco al *Tratado del inútil deseo*, obra un poco incolora de la juventud de André Gide. A pesar de ello, la influencia de Gide fue débil sobre *Alexis*: la atmósfera casi protestante y la preocupación por volver a examinar un problema sensual le vienen de otra parte. Lo que yo encuentro en más de una página (y quizá con exceso) es la influencia grave y patética de Rilke, al que una feliz casualidad me hizo conocer muy pronto. Generalmente nos olvidamos de la existencia de una especie de ley de difusión retardada que hace que los jóvenes cultos de 1860 leyeran a Chateaubriand más que a Baudelaire, y los de finales de siglo, a Musset más que a Rimbaud. En cuanto a mí, a quien, por otra parte, no pretendo poner como modelo característico, he vivido mis años de juventud con una indiferencia relativa hacia la literatura contemporánea, debido en parte al estudio de la literatura del pasado (de tal forma que un *Píndaro*, por cierto bien torpe, precede en lo que podría llamarse mi producción a este librito sobre Alexis) y en parte a una instintiva desconfianza de lo que podríamos llamar valores de moda.

Las grandes obras de Gide en las que, por fin, se trataba abiertamente del tema que me ocupa no me eran conocidas más que de oídas; su efecto sobre *Alexis* consiste mucho menos en su contenido que en el revuelo que provocaron, en aquella especie de discusión pública que se organizó alrededor de un problema mantenido hasta entonces a puerta cerrada y que, ciertamente, me hizo más fácil abordar sin vacilaciones el mismo tema. Desde el punto de vista formal, la lectura de los primeros libros de Gide me fue utilísima al probarme que aún era posible emplear una forma puramente clásica de relato. Quizá, si no, me hubiera parecido demasiado exquisita o anticuada. Me evitó caer en la trampa de la novela propiamente dicha, cuya composición exige de su autor una variedad de experiencia humana y literaria de la que yo carecía en aquella época. Lo que digo no tiene por objeto reducir la importancia de la obra del gran escritor, que fue también un gran moralista, y aún menos separar a este *Alexis*, escrito al margen de la moda por una mujer de veinticuatro años, de otras obras contemporáneas de intención más o menos semejante, sino al contrario, aportarles el apoyo de una confidencia espontánea y de un testimonio auténtico. Algunos temas se respiran en el aire de un tiempo; también están en la trama de una vida.

M. Y., 1963

Prólogo de la autora

Una primera versión de *El denario del sueño*, algo más corta, se publicó en 1934. La presente obra es algo más que una simple reimpresión e incluso que una segunda edición corregida y aumentada con unos cuantos párrafos inéditos. Han sido reescritos capítulos casi enteros y, en ocasiones, considerablemente ampliados. Hay partes en que los retoques, los cortes y las transposiciones no han respetado casi ninguna línea del libro anterior; en otras, por el contrario, largos pasajes de la versión escrita en 1934 permanecen iguales. La mitad de la novela, tal como hoy se presenta, es una reconstrucción de los años 1958-1959, pero una reconstrucción donde lo nuevo y lo anterior se imbrican hasta tal punto que casi es imposible, incluso para el autor, discernir en qué momento empieza el uno y acaba el otro.

No sólo los personajes, sus nombres, sus caracteres, sus relaciones recíprocas y el escenario en que se sitúan son los mismos, sino que los temas principales y secundarios del libro, su estructura, el punto de partida de los episodios y, con gran frecuencia, sus conclusiones, no han variado en lo más mínimo. La novela siempre tuvo por centro el relato entre histórico y simbólico de un atentado antifascista acaecido en Roma, en el año XI de la dictadura. Al igual que antes, cierto número de figuras tragicómicas, más o menos relacionadas con el drama o, algunas veces, totalmente ajenas a él aunque afectadas casi todas más o menos conscientemente por los conflictos y las consignas de aquella época, se agrupan en torno a los tres o cuatro protagonistas del episodio central. La intención consistente en elegir a unos personajes que, a primera vista, parecen escaparse de una *Commedia* o más bien de una *Tragedia dell'Arte* moderna, pero con el único propósito de insistir inmediatamente sobre lo que cada uno de ellos posee de más específico, de más irreductiblemente peculiar, para luego, algunas veces, adivinar en ellos un *quid divinum* más esencial que ellos mismos, que se encontraba también en el primer *El denario del sueño*. El deslizamiento hacia el mito o la alegoría era poco más o menos semejante y tendía igualmente a confundir en un todo la Roma del año XI del fascismo y la Ciudad en donde se ata y desata eternamente la aventura humana. Finalmente, la elección de un medio voluntariamente estereotipado, el de la moneda que pasa de mano en mano para unir entre sí los episodios ya emparentados por la reaparición de los mismos personajes y de los mismos temas, o por la introducción de temas complementarios, ya se encontraba en la primera versión del libro y la moneda de diez liras se convertía, igual que aquí, en el símbolo de contacto entre unos seres humanos sumidos, cada cual a su manera, en sus propias pasiones y en su intrínseca soledad. Casi siempre, al reescribir parcialmente *El denario del sueño,* he acabado diciendo, en términos a veces muy diferentes, casi exactamente lo mismo.

Mas si es así, ¿por qué obligarse a una reconstrucción tan considerable? La respuesta es bien sencilla. Al releerlos, algunos pasajes me habían parecido deliberadamente elípticos, harto vagos, con demasiados adornos en algunas ocasiones y demasiado crispados o blandengues en otras, o bien simplemente fuera de lugar. Las modificaciones que hacen del libro de 1959 una obra diferente del de 1934 van todas en el sentido de una presentación más completa y, por tanto, más particularizada, de ciertos episodios; de un desarrollo psicológico más profundo; de la simplificación y clarificación en unos sitios y del ahondamiento y enriquecimiento en otros. He intentado acrecentar, en más de un pasaje, la parte de realismo; en otros, la de poesía, lo que finalmente es o debería ser lo mismo. El paso de un plano a otro, las transiciones bruscas del drama a la comedia o a la sátira, frecuentes en el libro anterior, aún lo son hoy más. A los procedimientos ya empleados, como la narración directa o indirecta, el diálogo dramático y, en ocasiones, incluso el aria lírica, ha venido a añadirse, aunque escasas veces, un monólogo interior no destinado —como suele suceder en la novela contemporánea— a mostrarnos un cerebro-espejo que refleje pasivamente el flujo de las imágenes e impresiones que por él desfilan, sino que aquí se reduce únicamente a los elementos de base de la persona y casi únicamente a la simple alternancia del sí y del no.

Podría multiplicar estos ejemplos, menos para interesar a los que leen novelas que a los que las escriben. Que me sea permitido, al menos, atacar de falsedad la extendida opinión cuya teoría sustenta que escribir una obra de nuevo es una empresa inútil y hasta nefasta, de la que tanto el impulso como el apasionamiento tienen que hallarse forzosamente ausentes. Muy al contrario, para mí ha sido un privilegio a la vez que una experiencia el ver esa sustancia, desde hacía tanto tiempo inmovilizada, hacerse dúctil; el revivir aquella aventura por mí imaginada en unas circunstancias de las que ni siquiera me acuerdo ya; el encontrarme, en fin, en presencia de esos hechos novelescos como ante unas situaciones vividas en otros tiempos, que pueden explorarse más hondamente, interpretar mejor o explicar con más detalle, pero que no es posible cambiar. La posibilidad de aportar a la expresión de ideas o emociones, que no han cesado de ser nuestras, el beneficio de una mayor experiencia humana y, sobre todo, artesanal más profunda, me ha parecido una oportunidad demasiado valiosa para no aceptarla con gozo y también con una suerte de humildad.

La atmósfera política del libro es la que, sobre todo, no ha variado de una versión a otra, y no debía hacerlo, ya que esta novela, situada en la Roma del año XI, tenía ante todo la obligación de permanecer datada exactamente. Estos pocos hechos imaginarios: la deportación y muerte de Carlo Stevo, y el atentado de Marcella Ardiati, se sitúan en 1933, es decir, en una época en que las leyes de excepción contra los enemigos del régimen hacían estragos desde años atrás y en que varios atentados del mismo tipo se habían sucedido ya contra el dictador. Transcurren, por otra parte, antes de la expedición de Etiopía, antes de la participación del régimen en la Guerra Civil española, antes de su acercamiento a Hitler —que terminaría con la sumisión al mismo—, antes de promulgar leyes raciales y, claro está, antes de los años de confusión y desastres, aunque asimismo de heroica resistencia partisana, en la Segunda Guerra Mundial del siglo. Era importante, pues, no mezclar la imagen de 1933 y aquélla —aún más sombría— de los años que vieron la conclusión de unos hechos cuyas primicias se hallaban contenidas ya en el período de 1922-1933. Era conveniente dejarle al gesto de Marcella su aspecto de protesta casi individual, trágicamente aislada, y a su ideología la huella de doctrinas anarquistas que, poco tiempo atrás, habían marcado tan profundamente a la disidencia italiana; había que dejarle a Carlo Stevo su idealismo político en apariencia anticuado y en apariencia fútil y, al mismo tiempo, dejarle al régimen su aspecto supuestamente positivo y supuestamente triunfante que ilusionó falsamente, durante tanto tiempo, no tanto quizá al pueblo italiano como a la opinión extranjera. Una de las razones por las que *El denario del sueño* merece volverse a publicar es porque, en su tiempo, fue una de las primeras novelas francesas (la primera tal vez) que miraron de frente la hueca realidad escondida tras la fachada hinchada del fascismo, cuando tantos escritores de viaje por la península se contentaban con extasiarse una vez más ante el tradicional pintoresquismo italiano, o se congratulaban por ver salir los trenes a su hora (al menos en teoría), sin preguntarse cuál era el final de línea hacia donde partían esos trenes.

No obstante, al igual que todos los demás temas de este libro, y quizá más aún, el tema político se encuentra reforzado y desarrollado en la versión actual. La aventura de Carlo Stevo ocupa un mayor número de páginas, si bien todas las circunstancias indicadas son las mismas que figuraban breve o implícitamente en el primer relato. La repercusión del drama político sobre los personajes secundarios está más acentuada: el atentado y la muerte de Marcella son comentados al pasar (antes no era así) no sólo por Dida —la anciana florista callejera— y por Clément Roux —el viajero extranjero—, sino asimismo por los dos nuevos comparsas introducidos en el libro: la señora del café y el mismo dictador, quien, por lo demás, sigue siendo aquí esencialmente como en la antigua novela una enorme sombra proyectada. La política embriaga ahora al borracho Marinunzi casi tanto como la botella. Finalmente, Alessandro y Massimo, cada cual a su manera, se han afirmado en su función de testigos.

Nadie, sin duda, se extrañará de que la noción de política nefasta juegue en la presente versión un papel más considerable que en la de antaño, ni que *El denario del sueño* de 1959 sea más amargo o más irónico que el de 1934, que ya lo era. Pero al releer las partes nuevas del libro como si se tratara de la obra de otra persona, saco, sobre todo, la impresión de que el contenido actual es a un mismo tiempo algo más áspero y algo menos sombrío, que ciertos enjuiciamientos sobre el destino humano son un poco menos tajantes y, empero, menos vagos, y que los dos elementos principales del libro que son el sueño y la realidad ya no están separados, han dejado de ser irreconciliables para fundirse en el todo que es la vida. No hay correcciones únicamente de forma. La impresión de que la aventura humana es aún más trágica —si es posible— de lo que sospechábamos hará veinticinco años, pero asimismo más compleja, más rica a veces y, sobre todo, más extraña de lo que yo había intentado describirla hará un cuarto de siglo, ha sido seguramente la razón que mayormente me impulsó a rehacer este libro.

Isla de los Montes Desiertos, 1959

Prólogo

El tiro de gracia, novela corta que se sitúa en torno a la guerra del 1914 y a la Revolución rusa, fue escrito en Sorrento en 1938 y publicado tres meses antes de la Segunda Guerra Mundial —la de 1939—, o sea, aproximadamente veinte años después del incidente que relata. El tema se halla a un mismo tiempo lejos de nosotros y muy cercano; lejos, porque innumerables episodios de guerra civil se han ido superponiendo a éstos a lo largo de veinte años, y muy cerca porque el desamparo moral que describe sigue siendo el mismo en que nos vemos aún, y más que nunca, sumidos. El libro se inspira en un suceso auténtico y los tres personajes que aquí se llaman Eric, Sophie y Conrad, son poco más o menos semejantes a como me los había descrito uno de los mejores amigos del principal interesado.

La aventura me conmovió, como espero que conmoverá al lector. Además, mirándola desde el punto de vista literario, creo que lleva en sí todos los elementos del estilo trágico y, por consiguiente, se presta admirablemente a insertarse en el marco del relato tradicional, que parece haber contenido ciertas características de la tragedia. Unidad de tiempo, de lugar y —como lo definía antaño Corneille con expresión singularmente acertada— unidad de peligro; acción limitada a dos o tres personajes de los cuales uno, al menos, es lo bastante lúcido para tratar de conocerse y juzgarse a sí mismo; finalmente, inevitabilidad del desenlace trágico al que tiende siempre la pasión, pero que, de ordinario, en la vida cotidiana, adopta unas formas insidiosas o más invisibles. El escenario mismo, ese oscuro rincón de un país báltico aislado por la revolución y la guerra, parecía satisfacer —por unas razones análogas a las que Racine expuso perfectamente en su prefacio a *Bajazet*— las condiciones del juego trágico, liberando la aventura de Sophie y de Eric de lo que serían para nosotros sus contingencias habituales, y dando a la actualidad de ayer esa distancia en el espacio que es casi lo equivalente al alejamiento en el tiempo.

Mi intención, al escribir este libro, no era la de recrear un medio o una época, o no lo era sino de forma secundaria. Pero la verdad psicológica que buscamos pasa demasiado por lo individual y particular para que podamos, con la conciencia tranquila, como lo hicieron antes que nosotros nuestros modelos de la época clásica, ignorar o silenciar las realidades exteriores que condicionan una aventura. El lugar que yo llamaba Kratovicé no podía ser únicamente un vestíbulo de tragedia, ni aquellos sangrientos episodios de la guerra civil eran sólo un fondo rojo para una historia de amor. Habían creado en sus personajes cierto estado de desesperación permanente sin el cual sus actos y gestos no tenían explicación. Aquel muchacho y aquella muchacha a los que yo sólo conocía por un breve resumen de su aventura, no existirían plausiblemente a no ser bajo su propia iluminación y, siempre que ello fuera posible, dentro de unas circunstancias históricas. De ahí que este tema, elegido porque me ofrecía un conflicto de pasiones y voluntades casi puro, haya terminado por obligarme a desplegar mapas de Estado Mayor, a indagar más detalles en boca de otros testigos oculares, a buscar viejas revistas para tratar de encontrar en ellas el débil eco o el débil reflejo —que por aquella época llegaban a Europa occidental— de las oscuras operaciones militares en la frontera de un país perdido. Más tarde, en dos o tres ocasiones, hombres que habían participado en esas mismas guerras en el país báltico, me hicieron el favor de asegurarme espontáneamente que *El tiro de gracia* coincidía con sus recuerdos, y ninguna crítica favorable me ha tranquilizado nunca tanto sobre la sustancia de uno de mis libros.

La narración está escrita en primera persona y puesta en boca del principal personaje, procedimiento al que a menudo he recurrido, pues elimina del libro el punto de vista del autor o, al menos, sus comentarios y permite mostrar a un ser humano haciéndole frente a la vida y esforzándose más o menos honradamente por explicarla, así como, en primer lugar, por recordarla. Pensemos, no obstante, que un largo relato oral hecho por el personaje central de una novela a unos complacientes y silenciosos oyentes es, pese a todo, un convencionalismo literario; en *La sonata a Kreutzer* o en *El inmoralista*, el héroe se narra a sí mismo con esa precisión de detalles y esa lógica discursiva; no es así en la vida real; las confesiones verdaderas suelen ser más fragmentarias o repetitivas, más enredosas o más vagas. Estas reservas pueden aplicarse también, como es natural, al relato que hace el héroe de *El tiro de gracia* en una sala de espera, a unos camaradas que apenas le hacen caso. Una vez admitido, no obstante, este convencionalismo inicial, depende del autor de una narración de esta clase el crear a un ser de carne y hueso, con sus cualidades y sus defectos expresados por sus propios tics de lenguaje, sus enjuiciamientos acertados o falsos y los prejuicios que él ignora tener, las mentiras que él confiesa o sus confesiones que son mentiras, sus reticencias e incluso sus olvidos.

Pero semejante forma literaria tiene el defecto de requerir más que ninguna otra la colaboración del lector: le obliga a reconstruir los acontecimientos y los seres vistos a través de un personaje que dice «yo», como si fuesen unos objetos vistos a través del agua. En la mayoría de los casos, esa desviación del relato en primera persona favorece al individuo que

—se supone— se expresa en él; en *El tiro de gracia*, por el contrario, esa deformación inevitable cuando uno habla de sí va en detrimento del narrador. Un hombre como Eric von Lhomond piensa a contracorriente de sí mismo; su horror a engañarse lo empuja a presentar sus actos, en caso de duda, de la manera menos favorable para él; su temor a dar pábulo a críticas lo encierra dentro de una coraza de dureza que no suele soportar un hombre auténticamente duro. De ello resulta que el lector ingenuo puede hacer de Eric von Lhomond un sádico y no un hombre decidido a enfrentarse, sin pestañear, con la atrocidad de sus recuerdos; un bruto con galones, olvidando precisamente que es un bruto, no se obsesionaría con el recuerdo de haber hecho sufrir; también puede el lector tomar por antisemita profesional a ese hombre en quien la burla referida a los judíos forma parte de un conformismo de casta, pero que deja asomar su admiración por el valor de la prestamista israelita e introduce a Grigori Loew en el círculo heroico de los amigos y adversarios muertos.

Suele ser, como imaginamos muy bien, en las relaciones complicadas entre amor y odio donde más se marca esa separación entre la imagen que el narrador traza de sí mismo y lo que él es o lo que ha sido. Eric parece relegar a un segundo plano a Conrad de Reval, y no ofrece de este amigo ardientemente amado, sino un retrato bastante desdibujado, primero porque no es hombre a quien le guste insistir sobre aquello que más le conmueve y, seguidamente, porque no tiene gran cosa que decirles a unos indiferentes sobre aquel camarada desaparecido antes de haberse afirmado o formado. Un oído sagaz tal vez reconocería, en algunas de las alusiones a su amigo, ese tono de ficticia desenvoltura o de imperceptible irritación que uno siente hacia quien amó demasiado. Si, por el contrario, deja en el lugar mejor a Sophie y la pinta con bellos colores hasta en sus flaquezas o en sus pobres excesos, no es sólo porque el amor de la joven lo halaga y hasta lo tranquiliza, es porque el código de Eric le obliga a tratar con respeto a ese adversario, que es una mujer a quien no ama. Otras tergiversaciones son menos voluntarias. Ese hombre, por lo demás clarividente, sistematiza sin quererlo unos impulsos y unos rechazos que fueron los de la primera juventud: quizá estuviera más enamorado de lo que creía de Sophie; con toda seguridad estaba más celoso de ella de lo que su vanidad le permitía reconocer y, por otra parte, su repugnancia y su rebelión en presencia de la insistente pasión de la joven son menos extrañas de lo que él supone, son efectos casi banales del primer encuentro de un hombre con el terrible amor.

Más allá de la anécdota de la muchacha que se ofrece y del hombre que la rechaza, el tema central de *El tiro de gracia* es, ante todo, esa comunidad de especie, esa solidaridad de destino entre tres personas sometidas a las mismas privaciones y a los mismos peligros. Eric y Sophie, sobre todo, se parecen por su intransigencia y su apasionado deseo de ir hasta el final de sí mismos. Los extravíos de Sophie se deben, sobre todo, a la necesidad de entregarse en cuerpo y alma, mucho más que al deseo de ser poseída por alguien o de gustar a alguien. El afecto que Eric siente por Conrad es más que un comportamiento físico o incluso sentimental; su opción corresponde verdaderamente a cierto ideal de austeridad, a una quimera de camaradería heroica; forma parte de una manera de ver la vida; su erótica incluso es un aspecto de su disciplina. Cuando Eric y Sophie se encuentran al final del libro, he tratado de mostrar, a través de las escasas palabras que merecía la pena intercambiasen entre ellos, esa intimidad o ese parecido más fuerte que los conflictos de la pasión carnal o de vasallaje político, más fuerte incluso que los rencores del deseo frustrado o de la vanidad herida, ese lazo fraternal tan apretado que los une hagan lo que hagan y que explica la hondura misma de sus heridas. En el punto al que han llegado, importa poco cuál de esas dos personas da o recibe la muerte. Poco importa incluso que se hayan aborrecido o amado.

Sé que me inscribo a contracorriente de la moda si añado que una de las razones que me hizo escribir *El tiro de gracia* es la intrínseca nobleza de sus personajes. Hay que entender bien el sentido de esta palabra, que para mí significa ausencia total de cálculos interesados. No ignoro que existe una suerte de peligroso equívoco en hablar de nobleza en un libro cuyos tres principales personajes pertenecen a una casta privilegiada, de la que son los últimos representantes. Sabemos muy bien que las dos nociones de nobleza moral y de aristocracia no siempre se superponen, ni mucho menos. Y, por otra parte, se caería en el prejuicio popular actual al negarse a admitir que el ideal de la nobleza de sangre, por muy ficticio que sea, ha favorecido en ocasiones en ciertos temperamentos el desarrollo de una independencia o de un orgullo, de una fidelidad o de un desinterés que, por definición, son nobles. Esa dignidad esencial, que a menudo la literatura contemporánea niega por convencionalismo a sus personajes, tiene tan poco que ver, por lo demás, con el origen social, que Eric, pese a sus prejuicios, se la concede a Grigori Loew y se la niega al hábil Volkmar que, sin embargo, pertenece a su medio y a su campo.

Con el sentimiento de tener que subrayar así lo que debería caer por su propio peso, creo mi deber mencionar finalmente que *El tiro de gracia* no tiene por objetivo exaltar o desacreditar a ningún grupo ni a clase alguna, a ningún país ni a ningún partido. El hecho mismo de que yo, deliberadamente, le haya puesto a Eric von Lhomond un nombre y unos antepasados franceses —quizá para poder prestarle esa acre lucidez que no es especialmente una característica germánica— se opone a la interpretación que consistiría en hacer de ese personaje un retrato idealizado o, por el contrario, un retrato-caricatura, de un cierto tipo de aristócrata o de oficial alemán. Es por su valor de documento humano (si es que lo tiene), y no político, por lo que fue escrito *El tiro de gracia*, y así es como debe ser juzgado.

30 de marzo de 1962

Alexis o el tratado del inútil combate / El denario del sueño / El tiro de gracia
de Marguerite Yourcenar
se terminó de imprimir en marzo de 2018
en los talleres de
Impresora Tauro S.A. de C.V.
Av. Plutarco Elías Calles 396, col. Los Reyes,
Ciudad de México